A última chance

KAREN KINGSBURY

A última chance

Tradução
Ana Death Duarte

1ª edição
Rio de Janeiro-RJ / Campinas-SP, 2014

Editora: Raïssa Castro
Coordenadora editorial: Ana Paula Gomes
Copidesque: Maria Lúcia A. Maier
Revisão: Raquel de Sena Rodrigues Tersi
Capa: Adaptação da original (© John Hamilton Design)
Foto da capa: istock Images e John Hamilton
Projeto gráfico: André S. Tavares da Silva

Título original: *The Chance*

ISBN: 978-85-7686-317-5

Copyright © Karen Kingsbury, 2013
Todos os direitos reservados.
Edição publicada mediante acordo com Howard Books, divisão da Simon & Schuster, Inc.

Tradução © Verus Editora, 2014
Direitos reservados em língua portuguesa, no Brasil, por Verus Editora. Nenhuma parte desta obra pode ser reproduzida ou transmitida por qualquer forma e/ou quaisquer meios (eletrônico ou mecânico, incluindo fotocópia e gravação) ou arquivada em qualquer sistema ou banco de dados sem permissão escrita da editora.

Verus Editora Ltda.
Rua Benedicto Aristides Ribeiro, 41, Jd. Santa Genebra II, Campinas/SP, 13084-753
Fone/Fax: (19) 3249-0001 | www.veruseditora.com.br

CIP-BRASIL. CATALOGAÇÃO NA FONTE
SINDICATO NACIONAL DOS EDITORES DE LIVROS, RJ

K64u

Kingsbury, Karen, 1963-
 A última chance / Karen Kingsbury ; tradução Ana Death Duarte. - 1. ed. - Campinas, SP : Verus, 2014.
 23 cm

 Tradução de: The Chance
 ISBN 978-85-7686-317-5

 1. Romance americano. I. Duarte, Ana Death. II. Título.

14-11808 CDD: 813
CDU: 821.111(73)-3

Revisado conforme o novo acordo ortográfico

A Donald

Mais um ano ficou para trás, e Tyler está quase terminando o segundo ano na faculdade, enquanto Kelsey está prestes a completar um ano de casada com o amor da vida dela. Eu nunca vou me esquecer de vocês dois caminhando juntos em direção ao altar. É difícil acreditar que aquele precioso período de planejamento do casamento tenha vindo e ido. O nosso Senhor é tão fiel, não? Não apenas com nossos filhos, mas ao conduzir nossa família onde ele quer que estejamos. Quase dois anos em Nashville, e está tão claro que Deus nos queria aqui. Não apenas pela minha profissão como escritora e para estar perto da produção de filmes e músicas cristãos, mas por nossos filhos e até mesmo por nós. Eu amo a forma como você escolheu ser mais ativo na minha equipe nesse período e ajudou nossos meninos a cruzarem a ponte entre a adolescência e a vida adulta. Sean e Josh vão se formar daqui a poucas semanas, e fico pensando, como venho fazendo com frequência ultimamente, como o tempo passou rápido. Agora que você está dando aulas novamente, estou convencida de que nós dois estamos exatamente onde Deus quer. Obrigada por sua constância e por ser forte, bom e amável. Segure a minha mão e trilhe comigo o que está por vir, as formaturas, o crescer e envelhecer. Tudo isso é possível com você ao meu lado. Vamos brincar, rir, cantar, dançar e, juntos, ver nossos filhos alçarem voo. A jornada é de tirar o fôlego de tão maravilhosa! Até lá, vou adorar nem sempre saber onde eu termino e você começa. Eu amo você, sempre e eternamente.

A Kyle

Kyle, você e Kelsey estão casados agora, e, para todo o sempre, veremos você como nosso filho, como o jovem que Deus planejou para a nossa filha, aquele pelo qual rezamos, sobre quem conversamos com Deus e por quem esperamos. Seu coração é belo em todos os sentidos, Kyle. Como você valoriza os momentos simples e como é bondoso além das palavras. Você vê o bem nas pessoas e nas situações e encontra uma maneira de sempre glorificar a Deus. Eu nunca vou me esquecer de você vindo até mim e ao Donald em diferentes momentos, dizendo-nos que queria sustentar a Kelsey, dar-lhe segurança e amá-la todos os dias de sua vida. Tudo isso se resume em um simples gesto: o jeito como você olha para a nossa preciosa Kelsey. Essa imagem vai ficar sempre viva no meu coração. Você olha para ela como se não existisse mais ninguém no mundo. Em seus olhos está a imagem do amor. Kyle, conforme Deus o leva de um palco a outro, permitindo-lhe usar sua bela voz para glorificá-lo e levar outros a amarem Jesus, eu rezo para que você sempre olhe para a Kelsey do jeito como faz hoje. Agradecemos a Deus por você e esperamos por tudo de maravilhoso que está por acontecer. Amo você, sempre!

A Kelsey

Minha preciosa filha, você está casada agora. Penso nas dezenas de livros em que escrevi sobre você nestas páginas iniciais, em como você literalmente cresceu nestas dedicatórias. Naqueles dias, você cursava o ensino fundamental, depois o médio, então a faculdade, e aí veio o seu noivado. Tudo isso foi detalhado na dedicatória dos meus livros. E agora você é Kelsey Kupecky. O dia do seu casamento foi o mais belo, um momento no tempo destinado no coração de Deus a você e a Kyle. Kyle é o homem pelo qual rezamos desde que você nasceu. Deus o criou para amá-la, Kelsey, e para que você o ame. Ele é perfeito para você, um homem incrível de Deus cuja trilha de fé é marcada por bondade, integridade, determinação e paixão. Nós o amamos como se sempre o tivéssemos conhecido. Agora, quando vocês dois seguem em direção ao futuro que Deus lhes reservou, quando buscam seguir seus sonhos, irradiando a luz divina em tudo o que fazem, estaremos aqui com vocês. Rezaremos por vocês, acreditaremos em vocês e os apoiaremos da melhor forma que pudermos. Com o ministério da música de Kyle e o seu atuando, não há limites para a maneira como Deus pode aproveitar vocês dois. Eu me regozijo com o que o Senhor está fazendo em sua vida, Kelsey. Ele usou seus anos de luta para transformá-la na jovem religiosa, com raízes profundas, que você é hoje. Continue confiando em Deus, continue colocando-o em primeiro lugar. Eu sempre soube que essa época chegaria, e agora está aqui. Desfrute cada minuto, querida. Você sempre será a luz da sua família, a alegria em nosso coração, a garota única que inspirou a minha série Bailey Flanigan. Minha preciosa Kelsey, rezo a Deus para que ele a abençoe com todo seu poder nos anos que virão, e que você sempre saiba como ele usou esse tempo em sua vida para aproximá-la dele e prepará-la para o futuro que a aguarda. Você estará sempre em meu coração. Amo você, querida.

A Tyler

É difícil acreditar que você já está quase no fim do segundo ano de faculdade, e que esteja pronto para a próxima temporada de desafios e aventuras. Seu blog, Ty's Take, é seguido por tantos dos meus leitores que anseiam saber como Deus está agindo em sua vida na faculdade. O que é incrível é como você acabou se tornando um ótimo escritor nesse processo. Sei que você tem planos de seguir uma carreira relacionada ao ministério, cantando para Jesus em palcos pelo mundo, mas não se surpreenda se Deus também o colocar diante do teclado de um computador, onde você escreverá livros para ele. Ah, e não esqueçamos seu dom para a direção. Tantos momentos excitantes você tem pela frente, Ty! Eu mal consigo captar tudo isso. Acredito de todo o coração que Deus tem você exatamente onde ele quer: aprendendo muito a respeito de como atuar em prol dele e se tornar o homem que ele quer que você seja. Você é um tipo raro de homem, com um coração muito belo para Deus e para os outros. Eu e seu pai sentimos tanto orgulho de você! E de seu talento, de sua compaixão pelas pessoas e de seu lugar em nossa família. Independentemente de como seus sonhos se desenvolvam, estaremos na primeira fila, torcendo por você em alto e bom som. Mantenha-se apegado a Jesus, meu filho. Continue brilhando por ele! Eu amo você.

A Sean

Você está quase formado, Sean, e nós vemos a mão de Deus operando em sua vida constantemente. Você começou a tocar bateria, e quase todos os dias passa três horas aperfeiçoando o seu dom para a música. Eu amo a sua confiança quando você diz que será o melhor baterista que já existiu e então, depois de passados uns dez anos, vai abrir seu próprio restaurante. Nada como paixão e planejamento! Você está crescendo e dando ouvidos às orientações divinas e, no processo, está levando seus estudos e suas lições de casa mais a sério. Que Deus o abençoe pela forma como você está sendo fiel nas pequenas coisas. Deus nos diz para sermos alegres. E então, na nossa família, você nos apresenta uma imagem dessa alegria. Seu sonho de tocar bateria profissionalmente é algo vivo e real. Continue trabalhando, continue em frente, continue acreditando. Deite-se todas as noites sabendo que você fez tudo o que podia para se preparar para as portas que Deus abrirá nos dias vindouros. Rezo para que você alce longos voos em nome do Senhor, e que ele permita que você seja realmente uma luz muito brilhante. Você é um presente precioso, meu filho. Eu amo você. Continue sorrindo e procurando o melhor de Deus.

A Josh

O futebol foi onde você começou logo que chegou do Haiti, e este é o esporte que Deus parece estar revelando para você. Nós rezamos para saber o que viria em seguida, se você continuaria brilhando tanto nos campos de futebol quanto nos de futebol americano, ou se Deus estreitaria suas opções para lhe mostrar aonde o está levando. Agora tudo que precisamos fazer é rezar para que você continue seguindo o Senhor em suas opções esportivas. Ele haverá de continuar conduzindo você, para que seus passos estejam de acordo com os passos dele. Isto nós sabemos: existe realmente uma grande possibilidade de você jogar esportes competitivos em um novo nível. Mesmo com toda sua capacidade atlética, estou mais orgulhosa de seu crescimento espiritual e social no ano que se passou. Ainda que tenha passado pouco tempo em casa, você cresceu em sensibilidade, maturidade, bondade e reflexão interior, e se deu conta de que o tempo passado em casa é curto. Deus o está usando para coisas importantes, e creio que ele o colocará para atuar na esfera pública para conseguir esse objetivo. Tenha força em Deus, ouça a voz dele a lhe falar no coração, e então você saberá que direção seguir. Sinto tanto orgulho de você, meu filho! Estarei sempre torcendo por você na arquibancada. Tenha Deus em primeiro lugar em sua vida. Eu amo você, sempre.

A EJ

EJ, fico tão feliz que você saiba como o amamos e como acreditamos nos grandes planos de Deus para você. Com novas oportunidades à sua frente, sei que você está um pouco incerto, mas vejo lampejos de determinação e esforço que me dizem que, em Cristo, você pode realizar qualquer coisa, filho. Um dia, não muito distante, você vai conseguir entrar em uma faculdade, pensar nas opções de carreira que tem pela frente e no caminho que Deus vai apontar para você. Para onde quer que esse caminho o leve, mantenha os olhos voltados para Jesus e você sempre estará tão cheio de possibilidades quanto hoje. Espero grandes coisas de você, EJ, e sei que o Senhor também espera. Fico muito feliz por você fazer parte de nossa família, sempre e eternamente. Estou rezando para que você tenha uma forte paixão para fazer uso de seus dons por Deus nesse penúltimo ano de escola. Obrigada por seu coração doador, EJ. Eu o amo mais do que você imagina.

A Austin

Austin, agora você está no ensino médio, e eu me pergunto todos os dias como o tempo passou tão rápido. Nesse último verão, quando você chegou a um metro e noventa e cinco de altura, soubemos que você tem pressão alta e que seu defeito cardíaco congênito se tornou uma cardiopatia congênita. Porém, em vez de se lamentar e reclamar, você ouviu, aprendeu e trabalhou conosco para adequar todos os aspectos de sua vida. Você se alimenta de modo diferente, precisa dormir mais, bebe água o dia inteiro e conhece as frutas, os vegetais e os suplementos que baixam a pressão arterial. Os resultados têm sido incríveis! Desde aquele primeiro dia em que você pisou no campo de futebol americano da escola, você deu cem por cento de seu coração especial a cada jogada, e não poderíamos sentir mais orgulho! Austin, eu amo que você se importe em estar em sua melhor forma e ser o melhor. E isso transparece em todas as suas notas A, assim como na maneira como você lida com a sua saúde. Lembre-se sempre do que lhe falei sobre ser um guerreiro. Permita que sua energia e seu espírito competitivo o estimulem a ser melhor, e não deixe nunca que isso o desencoraje. Você é tão bom na vida, Austin! Continue a ter essa paixão e essa belíssima fé, pois assim todos os seus sonhos poderão ser alcançados. Mantenha os olhos voltados para Deus, e manteremos os nossos em você, nosso caçula. Não há nada mais doce do que torcer por você, desde o momento de seu nascimento, passando pela cirurgia do coração quando criança, até agora. Eu agradeço a Deus por você, pelo milagre da sua vida. Amo você, Austin.

*E a Deus todo-poderoso,
o criador da vida, que me abençoou
com a existência dessas pessoas*

1

Verão de 2002

SUA MÃE NÃO VOLTOU PARA casa para o jantar, pela terceira vez naquela semana.

Essa foi a primeira pista que Ellie Tucker teve de que talvez seu pai estivesse certo. Talvez sua mãe estivesse fazendo algo tão terrível dessa vez que ameaçasse a união de sua família. E nada nem ninguém seria capaz de uni-los novamente.

Ellie estava com quinze anos naquele verão quente e úmido em Savannah, e a tarde de sexta-feira correu rapidamente. Seis horas viraram seis e meia, e então ela se juntou ao pai na cozinha e o ajudou a preparar o jantar. Sanduíches de atum com um novo pote de maionese, um pouco quente por estar no armário da cozinha. Eles prepararam o jantar sem falar nada, a ausência da mãe pesando no silêncio dos minutos que se passavam. Não havia muita coisa na geladeira, mas seu pai achou um saco de minicenouras e as colocou em uma tigela. Com a comida à mesa, ele se sentou na cabeceira, e Ellie ao lado dele.

O lugar em frente ao dela, onde sua mãe costumava se sentar, permaneceu gritantemente vazio.

— Vamos rezar. — O pai de Ellie pegou sua mão e esperou várias batidas do coração antes de começar. — Senhor, obrigado por nossa comida e por nossas bênçãos. — Ele hesitou. — O Senhor sabe de todas as coisas. Revele a verdade, por favor. Em nome de Jesus, amém.

A verdade? Ellie mal conseguia engolir os pedaços secos de seu sanduíche. A verdade em relação a quê? À sua mãe? Ao motivo pelo qual ela não estava em casa, quando o consultório médico em que trabalhava tinha fechado fazia uma hora? Nenhuma palavra foi dita durante a refeição, embora o silêncio gritasse na mesa de jantar. Quando terminaram de comer, seu pai olhou para ela com os olhos tristes.

— Ellie, você poderia lavar a louça, por favor? — Ele se levantou e a beijou na testa. — Vou para o meu quarto.

Ela fez o que o pai pediu. Vinte minutos depois, ainda estava terminando de lavar a louça quando ouviu a mãe passar sorrateiramente pela porta da frente. Ellie olhou por cima do ombro, e os olhares das duas se encontraram. Ultimamente, Ellie se sentia mais no papel de mãe, da forma como uma mãe se sente quando tem filhos adolescentes. Sua mãe estava com as roupas de trabalho — calça preta e camisa branca —, como se o expediente tivesse acabado de terminar.

— Onde está o seu pai?

Os olhos da mãe de Ellie estavam vermelhos e inchados, e a voz carregada.

— No quarto. — A garota piscou, sem saber o que mais dizer.

Sua mãe começou a caminhar na direção do quarto, então parou e se voltou novamente para Ellie.

— Desculpe. — Seus ombros caíram um pouco. — Por perder o jantar. — Ela soava como alguém que Ellie não conhecia. — Me desculpe.

Antes que Ellie pudesse lhe perguntar onde tinha estado, sua mãe se virou e atravessou o corredor. Ellie conferiu as horas no relógio do micro-ondas. Sete e meia. Nolan tinha mais uma hora no ginásio, mais uma hora fazendo cestas. Então Ellie iria de bicicleta até a casa dele, como fazia quase todas as noites. Especialmente naquele verão.

Desde que seus pais tinham começado a brigar.

Ela secou as mãos, foi até seu quarto e fechou a porta. Um pouco de música e algum tempo com seu diário, e então Nolan estaria em casa. Ligou o rádio, e o som dos Backstreet Boys encheu o ar. Instantaneamente, ela abaixou um pouco o volume. Seu pai dissera que lhe tiraria o rádio se ela ficasse ouvindo música mundana. Ellie achava que mundano era uma questão de opinião, e a sua era de que a música dos Backstreet Boys estava tão próxima do céu quanto ela chegaria no futuro próximo.

Os meninos estavam cantando sobre ser maior que a vida quando o primeiro grito pareceu chacoalhar a janela do quarto. Ellie deixou o rádio sem som e ficou em pé num pulo. Por mais que houvesse muita tensão entre seus pais ultimamente, nenhum dos dois jamais gritava. Não assim. Seu coração bateu tão alto a ponto de ela ouvir. Então correu até a porta do quarto, mas, antes de chegar lá, mais gritos ecoaram pela casa. Dessa vez ela conseguiu entender o que seu pai estava dizendo, os xingamentos horríveis que ele estava usando contra sua mãe.

Da forma mais silenciosa possível, Ellie atravessou sorrateiramente o corredor e cruzou a sala de estar para chegar mais próximo da porta do quarto dos pais. Outra onda de gritos, e agora ela estava perto o suficiente para ouvir algo mais: sua mãe estava chorando.

— Você vai arrumar suas coisas e ir embora daqui. — Seu pai nunca soara daquele jeito, como se estivesse atirando balas a cada palavra que dizia. Ele não tinha terminado. — Não vou ficar com você grávida de um filho *dele*... e vivendo sob o *meu* teto! — A voz dele parecia fazer tremerem as paredes. — Não vou aceitar isso!

Ellie se apoiou na parede do corredor para não cair. O que estava acontecendo? Sua mãe estava grávida? De outro homem? Ela sentiu o sangue sumir de sua face, e o mundo começou a girar. As cores, os sons e a realidade se misturaram, e ela achou que fosse desmaiar. *Corra, Ellie... corra rápido!* Ela ordenou que seu corpo se movesse, mas seus pés não seguiram o comando.

Antes que ela pudesse fazer qualquer coisa, seu pai abriu a porta e olhou feio para ela, com a respiração ofegante.

— O que você está fazendo aí?

A pergunta ficou parada no ar. Ellie olhou além dele, para a mãe, sentada na cadeira do quarto com as mãos na cabeça. *Levante-se*, Ellie queria gritar. *Fale para ele que é mentira! Defenda-se, mãe! Faça alguma coisa.* Mas sua mãe não fez e não disse nada.

Os olhos de Ellie se voltaram rapidamente na direção do pai de novo. Ela tentou se afastar, sair dali o mais rápido possível, mas tropeçou e caiu para trás, apoiando-se com as mãos estiradas no chão. Sentiu os pulsos doerem, mas se afastou ainda mais do pai, como um caranguejo escapando da rede.

Demorou muito para a expressão no rosto de seu pai se suavizar.

— Ellie. Me desculpe. — Ele deu um passo na direção da filha. — Eu não queria que... Você não devia ter ouvido isso.

E, naquele instante, Ellie soube de duas coisas. A primeira era que as palavras horríveis que seu pai tinha gritado pela casa eram verdadeiras. A segunda era que a vida como ela a conhecia estava acabada. Jazia estilhaçada, em pedaços, no carpete gasto do corredor, desfeita em um milhão de pedacinhos. Ela se arrastou e se pôs de pé. Então virou o rosto para o outro lado.

— Eu... eu tenho que ir.

Seu pai estava lhe dizendo algo sobre como isso era mais do que uma garota da idade dela poderia entender e que ela precisava voltar para o quarto e rezar, mas tudo que Ellie conseguia ouvir era seu coração espancando o peito. Ela precisava de ar, precisava respirar. Em um movimento desesperado, saiu correndo em direção à porta da frente. Um minuto depois, Ellie estava em sua bicicleta, pedalando o mais rápido possível naquela noite de verão.

Ele ainda estaria no ginásio, mas não tinha problema. Ellie adorava ver Nolan jogando basquete. Adorava, estivesse o lugar cheio de alunos da Escola de Savannah ou estivessem apenas os dois e o eco da bola batendo no chão de madeira reluzente. A cada pedalada, ela tentava afastar a realidade de sua mente, mas a verdade a sufocava como uma coberta molhada. Sua mãe tinha chegado tarde em casa de novo, como vinha fazendo desde o início da primavera. E hoje... hoje ela provavelmente admitira o que seu pai suspeitara o tempo todo.

Sua mãe estava tendo um caso. E não era só isso: ela estava grávida.

A verdade se revirava no estômago de Ellie e a sufocava, até que, por fim, ela largou a bicicleta no arbusto mais próximo e se rendeu à dor que a consumia. Sentindo uma onda de repulsa, esvaziou tudo o que tinha na barriga, até restar apenas a mágoa... Mágoa que ela sabia que não a deixaria jamais.

Exausta, Ellie se sentou no meio-fio e deixou que as lágrimas caíssem. Até então, o choque havia mantido a tristeza em um canto de seu coração. Mas agora ela chorava tanto que mal conseguia respirar. Sua mãe não amava seu pai, o que significava que também não a amava. Ela queria mais do que Ellie e o pai. Não havia outra forma de ver a situação. A vergonha se somava à mistura de emoções — a mãe de Nolan nunca teria feito algo assim.

Ellie ergueu a cabeça para o céu que escurecia. *Nolan.* Então secou o rosto e inspirou profundamente. Precisava chegar até ele antes que ficasse tarde, precisava encontrá-lo antes que ele saísse do ginásio. Sua bicicleta era velha, mas isso não a impediu de chegar à escola a tempo. O som da bola batendo no chão aliviou sua alma. Ela seguiu até a porta dos fundos e apoiou a bicicleta ao lado da dele, na parede de tijolos.

Nolan deixava a porta aberta para a brisa entrar. Ellie passou sorrateiramente pela entrada e se sentou na primeira fileira da arquibancada. Ele pegou a bola e olhou fixamente para ela, com os olhos dançando e um sorriso nos lábios.

— Você chegou cedo.

Ela assentiu com um movimento de cabeça. Não confiava em sua voz, não quando tudo que queria fazer era chorar.

Uma sombra de preocupação tomou conta do rosto bronzeado dele.

— Ellie? Você está bem?

Ninguém a consolava tanto quanto ele, seu melhor amigo, Nolan Cook. Mas, por mais que ela desejasse seu conforto e sua compreensão, não queria que ele soubesse. Não queria lhe contar por que estava chateada, pois, se fizesse isso, aquilo se tornaria verdadeiro. E não haveria como negar a verdade uma vez que tivesse contado a história a Nolan.

Ele colocou a bola no chão e foi andando até ela. O suor escorria de sua testa, e a regata e o short estavam ensopados.

— Você estava chorando. — Ele parou perto dela. — O que aconteceu?

— Meus pais.

Ela sentiu os olhos ficarem marejados e as palavras se afogarem em um oceano de tristeza.

— Mais brigas?

— É. Das feias.

— Ahh, Ellie. — A respiração de Nolan estava voltando ao normal. Ele secou o rosto com o antebraço. — Sinto muito.

— Continue jogando. — Até para os próprios ouvidos, sua voz soava forçada, por causa de tudo que ela estava deixando de dizer. Ela fez um movimento com a cabeça, apontando para a cesta. — Você ainda tem mais meia hora.

Ele ficou olhando para ela por longos segundos.

— Tem certeza?

— A gente pode conversar mais tarde. Eu só... — Umas poucas lágrimas rebeldes deslizaram pelo seu rosto. — Eu preciso ficar aqui. Com você.

Mais uma vez ele estreitou os olhos, preocupado. Por fim, assentiu devagar, não muito certo daquilo.

— A gente pode ir embora quando você quiser.

— Quando você tiver terminado. Por favor, Nolan.

Ele olhou pela última vez nos olhos dela, depois se virou e foi andando devagar em direção à quadra. Com a bola nas mãos, ele a fez saltitar para a direita e para a esquerda, conduzindo-a até a cesta. Em um movimento tão fluido e gracioso quanto qualquer coisa que Ellie aprendera em três anos de dança, Nolan se ergueu no ar e encestou a bola. Pisou no chão de leve e a pegou novamente, fazendo com que quicasse para trás. Driblou rivais imaginários com uma manobra e repetiu a jogada. Dez cestas seguidas, e ele foi correndo até o bebedouro. Em seguida, viriam os arremessos de três pontos.

Nolan jogava basquete com o coração, a mente e a alma. A bola era uma extensão de sua mão, e todos os movimentos, todos os passos, eram tão naturais para ele quanto respirar. Observando-o, Ellie sentiu os olhos secos, celebrando o dom do amigo de jogar basquete, algo que ela fazia todas as vezes em que tinha o privilégio de vê-lo jogar. O sonho de Nolan era tão simples quanto impossível.

Ele queria jogar na NBA. Era algo pelo qual rezava e trabalhava todos os dias para conseguir. Sem trégua. Das notas altas que ele se esforçava para obter até as longas horas que ficava ali todas as noites. Se Nolan não conseguisse jogar basquete profissional, não seria por falta de tentar ou acreditar.

Quando ele acertou cinco cestas em todo o arco da linha de três pontos, correu até o bebedouro novamente, enfiou a bola debaixo do braço e foi andando até Ellie. Usou a camiseta para secar o suor do rosto.

— Estão tão úmido.

— É. — Ela sorriu e olhou para a porta dos fundos, aberta. — Não tem muita brisa.

— Não. — Ele assentiu para ela. — Venha, vamos até a minha casa. Vou tomar um banho e depois a gente pode ir até o parque.

Isso era tudo que Ellie queria, algumas horas sozinha com Nolan no Parque Gordonston. O lugar onde eles tinham um carvalho favorito e grama macia para deitar e contar estrelas cadentes em noites de verão como aquela. Ela não tinha contado a ele, ainda não. Eles saíram em silêncio pela porta dos fundos, e Nolan a trancou. Seu pai era o treinador da Escola de Savannah e tinha dado a chave do ginásio ao filho fazia um ano. Era muito trabalho ter que abrir o ginásio todas as vezes em que Nolan queria treinar.

Os dois foram de bicicleta até a Pennsylvania Avenue e tomaram o atalho descendo a Kinzie até a Edgewood. A casa de Nolan ficava a menos de um quilômetro da de Ellie, mas poderiam pertencer a mundos separados, pela forma como as vizinhanças eram diferentes. A dele tinha vaga-lumes e gramados perfeitos na frente das casas, os quais se estendiam até o infinito. A de Ellie era constituída de casas do tamanho da garagem de Nolan, com cercas de arame e vira-latas no quintal.

O tipo de casa em que Ellie e seus pais moravam.

Ela se sentou com a mãe de Nolan na cozinha enquanto ele tomava banho. Os olhos dela estavam secos agora, então não foi preciso se explicar. A conversa era leve, com a mãe de Nolan falando sobre o novo grupo de estudos bíblicos a que tinha se juntado e quanto estava aprendendo.

Ellie queria se importar, queria se sentir tão ligada a Deus quanto Nolan e os pais dele. Mas, se Deus a amava, por que sua vida estava se despedaçando? Talvez ele amasse apenas algumas pessoas. Pessoas boas, como a família Cook. Alguns minutos depois, o garoto desceu com um short e uma camiseta limpinhos. Pegou dois cookies de chocolate de um prato no balcão da cozinha e beijou a bochecha da mãe.

Ellie piscou e se deu conta, como vinha acontecendo bastante ultimamente, de que Nolan estava crescendo. Eles eram amigos desde o terceiro ano e voltavam caminhando juntos para casa desde o primeiro dia de aula na escola de ensino fundamental. No entanto, em algum momento, ambos fizeram algo que não tinham previsto.

Eles ficaram mais velhos. Não eram mais crianças.

Nolan já estava com um metro e oitenta e cinco, bronzeado por causa das corridas matinais, os cabelos loiros cortados rente à cabeça, do jeito como ficava todos os verões. Ele tinha começado a fazer musculação, então talvez fosse isso. A forma como os ombros e os braços pareciam musculosos na camiseta verde-clara enquanto ele pegava os cookies.

Ellie sentiu que enrubescia e desviou o olhar. Era estranho ver Nolan assim, mais homem que menino. Sua mãe se virou para Ellie com um sorriso simpático e genuíno.

— Passe aqui quando quiser, Ellie. Você é sempre bem-vinda. Você sabe disso.

— Sim, senhora. Obrigada.

Ellie e Nolan não precisavam conversar sobre aonde iriam. O lugar era o mesmo todas as vezes. A faixa de grama que se estendia ao lado do maior carvalho do parque, talvez o maior da cidade. Aquele carvalho de onde pendiam musgos-espanhóis, com raízes antigas e retorcidas, grandes o suficiente para sentar nelas. Caminharam lado a lado e se acomodaram ali.

Ellie e Nolan iam até lá para conversar sobre a vida desde o verão que antecedeu o sexto ano. Na época, brincavam de esconde-esconde entre as árvores, com o imenso carvalho servindo de referência. Durante o ano letivo, quando estava muito quente, iam fazer a lição de casa lá. E, em noites como aquela, faziam o que vinha mais fácil.

Simplesmente abriam por completo o coração e partilhavam tudo.

— Muito bem, agora me conte — começou Nolan, assumindo o lugar mais perto do tronco da imensa árvore. Ele se inclinou e analisou a amiga. — O que aconteceu?

Ellie ficara pensando nesse momento desde que saíra do ginásio da escola. Precisava contar a ele, porque lhe contava tudo, mas talvez não tivesse de fazê-lo naquele exato minuto. Sentia a garganta seca, e as palavras demoraram para sair.

— Minha mãe... Ela chegou tarde em casa de novo.

Ele esperou e, depois de alguns segundos, piscou.

— É isso?

— É. — Ela odiava adiar a verdade, mas não conseguia contar ainda. — Meu pai ficou muito bravo.

Ele se reclinou de encontro à árvore.

— Vai passar.

— É.

Ela foi até o lado dele e pressionou as costas no tronco da árvore. Os ombros deles se tocaram, um lembrete de tudo que havia de bom e real na vida dela.

— Um dia, quando estivermos velhos e casados, vamos voltar aqui e lembrar desse verão — disse Nolan.

— Como você sabe?

Ele olhou para ela.

— Que vamos lembrar?

— Não. — Ela abriu um largo sorriso. — Que vou casar com você.

— É fácil. — Ele a encarou e deu de ombros. — Você nunca vai encontrar ninguém que te ame tanto quanto eu.

Não era a primeira vez que ele dizia isso. Seu tom de voz era suave, e ela não tinha como acusá-lo de ser sério demais ou de tentar mudar as coisas entre eles. Ela costumava dar risada e balançar a cabeça, como se ele tivesse sugerido algo muito maluco, por exemplo eles fugirem e se juntarem ao circo.

Mas dessa vez ela não riu. Só ergueu os olhos para as árvores distantes e para os vaga-lumes que dançavam entre elas. Sentiu alívio por não ter contado a ele sobre sua mãe, que ela havia dormido com outro homem e ficado grávida. Isso mudaria tudo. Nolan sentiria pena dela, e não haveria mais provocações sobre casamento. Não quando os pais dela tinham estragado tanto o casamento deles.

Ellie soltou o ar, odiando sua nova realidade. Sim, as notícias podiam esperar.

Naquele exato momento, ela só queria ficar ali sentada ao lado de Nolan Cook, debaixo do grande carvalho no parque, numa noite de verão que era só deles, e acreditar... acreditar por mais um instante naquilo que ela ansiava mais que a própria respiração.

Que eles poderiam ficar assim para sempre.

Com todos os seus pertences numa velha mala a seu lado, Caroline Tucker estava parada na noite escura, do lado de fora de sua casa na Louisiana Avenue, tentando não pensar em tudo que estava perdendo. Ele a teria matado se ela tivesse ficado. Caroline tinha certeza disso. De uma forma ou de outra, sua vida tinha acabado, mas, em nome do bebê em seu ventre, ela precisava partir, precisava encontrar outra saída.

A parte mais difícil era Ellie.

Sua filha tinha saído. Estava na casa de Nolan, sem sombra de dúvida. Isso queria dizer que, no dia seguinte, em algum momento quando seu marido estivesse fora, Caroline teria de achar um jeito de voltar para lá, vindo do oeste de Savannah, sem carro. Para explicar a situação. Para que Ellie não a odiasse.

Sua amiga Lena Lindsey estacionou em um Honda prata novo e saiu do carro. Por um instante ficou ali, apenas observando Caroline, os olhos das duas travados uns nos outros. Lena sabia de toda a história, todos os detalhes sórdidos, exceto um: o fato de que Caroline estava grávida.

Por fim, Lena levou as mãos aos quadris.

— Ele descobriu sobre o Peyton?

— Sim. — Caroline olhou por cima do ombro. Todas as luzes na casa estavam apagadas, e ela manteve a voz baixa. — Ele me pôs para fora de casa.

Lena chegou mais perto da amiga e a abraçou. Ela era tão negra quanto Caroline era branca. Em pleno ano de 2002, para algumas pessoas em Savannah, a amizade das duas quebrava regras tácitas. Mas elas nunca se importaram com o que os outros pensavam. Eram como irmãs, e fora assim desde a escola.

— Venha. — Lena abriu a porta do lado do passageiro do Honda. — Vamos pensar numa saída.

Lena e o marido moravam no lado oeste de Savannah, em um sobrado elegante, com os três filhos pequenos. Seu marido, Stu, era dermatologista, e Lena cuidava da linha de frente do consultório dele. Quando Lena e Caroline se reuniam para tomar café ou fazer as unhas, não havia fim para as histórias que compartilhavam sobre os consultórios médicos de que cuidavam. Mais uma maneira de permanecerem conectadas.

Quando chegaram à rodovia, Lena se voltou para a amiga e perguntou:

— Você está grávida, não é?

O olhar de Caroline recaiu sobre seus dedos, e ela começou a torcer a aliança.

— Deus nos ajude! — As palavras saíram num pesado suspiro. — Eu falei para você ficar longe daquele homem. — Lena não se conteve. — Cantor famoso de country? — Ela balançou a cabeça. — Deve ter uma Caroline Tucker em cada cidade. — O tom ficou mais brando. — Querida, por quê? Por que você fez isso?

Essa era uma pergunta que martelava a cabeça de Caroline. Uma pergunta que, na verdade, ela podia responder.

— Eu o amava.

Lena tirou os olhos da estrada e olhou para Caroline. Ela não precisava frisar que o cara nunca amara Caroline de verdade, nunca se importara com ela. Ou que ela não passara de mais uma tiete. Mais uma transa casual em sua turnê pelo país. Lena não precisava dizer nenhuma palavra sobre isso.

Seus olhos diziam tudo.

Nos últimos meses, ela questionara quanto tempo Caroline passava em casa. Havia até se oferecido para arrumar um terapeuta para ajudar a acertar as coisas entre Caroline e Alan, mas a amiga evitou as tentativas de Lena e negou o caso até poucos dias atrás. Agora elas seguiam viagem em um silêncio triste e pesado.

Caroline fitava o céu noturno pela janela. Quando os problemas começaram? Como sua vida tinha saído tanto de controle? Quando analisou onde havia errado, um fato lhe veio à mente. O show que acontecera dois anos atrás, em janeiro, quando Peyton Anders veio à cidade para a turnê de *Whatever You're Feeling*. A cidade inteira de Savannah sabia do show. Peyton era famoso. Naquela época, ele tinha vinte e seis anos. Tinha um rosto jovem e bonito, e o porte de um jogador de futebol americano. Por três anos consecutivos, fora considerado o melhor vocalista masculino na Conferência de Música Country e, naquela primavera, ganhara o título de Artista do Ano.

— Você está pensando nisso? — A voz de Lena interrompeu os pensamentos de Caroline, que se voltou para a melhor amiga.

— Tentando.

— Já é um começo.

— Eu e o Alan... Faz tanto tempo que as coisas andam ruins entre nós, Lena. — A voz de Caroline falhou, e a dor do coração partido a sufocou. — Ele... não me quer.

— Até parece que eu não te conheço, Carrie Tucker! — Era assim que Lena sempre a chamava: Carrie. — Eu estava lá. — Ela olhou para a amiga de relance, depois voltou a olhar para a estrada escura à sua frente. — Lembra? — E fez novamente uma pausa, mas a intensidade permanecia no ar. — Continue pensando, Carrie. Tente lembrar de cada detalhe e descubra onde está o nó. Só assim você terá uma chance de desfazê-lo.

— É.

Caroline desviou o olhar de Lena. Acertar as coisas não era uma opção, mas ela não podia dizer isso. Não para Lena. Sua amiga acreditava no casamento. Ponto-final. Mesmo agora, quando o casamento de Caroline e Alan acabara fazia tempo.

Ela fitou mais uma vez o céu noturno. Os ingressos para o show naquele mês de janeiro tinham se esgotado, mas Stu conhecia o promotor do evento. O cara deu a ele entradas para dois assentos na primeira fileira. O marido de Lena não curtia música country, então ela convidou Caroline para ir com ela ao show.

O convite tinha sido o ponto alto daquele ano na vida de Caroline.

De súbito, uma imagem surgiu em sua mente. Alan e ela entrando em uma igreja do interior, apaixonados e completamente certos de que aquela união era para a vida toda. Ela era bela e jovem naquela época, tinha vinte anos, longos cabelos loiros e olhos inocentes. No começo do casamento, cada instante com Alan era marcado por uma esperança mais profunda que o mar.

A lembrança se esvaiu. Não havia como medir a distância entre eles naquela época e agora. Quem ela havia sido e quem havia se tornado. Caroline sentiu as lágrimas ardendo nos olhos. Quem os dois haviam se tornado.

Então se voltou para Lena.

— Eu e o Alan... Esse caos que estamos vivendo. — Ela secou o canto dos olhos com os dedos. — É minha culpa também. Não estou inventando desculpas.

— Espero que não. — Lena manteve o olhar à frente. — Casada com um cara e aparece grávida de outro? — Ela ergueu uma sobrancelha. — Não há muito espaço para desculpas. — Então parou de falar por um bom tempo, depois apertou com ternura a mão de Caroline. — Desculpe, eu não quis te ofender.

— Eu sei.

— As coisas estão ruins agora. — Lena apertou o volante e virou à esquerda para entrar em seu bairro. — Deus te ama, Carrie. Ele quer que você e o Alan deem um jeito de resolver isso.

Caroline assentiu. Não era a primeira vez que Lena dizia isso. Ela era cristã. De verdade. Nunca pregava, mas não tinha receio de chamar a atenção de Caroline. Já fizera isso antes, pois amava muito a amiga.

Elas chegaram à casa de Lena, e, enquanto saíam do carro, um surto de culpa atingiu a determinação de Caroline.

— Eu não acho que a gente possa dar certo juntos. Acabou. E já faz anos, Lena. — Ela parou de falar por um instante e respirou rapidamente. — Talvez seja melhor eu ir para um hotel.

Lena olhou para ela.

— Terminou seu discurso?

Caroline hesitou.

— Eu não sei o que fazer...

— Carrie Tucker. — Lena deu a volta no carro e colocou as mãos nos ombros de Caroline. — Pegue sua mala. — Então fez um movimento de cabeça e se dirigiu à porta da frente da casa, sem olhar para trás. — O quarto de hóspedes está arrumado.

A discussão estava encerrada. Caroline pegou sua bagagem no porta-malas do Honda e o fechou. Cinco minutos depois, estava sentada na beirada da cama do quarto de hóspedes dos Lindsey. Ela se sentia a pior esposa e a pior mãe do mundo. A pior. O que Ellie pensaria? Ela chegaria em casa, voltando da casa do Nolan, e descobriria que sua mãe tinha ido embora. Grávida de outro homem. Só de pensar nisso, Caroline ficava enjoada.

De repente, ela se lembrou de uma coisa.

Seu coração bateu mais rápido enquanto ela pegava a bolsa e enfiava a mão no fundo, passando pelos recibos de compras do Walmart e da Target e pelas embalagens vazias de chiclete, até encontrar o que estava procurando: um frasco de Vicodin. Doze comprimidos, pelo menos. Naquele dia, mais cedo, um paciente já curado pedira que ela os descartasse, mas, em vez de jogá-los fora, Caroline os colocara sorrateiramente na bolsa.

Para o caso de precisar deles a fim de lidar com a própria dor.

Mas os comprimidos poderiam fazer mais do que isso. Muito mais. Eles pareciam pesados em sua mão. Ela abriu o frasco e o levou perto do rosto. Pôde sentir a força deles. O amargor. Não seriam necessários os doze comprimidos. Ela poderia mastigar alguns e pronto. Nada de marido desinteressado. Nada de filha envergonhada. Nada de bebê prestes a nascer em um mundo feio.

O som de passos a fez pôr o frasco de lado. Ela o tampou novamente e o jogou dentro da bolsa. Suas mãos tremiam, e ela não conseguia respirar direito. Em que estava pensando? Como podia pensar em se matar?

— Oi. — Lena enfiou a cabeça dentro do quarto. — Ajeite suas coisas. Eu e o Stu estaremos na cozinha. — Seus olhos pareciam ter uma expressão mais terna do que antes. — Quando você estiver preparada para conversar.

Lena saiu sem esperar a resposta de Caroline. A questão não era *se* Caroline queria conversar, mas *quando*. Enquanto ela permanecesse ali Lena e Stu fariam tudo o que estivesse ao alcance deles para que Caroline e Alan se reconciliassem. Era assim que eles estavam acostumados a agir. Caroline se levantou e largou a bolsa o mais longe possível. Ela ainda amava Alan. O velho Alan. Sempre o amaria. Se ao menos eles conseguissem voltar a ser como antes...

Reze, Caroline. Você precisa rezar. Assim que o pensamento passou por sua cabeça, ela o refutou. Caroline havia rezado durante toda a sua jornada com Alan. E em que isso havia resultado? Uma série de momentos passou como um filme em sua mente, quando ela pedira a ajuda de Deus, sua sabedoria e seu entendimento. Seu consolo. Mas seu casamento só piorava.

Ela fechou os olhos e pôde vê-lo novamente. Alan Tucker, o amor de sua vida. Voltando para casa da ilha Parris, a uma hora de distância, entrando pela porta da frente do apartamento deles em Forsyth Park com seu uniforme de fuzileiro naval, sorrindo para ela.

— Consegui! Sou um instrutor militar! Começo na segunda-feira.

A mente de Caroline ficou a mil, imaginando o que aquilo significava para ela, para os dois.

— O expediente... vai ser mais longo?

Alan hesitara, a expressão nebulosa com a confusão repentina.

— Sou um fuzileiro naval, Caroline. Se tiver que trabalhar mais horas, é isso que vou fazer.

Pela primeira vez de inúmeras, passou pela mente de Caroline que ela nunca seria a coisa mais importante na vida de Alan Tucker. A carga extra de trabalho o mantinha na base de segunda a sexta-feira, e ele voltava para casa apenas aos fins de semana. E, de alguma forma, a ausência dele fazia com que ele duvidasse *dela*. Ele voltava para casa na sexta-feira e lhe perguntava onde ela estivera e o que tinha feito. Se ela demorasse muito para responder, o tom dele deixava transparecer impaciência.

— Não é uma pergunta tão difícil assim, Caroline. Onde você esteve?

O que ele realmente queria saber era que homens ela andara vendo. Nunca houve nenhum outro homem naquela época, mas Alan costumava lembrá-la quase todos os fins de semana que não era certo que ela usasse regatas ou shorts curtos, ou que ficasse olhando por muito tempo para um homem que estivesse empacotando as compras no mercado ou cobrando a conta no lava-rápido.

— É pecado fazer um homem vacilar, Caroline. — Ele sorria para ela, como se aquela fosse uma conversa perfeitamente normal entre marido e mulher. — Fico feliz por você entender isso.

Caroline começou a ponderar sobre o homem que voltava para casa todo fim de semana e o que ele tinha feito com o cara que ela amava. Só quando eles estavam na cama ela via vislumbres daquele Alan. Sua paciência e seu toque terno faziam com que ela se sentisse maluca por duvidar dele.

O desfile de lembranças continuou. Meses depois da promoção de Alan, Caroline estava voltando com Ellie da maternidade para casa, e o marido a preveniu de que ela teria de se virar sozinha com os afazeres. Ele sentia muito por não poder ajudá-la, mas queria uma nova promoção na ilha Parris.

A qualquer custo.

A solidão causada pela falta de Alan fora amenizada da noite para o dia pela presença de sua filhinha. Conforme Ellie crescia, tornaram-se um hábito as caminhadas no parque todas as tardes. Caroline soprava bolhas de sabão com uma varinha plástica, e Ellie corria atrás delas, rindo e enchendo o ar úmido da Geórgia. As duas estavam sempre juntas. Caroline costumava ler para Ellie todas as noites, primeiro Dr. Seuss, depois Junie B. Jones, e ambas conheciam as histórias de cor. Alan gostava de lembrar que elas deveriam ler mais C. S. Lewis e menos livros frívolos.

Caroline podia ouvir a voz de Ellie naquela época dizendo:

— Papai, a gente também lê os livros dele. *O leão, a feiticeira e o guarda-roupa* é o meu favorito. — E, com os olhos reluzindo para Caroline, emendava: — Mas os livros da Junie B. Jones nos fazem rir, não é, mamãe?

Cinco anos de momentos felizes com Ellie se passaram rapidamente, todos marcados por sanduíches de pasta de amendoim, cochilos vespertinos e o cheiro de cookies com gotas de chocolate assando no forno. Com os filmes da Disney, a prática da caligrafia e os desenhos para colorir, todos os dias eram igualmente maravilhosos. Mas então Ellie foi para o jardim de infância.

No começo, Caroline tinha apenas as manhãs solitárias para lembrar que Ellie estava crescendo, porém, um ano depois, a filha começou a estudar em tempo integral. No primeiro dia de aula, Caroline voltou para casa sozinha, ficou fitando a si mesma no espelho e, com olhos marejados, se perguntou:

— O que você vai fazer agora?

Alan não podia receber telefonemas no trabalho e, embora ligasse para casa todas as noites, as conversas deles eram sobre assuntos triviais. Que contas tinham chegado, quais foram pagas, como estava Ellie, o que ela estava aprendendo na escola. Apenas os fins de semana eram marcados por intimidade e alegria entre Caroline e Alan. Eles caminhavam em silêncio ao longo do rio e tomavam cafés exóticos em uma cafeteria no centro da cidade. Ela estava apaixonada por Alan, ainda que eles tivessem apenas os fins de semana para ficar juntos. Mas isso não tornava os dias de semana menos solitários.

O único raio de luz, aquele que lhe dava um motivo para acordar todas as manhãs de segunda-feira, era o tempo que ela ainda tinha com Ellie. Caroline se apresentou como voluntária na escola da filha, ajudando nos dias de artesanato e nas excursões, e, à tarde, Ellie tinha aulas de dança e ginástica na Associação Cristã de Moços. As duas ficavam mais próximas a cada ano que se passava. Ela podia ouvir a voz de Ellie de novo, mais velha dessa vez.

— Você é a minha melhor amiga, mãe... Você e o Nolan. Ninguém me entende como vocês.

No entanto, conforme Ellie avançava nos estudos, ela e Caroline passavam cada vez menos tempo juntas. Por fim, os encontros aconteciam apenas de vez em quando. O divisor de águas foi quando Caroline aceitou um emprego no consultório do dr. Kemp, no ano em que ela e o marido se deram conta de que haviam contraído dívidas. Fosse pelo tempo em que Caroline passava fora trabalhando ou pela habilidade de Ellie de sentir a tensão entre os pais, a garota começou a passar a maior parte do tempo livre na casa de Nolan.

E, inesperadamente, o desfile de lembranças teve fim.

Não era de admirar que Caroline tivesse agarrado a oportunidade de ver Peyton Anders com sua amiga Lena naquele janeiro. A mesmice de sua vida, a falta de interação e diversão com Alan ou com Ellie a estavam deixando louca. O show seria uma oportunidade para se sentir viva novamente.

Isso era tudo que Caroline Tucker esperava daquela noite.

Ela era uma boa moça, vinda de um bom lar. Frequentava a igreja todos os domingos com o marido e a filha, mesmo durante as piores fases. Nunca em toda sua vida Caroline poderia ter imaginado o que estava prestes a acontecer.

Aquilo que mudaria sua vida para sempre.

3

ALAN TUCKER PENSOU EM PEGAR o carro e ir ao encontro de Ellie, para trazê-la de volta para casa. O parque era perto da casa de Nolan. Mas, se fizesse isso, a filha saberia que sua vida estava prestes a mudar. No fim das contas, foi por esse motivo que ele não foi até lá. Ellie merecia uma última noite antes do início do resto de sua vida.

Uma vida em outro lugar. Sem a mãe.

A notícia daquela noite mudara tudo. Ele não criaria Ellie em uma cidade onde as pessoas falariam eternamente sobre a mãe dela, sobre o terrível caso que ela tivera e com quem. Naquela noite, enfim, Alan teve as respostas às perguntas que o atormentavam havia tanto tempo. Ele ainda tinha dificuldade para acreditar. Peyton Anders.

Alan suspirou, e o som pareceu chacoalhar seu peito apertado. Entre todas as pessoas possíveis, Caroline o estava traindo com um famoso cantor de música country. Pior ainda, isso acontecia pelas suas costas fazia dois anos. Ele deitou sobre as cobertas e fitou o teto remendado do quarto em meio à escuridão. Não sabia ao certo o que era pior: o fato de Caroline o haver traído ou de ter entregado seu coração ao cara fazia dois anos. Dois anos. Ele soltou o ar e rolou na cama, ficando de lado. Ele queria apenas o melhor para sua família. Em todos aqueles anos na base, nunca tinha tomado ao menos um gole de álcool. Quando os rapazes saíam para beber, ele ficava no quarto lendo a Bíblia ou assistindo a reprises de *A ilha dos birutas* e *I Love Lucy*.

Ele havia perguntado a Caroline mais de uma vez com quem ela estava se encontrando, mas nunca realmente esperara por isso. Que a única mulher que ele havia amado na vida tivesse outra pessoa. Ou que ela mentiria para ele. Que o trairia dessa forma. Seu estômago se revirou, e ele se perguntou se algum dia haveria de se sentir bem novamente. Era verdade que eles não dormiam juntos havia meses, mas, antes de a intimidade dos dois se esvair, eles tiveram seus bons momentos.

Agora... agora ele odiava lembrar até mesmo esses momentos. Ela dormia com ele à noite e flertava com Peyton na manhã seguinte, no trabalho dela. Ele nunca deveria ter se apaixonado por uma mulher tão bonita quanto Caroline. Especialmente sendo um fuzileiro naval. Alguns amigos o avisaram dezesseis anos atrás, quando ele anunciou que se casaria com ela. Até a mãe de Alan tinha ficado preocupada.

— Ela é muito bonita — dizia, com ares de questionamento. — Ela sabe que você vai ficar fora por bastante tempo? Mulheres como ela... Bem, algumas podem ser egoístas.

Alan cerrou o maxilar. Ele tinha ficado com raiva da mãe por causa desse comentário na época. E agora... ele não conseguiu concluir o pensamento — a verdade sobre sua mulher era dura demais. Mas uma coisa era certa: Caroline iria se arrepender daquilo enquanto vivesse. Ele já tinha um plano. Havia algumas semanas seu comandante lhe falara sobre uma promoção que o levaria à Base de Fuzileiros Navais do Acampamento Pendleton, em San Diego. Ele continuaria atuando como instrutor militar, mas para classes maiores. Se as coisas corressem bem, acabaria trabalhando na prisão militar adjacente, regida pela Marinha.

O cargo de instrutor militar em San Diego era para início imediato. Até essa noite, ele não havia realmente pensado em aceitar. Ellie estava no primeiro ano do ensino médio na Escola de Savannah, e Caroline trabalhava no consultório do dr. Kemp. A vida seguia um certo ritmo.

Mas tudo isso mudara essa noite.

Cinco minutos depois de Caroline sair, ele ligou para seu comandante.

— Quando posso começar em San Diego?

— Na semana que vem. — O homem não hesitou. — Me diga quando estiver pronto e estará ajeitado. Tem alojamento temporário na base até você achar alguma coisa.

Alan fez os cálculos. Ele e Ellie poderiam fazer as malas no dia seguinte e partir no domingo de manhã. Se aguentassem longas horas na estrada, poderiam chegar à Califórnia em três dias.

— Eu posso me apresentar na quarta-feira. E estar pronto para trabalhar na segunda seguinte.

— Feito. — O homem parecia surpreso. — Eles vão ficar felizes. Pendleton está precisando muito de instrutores. — E hesitou alguns segundos. — Você é o melhor, Tucker. Fico feliz com sua ascensão, mas odeio te perder.

Se ao menos sua mulher se sentisse assim...

Sim, ela lamentaria. Ele haveria de se mudar dali com Ellie e criaria a filha sozinho. Deixaria que ela tentasse entrar com uma ação, brigar pela guarda da filha. Ela não se atreveria, não com os sórdidos detalhes dos últimos anos. Se ela era capaz de fazer isso com ele e com a filha, então não se importava de qualquer forma. Ele não sujeitaria a filha a uma vida de vergonha. Caroline não queria ser mãe. Não, se foi capaz de fazer isso.

O coração de Alan parecia pesado no peito. Ele ainda tinha que contar a Ellie. Ela poderia ficar brava no começo, mas com o tempo acabaria entendendo. Sentiria falta de Caroline, é claro, mas, quando fosse madura o bastante, ele lhe contaria a verdade. Que sua mãe fora uma pessoa maravilhosa, bondosa e meiga, o amor de sua vida, mas que, por fim, escolhera outro homem em vez de ser a mulher dele e a mãe dela. Aquelas futuras conversas seriam de partir o coração, mas Alan não conseguia ver outra maneira de lidar com tudo aquilo. Ellie teria que entender. Ela também sentiria falta de Nolan, seu melhor amigo, mas com o tempo o esqueceria da mesma forma.

San Diego teria um mundo inteiro de novos amigos para ela.

Alan sentiu sua determinação endurecer como cimento fresco em um dia de verão. Não importava o que Ellie pensasse nem quão chateada ficasse, eles iriam embora de Savannah. Não havia outro jeito. Ele ouviu o barulho da bicicleta dela na garagem e olhou para o relógio. Ainda não eram onze horas, o horário-limite para que Ellie chegasse em casa. Ele ouviu quando a porta da frente se abriu e novamente se fechou. Por um instante, começou a se levantar. Seria melhor contar agora, para que ela tivesse mais tempo para se preparar.

Mas ele parou no meio do caminho.

Agora ela já teria se esquecido da briga dos pais. Provavelmente tivera uma ótima noite com Nolan, conversando debaixo das árvores, ouvindo música e sendo criança. Ellie tinha direito a uma boa noite de sono, a bons sonhos. A notícia de que sua mãe estava grávida de outro homem e de que Ellie teria de se mudar para San Diego com o pai faria com que ela amadurecesse antes da hora. Alan sentia dor pela filha. Ele lhe contaria no dia seguinte. Não interromperia a santidade daquele momento.

A última noite da infância de sua filha.

˞˞˞

A conversa com Lena e Stu foi breve. Eles queriam que Caroline ligasse para um terapeuta pela manhã. Que buscasse intervenção de imediato para que, de alguma forma, por algum milagre, seu casamento pudesse ser salvo. Caroline ouviu o que eles tinham a dizer e assentiu. Mas a conversa era inútil. Não havia volta. Alan Tucker nunca a amaria novamente.

Ela se retirou para o quarto de hóspedes e deixou que as lembranças viessem à tona mais uma vez, até que estivessem plenamente claras em seu coração. E, de repente, lá estava ela de novo, naquela primeira vez no show de Peyton Anders.

Desde o minuto em que Peyton subira no palco naquela noite no Centro Cívico de Savannah, ele parecia cantar só para ela. Os olhares dos dois se encontraram e, no início, até Lena achou que era uma brincadeira inofensiva, um flerte sem maiores consequências entre um artista e uma fã. O tipo de coisa que um cara como Peyton provavelmente fazia todas as noites.

Caroline pensou que aquela troca de olhares seria algo de que ela e Lena dariam risada algum dia, quando ficassem velhas. A noite em que o famoso Peyton Anders escolhera Caroline Tucker em meio a todo o público e fizera sua cabeça girar.

Porém, depois de algumas canções, os breves olhares deram lugar a uma ocasional piscadela, e, conforme o show prosseguia, Caroline se permitiu acreditar que ela e Peyton eram as únicas pessoas no auditório. Perto do final do set, ele fez um gesto para que ela fosse até a lateral do palco. Ao mesmo tempo, dois caras da equipe dele apareceram perto dos degraus e acenaram para que ela se aproximasse enquanto Peyton fazia um breve intervalo. Ele bebeu meia garrafa de água e então sorriu para o público.

— Dizem que Savannah tem as mulheres mais bonitas do sul do país.

Caroline se lembrou de como se sentiu, com o coração na boca, enquanto esperava na lateral do palco. Peyton continuava falando.

— Desde o começo da noite eu notei uma moça muito bonita. — Ele deu de ombros, com seu largo sorriso de garotinho, mais do que charmoso. De alguma forma, ele conseguia parecer um menino que tem uma queda pela irmã mais velha do amigo. — O que posso dizer? Não vou conseguir cantar a próxima música sem ela.

A multidão aplaudiu, e o som foi ensurdecedor. Àquela altura, os dois homens tinham levado Caroline para cima do palco. Ela ainda podia se ver nos bastidores, vestindo uma blusa branca, sua melhor calça jeans e botas de caubói. Seus joelhos tremiam.

— Vem, doçura, vem cá.

Caroline sentiu como se estivesse em um sonho. *Isso não pode estar acontecendo*, disse a si mesma. Ele era famoso e oito anos mais novo que ela. Ela era membro da Associação de Pais e Mestres, não do fã-clube de Peyton Anders. Mas o que ela poderia fazer? Hesitante, foi até ele, com os aplausos e gritos chacoalhando seus nervos.

— Qual é o seu nome, querida? — Ele esticou o microfone para ela responder.

— Caroline. — Ela piscou, cega pelo brilho dos holofotes. — Caroline Tucker.

Peyton deu risada e olhou para o público.

— Caroline Tucker, senhoras e senhores. Ela é linda, não é?

Mais aplausos e clamores. Caroline tentou soltar o ar. Tinha que estar sonhando. Era a única forma de explicar aquilo. Naquela época, as palavras carinhosas que Alan costumava usar com ela já haviam dado lugar à conversa funcional. Como a Ellie está indo na escola? Por que a roupa não foi lavada? Quando ela chamaria o encanador para consertar o cano quebrado na pia do banheiro? Esse tipo de coisa. Alan vinha para casa cansado e distraído. Em alguns dias, mal olhava para ela quando passava pela porta. Assim, não era nenhuma surpresa que ela não se sentisse bonita. Pelo contrário, ela se sentia velha e cansada, solitária e incerta. Esgotada e usada. Tudo isso.

Mas não bonita.

Um dos caras da equipe de Peyton trouxe uma banqueta, e o cantor segurou a mão dela enquanto ela se sentava. Então ele cantou a canção título de seu mais novo álbum. A canção que tinha inspirado a turnê: "Whatever You're Feeling". As luzes, a multidão e os aplausos se esvaneceram enquanto Peyton cantava, e Caroline prendeu a respiração. Cada verso, cada palavra parecia ter sido escrita para ela e aquela estranha conexão entre eles, uma ligação que acontecera no ínfimo tempo de um respiro. Mesmo agora a letra era tão familiar quanto o próprio nome de Caroline.

Now that we're both here
Nothing left to fear
We could have it all
So let your heart fall
Here in this moment that we're stealing
Baby, I am feeling
The same thing you are feeling
Whatever you are feeling.*

Quando terminou a canção, ele a abraçou e, de uma forma muito discreta, sussurrou:

— Dê o número do seu telefone para os meus rapazes. — Então sorriu para o público e disse: — Caroline Tucker, senhoras e senhores.

Ela saiu do palco zonza, animada e com náuseas. Dois pensamentos a consumiam. O primeiro: ela havia cometido o que julgava ser um pecado imperdoável — sentira-se atraída por outro homem. E o segundo: nada a impediria de dar seu telefone a um daqueles caras. Peyton Anders tinha esse tipo de efeito intoxicante sobre ela.

Antes que Caroline pudesse voltar para seu assento, Peyton terminou o set e se juntou a ela nos bastidores escuros. E lá, entre caixas acústicas e fios elétricos, suado e respirando com dificuldade, ele foi até ela sem hesitar.

— Aquilo foi incrível — disse, colocando a mão em seu rosto.

Mesmo no escuro, ela pôde ver o desejo nos olhos dele.

Ainda sem fôlego por causa do show e sem esperar nem mais um instante, ele a beijou.

Peyton Anders a beijou.

Ela não precisou dizer nada a Lena quando voltou para o seu lugar. Sua expressão deve tê-la entregado. Todo o público provavelmente no-

---

* "Agora que nós dois estamos aqui/ Sem nada mais a temer/ Poderíamos ter tudo/ Então deixe seu coração cair/ Aqui, neste momento que estamos roubando/ Baby, estou sentindo/ O mesmo que você/ Seja lá o que estiver sentindo." (N. da T.)

tou a mesma coisa. Lena fez uma cara feia enquanto os fãs de Peyton pediam bis. Sobre o barulho ensurdecedor, ela se inclinou para perto da amiga e gritou:

— Você o beijou, não foi?

Caroline não conseguiu mentir. Também não se sentia mal em relação a isso. Não quando tinha acabado de ter a noite mais incrível dos últimos anos. Talvez de sua vida toda. Ela e Lena discutiram a caminho de casa, e Caroline minimizou suas ações. A culpa era de Alan. Fora ele quem parara de amá-la. Além disso, Peyton Anders não era uma ameaça a seu casamento.

— Ele nunca vai me ligar. Foi um lance de fã, só isso. — E sentiu que estava corando enquanto justificava a ocorrência do beijo. — Uma coisa de momento, sabe?

— Você não precisa de um beijo de Peyton Anders, Carrie. Precisa de terapia de casal.

A conversa das duas não teve fim até que Lena a deixou em casa. Caroline achou que seria somente aquilo, mas estava errada. O primeiro telefonema de Peyton foi às duas da manhã. Caroline estava acordada, no lado mais afastado da cama, revivendo cada minuto do show. Como era sexta-feira, Alan estava em casa. Caroline agarrou o telefone e olhou de relance para o marido. Então saiu às pressas do quarto e entrou na cozinha, do outro lado da casa.

— Alô? — sussurrou, olhando por cima do ombro.

Mesmo agora ela se lembrava de ter ficado aterrorizada com a possibilidade de Alan acordar.

— Baby, sou eu, Peyton. — As palavras dele saíam arrastadas, como se ele estivesse bebendo. — Hoje foi o paraíso. Quando posso ter ver de novo?

Numa decisão que ela questionaria até o último dia de sua vida, Caroline pensou em Alan no quarto, em como ela o havia amado e quanto ansiara se casar com ele. Depois pensou em como ele a deixava se sentindo solitária com tanta frequência. Ela cerrou os dentes por meio segundo e passou para Peyton um número diferente — do consultório onde trabalhava. Disse-lhe três coisas: em primeiro lugar, que ele poderia telefonar apenas para o trabalho dela. Em segundo, que ela era casada, então eles precisavam tomar cuidado. E, em terceiro, que mal podia esperar para vê-lo de novo.

Desde aquele instante, não havia dúvidas em relação aos sentimentos dos dois. A intensidade e a impossibilidade daquela paixão os tornavam mais próximos a cada vez em que se falavam. Caroline nunca pôde realmente acreditar que Peyton Anders estava ligando para *ela*. Ele devia ter dezenas de tietes em cada cidade. Por que a procuraria? Ela se deixou levar pela emoção, convencida de que não resultaria nada daquilo tudo. Os telefonemas continuaram por um ano, até que Peyton voltou a Savannah em janeiro seguinte. Ele arranjou para que ela ficasse nos bastidores durante o show, e ela não contou nada daquilo a Lena. Depois do show, Caroline e Peyton deram uns amassos durante meia hora em uma sala privada nos bastidores. Caroline se lembrou de dizer a Peyton que precisava ir embora, que não podia perder o controle. Uma coisa era flertar com o cantor ao telefone, outra era beijá-lo nos bastidores. Aquelas coisas eram apenas uma distração para sua vida amorosa inexistente.

Mas ela se importava demais com Alan para ter um caso de verdade.

Quando ela se despediu de Peyton naquela noite, ele sussurrou:

— Um dia desses vou parar com as turnês, e vamos ser só eu e você. Vou te levar para Nashville comigo, e vamos começar uma vida juntos.

Caroline apenas sorriu. Ela nunca teria considerado tal coisa, mas não devia explicações a Peyton. O fascínio por ele não passava de uma fantasia.

No dia seguinte, Lena ligou para ela no consultório.

— Você foi ao show dele na noite passada, não foi?

— Lena, isso não é hora para...

— Escuta. Você vai destruir tudo que importa na sua vida, Carrie. Pense na Ellie... e no Alan. Você jurou àquele homem que seria para sempre. — Ela esperou. — Está me ouvindo?

— Sim. — Caroline suspirou. — Como foi o jantar com o Stu?

— Carrie.

— Eu não quero falar sobre isso. Ele foi embora hoje de manhã. É só um amigo.

— Você não pode mentir para mim.

E assim as coisas continuaram. Mais adiante, naquela primavera, quando Alan disse a ela que ainda a amava e que os dois deveriam fazer terapia de casal, Caroline sentiu um raio de esperança, mas, seis meses depois, eles ainda não tinham encontrado nem tempo nem um terapeuta.

No próximo aniversário de casamento dos dois, Alan a levou para jantar, mas a noite toda ele parecia derrotado. Ela estava certa de que sua expressão não estava muito diferente da dele.

— Eu sinto... como se estivesse te perdendo. — Ele se sentou diante dela, esforçando-se para fazer contato visual com a mulher. — Como se estivéssemos *nos* perdendo. — Ele esticou a mão para tocar a dela, e, por um instante, ambos pareceram lembrar quanto haviam perdido. — Se tenho sido um péssimo marido, Caroline, eu peço desculpas. Nunca quis ser assim.

Ela tentou sorrir.

— Eu fico pensando que as coisas vão melhorar.

— Você merece coisa melhor.

Caroline pensou em Peyton. Sim, ela e Alan, os dois mereciam coisa melhor. Naquela noite, Alan prometeu coisas que fizeram com que Caroline esquecesse todo mundo, menos seu marido. Mas, na manhã seguinte, ele se fora novamente, para mais uma semana de trabalho. Um mês depois, as promessas de Alan haviam sido esquecidas por completo. Naquela época, Ellie passava mais tempo na casa de Nolan que na própria casa. Em certas noites, Caroline olhava para as fotos de seu casamento e chorava pelo amor que eles tinham naquela época, o amor que se perdera no meio do caminho. Os dois eram culpados disso, e parecia não existir respostas.

Caroline continuou a receber telefonemas de Peyton, e, quando ele voltou à cidade, apenas quatro meses atrás, insistiu que ela chegasse ao show mais cedo. Eles trocaram mensagens de texto até o momento em que se encontraram, na porta dos bastidores. Então entraram no camarim e se abraçaram por um longo tempo.

— Eu te amo, Caroline. Penso em você o tempo todo.

As palavras dele a deixaram assustada.

— Amor, Peyton? — Ela recuou, buscando o rosto dele. — Isso não tem nada a ver com amor.

— Tem sim. Eu te amo. De verdade. — Ele parecia magoado. — Não tem ninguém na minha vida como você, baby. Eu penso em você todas as horas de todos os dias. — Ele a beijou, um beijo perigosamente apaixonado, que fez com que ela se esquecesse de tudo, menos do homem que a tinha nos braços. Ele ficou encarando-a, sem fôlego. — Você precisa acreditar em mim, baby.

Nos próximos dez minutos, as defesas dela foram vencidas. Ela não havia visualizado aquela situação, nunca imaginara aquilo. Mas, muito antes de seguir até o palco, ele a convencera de que estava falando a verdade. Ela não era uma distração, uma fantasia ou um jogo. Peyton Anders realmente a amava.

Então ele soltou a novidade.

— Tenho quatro dias livres. — E ergueu a sobrancelha, nervoso e hesitante. Ele tremia enquanto olhava fundo nos olhos dela, diretamente em sua alma cansada. — Reservei um quarto pra gente.

— O quê?

— Um quarto. — Ele se aproximou dela. — Vamos, Caroline. Não podemos parar agora.

E a beijou novamente, um beijo mais longo dessa vez.

A combinação de seu casamento, frio como o gelo, com o beijo apaixonado de Peyton fez com que Caroline perdesse o controle. Ela recuou, sem fôlego e sem conseguir raciocinar.

— Depois do show... me leve até lá.

E então ele fez o que ela pediu, e aquilo virou rotina. Ela passava todas as horas do dia com ele, e eles nunca saíam do quarto do hotel. Era como se nada nem ninguém existisse. Ela pediu licença no trabalho, alegando estar doente, e chegava tarde em casa todas as noites. Durante as poucas horas que passava em casa, preparava comida para Ellie e, pela manhã, conversava alguns minutos com a filha, por quanto tempo a vergonha lhe permitisse. Então, partia para o hotel.

Foram apenas quatro dias, e ela achava que nunca seria pega.

Mas, naquela sexta-feira, Alan voltou mais cedo da base e questionou Ellie. Quando descobriu que Caroline não tinha chegado em casa antes das dez da noite nos últimos três dias, assumiu sua posição perto da porta da frente da casa. Os olhos do marido foram a primeira coisa que Caroline viu quando entrou sorrateiramente em casa naquela noite.

Ele olhou feio para ela, com os dentes cerrados, e a chamou de coisas que permaneceram grudadas nela. Nomes de que ela não poderia escapar. E, todos os dias desde então, eles brigavam e lançavam acusações um sobre o outro, como se fossem granadas. A tensão preenchia a casa, e Ellie permanecia mais tempo fora do que jamais o fizera. Ela havia crescido, e agora era um belo lembrete de tudo que a própria Caroline fora quando adolescente. Mas a intimidade que partilhavam quando Ellie era pequena se fora, assim como o dia de ontem.

Caroline voltou seu coração e suas esperanças para Peyton. Com todo o seu ser, ela sabia que estava agindo mal, mas não conseguia evitar.

Ele não era mais uma distração, um motivo para se levantar pela manhã. Ele era o futuro dela. As ligações continuaram, e Caroline se importava cada vez menos com a possibilidade de Alan descobrir o caso deles. Por esse motivo, ela não ficou muito preocupada por sua menstruação estar atrasada há três semanas. Se estivesse grávida, ela e Peyton poderiam simplesmente começar uma vida juntos mais cedo. Então ela ligou para Peyton para lhe dar a notícia, e seu mundo se desfez. Ele ficou em silêncio durante meio minuto antes de dizer algo que ela nunca vai esquecer.

— Você não pode provar que o filho é meu. Ninguém vai acreditar em você.

E, simples assim, o jogo entre ela e o famoso Peyton Anders estava acabado. Ela fez um teste de gravidez e ficou encarando o resultado positivo. Em um borrão de medo, terror e incerteza, não conseguiu se lembrar de respirar, porque o teste representava duas coisas. O começo de uma nova vida.

E o fim da sua.

4

Ellie nunca tinha corrido tão rápido em toda sua vida. Qualquer coisa para ficar longe da terrível notícia.

A mochila balançando nos ombros continha tudo o que ela poderia precisar. Talvez ela nunca mais voltasse. Talvez fosse até a casa de Nolan para se despedir dele e continuasse correndo. Até esbarrar na vida de outra pessoa. Qualquer pessoa que não fosse ela mesma.

Relampejou ao longe, e o ar ficou mais quente e úmido. Ellie respirava com dificuldade, mas não se importava com isso. A cada passada, sentia que estava mais longe da terrível verdade, de sua nova realidade. Sua mãe estava grávida de outro homem. Seu pai não falava sobre o pai do bebê, mas havia lhe contado a pior parte cinco minutos atrás.

Eles se mudariam para San Diego pela manhã. O que significava que ela não poderia se despedir de sua mãe.

Não houvera tempo de Ellie pegar a bicicleta. Assim que ela entendeu que o pai estava falando sério e que aquela seria sua última noite em Savannah, apanhou suas coisas e começou a correr. E não diminuíra o ritmo desde então. Passos mais longos, mais rápidos. Suas pernas doíam, mas ela continuava correndo. Talvez cruzasse a cidade até a casa de Lena para poder ao menos dar um último abraço na mãe e se despedir. Ellie nunca havia amado e odiado alguém tanto assim em toda sua vida. Ela sentiu lágrimas escorrendo pelas bochechas e as limpou com força. Sua mãe não se importava. Ela havia traído seu pai. Todas aquelas noites, quando chegava tarde em casa, ela estava... com o outro cara.

Quando poderia estar com Ellie.

Ela se sentiu fraca e achou que fosse desmaiar e morrer na calçada. E daí se isso acontecesse? Ela iria para o céu e poderia evitar esse pesadelo, do qual ela não podia correr.

Por fim ela chegou à casa de Nolan, bem quando sentiu que não poderia dar mais nenhum passo. Chorando e com a respiração ofegante, bateu à porta. Ela não pensou em como devia estar sua aparência nem no que a família dele iria pensar. Só sabia que não conseguiria passar mais nem um minuto sem ele.

Nolan atendeu a porta, e seu sorriso se transformou em espanto. Ele se importava com ela — e talvez fosse a única pessoa.

— Ellie... — Ele saiu até a varanda e fechou a porta. — O que foi? O que aconteceu?

A respiração difícil de Ellie deu lugar a soluços, e ela não sabia ao certo se conseguiria tomar fôlego. Definitivamente, não conseguia falar. Em vez disso, abraçou Nolan durante um longo tempo, como se estar ali com ele pudesse salvá-la.

— Shhh... Está tudo bem. — Ele acariciou seus cabelos loiro-escuros e também a abraçou.

Ellie não queria mais soltá-lo. Mesmo em meio ao horror daquela noite, ela sabia, sem sombra de dúvida, que se lembraria daquele momento para sempre. Ainda que Nolan a provocasse a respeito de eles se casarem um dia, eles nunca tinham se abraçado daquele jeito. Então, mesmo no pior dia de sua vida, ela sempre teria essa recordação.

A sensação de estar nos braços de Nolan Cook.

Quando por fim conseguiu falar, Ellie recuou um passo e buscou os olhos dele.

— Eu vou me mudar. Amanhã de manhã.

— O quê? — Claramente, a resposta de Nolan saiu mais alta do que ele pretendia. — Amanhã? Ellie, isso é loucura!

— É v-v-verdade. — Ela foi tomada por soluços. — A minha mãe... ela está grávida.

Nolan passou a mão nos cabelos e deu um passo para trás. Ele se virou para a porta e depois voltou novamente para Ellie.

— Isso é uma coisa boa, certo? Quer dizer... ela não é tão velha assim. — O rosto dele estava pálido, e suas palavras soavam secas. — Vocês vão se mudar porque ela vai ter um bebê?

Ellie odiava dizer aquelas palavras, odiava acreditar nelas, mas era tarde demais para qualquer coisa que não fosse a verdade.

— O meu pai não... ele não é o pai do bebê.

O ar da noite estava completamente parado, sem nenhuma brisa vinda do mar. O único som que se ouvia era o de um distante coro de rãs e nada mais. Chocado, Nolan caminhou lentamente até ela.

— Você quer dizer...

— É. — Dessa vez, as lágrimas que acharam caminho até o canto dos olhos de Ellie estavam quentes de vergonha. Como aquilo podia estar acontecendo? — Ela traiu o meu pai. É por isso que vamos nos mudar.

Novamente Nolan recuou, dessa vez se apoiando na parede, como se pudesse cair se algo não o mantivesse em pé.

— Você quer dizer... que vocês vão se mudar para uma casa nova. Longe da sua mãe?

— Nolan... — Ela sentiu o coração parar de bater por um instante e a cabeça girar. — Vamos nos mudar para San Diego. Eu e o meu pai. Amanhã.

Rapidamente os olhos de Nolan ficaram escuros e raivosos. Ele balançou a cabeça em negativa.

— Não. — E socou o pilar que sustentava a varanda da frente da casa. Então saiu para o gramado e gritou novamente: — Não!

Ellie ficou de braços cruzados, secando as lágrimas que escorriam pelo rosto.

— Eu... não quero ir.

— Então você pode ficar aqui. — Ele foi rapidamente até ela, com a respiração mais acelerada. — Meus pais vão te deixar ficar aqui. Você pode pelo menos terminar a escola.

— É. — Ellie mordeu o lábio e assentiu. — Talvez.

Não importava o que eles decidissem ou o que ela quisesse fazer — seu pai nunca sonharia em deixar que ela ficasse. Ele sempre ia buscá-la se ela não chegasse em casa na hora marcada.

— San Diego? — A raiva dele diminuiu um pouco, como se seu plano fosse suficiente para convencer a ambos de que, de alguma forma, de manhã, eles ainda estariam morando a poucas ruas um do outro. — Por que San Diego?

— Acampamento Pendleton. Eles ofereceram um emprego para o meu pai. — Ela deu de ombros, e um calafrio desceu por sua coluna, apesar do calor do verão. — Antes de o meu pai descobrir sobre a minha mãe. Ele não ia aceitar o emprego, mas aí...

Nenhum dos dois disse nada por um bom tempo. Nolan colocou as mãos nos ombros de Ellie, e eles olharam um para o outro. Nos olhos dele, Ellie podia ver as lembranças de quase uma década dos dois crescendo juntos. Ele balançou a cabeça.

— Você não pode ir embora, Ellie.

— Eu sei. — Ela estremeceu um pouco, incerta quanto a seus sentimentos.

— Vem aqui. — Ele estendeu os braços, e ela foi até ele. Mais uma vez, ele a abraçou e a embalou devagar, como se o fato de estarem abraçados fosse capaz de evitar o que viria pela frente. Em seguida ele recuou, e parte da tristeza não estava mais em seus olhos. — Eu tenho uma ideia.

— O quê? — Ela olhou para baixo, desejando que ele a abraçasse de novo.

— Vem. — Ele segurou a mão dela. — Vem comigo.

A sensação dos dedos dele em volta dos seus dominou os pensamentos de Ellie, e ela desejou ardentemente que o tempo parasse. Eles correram até os fundos da casa e passaram por uma porta lateral na garagem. Nolan acendeu a luz.

— Por aqui.

Ele deu a volta em uma pilha de caixas e armários de arquivos e foi até uma área cheia de varas e equipamentos de pesca. Então soltou a mão dela e procurou em volta até encontrar uma velha caixa de metal do tamanho de uma caixa de sapatos, empoeirada e com teias de aranha. Nolan pegou um jornal velho e tirou as teias dali.

— O que é isso? — perguntou Ellie, segurando as tiras da mochila.

— Minha primeira caixa de equipamentos de pesca. — Ele abriu um largo sorriso. — Eu costumava levar para toda parte. — E chutou de leve uma caixa de plástico maior, vermelha. — Eu uso essa agora. Tem mais espaço.

Ellie estava confusa.

— Sei.

Ele olhou ao redor.

— Eu preciso de uma pá.

Ela avistou uma pequena pá na bancada de trabalho do pai dele.

— Aquela ali?

— Perfeito.

Ele pegou a pá e entregou a ela. Os olhos dele dançavam enquanto ele enfiava a caixa debaixo do braço, como sempre fazia com a bola de basquete. Então ele pegou a mão de Ellie novamente.

— Vem. Confie em mim.

Nolan levou Ellie para fora da garagem, e juntos eles correram até a frente da casa.

— Espere aqui. — Ele colocou a caixa no chão da varanda e ergueu a mão. — Não saia daí. Eu já volto.

Fosse lá o que ele estivesse fazendo, estava ajudando. Ellie adorava aquela sensação de aventura, até mesmo em uma noite como aquela.

Ela olhava para as estrelas e tentava se imaginar partindo para San Diego pela manhã. *Por favor, meu Deus... Não permita que seja o fim. Por favor...*

Nolan voltou, dessa vez com um bloco de papel amarelo, uma caneta e uma lanterna. Colocou tudo dentro da caixa, a enfiou debaixo do braço e, com a mão livre, pegou a de Ellie mais uma vez.

— Vamos.

Ela não precisou perguntar para onde. Ele a estava levando para o parque, onde eles sempre acabavam indo parar juntos. A Edgewood Street estava vazia, e a estrada, completamente silenciosa. Eles a cruzaram e entraram no parque pelo velho portão de ferro. O lugar era aberto apenas aos moradores da região, mas Ellie e Nolan sempre sentiram que o local lhes pertencia. Simplesmente parecia ser assim.

Ele fechou o portão sem fazer barulho, pegou a lanterna e a acendeu. Às vezes a lua iluminava tudo perfeitamente bem, mas não naquela noite. O céu estava mais escuro que carvão, e as estrelas que pontilhavam o céu não brilhavam o bastante para iluminar o caminho dos dois.

Como sempre, eles correram pelas árvores menores até a maior, a uns trinta metros do portão. A árvore deles. Nolan colocou a caixa e a pá ao lado da maior raiz, aquela que eles usavam como banco.

— Este é o plano. — Ele estava sem fôlego, provavelmente por estar tão animado com a ideia. Nolan se sentou, desligou a lanterna e colocou o bloco em cima do joelho. — Cada um de nós vai escrever uma carta para o outro e colocar na caixa. — Ele pensou por um instante. — Hoje é dia 1º de junho. Vamos enterrar nossas cartas aqui, ao pé da árvore, e daqui a onze anos... — ele sorriu — ... no dia 1º de junho, vamos nos encontrar aqui e ler o que escrevemos.

Ellie franziu o cenho, mas não conseguiu ficar séria com a expressão que Nolan tinha no rosto. A risada a pegou desprevenida, aliviando o desespero em seu coração.

— Por que onze anos?

— Porque, na aula de inglês, estamos lendo um livro chamado *As respostas*. É um livro sobre o futuro. É de ficção científica e fala que, daqui a onze anos, vai acontecer uma convergência esquisita ou algo do gênero, e da noite para o dia teremos todas as respostas. — As palavras dele saíam rapidamente, como se estivessem tentando acompanhar o ritmo de sua mente, que estava a mil.

— Respostas para quê? — Ela riu de novo. Ellie nunca tinha visto Nolan daquele jeito.

— Você sabe. — Ele olhou ao redor, tentando encontrar a explicação certa. — De que cor é o vento, qual a profundidade do oceano, por que sonhamos, um monte de coisas. Esse tipo de respostas. — E fez uma pausa. — Quer dizer, coisas que só Deus é capaz de saber. — Então abriu um sorriso bobo para Ellie. — Sei lá. Onze anos parece mais fácil de lembrar.

— Humm... Tá bom. — Ela mordeu o lábio inferior para se impedir de rir de novo. Por mais que estivesse agindo como um doido, Nolan estava visivelmente sério. — Então vamos escrever uma carta um para o outro... e não vamos ler até lá.

— É. — Ele hesitou, e seus ombros caíram um pouquinho. — A menos que seu pai mude de ideia e você não se mude para San Diego amanhã.

A tristeza abalou a magia do momento.

— Onze anos, Nolan. É tanto tempo...

— Bom... a gente vai se ver antes disso. Vamos escrever e ligar um para o outro, eu vou te visitar, mas...

Ela sabia aonde ele queria chegar.

— Só para o caso de acontecer alguma coisa...

— É. — O entusiasmo dele diminuiu, e seus olhos ficaram marejados. — Para o caso de acontecer alguma coisa, vamos nos dar essa chance.

Ela assentiu devagar. Uma chance. Só como precaução. A ideia parecia tão triste que ela mal podia se aguentar em pé. Ela tirou a mochila das costas, a largou no chão e se sentou ao lado dele no tronco da árvore.

— O que devemos dizer na carta?

— Humm... — Ele olhou em volta, como se estivesse apanhando ideias do ar pesado da noite. Aos poucos, seus olhos encontraram os dela. Até sob a parca iluminação, ela podia ver que Nolan estava nervoso. Ele manteve o olhar no dela durantes várias batidas do coração.

— Vamos escrever como nos sentimos em relação ao outro.

Ela estreitou os olhos.

— Você já sabe.

— Bom... na verdade, não sei não. — Ele encontrou seu largo sorriso mais uma vez. — Quer dizer, você sabe como eu me sinto. Que eu vou casar com você algum dia. — E deu uma piscadela para ela. — É sério. É só escrever como você se sente, Ellie.

Geralmente essa era a parte da conversa em que Ellie dizia a Nolan que ele não haveria de se casar com ela. Ele iria embora e se tornaria um jogador de basquete famoso, e ela escreveria um romance best-seller. Naquela noite, porém, em que os minutos se passavam com tanta rapidez, ela não pôde dizer nada disso. Ellie esticou a mão para pegar o bloco de papel.

— Eu escrevo primeiro.

— Tudo bem. — Ele parecia aliviado, e entregou a ela papel e caneta. Depois acendeu a lanterna. — Aqui, use isso.

Ela apoiou a lanterna para que iluminasse diretamente o papel.

— Não olhe.

— Não vou olhar. — Ele deu risada. — O objetivo é esse. Nós não podemos saber o que está escrito nas cartas.

— Só daqui a onze anos.

— É.

Ele parecia satisfeito. Ellie ficou com o olhar fixo no papel em branco. Olhou de relance para Nolan e viu que ele estava olhando atentamente para cima, para as estrelas em meio ao musgo-espanhol. *Muito bem*, disse a si mesma. *Como eu me sinto?* Um turbilhão de emoções passou através dela, e ela se forçou a não chorar. Não ali. De repente, ela queria escrever aquela carta mais do que qualquer coisa que eles pudessem fazer naquela noite.

Ellie pousou a caneta no topo da página.

Querido Nolan,

Em primeiro lugar, só estou fazendo isso porque você não vai ler esta carta por onze anos. Haha! Tudo bem, lá vou eu. Você quer saber como eu me sinto em relação a você?

Ela parou e ficou com o olhar fixo naquele mesmo céu. Eles não estavam com pressa. Passava um pouco das nove, o que queria dizer que eles ainda tinham duas horas. Como ela se sentia? Seus olhos se depararam com o papel, e ela começou a escrever novamente.

Estas são as coisas que eu tenho certeza que sinto. Eu amo o fato de você ser o meu melhor amigo e de eu poder vir aqui sempre que quiser. Amo o fato de você ter me defendido na hora do recreio, no terceiro ano, quando Billy Barren tirou sarro das minhas marias-chiquinhas. Sinto muito por você ter se metido em encrenca por fazer com que ele tropeçasse... Na verdade, não sinto muito não. Eu amei aquilo também.

Eu amo a sua coragem de defender quem precisa, como quando aqueles babacas do time de futebol americano jogaram Coca na cabeça daquele menino magricela. Você foi o primeiro a levar um punhado de guardanapos para ele. Realmente, Nolan, eu amo isso. E adoro ver você jogando basquete. É como se... sei lá... como se você tivesse nascido para jogar. Eu poderia ficar olhando você naquela quadra de basquete o dia inteiro.

O que mais?...

Ellie olhou para Nolan novamente e tentou se imaginar dizendo adeus a ele dentro de poucas horas. Lágrimas fizeram seus olhos arderem. *Agora não, Ellie. Não pense nisso.* Ela fungou e continuou a escrever.

Agora a parte que eu nunca poderia lhe dizer neste momento, porque é muito cedo ou talvez muito tarde, já que estou indo embora amanhã de manhã. Eu amei a forma como me senti hoje à noite, quando você me abraçou. Eu nunca tinha me sentido assim antes. E, quando você me levou até a sua garagem e de lá viemos até o parque, eu amei sentir a minha mão na sua. Para dizer a verdade, Nolan, eu amo quando você diz que vai se casar comigo. O que eu realmente não entendia até esta noite era que essas não são as únicas coisas que eu amo.

Eu amo estar aqui, eu e você, e ficar ouvindo o som da sua respiração. Eu amo ficar sentada debaixo dessa árvore com você. Então, acho que é isso. Se nós não nos vermos durante onze anos, quero que você saiba como eu realmente me sinto.

Eu te amo.
Pronto, falei.
Não se esqueça de mim.

Com amor,
Ellie

Somente quando assinou seu nome, Ellie sentiu as lágrimas escorrerem e notou que uma delas havia caído no papel. Ela a secou com os dedos, dobrou a folha e entregou o bloco a Nolan.

— Sua vez.

Ele deve ter percebido as lágrimas dela, mas não disse nada. Em vez disso, colocou o braço em volta dos ombros dela e a abraçou por um bom tempo.

— A gente vai se ver. Vai sim.

Ela ficou mais calma e assentiu, porque não havia palavras. Por fim, Nolan a soltou, se encaixou no tronco da árvore e pegou a lanterna. Ele a colocou debaixo do braço e começou a escrever. Ela não queria ficar encarando-o, mas, fosse o que fosse que ele estivesse colocando no papel, era algo que saía com facilidade. Ele parou de escrever e abriu um largo sorriso.

— Venho esperando uma oportunidade de dizer isso faz tempo.

Ela deu risada, porque esse era o efeito que ele tinha sobre ela. A carta de Nolan não era muito longa. Tinha uma página, mas ele não fez nenhuma outra pausa enquanto escrevia. Quando terminou, dobrou o papel do mesmo jeito que ela fizera. Então ergueu a velha caixa de pesca até o colo e a estendeu para Ellie.

Ela sentiu uma onda de dúvida.

— Você não vai voltar e ler minha carta, né?

— Ellie. — Ele ergueu a sobrancelha. — Vamos enterrar a caixa. Nenhum de nós vai poder tirar as cartas daqui durante onze anos. Aconteça o que acontecer.

Ela passou o polegar sobre o papel amarelo pautado e jogou sua carta dentro da caixa. Ele fez o mesmo com a dele e então fechou a tampa. Em seguida pegou a pá e se levantou, com o olhar fixo no chão.

— Que tal bem aqui? Entre as raízes da árvore?

— Onde geralmente colocamos os pés.

— Exatamente.

Nolan entregou a Ellie a lanterna, ficou de joelhos e começou a cavar. Ela mirou com a luz o local onde o buraco deveria ser feito. O solo estava macio, e ele cavou rapidamente.

— Pronto. — Então se levantou e limpou a testa com o dorso da mão. — Já é o suficiente.

Ele colocou a pá no chão e pousou a caixa no espaço que cavara.

— Perfeito. — Ele limpou a terra das mãos. — Você enterra.

Ellie passou a lanterna para ele, pegou a pá e a deslizou para dentro da terra solta. Em seguida, jogou a terra em cima da caixa. A cada punhado, ela tentava visualizar o futuro. Escavando e tirando a caixa do buraco dali a onze anos. Ela estaria com vinte e seis anos, teria se formado na faculdade e estaria a caminho de concretizar sua carreira de escritora. Talvez até já tivesse publicado um livro. Aos poucos, ela preencheu o espaço nas laterais e em cima da caixa. Quando ela terminou, Nolan fez pressão com o pé em cima da terra e nivelou o solo. Ellie acrescentou mais um pouco de terra, e eles repetiram o processo até que o chão ficasse bem aplainado e sólido.

Eles se sentaram, e Nolan desligou a lanterna.

— Não consigo acreditar que você está indo embora.

— Nem eu.

A risada de antes se fora, e ela estava caindo na real. Durante quase duas horas, eles ficaram sentados debaixo da árvore e conversaram sobre todas as lembranças maravilhosas que tinham partilhado. Por fim, se levantaram e ficaram com o olhar fixo um no outro, temendo o que viria pela frente. Ele baixou os olhos para o chão e perguntou:

— O que tem dentro da sua mochila?

Ela quase havia esquecido.

— Peguei algumas coisas do meu quarto. Quando saí. — Ellie soltou as mãos de Nolan, abriu o zíper e tirou um coelhinho de pelúcia bastante gasto. — Lembra disso?

A risada dele interrompeu a seriedade da despedida que estava por vir.

— Eu ganhei e dei pra você... na quermesse.

— Ele ficou na minha cama desde o quinto ano. — Ela lhe entregou o coelhinho. — Quero que você fique com ele.

A leveza do momento se dissipou mais uma vez. Ele pegou o brinquedo e o levou junto ao rosto.

— Tem o seu cheiro.

Ela revirou a mochila e pegou uma foto em um porta-retratos, com os dois na formatura do oitavo ano.

— Minha mãe mandou enquadrar essa foto. Eu tinha esquecido até essa noite.

Nolan pegou a foto, mas estava escuro demais para ver. Ele colocou o porta-retratos e o coelho de pelúcia em cima do tronco da árvore e pegou as mãos de Ellie novamente.

— Eu não tenho nada para te dar.

— Você já me deu. — Ela sentiu os olhos ficarem úmidos de novo, as lágrimas transbordando do coração que doía. — Aquele anel de diamante que você ganhou para mim na máquina do Pete's Pizza. Eu guardei.

— Guardou? — Ele parecia tão feliz quanto surpreso. — Eu não sabia.

— Eu guardei tudo que você já me deu.

— Humm. — Ele deu um passo para ficar mais perto dela. A umidade estava espessa ao redor deles, o musgo baixo nas árvores, marcando aquele local mágico que era deles, só deles. — Você precisa escrever aquele livro. Aquele que você sempre fala.

Ela sorriu, ainda que algumas lágrimas escorressem pelo rosto.

— Vou escrever.

Quando eram quase onze horas, Nolan estendeu a mão para ela. Dessa vez, entrelaçou os dedos nos dela, como namorados costumam fazer.

— Sabe do que eu tenho medo?

— Do quê?

Ellie apoiou a cabeça no ombro dele.

— Eu jogo melhor quando você está olhando. — Ele olhou para ela, buscando seus olhos. — Como vou ganhar o campeonato estadual sem você?

— Você tem o seu pai. — Ela sorriu, mas seu coração batia rápido novamente. Eles tinham apenas alguns minutos. — Você é o filho do treinador, Nolan. Sempre vai ser o melhor.

— Viu? — Ele ainda olhava para ela, os dois de mãos dadas. — Você diz coisas assim. Perto de você, sinto que nada pode me deter. Sinto como se eu fosse jogar na NBA um dia.

— Você vai. — O sorriso dela se desvaneceu. — Eu... eu tenho que ir.

Ele ficou de cabeça baixa e segurou as mãos dela com mais força, como se estivesse com raiva do próprio tempo por se atrever a tirá-los dali, daquela noite. Quando ergueu o olhar em direção ao dela mais uma vez, parecia arrasado.

— Eu *vou* ligar para você. Quando chegar lá, me ligue e passe o seu número.

— Tudo bem. — Ela sabia o número dele de cor. Essa parte seria fácil. — Mas... você vai me visitar?

— No ano que vem vou tirar a carteira de motorista. — Ele passou os polegares ao longo das mãos dela. — Vai ser divertido dirigir na estrada.

Ela não queria dizer, mas os pais dele nunca permitiriam que ele dirigisse sozinho cruzando o país. Não com dezesseis anos. Então apenas assentiu, querendo acreditar naquilo porque ele disse que faria. Porque não havia mais nada a fazer.

Ele fez uma pausa e a observou, como se estivesse tentando memorizar o momento.

— Ellie... não me esqueça.

Ela pensou em perguntar se ele estava louco, porque ela nunca seria capaz de esquecê-lo, nunca desistiria de tentar voltar, de acreditar que ele a encontraria de alguma forma. Mas ela não queria desmoronar, então apenas caiu lentamente nos braços dele, apoiando a cabeça em seu ombro.

— Eu não quero ir.

— Vou com você até sua casa, já que você está sem a bicicleta.

A ideia fez com que eles ganhassem mais alguns minutos juntos. Ele jogou a mochila dela sobre o ombro, e os dois foram caminhando até a casa dele primeiro. Quando chegaram, Nolan deixou lá a pá e a lanterna, o bloco de papel e a caneta. Então entrelaçou os dedos nos dela mais uma vez, e eles caminharam lado a lado durante todo o trajeto até a casa dela, roçando os ombros um no outro, com passos lentos e compassados.

As luzes estavam apagadas, mas isso não queria dizer que o pai de Ellie não a estava esperando. Ele não tolerava que ela chegasse em casa depois da hora combinada. Nem mesmo naquela noite. Eles pararam perto de um grande arbusto, de forma que, se o pai dela estivesse olhando, não pudesse vê-la se despedindo de Nolan. Mais uma vez, ele a puxou para seus braços.

— Eu odeio isso.

— Eu também. — Ela limpou as lágrimas silenciosas. — Mas agora preciso entrar.

Ele colocou as mãos nos ombros dela e, sob a luz do poste, eles puderam se ver melhor. Era a primeira vez que ela via os olhos de Nolan cheios de lágrimas. Ele levou as mãos ao rosto dela e, sem que nenhum dos dois falasse nada, se inclinou e a beijou. Não foi um beijo longo nem nada parecido, como nos filmes. Ele apenas juntou os lábios nos dela durante tempo suficiente para que ela tivesse ideia do que ele poderia ter escrito em sua carta. Uma pista de como ela era importante para ele.

Então ele ergueu uma das mãos e balbuciou:

— Adeus, Ellie.

E a voz dela foi quase um sussurro:

— Adeus.

Como se cada passo doesse fisicamente, Nolan se virou e começou a descer a rua, para longe dela, para fora da vida dela. Ellie caiu de joelhos no gramado e enterrou o rosto nas mãos. *Meu Deus... Como o Senhor pôde deixar que isso acontecesse?* A traição de sua mãe, a mudança de cidade. E aquela última noite com Nolan... quando eles não podiam mais fingir ser apenas amigos.

As lágrimas e os soluços vieram rápido e com força, como quando ela ficara sabendo sobre sua mãe e sobre a mudança para San Diego. Eles não estudariam mais juntos na Escola de Savannah, e ela não o veria mais jogar basquete. Eles não se sentariam um ao lado do outro nas noites de fogueira da escola e não iriam aos bailes juntos. Ellie e Nolan não teriam outra noite de verão debaixo do velho carvalho. Estava tudo acabado.

A única coisa que lhe dava forças para ficar em pé, o único motivo pelo qual ela conseguia respirar, era a velha caixa de metal enterrada entre as raízes da árvore. A caixa com as cartas e a possibilidade que permaneceria lá durante os próximos onze anos.

A única chance dos dois, e também a última.

5

Quando Ellie não apareceu à sua porta no dia seguinte, Nolan soube que havia acontecido. Ela havia se mudado para San Diego, e ele não poderia fazer nada além de esperar pelo telefonema dela. Mas, quando se passou uma semana, depois outra, e ela ainda não havia lhe telefonado, ele começou a ficar preocupado.

— Ela sabe o nosso número.

Ele e o pai estavam jogando basquete no ginásio, preparando-se para o início da temporada. A frustração de Nolan só aumentava.

— Eu não entendo.

— Talvez eles não tenham telefone ainda. Provavelmente estão em um alojamento temporário na base. Até se ajeitarem. — O pai de Nolan lhe passou a bola. — Mas ela vai dar notícias. Você vai ver.

— Eu odeio que ela tenha ido embora — Nolan murmurou baixinho, arremessando a bola, que deslizou com facilidade pelo centro da rede.

Seu pai a pegou, observando o filho.

— Eu sei que você sente falta dela, filho. Sinto muito. — Ele hesitou, com preocupação genuína. — Se você não tiver notícias dela logo, vou te ajudar a encontrá-la. — E olhou para o relógio de pulso. — Agora vamos. Sua mãe está nos esperando para o jantar.

— Eu preciso de mais uma hora. — Ele estendeu as mãos para pegar a bola. — Por favor, pai.

O basquete era sua válvula de escape. A única forma de sobreviver à falta que sentia de Ellie.

Durante poucos segundos, pareceu que seu pai insistiria, mas então abriu um largo sorriso.

— Você é o sonho de todo treinador, sabia?

Nolan sorriu, porque tinha vencido — e porque, a cada minuto em que fazia a bola quicar no chão de madeira da quadra, a cada arremesso que fazia, era mais um minuto em que não tinha de pensar na saudade que sentia de Ellie.

O primeiro telefonema dela só aconteceu uma semana depois disso. Faltavam poucos minutos para as nove, e ele estava perto do telefone quando o aparelho tocou. Nolan atendeu na esperança de que fosse Ellie, como sempre fazia ultimamente quando o telefone tocava.

— Alô?

— Nolan. — Ela soava aliviada e nervosa ao mesmo tempo. — Sou eu.

— Ellie... — Ele se sentou na cadeira mais próxima e cobriu os olhos com a mão livre. — Por que você demorou tanto para ligar?

— Meu pai... Ele me proibiu de telefonar. — A voz dela diminuiu para um sussurro. — Nós não temos telefone.

A mente de Nolan gritava por respostas.

— Mas vão ter, certo?

— Não sei. — A voz dela se partiu, e ela não disse nada por vários segundos. — Eu ainda não falei com a minha mãe também. Nós nem chegamos a nos despedir. Parece que ela nem se importa comigo.

— Ellie... Isso é horrível. — Nolan sentiu os músculos dos braços ficarem tensos e o rosto quente. — Talvez o meu pai possa conversar com o seu...

— Eu não sei. — A voz dela ficou tomada de lágrimas. — Pode ser...

— Onde você está? Ele está aí?

— Nós estamos no mercado. Eu disse a ele... que precisava ir ao banheiro. — Ela soava desesperada, assustada e com o coração partido. — Eu... eu peguei umas moedas... no criado-mudo dele. — Ela respirava depressa. — Se ele me pegar...

— Ellie, isso é loucura. — A voz de Nolan estava mais alta do que antes. — Eu vou falar com ele. Vá atrás dele pra mim.

— Eu não posso. — A voz dela foi engolida pelas lágrimas. — Eu tenho que ir. Eu só... precisava ouvir a sua voz.

O pânico apertou o peito de Nolan, atraindo-o na direção da porta, como se ele pudesse, de alguma forma, encontrar um jeito de chegar até ela.

— Ele está... Você está em perigo?

— Não, não é nada disso — ela respondeu com rapidez. — É só que eu... sinto a sua falta.

Eles precisavam de um plano. Nolan se apressou em pensar, avaliando as opções.

— Me dá o seu endereço.

— Não temos endereço fixo ainda. — Ela soltou um grunhido. — Estamos em San Diego, na base. O meu pai disse que a gente pode ir para a casa permanente qualquer dia desses.

— Mesmo assim você pode me dar o endereço. Eles podem encaminhar a correspondência depois que você se mudar. Aguenta aí. — Ele pegou um pedaço de papel e uma caneta na gaveta mais próxima. — Tudo bem, qual é o endereço?

Ela ficou ofegante.

— Nolan, eu tenho que ir.

— Espere! — O pânico dele duplicou. — Você sabe o meu endereço, né?

— É claro. Kentucky Avenue, 392, Savannah, 31404. Como eu poderia esquecer?

O alívio se abateu sobre Nolan como a luz do sol.

— Tudo bem, então você precisa me escrever, Ellie. Arrume um jeito. Na carta, me passe o seu endereço. Então vou lhe escrever de volta e vamos pensar em uma maneira de nos falar por telefone. Talvez um vizinho tenha um telefone que você possa usar.

— Nolan! — A voz dela se tornou um sussurro desesperado. — Eu preciso ir! Estou com saudades!

— Eu também est...

A linha ficou muda. Nolan deixou a cabeça pender e colocou o telefone de volta no gancho. O pai dela devia estar chegando. *Pelo menos temos um plano.* Ele soltou o ar, tentando ser otimista. Ela sabia o endereço dele. Ela tinha personalidade e não deixaria que os outros lhe dissessem o que fazer. Ela acharia uma maneira de escrever para ele, não importando o que o pai dela quisesse.

O problema era que ele não tinha como entrar em contato com ela até que ela o fizesse primeiro. Novamente se passou uma semana, depois duas, e nada de notícias. Os dias de Nolan eram solitários, e ele nunca jogara tanto basquete na vida. Ele ia para casa depois da escola, verificava a correspondência, colocava os tênis e a bermuda esportivos e ia jogar. E não voltava para casa até nove ou dez horas da noite. Então fazia a lição de casa, caía na cama e, no dia seguinte, fazia tudo de novo. Semana após semana após semana...

A temporada estava prestes a começar, e ele ainda não havia recebido notícias de Ellie. Quando não estava na quadra, caminhava sem rumo em um constante estado de preocupação. Até mesmo de medo. Ellie não deixaria de escrever, então o que tinha acontecido? Ele havia tentado ligar para o Acampamento Pendleton algumas vezes, perguntando como poderia entrar em contato com a família Tucker.

— É um assunto confidencial — foi o que lhe disseram todas as vezes. — Não podemos dar informações pessoais.

Chegou a época dos testes, e Nolan treinava com intensidade cega. Ao fim de três dias, o nome dele estava na lista de jogadores do time principal. Seu pai o puxou de lado.

— Eu estabeleci um padrão mais alto para você do que para os outros caras do time. — Abriu um largo sorriso. — E você simplesmente passou voando. Parabéns, filho. Eu não poderia estar mais orgulhoso de você.

Era por isso que Nolan vinha se esforçando desde o sexto ano, para ter a chance de jogar no time principal quando estivesse no primeiro ano do ensino médio. Mas a novidade parecia sem graça diante da falta que ele sentia de Ellie.

— Você acha que ela está bem? — Nolan perguntou ao pai naquele fim de semana. — Quer dizer, por que ela não me escreve?

— Talvez a carta tenha sido extraviada. — O tom de voz do pai de Nolan sempre era bondoso. Ele lamentava pela situação, com certeza. — Eu realmente acho que ela está bem. — Ele colocou a mão no ombro do filho. — Você vai receber notícias dela. Mas, se ela não entrar em contato até o fim da temporada, vamos ver se conseguimos encontrá-la.

Nolan assentiu. Talvez seu pai estivesse certo. Eles não podiam fazer muita coisa agora. Além disso, Ellie adorava quando ele jogava basquete. Se ele jogasse com a alma, sentiria a presença dela por perto, na arquibancada, torcendo por ele, acreditando nele.

Seria quase como se ela estivesse lá.

No primeiro jogo da temporada, Nolan iluminou o placar com vinte e dois pontos e sete rebotes. O ritmo do jogo, os movimentos, a velocidade do time principal, tudo isso era tão natural para Nolan quanto acordar pela manhã. A vitória era apenas o começo. Um jogo veio, depois outro, e ele era o destaque. Mas, quando os aplausos se esvaneciam e a multidão ia para casa, ele se sentava no ginásio vazio e sentia a energia de Ellie.

Simplesmente a sentia ali, no silêncio.

A maneira como ela se sentava na arquibancada quando ele jogava, torcendo por ele, ou se levantava e lançava os braços para cima, com uma intensidade no rosto. Ele podia sentir o braço bronzeado dela roçando no dele quando caminhavam na beira do rio, escutar as risadas e os sussurros dela nas noites quentes de verão sob o carvalho.

Por que ela não me escreve, Senhor? Essa pergunta ecoava na mente dele, mas não havia resposta. Não havia cartas de Ellie. Não havia nenhum tipo de comunicação.

Numa noite em meados de dezembro, o pai dele permaneceu sentado à mesa do jantar depois que a mãe e as irmãs já tinham se levantado.

— Filho... eu estou preocupado com você.

— Eu estou bem. — Nolan forçou um sorriso para enfatizar seu argumento. — Estou pensando no meu desempenho no campeonato.

— Seu desempenho está perfeito. — O pai permaneceu sério. — Você tem estado muito quieto. Já não é mais o mesmo. — Ele fez uma pausa. — É a Ellie, eu sei. Nós vamos encontrá-la, Nolan. Definitivamente.

Nolan assentiu com a cabeça, e, quando eles se levantaram, seu pai lhe deu o tipo de abraço que costumava dar quando ele era criança. O tipo que fazia o mundo parecer completo, seguro e certo. Mas, quando Nolan subiu a escada para ir dormir naquela noite, a saudade de Ellie era tanta que ele mal conseguia respirar. Talvez ele pudesse pegar a bicicleta e ir para oeste, o mais longe que conseguisse. Ele chegou a parar no meio da escada e agarrar o corrimão. A porta da frente o atraía intensamente.

Algumas vezes ele pensou em ir até o velho carvalho, desenterrar a caixa e ler a carta dela para saber como ela se sentia em relação a ele. A tentação foi enorme na noite em que o time perdeu pela primeira vez. Ele não estava bem e se sentia incapaz de acertar um simples arremesso.

Sozinho no quarto, enquanto jantava e fazia a lição de casa, Nolan não conseguia parar de pensar em Ellie, mesmo depois que seus pais e suas irmãs já tinham pegado no sono. Ele se levantou e foi até a foto que Ellie tinha lhe dado. Aquela com os dois. *Onde você está? Por que você não me escreve?* Será que ela estava frequentando a escola da base?

Ou uma escola particular ali perto? De repente, ler a carta enterrada de Ellie era mais importante que respirar. Ele desceu as escadas, apanhou uma lanterna e uma pequena pá e saiu correndo pela rua.

No entanto, quando chegou ao local onde a caixa estava enterrada e se inclinou para tocar com a lâmina da pá a terra sólida, Nolan parou. Ele não podia desenterrar a caixa, não podia ler a carta de Ellie antes da hora. Não era esse o plano. Além do mais, eles tinham feito uma promessa. Se ele quebrasse a promessa agora, o que aconteceria quando eles se encontrassem? Ele não teria um motivo para aparecer ali passados onze anos, e eles poderiam perder a última chance.

Nolan se levantou devagar, encarando o local em que a caixa estava enterrada. Ele não precisava ler a carta para saber como Ellie se sentia em relação a ele. Ela o amava, da mesma forma como ele a amava. Eles podiam não ter todas as respostas, todos os detalhes esclarecidos, mas não havia ninguém com quem se importavam mais. Ele a encontraria depois da temporada de basquete, e eles escreveriam um para o outro. E, quando ele tirasse a carteira de motorista, eles poderiam se ver de novo.

Mesmo se tivesse de esperar onze anos para vê-la, ele tinha certeza de que a amava. O tempo não mudaria isso, não importava quantos anos se passassem entre aquele instante e a próxima vez em que a visse.

Então ele voltou para casa e, no meio do caminho, viu uma estrela cadente. Ficou paralisado, olhando para cima. *Você está vendo isso também, Ellie? Onde quer que você esteja?* Ele soltou um suspiro e continuou caminhando. *Meu Deus, por favor, faça com que ela saiba que estou pensando nela. Ajude-me a encontrá-la.*

Ele rezava com frequência durante a temporada. Fizera dezesseis anos em janeiro e conseguira a carteira de motorista logo que estavam começando as finais. Todos os dias a caminho da escola, Nolan se sentia compelido a entrar na rodovia e dirigir para oeste. E, todos os dias, em vez de fazer isso, ele despejava todas as suas emoções, toda sua energia e toda sua paixão no basquete.

A Escola de Savannah passou nas três primeiras rodadas das finais com uma vitória acachapante contra as melhores escolas da Geórgia. O jogo da semifinal era um desafio, mas os trinta e dois pontos de Nolan deram a eles a vantagem, e eles conseguiram a vitória por quatro pontos nos minutos finais. E, simples assim, eles estavam na final estadual — pela primeira vez em quinze anos.

Se Nolan não estivesse tão ocupado aperfeiçoando seu arremesso com salto e melhorando seus lances livres, poderia ter ficado preocupado com a aparência de seu pai, como ele parecia mais cansado e pálido depois dos treinos. Mas os pensamentos do garoto eram consumidos por cestas e por Ellie, e ele atribuía as mudanças do pai ao estresse das finais.

No último dia de fevereiro, o time viajou para Atlanta para as finais estaduais. Nolan se sentou ao lado do pai na viagem de ônibus. Eles conversaram sobre o time adversário, sobre como lidar com o pivô da outra equipe e sobre truques que funcionariam melhor para a defesa. No meio do caminho até lá, o pai de Nolan se virou para ele e sorriu — o tipo de sorriso que vinha do fundo da alma.

— Nenhum pai poderia estar mais orgulhoso do filho do que eu. — Ele deu umas batidinhas no joelho de Nolan. — Eu não podia deixar o dia acabar sem lhe dizer isso.

Nolan se deixou levar pelo elogio.

— Obrigado. — E abriu um largo sorriso para o pai. — Eu também tenho orgulho de você. Você é o melhor treinador que já existiu, pai. De verdade.

Seu pai lhe deu uma cotovelada de leve nas costelas.

— Eu tive um pouco de ajuda, meu filho. Suas habilidades são um dom divino, mas seu empenho nos treinos é... bem, é diferente de tudo que eu já vi.

Nolan assentiu devagar. Ele poderia dar a Ellie os créditos de pelo menos parte de seu trabalho duro nessa temporada. Ele jogava para não sentir tanta saudade. E todas as horas que ele teria passado com ela agora eram horas extras de treino.

— Posso te fazer uma pergunta?

Os outros jogadores estavam conversando baixinho, sentados em duplas ou trios, com expressão de competidores no rosto, concentrados no próximo jogo. Ninguém parecia notar que Nolan e o pai estavam tirando o atraso nas conversas.

— Diga. — Seu pai se apoiou na janela do ônibus para que eles pudessem se ver melhor.

— Você acha que eu tenho chance? Quer dizer... de jogar na NBA um dia?

— Filho. — O pai de Nolan sorriu. — Você *vai* jogar na NBA. — Ele ergueu a sobrancelha. — Você tem tudo para isso: talento, dedicação, notas boas... E fé.

Nolan sentiu o peso das palavras do pai. Naquele momento, no ônibus, a caminho do campeonato estadual, a certeza de seu pai parecia quase profética. Nolan assentiu sem pestanejar.

— Obrigado. — O ônibus pareceu vazio de repente, como se Nolan e o pai fossem os únicos a bordo. — Você faz parecer possível.

— Em Cristo, todas as coisas são possíveis. — Esse versículo da Bíblia sempre fora o favorito dos dois. O pai de Nolan colocou o braço em volta dos ombros do filho e prosseguiu: — Um dia, todas as pessoas no mundo vão conhecer o seu dom. E você o usará para o bem, meu filho. Eu sei que sim.

Nolan levou a conversa com o pai para o ginásio naquela tarde, e, quando entrou na quadra, duas horas antes do início do jogo, sentiu um calafrio percorrendo seus braços e pernas. Os profissionais usavam aquela quadra, os jogadores do Atlanta Hawks. Os placares pendurados nas paredes e no centro da quadra, as arquibancadas, os corredores do local... Nolan se sentia em casa em meio a tudo aquilo, como se seu lugar fosse ali. Seu pai estava certo. Um dia ele jogaria em um ginásio como aquele e usaria o jogo para fazer o bem.

Ele olhou de relance para os melhores lugares, aqueles ao lado da quadra. Onde Ellie haveria de ficar. Porque ele *ia* encontrá-la, eles descobririam os sentimentos de um pelo outro, e ele haveria de se casar com ela. Tal como sempre dissera que faria. Não, eles não tinham conversado nem escrito cartas um para o outro, mas fariam isso tudo. E, quando isso acontecesse, não haveria volta.

O aquecimento daquele dia foi focado e intenso, e Nolan se sentia invencível. Os jogadores dos Savannah Bulldogs estavam preparados para ganhar o campeonato, prontos para lutar. E ninguém estava mais pronto para jogar do que Nolan. Durante a execução do hino nacional, ele colocou a mão no peito e absorveu cada detalhe da atmosfera. O lugar estava lotado. A Escola de Savannah tinha enviado seis ônibus com líderes de torcida e torcedores, e a maior parte da comunidade fora ao jogo de carro. A mãe e as irmãs de Nolan estavam na arquibancada com a família de outros alunos, e seu pai estava na frente da linha dos jogadores de Savannah, com os olhos pregados na bandeira. Nolan ficou com o olhar fixo em seu pai. Algo na expressão dele não parecia certo. Um pouco mais velho ou mais cansado. Talvez fosse isso. O que quer que estivesse errado haveria de se acertar depois que eles ganhassem o campeonato.

O campeonato era divertido para todo mundo que gostava de basquete, por isso os moradores de Atlanta também tinham vindo com força total. O anunciante da temporada regular dos Hawks ia narrar o jogo pelo microfone, uma tradição que datava de alguns anos. Tudo em relação aos eventos prévios ao jogo parecia saído de um sonho. Vendedores caminhavam pelos corredores anunciando pipoca, Coca-Cola e cachorro-quente, e cada uma das duas escolas era representada por uma seção de fãs com as cores oficiais. O público fiel dos Bulldogs tinha toalhas azul-claras e amarelas, e, conforme o início do jogo se aproximava, eles as acenavam em frenesi, criando um show dramático no espírito da escola.

Só que Ellie não estava lá.

Nolan cerrou os dentes. Ele não podia pensar nela naquele momento, não com tanta coisa para se preocupar. Ele começara aquela noite da mesma forma como fizera durante toda a temporada. Os Bulldogs ganharam a disputa de bola no início do jogo e, contra a cortina de fãs rugindo, partiram para o ataque. Nolan acertou dois arremessos de três pontos no primeiro tempo do jogo e, com a ajuda dos atacantes, eles ficaram à frente por cinco pontos já na metade da partida.

Nolan e seus companheiros podiam sentir que a vitória era deles. Nada poderia impedi-los de reivindicar o campeonato que eles tinham começado a buscar lá em novembro, mas o time da Escola de Savannah perdeu o entusiasmo no terceiro tempo do jogo. O pai de Nolan pediu um intervalo, e os jogadores se agacharam enquanto ele falava.

— Não deem trégua! — A voz dele era alta e cheia de intensidade. — Eles também querem o campeonato. Vamos, rapazes! — O suor escorria pela face do treinador enquanto ele rabiscava jogadas no quadro branco, um plano para manter a bola longe do cara que mais marcava pontos no time oponente. — Todos vocês, façam sua parte. Rapazes, essa é a nossa noite. Vamos vencer!

O plano era brilhante. Quando os garotos pisaram na quadra, Nolan tinha certeza de que funcionaria, mas, antes que encontrassem o ritmo, os Bulldogs perderam a posse de bola para o time adversário três vezes seguidas. Quando o último tempo teve início, o time de Savannah estava com quatro pontos a menos que os adversários. Os minutos pareciam voar no relógio com velocidade duplicada. Nolan assumiu o controle, mas era como tentar conter ondas e impedir que elas batessem na praia. Ele se esforçou mais do que durante toda a temporada, e os Bulldogs lutaram até ficar um ponto à frente.

Mas então algo aconteceu.

Nolan olhou para a arquibancada. Olhou para o lugar onde seus amigos estavam torcendo por ele e, de repente, todo o barulho e toda a realidade de estar nos minutos finais de um jogo de basquete do campeonato estadual sumiram. Em seu lugar, havia uma única coisa, um único pensamento.

A falta que Ellie Tucker fazia em sua vida.

6

O PAI NÃO CONVERSAVA COM ela, não como a mãe sempre fizera na época em que eles eram uma família. Porém, naquela noite de sábado, Ellie se sentia mais inquieta que de costume. Ela não sabia ao certo se era esta semana, mas descobrira pela internet da biblioteca que Nolan e os Bulldogs estavam nas finais estaduais. Se eles tivessem ganhado na semana que passou, então, naquela noite, estariam na final, disputando o título estadual.

Ela se sentou na cama, com as pernas cruzadas e o rosto voltado para a janela. A base estava lotada e barulhenta. Havia soldados e pessoas uniformizadas por toda parte. Seu pai a matriculara na escola da base, mas Ellie a odiava. Apenas alguns alunos falavam com ela. Duas garotas na aula de história eram legais, mas tinham sua própria turma.

Seu coração doía quando ela contemplava as estrelas. Nolan nas finais, e ela não estava lá? A realidade a deixava tão revoltada que ela seria capaz de ir a pé até a Geórgia. Dia e noite, sem parar, faria o que fosse preciso para encontrá-lo. Ela enviara três cartas a ele, mas ele não respondera. Na parte inferior de cada uma delas, ela escrevera seu novo endereço. Ellie encontrou selos em uma das gavetas da cozinha e, de bicicleta, cruzava a base para postá-las. Para que nada as impedisse de chegar até Nolan.

Mas ele não havia respondido.

Ellie apoiou os cotovelos no peitoril da janela. Talvez ele estivesse ocupado demais. Talvez, agora que ela havia ido embora, ele tivesse se esquecido dela. Toda a atenção de Nolan devia estar voltada para o basquete. Ela soltou um suspiro. É claro, era isso. Nolan estava começando a jogar no time principal. Não tinha tempo de pensar em escrever para ela. Não até o fim da temporada.

Quanto mais Ellie pensava na falta que sentia de Nolan, mais imagens de sua mãe lhe enchiam a mente. Sua mãe também não lhe escrevera. O que isso significava? Que ela não a amava mais? Depois de tudo que elas haviam passado, Caroline abrira mão de Ellie assim, tão facilmente? Lágrimas escorriam por sua face. Talvez ela não visse mais nenhum dos dois.

Nem sua mãe nem Nolan.

Ela não sabia ao certo quanto tempo ficara sentada ali, até que uma pedrinha atingiu a janela, emitindo um som agudo. Ellie deu um pulo para trás, com o coração acelerado.

Quem será? Ela olhou pela janela e reconheceu um grupo de adolescentes — as garotas da aula de história e alguns caras com quem elas andavam.

Seu pai estava na sala de estar, vendo o jogo dos Lakers que passava alto na TV. Então Ellie abriu a janela e enfiou a cabeça para fora.

— Oi — disse com o tom de voz baixo.

— Ellie, oi! — Uma das garotas deu risadinhas e chegou mais perto da janela. — Nós estamos indo para a praia. Vem com a gente.

Ellie olhou de relance por cima do ombro em direção à sala de estar. Seu pai nunca a deixaria ir. Ela olhou para o pessoal.

— A que horas vocês vão voltar?

— Não sei. — A outra garota riu. Eram quatro: as duas meninas e dois caras do time de beisebol. — Talvez em uns vinte minutos. Vem, Ellie!

Ela hesitou, mas por poucos segundos. Seu pai podia separá-la de Nolan e arrastá-la pelo país até um lugar onde ela não conhecia ninguém. Podia arruinar sua vida e passar as noites vendo TV. Mas não podia mantê-la trancada no quarto.

Sem dizer uma palavra, ela vestiu os tênis e uma jaqueta e saiu sorrateiramente pela janela. A sensação de desobedecer e correr selvagemente pela praia com seus colegas de classe era revigorante. Era a primeira vez que ela se sentia viva desde que ela e o pai haviam se mudado para San Diego.

Eles não fizeram nada de mau ou ilegal. Só ficaram meia hora dando risada e correndo na praia. Quando ela voltou sorrateiramente para o quarto, ainda podia ouvir o jogo na sala. Seu pai nem notara que ela havia saído. Quando caiu no sono naquela noite, Ellie não rezou como costumava fazer. Rezar não a tinha levado a lugar nenhum. Não fizera seu pai mudar nem fizera com que Nolan escrevesse para ela. Talvez assim fosse melhor. A nova Ellie exploraria a vida sozinha, sem Deus.

Porque agora estava claro: Deus não se importava com ela de qualquer forma.

⁂

O jogo continuava uma loucura, e Nolan tentou se livrar daquela sensação e reassumir o controle com que tinha jogado segundos atrás. Mas não conseguiu. *Recomponha-se, Cook,* ordenou a si mesmo. O tempo continuava correndo no relógio. *Temos que vencer... Vamos lá. Por favor, meu Deus...* Nolan fez seu passe costumeiro para o pivô dos Bulldogs. Mas, dessa vez, o outro time interceptou sua jogada. Antes que Nolan pudesse se virar, eles passaram a bola para um jogador na lateral. Bulldogs perdendo por um ponto.

Durante toda a temporada, Nolan tinha se imaginado naquele jogo, liderando e ganhando. Agora, no entanto, ele não conseguia parar de sentir a falta de Ellie, não conseguia parar de pensar em como nada fazia sentido sem ela. *Foco... Você precisa ter foco.* Ele olhou de relance para o relógio. Catorze segundos de jogo. Então dobrou a concentração e a energia e fez uma bandeja. Bulldogs vencendo por um ponto.

Mas o outro time fez uma cesta de três pontos e conseguiu vantagem de dois pontos. Intervalo pedido pelos Bulldogs. Mais uma vez, Nolan notou que havia algo errado com seu pai. Ele parecia pálido e transpirava muito. Nolan perguntaria a ele depois do jogo.

O intervalo pareceu durar apenas alguns segundos, e Nolan voltou para a quadra, sem saber ao certo que jogada deveria fazer. A fúria inundava sua corrente sanguínea. Eles não perderiam o jogo por causa dele. Ele não permitiria que isso acontecesse. Seu colega de time pegou a bola, e os cinco jogadores trabalharam com ela até que o relógio no placar mostrou que restavam apenas dois segundos.

Nolan correu até o local onde fizera mais pontos e vencera mais jogos do que em qualquer outro lugar. Lado esquerdo, linha de três pontos. Ele bateu palmas, pedindo a bola, que veio voando até ele de um dos Bulldogs no topo do garrafão. A cesta era tudo que Nolan conseguia ver enquanto ajustava e arremessava a bola. Mas algo não parecia certo. A forma como o polegar tocou a bola, talvez, ou uma breve quebra na concentração... Nolan prendeu a respiração, observando a trajetória da bola. Ela ia entrar na cesta, tinha de entrar. Nos momentos decisivos, Nolan sempre acertava o arremesso.

O ginásio inteiro pareceu congelar enquanto a bola formava um arco e caía em direção ao aro da cesta. Mas, em vez de entrar direto ou mesmo bater no aro, a bola caiu e bateu com tudo no chão da quadra. Bola ao ar. Antes que a realidade pudesse ser digerida, soou o sinal. E assim irrompeu um pandemônio no ginásio.

Camisas vermelhas voaram por ele, vindas de todas as direções. Os jogadores do time adversário comemoravam, pulando nos braços uns dos outros. A Escola East Jefferson, de Atlanta, ganhara o título estadual. Nolan se deixou cair onde perdera a jogada. Onde perdera o jogo.

Os companheiros de Nolan reagiram da mesma maneira, cobrindo o rosto com a camisa do time e arrastando os pés de volta ao banco. Nolan não conseguia acreditar. Como pôde ter perdido aquela jogada? A vitória era deles. Savannah era um time melhor. Ele se afastou da celebração que acontecia ao seu redor. Aquilo era culpa sua. Só sua. Ele não era tão forte quanto achava nem tinha tanta experiência assim. Um verdadeiro campeão teria bloqueado tudo que não dissesse respeito ao jogo. Especialmente nos minutos finais.

Nolan permaneceu ali, chorando lágrimas de raiva, até que sentiu um par de mãos em seus ombros.

— Venha, meu filho. — A voz de seu pai falou direto em seu coração, mais alta do que todos os outros ruídos no ginásio. — Você fez o seu melhor. Venha.

Nolan abaixou as mãos e se arrastou para ficar em pé. Então, em um momento de que se lembraria para sempre, caiu devagar nos braços do pai.

— Eu te decepcionei, pai... Estraguei tudo. Me desculpa.

O pai de Nolan não disse nada, apenas deixou o filho chorar enquanto o abraçava. Por fim, Nolan recuperou o controle, e seu pai lhe disse apenas mais uma coisa antes de soltá-lo:

— Eu amo você, meu filho. Vão ter outros jogos.

Os dois voltaram juntos para o banco onde estava o time, com toalhas enroladas no pescoço, os olhos fixos no chão e o rosto marcado de lágrimas. Aquele era mais um momento, mais um vislumbre da grandeza de seu pai, como homem e como treinador.

— Não importa o que diz o troféu, não importa que ele não vai ficar na prateleira da Escola de Savannah, vocês são campeões. Vocês jogaram como campeões e lutaram até o fim. — Ele assentiu, olhando fundo nos olhos de cada jogador. — No ano que vem, vamos voltar e vencer isso aqui.

Apenas dois jogadores estavam no último ano. Nolan viu a expressão nos olhos de todos os outros passar da derrota e do desespero completos para os primeiros vislumbres de esperança. Eles ganhariam no ano seguinte.

Quando seu pai terminou de falar, todos eles acreditavam nisso.

O ano seguinte seria deles.

A viagem de volta para casa foi silenciosa. Nolan imaginou que os caras estavam fazendo o mesmo que ele: tentando imaginar o recomeço, os treinos de verão, um milhão de arremessos com salto e lances livres e incontáveis horas no ginásio.

De volta à escola, o pai de Nolan falou com ele de novo.

— Nolan, nós jogamos como um time. Ganhamos ou perdemos como um time. Nenhum jogador pode ser individualmente culpado pela noite de hoje. — Ele se sentou ao lado de Nolan em um banco no vestiário, depois que todo o pessoal foi embora. — Um verdadeiro campeão não pode ser definido por suas vitórias ou derrotas, exceto na vida.

Mais uma citação que Nolan não haveria de esquecer.

— Obrigado, pai. — Ele fez uma pausa. Se ao menos tivesse mais uma chance naquela última jogada... — Você vem pra casa?

— Daqui a pouco. — O treinador limpou o rosto. — Tenho que arrumar umas coisinhas aqui.

Nolan estava com o carro de sua mãe, visto que ela fora ao jogo com a vizinha. Ele ajudou seu pai a ficar em pé, e os dois se abraçaram de novo.

— Você é o melhor treinador do mundo. Você fez tudo o que podia ter feito hoje.

— Todos nós fizemos. — Ele deu uns tapinhas de leve no ombro de Nolan. — A gente se vê em casa.

— Eu te amo, pai.

— Eu também te amo.

⁂

As palavras de seu pai ressoaram na mente de Nolan a caminho de casa, mesmo depois que ele tomara banho e descera para ficar com a mãe e as irmãs. Ninguém estava preparado para dormir ainda. Ele ajudou a mãe a fazer sanduíches de queijo quente, um jantar tardio. Trinta minutos se passaram, então uma hora, e seu pai ainda não voltara para casa.

Por fim, depois de duas horas, a mãe de Nolan pegou as chaves do carro.

— Ele não está atendendo o celular. — As palavras dela saíram embaralhadas e num tom baixo, enquanto as filhas assistiam a um filme na sala de TV. — Vou ver o que aconteceu.

Mas ela não chegou a ir muito longe. Quando pegou a bolsa e se dirigiu até a porta de casa, a campainha tocou. Nolan foi atrás dela e, assim que ela abriu a porta, eles viram dois policiais uniformizados, com o quepe na mão.

Nolan sentiu o coração parar. O que significava aquilo? O que estava acontecendo?

Um dos policiais deu um passo à frente, se identificou e olhou para a mãe de Nolan.

— Sra. Cook?

— Sim. — O pânico ressoava em sua voz. — O que foi? O que aconteceu?

— Eu sinto muito. — Ele fez uma pausa, mas não olhou para Nolan. Nem uma única vez. — Seu marido... Ele foi encontrado na escola pelo zelador. Receio que ele tenha sofrido um ataque do coração. Ele não resistiu.

— Meu pai não! — Nolan não conseguia suportar a possibilidade. — Não, ele não... Não!

O que quer que tenha se seguido a isso, Nolan não ouviu. Passou correndo pela mãe e pelos policiais, cruzou a rua e entrou no parque. Embrenhou-se no meio das árvores que ele e Ellie tanto conheciam. Lá, encostado no áspero tronco do carvalho e com as mãos na cabeça, os soluços chegaram em meio às lágrimas. Ele sentiu todo seu corpo tremer e deixou que a verdade caísse sobre ele como uma chuva de granizo ensurdecedora.

Seu pai se fora.

A notícia era simplesmente inacreditável... insana. Impossível. Mas era verdade. Não haveria outra oportunidade de vê-lo, abraçá-lo ou jogar basquete para ele. Naquele lugar, debaixo do velho carvalho, naquele único instante, Nolan se viu na maior encruzilhada de sua vida. Deus tinha lhe tirado Ellie e agora lhe tirava seu pai — seus dois melhores amigos no mundo.

Quando não conseguiu mais chorar, Nolan voltou caminhando devagar para casa, de volta ao lugar onde os policiais continuavam e onde outros carros estavam agora estacionados. Antes de chegar à porta da frente, ele se deu conta de uma coisa: ele não podia desistir de Deus. Assim como acontecia com seu pai, sua fé estava entremeada em seu ser, gravada em seu DNA. Nolan parou na varanda e inspirou profundamente. Ele era filho do seu pai e iria sobreviver. Então encarou o resto de sua vida. Em poucos segundos, todo seu futuro se reduzira a dois propósitos.

Jogar basquete para o seu pai.

E encontrar Ellie.

7

Primavera de 2013

NOLAN COOK COLOCOU MAIS UM par de tênis na bolsa dos Atlanta Hawks e fechou o zíper. Ele ainda tinha meia hora antes de sair de casa, tempo suficiente para desanuviar a cabeça e talvez entender por que ultimamente o passado parecia uma nuvem escura da qual ele não conseguia escapar. Ele se sentou na beirada da cama e inspirou fundo. *O que é isso, meu Deus? Por que o passado não me deixa em paz?*

Às vezes ele se perguntava como o tempo passara tão rápido. Um ano se passou, depois dois e mais dois, até darem lugar a um borrão de uma década. Sua vida era exatamente como ele a vislumbrara, como seu pai acreditara que seria. Os Hawks estavam nas finais, e seu papel como artilheiro já era bem sabido, posto que ele havia se preparado a vida toda para isso. Ele continuava ajudando sua comunidade, e sua fé ainda era a coisa mais importante para ele. Times queriam adquirir seu passe, crianças queriam ser como ele, garotas queriam se casar com ele. Depois do jogo da véspera, o locutor da ESPN comentou que Nolan era o único jogador profissional que ele conhecia com o coração maior que a conta bancária.

Tudo isso era o máximo. Seu pai estaria orgulhoso dele, com certeza. Mas, apesar de todas as conquistas de Nolan Cook e de todas as pessoas que consideravam que ele tinha tudo na vida, ele não tinha o que mais importava. Ele não tinha o pai. E não realizara o único objetivo que realmente importava em sua vida.

Encontrar Ellie.

Restavam ainda vinte minutos antes que sua carona chegasse. Aquela que o levaria até o aeroporto, a um jato particular para a viagem até Milwaukee. Era 3 de maio, a primeira rodada das finais. Os Hawks já tinham passado pelos primeiros dois jogos em casa. Eles poderiam avançar ganhando os próximos dois na estrada. Nolan se sentou no banco de veludo perto de sua cama e olhou pela janela. Ele nunca se cansava da vista, da extensão verde que formava suas terras, sua propriedade. Ele morava em um condomínio fechado e afastado, pois era muito assediado.

A princípio, parecia um pouco pretensioso. Demais para um menino de Savannah. Porém ali ele podia ficar sozinho e então, dentro de trinta minutos, estar no vestiário dos Atlanta Hawks — onde passava a maior parte do tempo — colocando o uniforme.

Você devia estar aqui, pai. Você e a Ellie.

Um tremor percorreu seu corpo e o agitou. Seu pai falecera havia quase onze anos, e ele ainda sentia falta dele todos os dias, todas as vezes em que pegava a bola de basquete. O mundo inteiro conhecia a história de Nolan. A ESPN havia feito um especial sobre ele na semana anterior, sobre como ele jogava para honrar o pai e como nunca saía da quadra sem fazer sua jogada.

Lado esquerdo, linha de três pontos.

Ele tirou a Bíblia de debaixo do banco, onde a havia deixado no dia anterior. Sem hesitar, abriu em Filipenses, capítulo quatro. A parte que ele e o pai estavam estudando na semana da morte dele. O texto lhe era familiar, mas ele não queria confiar na memória. Preferia ver as palavras. Então leu o capítulo até passar da saudação de Paulo e da advertência para regozijar-se sempre. O tempo todo. Passou pelos versículos sobre a paz de Deus e foi direto até o décimo terceiro versículo.

— "Tudo posso naquele que me fortalece" — sussurrou.

Era um versículo que o ajudara na última década, quando ele ficava com raiva de Deus por tudo que perdera, e nos dias em que estava prestes a desistir. O basquete preenchera seu vazio e sua fé lhe dera um propósito, mas nada aliviara a dor da perda do pai. E nada o ajudara a encontrar Ellie Tucker.

Ele fechou a Bíblia, se levantou e atravessou o quarto em direção à estante com porta de vidro. Quase nunca se permitia fazer isso, mas hoje parecia um dia especial. Era a primeira vez que eles chegavam às finais desde que ele começara a jogar nos Hawks, três anos antes. Ele abriu a estreita porta e olhou atentamente para o conteúdo que havia ali. Uma foto sua e do seu pai tirada depois que eles venceram o campeonato regional, semanas antes do ataque cardíaco. A foto estava simplesmente apoiada na madeira, sem moldura. Levemente curvada e amarelada nas bordas. Mas Nolan a mantinha ali, bruta e intocada. Da mesma maneira que guardava aquela imagem no coração.

Na prateleira de baixo, estava o coelho de pelúcia que Ellie havia lhe dado na noite antes de partir. Ele o pegou e o cheirou profundamente. Então, caminhou devagar até a janela, se apoiou ali e apertou o coelho nas mãos. Como ela podia não fazer parte da vida dele? Sem esforço, ele se viu voltar no tempo, até aquela primavera.

De volta aos dias logo após a morte de seu pai. Ele era apenas um garoto, com tanto ainda para viver. Semanas se passaram até que Nolan conseguisse parar de ir ao ginásio depois da escola para encontrar o pai. Não é fácil interromper o hábito de uma vida inteira. Muito tempo depois do funeral de seu pai e da comovente demonstração de solidariedade por parte de toda a escola, Nolan acordava certo de que o pai estava vivo. Tinha de estar, em algum lugar. Ele se sentava na cama, desesperado e confuso, e imaginava o pai no escritório no fim do corredor. Ele tinha de estar ali, idealizando defesas e traçando jogadas em seu velho caderno. Ou lendo sua Bíblia de couro desgastada, como fazia todas as manhãs.

Com o passar do tempo, Nolan se deu conta de que passaria o resto de seus dias lutando contra Deus ou por Deus. Ele deveria encontrar seu próprio caminho ou se manter firme na fé que invocara no dia em que os policias apareceram em sua casa com a notícia da morte do pai. Ele lutou com a escolha, desesperado para ter mais um dia com o pai. Desesperado para encontrar Ellie. No fim, não havia realmente uma opção. A fé de seu pai era a sua. Ponto-final. Ele não lutaria contra o único e verdadeiro Deus, aquele que guardava tanto seu pai quanto sua preciosa Ellie. Nolan serviria a ele durante todos os dias de sua vida, não importando o que viesse a acontecer. Ele fizera o voto no primeiro verão depois da morte do pai e nunca hesitara quanto a sua decisão desde então.

No entanto, naquele verão, tão logo as aulas acabaram, ele foi atingido por uma dura realidade. Ele era o homem da casa. Seu pai se fora e não voltaria, e sua mãe passava a maior parte do tempo com as irmãs dele. Elas tinham doze e catorze anos naquela época e pareciam drenar a maior parte da energia emocional de sua mãe. Quando ela não conseguia mais conter as lágrimas, ia até Nolan.

— Nolan, vou dormir mais cedo. Você pode arrumar o jantar das meninas?

Ele a abraçava e concordava em ajudá-la como podia. Nolan era o homem da casa, agora que seu pai se fora.

Por isso não podia permitir que sua mãe o visse chorando.

Quando estava sozinho, ele se sentava debaixo do velho carvalho para pensar na vida, no que tinha acontecido e nas decisões que tomaria para encontrar Ellie. Seu pai havia planejado ajudá-lo a encontrá-la naquele verão. Em vez disso, todos estavam tentando arrumar um jeito de sobreviver a mais um dia.

Nenhuma carta de Ellie jamais chegou até ele, algo que Nolan não conseguia entender. Novamente ele tentara encontrá-la ligando para a base, mas suas ligações não deram em nada. Ninguém podia ajudá-lo. Algumas vezes ele ligava o computador da família e procurava por ela na internet. "Ellie Tucker, Alan Tucker, San Diego, Acampamento Pendleton." Esse tipo de coisa. Mas as buscas nunca davam em nada. Certa vez ele até entrou em contato com Caroline Tucker. A mãe de Ellie teve um ataque de nervos e chorou ao telefone quando admitiu que não sabia o endereço da filha em San Diego.

— O pai dela não quer que ela se aproxime de mim. Ou talvez ela não queira que eu saiba onde ela está.

Por fim, a ficha caiu. Encontrar Ellie não seria tão fácil quanto seu pai achava. Exceto pegar o carro e ir até San Diego para procurar por ela, não havia outra opção. E, quando isso se tornou claro, ele fez a única coisa que poderia fazer.

Ele jogou basquete.

Seu pai foi substituído pelo treinador-assistente, Marty Ellison, um homem mais velho que amava o pai de Nolan e entendia o time como ninguém. Ele marcou os treinos de verão e conversou sobre ganharem o campeonato, aquele que o pai de Nolan havia acreditado que eles ganhariam. E sempre pegava mais pesado com Nolan do que com os outros caras do time.

Certo dia, o treinador Ellison foi falar com ele depois dos treinos.

— Nolan... Eu sinto muito.

— Por quê? — Nolan estava exausto, como costumava ficar depois dos treinos matinais. Ele estava com a bola de basquete debaixo do braço. — Por me forçar a dar mais duro que os outros?

— É. Eu não tenho escolha. — Os olhos do treinador Ellison tinham uma surpreendente ternura. — Seu pai acreditava no seu dom. Ele costumava me dizer que via você jogando profissionalmente. — Ele colocou a mão no ombro de Nolan. — Estou fazendo o que ele teria feito.

— Sim, senhor. — Nolan ficou grato com a explicação, a qual lhe deu uma plenitude e um propósito que ele não sentia desde que perdera o pai. Então apertou as mãos do treinador. — Bom, senhor, continue assim. Se ele está nos observando do céu, eu não quero decepcioná-lo.

— Exatamente.

Perto do fim do verão, Nolan havia aprimorado muito seu desempenho em relação ao outono anterior. Estava jogando em um clube e, em todos os lugares aonde ia, criava comoção entre os olheiros de faculdades. Quando os alunos da Escola de Savannah voltaram às aulas, duas coisas tinham acontecido. Nolan tinha aparecido na *Sports Illustrated*, em uma lista dos dez melhores jogadores do segundo ano do país. E ele finalmente se deu conta de algo sobre Ellie.

Ela não voltaria. Não telefonaria nem escreveria para ele. Ele teria de encontrá-la.

No ano seguinte, Nolan só pensava na última chance deles — as cartas enterradas debaixo do velho carvalho. Ele sempre achou que a encontraria de alguma forma, mas isso nunca aconteceu. Os anos do ensino médio passaram voando em uma onda de basquete, temporadas no clube, treinos de verão e jogos escolares. Eles chegaram às finais todos os anos, mas o time nunca se qualificou para o campeonato estadual, nunca chegou tão perto dele como quando Nolan estava no primeiro ano. Quando seu pai os treinava.

Ganhar um campeonato para seu pai havia se tornado uma meta que o rapaz parecia incapaz de conseguir. Quando o relógio marcou o fim de seu último jogo como estudante secundário, ele foi até um canto silencioso debaixo da arquibancada e chorou. Pela primeira vez desde um mês depois que seu pai morrera, ele deixou que as lágrimas caíssem, porque não havia mais jogos. A chance de vencer um título estadual para o seu pai se fora.

Naquela noite, ele prometeu a si mesmo duas coisas: de alguma forma ele *encontraria* Ellie Tucker e um dia *ganharia* um campeonato. Talvez na faculdade — a essa altura, ele já havia sido aceito na Universidade da Carolina do Norte, jogando em troca de uma bolsa de estudos. Ou talvez algum tempo depois disso. Mas um dia ele teria a temporada perfeita e traria para casa um troféu para o pai.

As lembranças pararam aí. Nolan colocou o coelho de pelúcia de volta na estante e a fechou. Era melhor manter as lembranças de Ellie no lugar delas, em uma prateleira onde ele não poderia tocá-las. Nolan olhou mais uma vez para a foto dele com o pai. Como os anos haviam passado rápido. As temporadas na Carolina do Norte e suas duas participações nas finais do campeonato nacional universitário.

— Talvez este ano.

As palavras saíram com suavidade. E, no silêncio que se seguiu, ele pôde ouvir a voz de seu pai e sentir a mesma segurança de quando eles estavam juntos. O homem fora seu treinador e mentor até onde Nolan lembrava. O fato de que ele se fora em virtude de um ataque do coração com apenas quarenta e um anos parecia quase impossível de acreditar. Ele ainda se pegava pensando que talvez tivesse havido um erro e seu pai na verdade tinha se mudado para Portland, no Oregon, com sua mãe e suas irmãs. Como se, dali a pouco, Nolan pudesse receber um telefonema dele, prometendo rezar e acreditar, como sempre, que ninguém dominaria o jogo como o filho.

Mas a verdade era completamente diferente.

A vida prosseguira. Sua mãe começara a namorar outra pessoa, um homem bom. Nolan cerrou o maxilar e desviou o olhar da estante. Ele precisava dar uma olhada em seus e-mails, algo lógico e analítico para tirar sua mente do passado. Se quisesse levar seu time às finais, se esse era o ano em que ele conseguiria tudo, de uma coisa ele estava certo.

Ele precisava permanecer focado.

Eles estavam mais de nove mil metros acima do Tennessee ou talvez do Kentucky quando Nolan acordou. O jato tinha bancos de couro e apoio para os pés, e os Hawks o usavam para jogos fora de casa. A dor no coração que ele sentira antes diminuíra. Seu pai estava com ele. Isso sempre seria verdade.

Nolan olhou pela janela, para as nuvens e além delas, para um estreito rio que abria caminho em meio à paisagem. Todos os quilômetros percorridos o levavam para mais longe de Ellie. De onde ele pensava que ela morava, de qualquer forma. Nolan se reclinou no assento. Como mais de dez anos podiam ter se passado e ele ainda não a tinha encontrado? Afinal, ele era uma pessoa de muitos recursos.

Em seu último ano com os Tar Heels, eles tinham jogado na Universidade de San Diego. Nolan voltou para casa em um voo posterior, uma vez que passara o dia inteiro em um carro alugado, dirigindo pelas cercanias do Acampamento Pendleton e escrutinando os supermercados próximos de lá, além de um shopping. Ele voltou para casa sem conseguir avançar na procura. Então se deu conta de que seria inútil procurar por ela em San Diego. Ela poderia estar morando em qualquer lugar.

Assim que o MySpace e o Facebook surgiram, ele tentara encontrá-la online. Pelo menos uma vez por semana procurava por ela, sem obter nenhuma informação. Na época em que foi contratado como jogador profissional, ele se perguntou se ela teria conhecido alguém na faculdade e se casado. Se fosse esse o caso, tudo bem. Mas ele não descansaria até que chegasse a uma conclusão, até que pudesse falar com ela ou olhar em seus olhos e ver por si mesmo que ela não se importava mais com ele.

Da forma como ele ainda se importava com ela.

Sua mente voltou para a época de sua contratação pela liga profissional, a sensação de ser o terceiro escolhido na primeira rodada. Eles lhe pagaram dez milhões de dólares só pela assinatura do contrato. Ele ganhava mais por temporada do que qualquer um teria direito. No dia em que recebeu o primeiro cheque, ele fez o que desejara fazer desde o verão que se seguira a seu primeiro ano no ensino médio na Escola de Savannah: chamou um detetive particular e lhe explicou a situação.

— O nome dela é Ellie Tucker.

— Ela usa esse nome até hoje?

Nolan odiou a pergunta.

— Até onde eu sei...

— Então você não sabe o nome dela. — Não era uma pergunta. — O que você realmente sabe sobre ela?

Essas especulações causaram um dos momentos mais difíceis na vida de Nolan desde a morte de seu pai. Eram a prova de que ele não sabia nada sobre Ellie, que haviam se passado muitos anos sem que ele tivesse notícias dela. Anos demais até para saber o nome que ela usava.

Ainda assim, ele pagou uma grande soma ao investigador particular e rezou, realmente rezou para que Deus o ajudasse a encontrá-la. Mas, para o seu desgosto, ele recebeu um relatório encadernado em espiral notificando basicamente aquilo que ele mais temia. Ellie Tucker, a garota com quem ele iria se casar, não fora encontrada em nenhum lugar.

Nolan fechou os olhos e voltou ao momento presente. Naquela semana, seu empresário estava fazendo de tudo para aproximar Nolan de uma boa moça. A mais recente de muitas tentativas que não tinham dado em nada. A moça em questão era filha de uma cantora cristã que ganhara um Grammy e cuja voz era uma das melhores em qualquer gênero. A filha dela tinha vinte e um anos e era recém-formada da Universidade Vanderbilt. Era inteligente, bonita e ambiciosa. Comandava um ministério para crianças em Uganda, e seus esforços já tinham resultado na construção de três poços que forneciam água limpa aos que, sem isso, morreriam de sede.

O empresário de Nolan havia lhe telefonado quinze minutos antes de sua carona ir buscá-lo naquele dia.

— Nolan, tenho detalhes.

— Detalhes?

Nolan estava lendo e-mails, tentando não pensar em como sentia falta do pai.

— Sobre Kari Garrett.

Nolan não ligou os pontos de imediato. O empresário deu risada.

— É óbvio que você não estava esperando ansiosamente por esse telefonema.

— Não mesmo. — Nolan sentiu o sorriso vir à tona. O homem não desistia com facilidade. — Quem é ela?

— A filha de Kathy Garrett. A cantora, lembra?

— Claro, desculpe. — Nolan afastou a cadeira do computador e esfregou os olhos. — O que tem ela?

Seu empresário ficou hesitante.

— Você não lembra? Ela quer te conhecer. Ela é perfeita, Nolan. Você vai gostar dela.

— Certo. Estou lembrando. — Ele desejava estar mais animado. — O que ficou combinado?

— Vocês dois irem jantar em Atlanta na noite seguinte à sua volta dessa rodada.

Nolan soltou o ar lentamente.

— Não é meio esquisito? Como eu posso marcar um encontro com uma pessoa que nem conheci ainda?

— Não é um encontro. É só um jantar. — Ele soava confiante. O plano não mudaria agora. — Só para vocês se conhecerem. Você ainda vai me agradecer por isso.

A risada de Nolan atravessou a linha até o outro lado.

— Tudo bem, me envie uma mensagem com os detalhes.

E assim Nolan tinha um encontro com Kari Garrett. Não importava como seu empresário quisesse chamar aquilo. Esse não era o único encontro arranjado que surgira no caminho de Nolan. Um dos diretores dos Hawks estava tentando aproximá-lo de Tanni Serra, a estrela da música pop, uma mulher que ele não consideraria namorar. Mal se passava uma semana sem que alguém tentasse arranjá-lo com alguma garota com quem ele nunca se envolveria.

— Cara, qual é a sensação? Você pode ter qualquer garota que quiser! — os colegas de time o provocavam com frequência.

— Eu não quero qualquer garota — ele respondia, abrindo um grande sorriso para eles.

Todo mundo sabia da verdade. Nolan Cook não ia para a cama com várias mulheres e não tinha namorada. Ele amava a Deus, e um dia encontraria uma mulher que partilhasse de sua fé. Ainda assim, os caras estavam certos. Ele podia ter a garota que desejasse.

Qualquer uma, menos Ellie Tucker.

Ele nunca estivera mais profundamente ciente da verdade do que nessa viagem, que o levou para longe do último lugar em que ele sabia que ela estava morando. San Diego, na Califórnia. A verdade permaneceu com ele quando chegaram ao local e fizeram os alongamentos. Permaneceu com ele enquanto eles dominavam a quadra, conseguindo a terceira vitória consecutiva, e enquanto ele analisava o público a cada intervalo, procurando por ela. Da forma como sempre fazia. Só pela possibilidade de que ela tivesse se mudado para Wisconsin. A verdade era esta: se Ellie Tucker quisesse entrar em contato com ele, poderia ter feito isso. Ele era fácil de ser encontrado. Por motivos que ele não conseguia entender, aquilo só podia significar uma coisa muito triste.

Ellie seguira em frente com sua vida.

8

ELA ERA ELLIE ANNE AGORA.

A mudança de nome se tornou oficial quando ela fez vinte e um anos — o melhor uso de cem pratas que Ellie já fizera. Sua filha tinha dois anos, e ela mudou o nome da criança também. Lavou as mãos na pia nos fundos do salão e as secou no uniforme. Ela era cabeleireira no Merrilou's, a poucas quadras da base naval de Pendleton. De vez em quando algum cliente se lembrava dela como Ellie Tucker. Como acontecera com o último deles.

Visto que sua próxima cliente já estava lá, ela teria de adiar o intervalo.

Ellie voltou para a frente do salão e abriu um sorriso para a mulher.

— Vamos lá?

A mulher se levantou e também sorriu.

— Mais um belo dia.

A cliente tinha trinta e poucos anos e era uma das mais falantes.

— Sempre.

Ellie olhou de relance para a televisão. Tinha uma visão clara da tela de sua estação de trabalho e, visto que hoje estava no turno da noite, não pôde resistir e colocou no jogo. Hawks contra Bucs, quarto jogo.

Se o time de Atlanta ganhasse, eles avançariam para a segunda rodada e teriam uns dias extras para descansar.

— Que bom que podemos ver o jogo. — A mulher se arrumou no assento. Era uma loira oxigenada bem magra, com os cabelos até o meio das costas. Ela apontou para a tela. — Eu adoro esse Nolan Cook. Ele é incrível, não é? Quer dizer, que homem hoje é como ele? — Ela inspirou rapidamente. — Tim Tebow, é claro. Eles são iguais. Intocáveis. Todas as mulheres são apaixonadas por eles, e tudo o que eles fazem é viver para Deus e jogar bola para a glória do Senhor. Não é? É incrível.

Os olhos de Ellie estavam grudados na tela. O jogo não tinha começado, mas o locutor estava falando sobre Nolan. Seu amigo Nolan. O garoto que ela havia amado desde o terceiro ano. O comentarista falava alguma coisa sobre ele marcar a maioria dos pontos durante a primeira rodada das finais e que ele roubava mais bolas do adversário que qualquer outro jogador na Conferência Leste da NBA. A câmera estava fixa nele, enquanto Nolan se aquecia, treinava arremessos em volta do arco da linha de três pontos, corria até a cesta nos rebotes e fazia magníficas bandejas.

Então o ângulo da câmera mudou, e o rosto de três crianças ocupou a tela. O locutor dizia:

— Estes são os convidados de Nolan Cook esta noite. Três crianças de um orfanato local. Nenhuma delas tem os pais, mas, durante as próximas horas, terão Nolan Cook.

Ellie passou o pente de leve nos cabelos da mulher. Ela estava falando sobre como gostaria de poder arrumar um encontro entre uma amiga e Nolan, porque simplesmente não havia mais caras como ele, e sua amiga era o máximo, e...

Ellie apenas fingia prestar atenção. Essa era uma habilidade que ela desenvolvera depois de anos como cabeleireira.

— Luzes de novo?

— Sim. — A mulher usava as mãos para acrescentar ênfase ao que dizia. — Bem claras para o verão. — Ela se endireitou um pouco no assento. — Nós vamos para as Bahamas na semana que vem.

O salão ficava perto da base, então a clientela era mista. Alguns soldados e algumas mulheres de soldados. Mas a maior parte das pessoas que iam ao Merrilou's tinha um padrão de vida elevado e falava sobre suas viagens ao Caribe, ao Havaí ou à Europa. Os maridos tinham altos cargos no Morgan Stanley ou no UBS, instituições financeiras na Grande San Diego, onde ganhavam rios de dinheiro, que as mulheres gostavam de gastar e depois contar os detalhes a Ellie.

Mulheres como aquela.

Ellie misturou a água oxigenada e a tinta em uma pequena vasilha de plástico e manteve os olhos fixos na TV. Eles estavam mostrando Nolan novamente, dessa vez com os colegas de time, cheios de motivação. O jogo estava prestes a começar.

Em que você está pensando, Nolan? Será que alguma vez eu passo pela sua cabeça?

A separação deles era culpa dela. Ela poderia ter ido atrás dele. Sabia disso fazia anos. Quando ele estava na Carolina do Norte, ela até escreveu uma carta para ele e a levou a uma agência do correio, mas então mudou de ideia e a rasgou em uma dúzia de pedacinhos. Ela havia discado o número do telefone do departamento de basquete da Universidade da Carolina do Norte duas vezes, mas, em ambas, mudou de ideia no último segundo. Pensou novamente em entrar em contato quando ele foi contratado como profissional. Ellie pesquisou o nome do empresário dele e o número de seu escritório. Ela ainda o tinha registrado em seu celular.

Sim, ela acompanhava a vida de Nolan desde que podia lembrar. Como o pai dele morrera de um ataque do coração depois de perderem a final do campeonato estadual na primavera, depois que Ellie se mudara para San Diego. Como Nolan sentia a falta do pai. Como ele despejara toda sua paixão e energia no basquete.

Ele havia conseguido exatamente o que desejava na época em que eles ficavam conversando debaixo do antigo carvalho. Todos os sonhos dele haviam se tornado realidade.

Todos os sonhos de Nolan... e nenhum de Ellie

Por isso ela não entrara em contato com Nolan nem na época em que ele estava na faculdade nem até aquele momento.

Lá no fundo, ela não queria realmente encontrar Nolan Cook. Não queria que ele visse o que acontecera com a vida dela. Ellie sentiu a familiar dor no peito. Sua vida era uma mistura triste de escolhas apressadas e consequências permanentes. Ela havia se rebelado contra o pai e se apaixonado por um soldado quando estava no último ano do ensino médio. Não muito tempo depois disso, engravidou. Quando o cara ficou sabendo, ele a deixou por outra garota antes de ser mandado para combate. E foi morto num ataque a bomba à margem de uma estrada no Oriente Médio. Ellie criava a filha sozinha. Ela não falava com o pai nem com a mãe havia anos.

Como contaria isso tudo a Nolan?

Ellie estremecia só de pensar na ideia de Nolan vê-la agora. Ele desprezaria a pessoa que ela se tornara. Ela perdera a oportunidade de fazer uma faculdade e passava os dias cortando cabelos para poder sustentar a filha de seis anos. Seus sonhos de escrever aquele grande romance se foram, como as noites de verão debaixo do velho carvalho. Também não ia à igreja fazia cinco anos e não tinha planos de ir. Nunca mais.

Então, por que entrar em contato com ele?

O que ela tinha em comum com Nolan Cook, o homem que declarava publicamente seu amor por Jesus? Ele certamente não estava procurando alguém como Ellie. A garota certa para Nolan teria fé sólida como uma rocha e comprometimento com a pureza. Seria um modelo a ser seguido por outras garotas de todo o país: bela, inocente e forte em suas convicções.

Ellie espalhou o clareador em um pedaço quadrado de papel-alumínio e o envolveu em torno de uma pequena mecha dos cabelos da mulher. Em seguida, repetiu o processo. Não, ele não estava procurando por ela, assim como ela não estava procurando por ele. Ainda assim, durante a temporada de basquete, ela não conseguia se segurar.

Adorava ver Nolan Cook jogando, como quando eles tinham quinze anos. A forma como ele assumia o controle do jogo e buscava a cesta, como ele conseguia acertar uma jogada de três pontos como se a bola fosse manteiga deslizando pela cesta. Sua expressão de determinação e intensidade.

Ela nunca o veria novamente, nunca o procuraria. Mas, quando ele jogava basquete na TV, durante algumas horas ela podia fingir que ele era seu amigo e que ela era a única garota na vida dele. Como fingia agora.

— Você me ouviu? — Havia papel-alumínio em metade da cabeça da mulher. Ela apontou para a TV. — Eu disse que ele é bonito, o Nolan Cook. Você não acha?

Ellie sorriu. Ela podia vê-lo da forma como ele estava na última noite que passaram juntos, quando ele a tomou nos braços e a apertou. Ele era apenas uma criança naquela época.

— É, ele cresceu e ficou bem bonito.

Os pedaços de papel-alumínio se agitaram quando a mulher olhou para Ellie por cima do ombro.

— Cresceu? Você já viu fotos dele quando criança?

— Não. — O calor fez com que suas bochechas ficassem vermelhas. — É só que... ele está mais velho agora. Eu costumava vê-lo jogar quando ele ainda estava no time da Carolina do Norte.

— Ah, tá. — A mulher voltou a olhar para a TV. — Esse cara parte corações toda vez que pisa na quadra.

Ellie assentiu, com os olhos fixos em Nolan enquanto terminava de aplicar o clareador.

— Hora do secador.

— Espero que eu consiga ver a TV. Estou torcendo para o Nolan e os Hawks hoje.

Ellie conduziu a mulher pelo salão e a colocou debaixo do secador, num lugar de onde ela poderia ver o jogo. Levou vinte minutos para a tinta fazer efeito. Que bom — Ellie precisava de um descanso daquela tagarelice.

Ellie voltou a seu posto de trabalho, com a atenção novamente voltada para Nolan. Um sorriso solitário repuxou seus lábios. Ninguém nunca poderia adivinhar que ela conhecia Nolan, que, em outra vida, eles eram inseparáveis. Ela não havia contado isso a ninguém desde que se mudara para San Diego. Apenas para sua colega de apartamento. Como se essa parte de sua vida nunca tivesse existido.

Os Hawks chegaram à liderança do jogo rapidamente. Graças aos catorze pontos feitos por Nolan no primeiro tempo, eles corriam pela quadra como o time a ser vencido. Da mesma forma como fizeram nos três primeiros jogos da série. À frente por quinze pontos na metade do jogo, os locutores já faziam previsões sobre com quem o time de Atlanta jogaria na final. Como se esperassem que os Hawks se saíssem tão bem na próxima rodada quanto naquela.

Apesar do placar tendendo para o lado dos Hawks, Ellie continuou com o jogo ligado enquanto finalizava o cabelo da mulher e depois passava para a próxima cliente. Ela só foi embora às nove da noite, bem depois de o jogo ter terminado. Ao sair do trabalho, virou a esquina e foi caminhando até o fim do centro comercial. O velho barbudo estava lá, deitado contra a parede de tijolos, em cima de uma pilha de cobertas sujas.

Ele se ajeitou um pouco quando ela se aproximou.

— Srta. Ellie, como vai?

— Bem, Jimbo. Mais um belo dia. — Ellie agachou perto dele e tirou um donut da bolsa, embrulhado em um guardanapo limpo. — Uma das meninas trouxe isso aqui. — E sorriu enquanto o entregava a ele. — Guardei um pra você.

Os olhos do homem se encheram de lágrimas.

— Não sei por que você é tão boa pra mim. Eu nunca fiz nada de tão bom assim.

— Não é verdade. Você sempre me diz que estou bonita.

— Ah, isso não é nada. — Ele roçou o rosto com uma das mãos nodosas. — Você é um anjo, Ellie. Eu... eu não sou nada.

— Não diga isso! — Ela balançou um dedo em negativa. — Tome. As gorjetas foram boas hoje. — E lhe entregou uma nota de vinte dólares.

Ele hesitou. Suas mãos tremiam ao pegar a nota.

— Fico perguntando ao bom Deus o que eu fiz para merecer uma amiga como você.

Lágrimas escorriam por sua face envelhecida.

— Não compre nada que não preste, certo? — Ela colocou uma das mãos no ombro dele. — Promete?

— Prometo. — Ele assentiu rapidamente e com determinação. — Só coisas boas.

— Tipo jantar. — Ela ficou em pé e colocou as mãos nos quadris. — Combinado, Jimbo?

— Claro. Obrigado, srta. Ellie.

Ele enfiou o dinheiro no bolso da camisa, apanhou algumas cobertas esfarrapadas e as puxou mais para perto do rosto.

— Você vai se sentir melhor com um bom jantar. — O ar da noite estava fresco para o início de maio, mas Ellie tinha a sensação de que Jimbo estava se sentindo mais envergonhado que com frio. — Você precisa de alguma coisa? — Ela tinha que voltar para casa, para sua filha, mas precisava perguntar.

— De nada não, srta. Ellie. Estou bem. Perfeitamente bem. Obrigado.

Ela sorriu.

— Tudo bem. — E deu alguns passos para trás, acenando para ele. — Até amanhã. — Antes de se virar, ergueu a sobrancelha. — Compre comida, hein? Você prometeu.

— Só coisas boas.

E, com isso, Ellie se virou e cruzou o estacionamento até seu carro. O Dodge de quatro portas tinha dez anos, e o para-choque traseiro esquerdo estava amassado por causa de um acidente com o dono anterior. O carro já tinha rodado mais de trezentos e vinte mil quilômetros, mas andava. Era melhor que pegar o ônibus.

Ellie entrou, trancou as portas e foi para casa.

Sua filha a esperava.

✿ ✿

Ellie deu a ela o nome Kinzie Noah Anne Tucker.

Desde a mudança de nome, havia cinco anos, a garotinha se chamava apenas Kinzie Noah Anne. Kinzie foi inspirado na esquina em que Ellie e Nolan costumavam se encontrar antes da escola todas as manhãs, a rua no meio do caminho entre a casa dela e a dele. Kinzie Avenue. E Noah era o nome de menina mais parecido com Nolan que Ellie conseguiu pensar.

Kinzie encontrou a mãe na porta.

— Você está atrasada. — Seus cabelos loiro-claros emolduravam a frustração nos belos olhos azuis. — Você disse nove e quinze e já são nove e vinte e cinco.

— Desculpe, querida. — Ellie largou a bolsa e tomou Kinzie nos braços.

A garota ainda era pequena o bastante para ser erguida. Durante um bom tempo, Ellie ficou abraçada à filha e, quando a pôs no chão, curvou-se para ficar na altura dos olhos dela.

— Eu estava com saudade.

— Eu também. — A irritação de Kinzie se transformou em mágoa. — Eu detesto quando você se atrasa.

— Eu estava conversando com o Jimbo. — Ellie se inclinou para frente e roçou o nariz da filha. — Ele está bem.

— Que bom. — Kinzie alisou os vincos da camiseta e conseguiu dar os primeiros esboços de um sorriso. — Você deu uma gorjeta pra ele?

— Dei sim. — Ela se endireitou e foi andando com Kinzie até a cozinha, com o braço em volta dos ombros esguios e bronzeados da criança. — Ele prometeu usar o dinheiro para comprar comida.

Kinzie voltou os olhos inocentes para Ellie.

— Você disse que ele às vezes mente.

— É. — Ellie assentiu, séria. — Acho que ele está trabalhando isso.

— Eu rezei por ele domingo passado na igreja. — Kinzie esticou a mão para pegar a da mãe. — Vem. Eu fiz o jantar pra você!

Ellie parou e olhou para Kinzie, surpresa.

— Você rezou pelo Jimbo?

— É claro, mamãe. Eu rezo por você também. O tempo todo.

— Ah. — Elas seguiram novamente para a cozinha. — Legal da sua parte.

Ellie podia agradecer a sua colega de apartamento, Tina, pela recente obsessão de Kinzie pela fé. A filha de Tina, Tiara, também tinha seis anos, e fazia poucos meses que elas haviam chamado Ellie e Kinzie para se juntarem a elas na igreja. Ellie dispensou o convite, mas Kinzie agarrou a oportunidade. Agora a menina mal falava de outra coisa. De um jeito docemente triste, o amor de sua filha por Deus era semelhante ao dela naquela idade. Um dia ela saberia a decepcionante verdade. Como Deus perde o interesse nas crianças depois que elas crescem.

Elas chegaram ao balcão, e Ellie ficou boquiaberta.

— Uau! — Foi andando até o prato de macarrão com queijo, cenouras e torradas que Kinzie havia preparado para ela. — Olha só para você, Kinzie Noah. Que boa cozinheirinha!

Tina entrou e deu uma piscadela para Kinzie. A colega de apartamento de Ellie claramente tinha ajudado no jantar. Essa era a rotina delas. Tina trabalhava como cabeleireira também, mas o turno dela era mais cedo. Ela pegava as meninas na escola às três, todas as tardes, e preparava o jantar com elas. Ellie ficava encarregada de preparar o café da manhã e deixar as meninas na escola. Seu horário de trabalho era pior. Ela tinha apenas uma hora com Kinzie todos os dias e esse pouquinho de tempo à noite, antes de irem para a cama.

E tinha também os fins de semana. Os momentos prediletos de Ellie.

Ela comeu ao lado de Kinzie, encantada com as histórias da criança, que não havia parado de falar desde que se sentou.

— Sabe o coelhinho da nossa classe, aquele que salvamos da margem da floresta?

— Sei. — Ellie comeu mais um pouco de macarrão com queijo. — Isso aqui está uma delícia, aliás.

— Obrigada, mamãe. — Kinzie deu risadinhas, completamente recuperada da decepção que tivera mais cedo. — Enfim, o coelhinho é tão fofo, mamãe. Ele parece um coelhinho de pelúcia. E consegue fazer um truque agora. Ele mexe o bigode de um lado para o outro quando quer uma cenoura, então às vezes ele...

Ellie ficou com o olhar fixo no prato, tentando se concentrar. O coelhinho tinha sido o responsável. Tinha sido o gatilho para mais uma onda de recordações. Fosse lá do que Kinzie estivesse falando naquele momento, tudo que Ellie conseguia ver era o coelhinho de pelúcia que havia dado a Nolan na noite anterior a sua mudança. Será que ele ainda o tinha? Estaria enterrado em algum lugar ou jogado em algum saco de lixo há muito esquecido?

— Você não acha, mamãe? Que devíamos arrumar um coelho para a nossa casa?

— Bom... — Ellie piscou e olhou para Kinzie. — Coelhos vivem melhor ao ar livre. A menos que precisem de um pouco de ajuda. Como aquele na sala de aula de vocês.

Kinzie pensou no que a mãe acabara de dizer.

— Você está certa. — E pegou um pedaço de macarrão do prato da mãe. — O gosto está bom, não está?

— Está perfeito. Você pode abrir seu próprio restaurante um dia, Kinz. Vai formar fila em volta do quarteirão.

Ela deu uma risadinha novamente e cedeu a um bocejo.

— Estou com sono.

— Eu também. — Ellie terminou de comer e colocou o prato dentro da pia. — Vá escovar os dentes. Eu encontro você no quarto.

O apartamento tinha apenas dois quartos, então Ellie e Tina dividiam, cada uma, um quarto com a filha. Era o único jeito de sobreviver ao custo de vida em San Diego. Ela ficou olhando Kinzie sair dali num pulo e tentou imaginar sua mãe. Escolhendo um estranho em vez de um relacionamento com ela. A raiva de Ellie atiçou as brasas de uma perda que nunca havia se apagado.

Ellie preferiria morrer a virar as costas para Kinzie.

O pensamento tentou consumi-la, mas ela se recusou a deixar que isso acontecesse. Colocou o prato na lava-louças e sentou ao computador. Savannah não saía de sua mente. Ela digitou o nome da cidade na linha de pesquisas do Google e apareceu um mapa. Talvez ela e Kinzie pudessem ir até lá de carro mais cedo do que ela imaginava. Mais alguns cliques e obteve as direções de San Diego até Savannah: quase quatro mil quilômetros. Uma viagem de trinta e oito horas.

Ellie ficou com o olhar fixo na rota. Há um ano ela vinha economizando, sonhando com a possibilidade. Sonhando em fazer a viagem de carro que queria desde que tinha quinze anos. Ela passaria por sua antiga casa e andaria pela trilha de lá até a casa de Nolan.

A mãe de Nolan não morava mais lá. Ellie tinha lido na *Sports Illustrated* que ela se mudara para Portland para ficar perto das filhas. É claro, ele morava em Atlanta. Então a viagem não seria para encontrar pessoas. Seria para encontrar seu passado, para se lembrar de um tempo em sua vida em que tudo era bom, certo e puro. Um tempo em que ela acreditava. A essa altura, Nolan já tinha tocado a vida. As notícias o colocavam ao lado de mulheres famosas mês sim, mês não. Mesmo que ele nunca as tivesse namorado, tinha muitas delas para escolher.

— Mamãe... — Kinzie a chamou do quarto. — Estou pronta.

Ellie se levantou e pressionou a mão na parte de baixo das costas, o lugar que sempre doía depois de um dia inteiro em pé.

— Estou indo.

Então fechou o mapa e foi andando até o quarto.

Havia outro motivo pelo qual ela queria fazer a viagem de volta a Savannah naquele verão. O motivo mais óbvio, aquele que nunca lhe saía da mente. Ela tinha uma caixa para desenterrar. Uma velha caixa de pescaria com duas cartas, uma que queria recuperar e outra que desejara ler durante onze anos.

Nolan estaria nas finais, ocupado e longe demais para pensar na promessa de adolescência que eles fizeram naquela noite, tanto tempo atrás. Tinha uma carreira muito bem-sucedida e era muito solicitado para se lembrar da última chance dos dois. Ela seria a única que voltaria. Mas, se conseguisse dar um jeito de ir até lá, ela desenterraria as cartas. E faria isso no dia que eles tinham combinado, o qual chegaria em apenas cinco semanas. Uma data entalhada em seu coração desde que Ellie tinha quinze anos.

Primeiro de junho de 2013.

9

PEYTON ANDERS ESTAVA VOLTANDO À música country.

Depois de cinco anos sem fazer uma única turnê, ele lançara um álbum no ano anterior, que mais uma vez encabeçava as paradas de country. Em outra situação, o violonista Ryan Kelly não teria considerado deixar o conforto de seu estúdio em casa para o acompanhar na turnê. Ele fizera isso durante anos, antes de retomar contato com Molly Allen e se casar com ela, e antes de arrumar um emprego como músico em Nashville.

Agora, ele e Molly moravam em Franklin, no Tennessee. Ela comandava uma fundação que havia passado de ajudar animais abandonados para ensinar música a crianças carentes e, então, a realizar desejos de crianças com doenças terminais. Todas as noites, Molly chegava em casa com histórias de vidas que haviam sido transformadas. Entre isso e o trabalho no estúdio, Ryan amava tudo que dizia respeito a ficar em casa.

A oportunidade com Peyton havia surgido havia poucos meses. O empresário dele entrara em contato com o de Ryan.

— Ele quer você e apenas você — disse o homem. — Você é o melhor, e o Peyton sabe disso.

Ryan ia recusar o convite até falar com Molly.

— O Peyton está buscando algo, eu realmente acredito nisso. — Eles haviam conhecido o cantor de country fazia um ano em um jantar beneficente. Molly achara na época que ele estava procurando respostas para o vazio de sua vida. Agora ela parecia pensativa. — Talvez você deva ir.

Ele pensou nas noites afastado, em como sentiria falta dela. Eles estavam casados fazia apenas um ano, e nunca era demais o tempo que passava com Molly.

— Tem certeza?

— Tenho. Vá tocar com ele. — Ela envolveu o rosto nas mãos do marido. — Você realmente é o melhor, Ryan. E talvez algo grandioso aconteça a partir daí.

Uma semana depois, sua presença estava confirmada na turnê, que agora já havia começado fazia um mês. Até aquele momento, Ryan não conseguira pensar em uma única razão pela qual Deus poderia querer que ele ficasse morando em um ônibus e tocando violão para o astro do country.

O cara tinha uma fama ruim e fazia jus a ela. Ele se gabava de suas bebedeiras e era imprudente com as fãs — ficava com garotas em seu ônibus particular e as largava em algum lugar da estrada no meio da madrugada. Quando a banda dormia em um hotel, como haviam feito aquela noite, as garotas só iam embora na manhã seguinte.

Mas, naquele sábado, havia algo de diferente em relação a Peyton.

O Estádio Rose Garden, de Portland — antiga morada de Molly —, estava lotado. Peyton estava no auge novamente, não restavam dúvidas. Porém, quando o show terminou, ele puxou Ryan de lado.

— Você está ocupado esta noite?

Ryan conversava com Molly pelo Skype durante uma hora, mas, tirando isso, ficava no ônibus, como o restante da banda.

— Não. Tenho tempo. O que foi?

— Eu queria conversar. — Ele parecia nervoso.

— Tudo bem. — O show acabara de terminar, e eles já estavam fora do palco. Ryan limpou o suor da testa e jogou o violão nas costas. — Vamos passar a noite aqui. No lobby do hotel?

— Eu tenho uma suíte. Que tal conversarmos lá?

⁂

Ryan soube que Peyton estava bêbado assim que entrou no quarto do cantor. Havia uma garrafa de Jack Daniel's pela metade na mesa, e Peyton desabou na cadeira, mal conseguindo manter os olhos abertos.

— Me desculpe. — Ryan hesitou na porta do quarto. — Talvez uma outra hora.

— Não! — A resposta de Peyton soou mais alta do que ele provavelmente pretendia. Ele fez gestos largos no ar, apontando para a cadeira a seu lado. — Eu estava te esperando. Eu quero conversar. É sério.

Ryan cruzou o quarto do hotel, puxou a cadeira e se sentou. Durante um bom tempo, ficou olhando para Peyton, se perguntando se o cantor estaria sóbrio o suficiente para conversar. Quando parecia que ele ia apagar, o cantor abriu bem os olhos.

— Eu engravidei uma moça.

Ryan recebeu a notícia como um chute no estômago.

— Nessa turnê?

— Não. — Ele pensou por um segundo. — Bom... talvez. — Ele manteve a cabeça baixa por um bom tempo. Quando ergueu o olhar, havia um tom de derrota em sua voz. — Estou falando... da Caroline. — Suas palavras saíram apressadas, emendadas umas nas outras. — Caroline Tucker. Uma moça de Savannah. — Ele apertou os olhos para olhar para Ryan. — Nós vamos tocar lá em breve. Ela... Não consigo parar de pensar nela. — Ele olhou direto para Ryan e, por um único instante, pareceu sóbrio. — Eu fui amigo dela durante dois anos... antes da gente transar. Ela era casada. — Ele se remexeu, trêmulo. — Eu quase... a amei.

Quase a amou? Ryan estava tentado a dar um soco em Peyton. Como o cara podia pensar desse jeito? Ele cerrou os dentes.

— O que aconteceu com o bebê? Com o bebê da Caroline?

— Não sei. — Peyton virou metade do líquido que havia no copo. — Não conversamos mais... depois disso.

Ryan se levantou, tirou a garrafa de Jack Daniel's da mesa e a colocou em um armário na pequena cozinha. Peyton não pareceu ter notado. Ryan pegou um copo de água e o trocou pelo de uísque, ainda com um pouco de bebida dentro.

— Beba isso.

E jogou o uísque na pia, hesitante, com os olhos na porta.

Escute-o, meu filho... Não vá embora.

Ryan voltou a se sentar pesadamente na cadeira. As palavras sussurradas pareciam vir de Deus, falando diretamente com ele. *Tudo bem, Senhor, eu vou ficar. Ajude-me a ouvir o que o Senhor deseja que eu ouça.* Ele descansou os antebraços na mesa e se inclinou mais para perto de Peyton.

— Me fale sobre ela... sobre Caroline.

— Ela não era feliz. — Peyton ficou oscilante de novo. — Casamento de merda. — Sua cabeça pendeu por um tempo. — Ela trabalhava em um consultório... em Savannah, na Geórgia. Eu devia ter dado uma grana pra ela.

— Peyton, cara, você está de brincadeira comigo? — Ryan ficou cheio de repulsa. — Você nem sabe se o bebê nasceu? Nunca foi atrás para saber?

Peyton estreitou os olhos, como se estivesse tentando desesperadamente formar um pensamento sóbrio.

— Foi por isso que chamei você aqui. — Ele parecia envergonhado pela primeira vez desde que Ryan entrara no quarto. — A vida é uma zona. — Então reclinou a cabeça para trás e fechou os olhos.

Ryan sentiu o mais leve senso de propósito. Talvez fosse por isso que Deus o quisesse na turnê. Peyton Anders não estava exatamente procurando algo, mas talvez tivesse encontrado a própria finalidade.

— A gente pode conversar, mas você precisa estar sóbrio. Durma um pouco.

Peyton não respondeu. Ele já estava roncando.

※ ※

Ryan telefonou tão logo voltou ao quarto.

— Acho que Deus está me mostrando o motivo pelo qual estou aqui.

— Estou com saudade. — A voz de Molly estava marcada por um tipo infinito de amor.

Ryan sorriu.

— Eu também.

— Eu precisava dizer isso primeiro. — O sorriso dela ressoava ao telefone. — Tudo bem, o que houve?

Ryan contou à mulher sobre Caroline Tucker, que ela era infeliz no casamento e trabalhava em um consultório em Savannah.

— Ele me disse que quase a amou. É triste, Molly.

— Talvez a gente deva encontrá-la. Ver como ela está, se teve o bebê. — Um silêncio sem esperança se colocou entre eles. — Vamos fazer uma viagem à Geórgia de qualquer forma. — Ela deu risada de leve. — Não sei se mencionei isso.

Ele adorava a ousadia da mulher.

— Me conte.

— Uma das crianças da fundação, um menino de sete anos. — Ela baixou um pouco a voz. — Todo mundo está rezando por um milagre. Ele está muito doente.

— Ele quer uma viagem à Geórgia?

O coração de Ryan ficou apertado ao pensar no menino doente.

— Mais ou menos. — Ela inspirou fundo, sofrendo como sempre fazia quando falava das crianças que vinham até sua fundação. — Ele quer ir a um jogo dos Hawks. Quer conhecer o Nolan Cook.

— Humm... Estou começando a entender.

— Exatamente. — A voz dela foi ganhando um tom mais entusiasmado. — Vamos tentar encontrar essa Caroline Tucker... Ver como ela está, se ficou com o bebê, e ajudar nosso pequeno doente a conhecer o Nolan Cook. Tudo isso em um único fim de semana.

— Perfeito. — Eles conversaram um pouco mais, contando os dias até que pudessem estar juntos de novo. — Chega de turnês depois disso.

— Concordo. — Ela riu. — Eu te amo, Ryan Kelly.

— Eu também te amo. Precisamos sair para namorar.

— Talvez ler *Jane Eyre* em voz alta na livraria The Bridge.

— Humm... No centro de Franklin. Como nos velhos tempos.

Após desligar o telefone, Ryan procurou no Google o cronograma de jogos dos Hawks. O time provavelmente teria um jogo em casa dois dias após o intervalo da turnê de Peyton. O momento perfeito para ir a Atlanta com o garoto doente e a família dele. Então eles poderiam fazer uma viagem a Savannah e tentar encontrar Caroline Tucker. Para que, talvez, Peyton pudesse se desculpar e mudar suas atitudes. O cantor poderia até encontrar aquilo que realmente estava procurando.

Uma vida transformada.

10

Caroline Tucker abraçou seu jovem filho de cabelos escuros enquanto eles caminhavam da igreja até o carro. O sol da tarde estava cálido em seus ombros.

— Como foi o catecismo?

— Legal. — Ele também abraçou a cintura da mãe e se apoiou nela. — A professora nos ensinou sobre Moisés. Que ele precisou de todos aqueles anos no deserto para aprender a escutar a voz de Deus. — Ele ergueu o olhar para espiar a mãe, os olhos castanhos tão parecidos com os do pai que ela mal conseguia se focar neles. — Deus precisou ensinar primeiro.

— É verdade.

Ela manteve a cabeça erguida. Em volta deles, outras famílias cruzavam o estacionamento, saindo da igreja. A maior parte delas incluía um pai. Ela visualizou Moisés, vivendo durante anos no deserto, aprendendo sobre Deus e ouvindo a voz dele.

Caroline conseguia encontrar uma ligação entre sua história e a dele.

— Podemos dar uma passada no mercado a caminho de casa? — O rosto de John se iluminou. — Precisamos de sorvete.

— Precisamos? — Ela abriu um largo sorriso e destravou a porta do carro. — Nós *precisamos* de ovos e leite.

— Tá bom. — Ele deu risada enquanto o carro acelerava. — Hoje é o jogo de basquete com os caras, lembra? Depois do jogo, eu realmente posso precisar de um sorvete. — Ergueu a sobrancelha. — Pode ser?

O dinheiro era curto, mas ela era cautelosa. Por fim sorriu, cedendo à vontade do filho.

— Tudo bem. Vamos comprar sorvete.

— Eba! — Ele deu um soquinho no ar e ficou encarando o para-brisa.

Ela olhou o perfil do filho, e o lembrete era tão claro quanto as linhas na estrada. Ele era a cara do Peyton. Ela amava o filho mais que a própria vida, mas a aparência dele era um sinal constante de seus erros e de suas escolhas infelizes. Prova de que ela era a única responsável pela destruição de sua família.

Caroline havia dado a ele o nome de John, que significa "dom gracioso de Deus". Porque, em uma época em que ela deveria estar queimando no fogo do inferno pelo que fizera, estava criando aquele belo garoto. Um menino a quem deu o sobrenome Tucker, como se, ao fazer isso, pudesse ter sua família de volta. Um garoto apaixonado por basquete tanto quanto o amigo de Ellie, Nolan Cook.

Um garoto que, pela graça de Deus, não tinha nenhum interesse por música.

꧁ ꧂

Tão logo John saiu do apartamento com a bola de basquete, Caroline achou uma folha de papel e se sentou à mesa da cozinha, como fazia quase todas as tardes de domingo. Estava na hora de escrever para Ellie. Caroline não fazia ideia de quantas cartas havia escrito para a filha com o passar dos anos. Uma por semana, todas as semanas, desde que o marido se mudara, levando-a consigo para San Diego. Alan nunca lhe dera o novo endereço, então ela enviava as cartas para a casa da mãe dele. O único endereço que Caroline tinha. Centenas de cartas. Sua única maneira de chegar até a filha e fazer com que ela soubesse quanto ela lamentava. As cartas nunca retornavam, de forma que Caroline tinha esperanças de que estivessem chegando até sua filha. Mas Ellie não lhe escrevera de volta nem uma única vez.

Caroline hesitou, com a caneta sobre o papel. Desde o início ela havia tentado encontrar Ellie. Nos primeiros dias depois que Ellie e Alan se mudaram, Caroline tentara ligar para a casa da sogra, na esperança de conseguir o novo endereço de Alan. Mas o número não atendia mais. Como ela e a sogra não eram próximas, a mulher poderia ter mudado o número do telefone muitos anos antes daquilo tudo acontecer, e Caroline não teria como saber. A partir daí, sem ter como entrar em contato com Ellie, Caroline caiu em pânico. Sem demora, ligou para a base, praticamente histérica.

— Meu marido... ele se mudou para aí com a nossa filha... Acho que eles não querem falar comigo e... Eu preciso falar com eles. Por favor. — Ela mal conseguia respirar. — É uma emergência.

A mulher do outro lado da linha era atenciosa, mas não havia nada que pudesse fazer. Ela informou Caroline de que Alan ainda não tinha se apresentado para o trabalho, mas prometera deixar uma mensagem para ele quando ele o fizesse.

No entanto, as horas se passaram, e também os dias, e depois os anos, e ela ainda não conseguira conversar com Alan. O homem tinha colocado Ellie contra ela por bons motivos, e agora ela estava sem saída. Ela fora uma mãe terrível, sim, mas merecia uma última conversa com a filha. Então tentou conseguir um empréstimo para contratar um advogado, mas os bancos lhe negaram qualquer tipo de ajuda. Ela era uma mãe solteira com um bebê recém-nascido. Sem dinheiro, sem crédito e sem nenhuma maneira de entrar em contato com a filha, só lhe restava uma alternativa.

Caroline ficou encarando o papel. Quantas cartas havia escrito? Como havia se passado mais de uma década? Seu coração ficou pesado. Não havia como calcular tudo o que perdera. Anos de escola, festa de formatura e cerimônia de graduação. Milhares de boas-noites e bons-dias. Sua preciosa Ellie tinha vinte e seis anos agora. Devia estar crescida. Anos de distância da garota que ela havia sido quando saiu de Savannah. Pela janela aberta, Caroline podia ouvir o som distante da bola de basquete e a risada dos meninos que jogavam na rua, em Forsyth Park.

Ellie devia odiá-la. Esse era o único motivo que poderia explicar o fato de sua filha não lhe escrever de volta, nem que fosse para lhe pedir que parasse de enviar cartas. Ela plantou os cotovelos na mesa e descansou a cabeça em uma das mãos, cansada com o pensamento de despejar seu coração na página mais uma vez. Geralmente, ela tentava poupar Ellie dos detalhes de sua vida, vida essa que ela e John atravessavam com dificuldade. Em vez disso, geralmente trazia à tona alguma recordação do passado, de quando elas brincavam no parque. Quando Ellie era sua sombra constante e todos os dias traziam novas aventuras, novos momentos de risadas e amor.

Mas hoje Caroline não sentia vontade de falar sobre os tempos felizes. Se Ellie não lhe respondia, talvez não estivesse lendo as cartas. Possivelmente, elas estavam indo direto para a lata do lixo. Ela pousou a caneta no alto da página. Se a filha realmente estivesse lendo suas cartas, talvez aquele fosse o momento de ser honesta, de dizer a Ellie como as coisas haviam acontecido, como fora sua vida depois que Alan se mudara com a filha para San Diego. Ellie não era mais uma criança e poderia ao menos saber um pouco da verdade.

Determinada, Caroline começou a escrever.

Querida Ellie,

Às vezes sinto que devo parar de escrever para você, mas então eu lembro... Não posso parar de fazer isso jamais. Esta é uma dessas vezes. Provavelmente você me odeia, e eu entendo. O que eu fiz foi terrível, imperdoável.

> *Mas eu tenho que escrever. Geralmente escrevo sobre os velhos tempos, sobre quanto eu amo você e sinto sua falta, e quanto sonho com os anos em que você era uma garotinha. Mas hoje quero falar do que aconteceu depois que você e seu pai foram embora. No início, eu me mudei para a casa da minha amiga Lena Lindsey. Fiquei com ela até o bebê nascer.*

Uma vez iniciada, a história fluía com facilidade.

Lena e o marido, Stu, eram a personificação do amor, o tipo de amor que Caroline e Alan partilhavam no começo. Caroline escrevia devagar, para que suas palavras fossem claras. No período em que morou com Lena e Stu, Caroline passava as horas em que não estava trabalhando fazendo duas coisas: pensando em maneiras de encontrar Ellie e se odiando por ter transado com Peyton Anders.

Lena a levou à igreja, uma igreja diferente daquela que ela e Alan frequentavam. Elas se encontraram com uma das conselheiras de lá. Naquela época, Caroline estava disposta a tentar qualquer coisa, a pedir desculpas e mudar, a fazer terapia de casal, mas era tarde demais. Ela continuou trabalhando no consultório até o bebê nascer, mas, quando tentou voltar mais tarde, seu cargo tinha sido ocupado, e ela ficou desempregada.

A história era despejada na página de um jeito que Caroline nunca escrevera em nenhuma de suas cartas antes. Impossibilitada de consertar seus erros, ela ficou com Lena e Stu, aprendendo a se perdoar e tentando arrumar uma maneira de encarar a vida sozinha com seu bebê. Seis meses depois, Stu e Lena se mudaram para Atlanta, e Caroline alugou um apartamento com uma mãe solteira que conhecera na nova igreja que agora frequentava. Elas dividiam um apartamento de dois quartos, e Caroline arrumou emprego em um consultório médico do outro lado da cidade. Sem os anos de trabalho que tinha no outro emprego, o pagamento era mínimo. Mas era um começo.

Caroline chegou ao fim da página e pegou outra folha na gaveta da cozinha.

> *Enquanto eu passava por tudo isso, eu escrevia para você, Ellie. E você não me respondeu nem uma única vez. Não estou pedindo que seja solidária comigo. Só quero que você saiba que eu sinto muito. Eu vivi com a consequência das minhas escolhas todos os dias desde que você e seu pai se foram. Sinto sua falta toda vez que respiro.*

Era verdade. Depois do primeiro ano, ela havia economizado bastante tempo de férias e dinheiro para comprar a passagem de avião até San Diego. Ficava aterrorizada só de pensar em fazer uma surpresa a Ellie, mas mesmo assim ela teria ido. Porém, naquele inverno, John pegara uma pneumonia. Eles não poderiam viajar de avião com a saúde frágil do bebê e, com seu plano de saúde limitado, as despesas médicas limparam suas economias. Na época, já estava claro que Ellie não queria vê-la. Caroline não sabia ao certo se sobreviveria, mas tinha de cuidar de John. De John, de seu emprego e de sua renovada fé em Deus. Conforme os anos foram se passando sem que ela recebesse nenhuma notícia de Ellie, ela se resignou com o fato de que aquele era o único jeito de continuar buscando pela filha: as cartas que ela enviava. Nada poderia impedi-la de continuar com essa sua rotina de domingo à tarde. Ela escreveria para a filha enquanto vivesse.

Caroline finalizou a carta dizendo a Ellie a mesma coisa que sempre lhe dizia.

> *Eu rezo por você todos os dias. Rezo por nós duas. Que Deus, em toda sua misericórdia, possa trazê-la de volta para mim. Eu sinto*

muito, Ellie. O que eu fiz a você e à nossa família foi imperdoável.

Ainda é. Eu só posso rezar para que um dia você me perdoe. Sinto sua falta. Eu amo você.

*Com amor,
Sua mãe*

Enquanto John jogava bola do outro lado da rua, Caroline colocou a carta no envelope, selou e o endereçou. Então foi andando até a caixa de correio na esquina da East Bolton. E, pela vigésima terceira vez naquele ano, deixou o envelope cair pela ranhura da caixa de correio e fez o que costumava fazer todas as vezes em que mandava uma carta a Ellie: implorou a Deus que, de alguma forma, por algum meio, dessa vez a carta chegasse até ela. Que realmente chegasse até ela.

Não apenas em suas mãos, mas em seu coração.

11

Alan Tucker manteve uma das mãos no revólver enquanto atravessava o corredor de cimento entre as fileiras dos mais perigosos detentos da penitenciária de Pendleton. Ele precisava estar preparado, precisava se concentrar. Na semana anterior, havia acontecido um motim entre os prisioneiros, e um dos guardas estava no hospital por causa disso. Costelas quebradas e uma concussão.

Mas, se algum dia ele se distraiu em serviço, o dia era hoje. Era aniversário de vinte e seis anos de Ellie.

— Olha só pra você, grandão... Se achando todo durão aí. — Um dos prisioneiros se agarrou às barras e bateu com o rosto nelas, quase atravessando. — Toma cuidado, grandão.

Alan continuou andando.

Ele era bom nisso, em ignorar os prisioneiros. Era bom em intimidá-los. Da mesma maneira como fora bom em intimidar a mulher e a filha dez anos atrás. Ele fez o que fez porque estava certo. Mas, em algum ponto de sua vida de sabe-tudo, Alan Tucker aparentemente entendera tudo errado.

Porque as duas únicas mulheres que ele amara na vida se foram. Para sempre.

— Vem aqui, bonitinho. — O chamado veio do outro lado do corredor. O prisioneiro xingava em voz alta para todos no andar ouvirem. — Vou te dizer uma coisa, guardinha bonito. Chega mais perto que eu troco a sua liberdade pela minha. — E deu risada como se fosse louco. — Vem! Duvido que você se atreva!

Alan parou, se virou lentamente e encarou o homem. Então se endireitou de onde estava, a uns três metros de distância.

— Você deve ter esquecido, Joey. Você nunca vai ser livre de novo. — Ele manteve a calma, como se tivesse gelo nas veias. — Nunca mais.

De uma dezena de celas ao longo do corredor vieram risadas e mais xingamentos. Joey foi para trás, junto à parede da cela, e apontou para as barras.

— Toma cuidado, guardinha bonito. — Suas palavras exalavam veneno. — Você não vai ser livre para sempre.

Alan o encarou durante um minuto, até que o prisioneiro xingou novamente e se afastou, ficando de costas para as barras da cela. Alan saiu andando, satisfeito. Mais uma vitória. Mais vaias dos vizinhos de Joey, caras que estavam na prisão por assassinato, estupro e assalto à mão armada. Joey havia perdido. Todos eles sabiam disso. Alan atravessou as quatro portas de aço, usando várias chaves e códigos.

Seu turno havia acabado. Mais um dia vivo, mantendo os prisioneiros na linha. Seu supervisor lhe deu tapinhas nas costas enquanto ele pegava suas coisas no armário.

— Você é bom, Tucker. Muito bom.

— Obrigado. — Alan olhou para a janela. Em algum lugar lá fora, Ellie estava comemorando o aniversário sem ele. — Até amanhã.

Ele permaneceu com a mão no revólver enquanto caminhava até o carro. Estava tudo tranquilo, mas ele estava sempre pronto para enfrentar qualquer imprevisto. Era isso que o tornava bom em seu trabalho. Isso e o fato de que Alan Tucker tinha uma arma secreta. Quando ele encarava de cima a baixo um criminoso na Quarta Ala, como acabara de fazer com Joey, ele fazia algo que duvidava que qualquer outro guarda fizesse.

Alan rezava.

Rezava pela batalha espiritual travada entre eles e pela misericórdia de Deus para com o prisioneiro. Ele rezava em nome de Jesus, sem pestanejar ou desviar o olhar. E sabia que, nos lugares invisíveis, no reino espiritual, os demônios nas celas e no coração dos prisioneiros da penitenciária de Pendleton só poderiam fazer uma coisa em resposta a isso.

Fugir.

Se ao menos ele conseguisse fazer com que as preces funcionassem para si mesmo...

As cartas o estavam matando.

Alan Tucker entrou no closet de seu quarto e pegou a enorme caixa da prateleira de cima. Em um único movimento, ele a jogou na ponta da cama. Centenas de cartas. Mais do que ele poderia começar a contar. Cada uma delas pesava em sua alma como muitos tijolos. Havia quase onze anos, quando sua mãe lhe telefonara para dizer que Caroline havia escrito para Ellie, Alan passava na casa dela a caminho do trabalho. Então pegava as cartas e as escondia numa gaveta em seu quarto. Cinco ou seis cartas, e ele achava que estaria tudo terminado. Com certeza, Caroline não continuaria escrevendo. Mas ela continuou. Ela ainda hoje escrevia. As cartas chegavam religiosamente, algumas mais grossas que outras, e, com o passar do tempo, ele as transferiu para a caixa em seu closet.

No início, ele passava todos os fins de semana pensando em uma maneira de lidar com o problema. Ele poderia entrar em contato com Caroline e mandá-la parar de escrever, ou simplesmente devolver as cartas sem resposta. Ele não tinha a intenção de entregá-las a Ellie. A filha deles já havia sido muito magoada pela traição da mãe e não precisava de uma carta para lhe lembrar disso toda semana. Ou ele poderia ler todas elas e ver exatamente o que sua mulher infiel pretendia dizer a sua filha.

Muitas foram as vezes em que ele considerou a possibilidade de jogá-las fora, queimá-las ou picotá-las, como as pessoas costumam fazer com registros antigos de impostos. Contudo, sempre que ele chegava perto de fazer aquilo, imaginava Ellie, adulta, de alguma forma descobrindo o que ele tinha feito. Havia algo nele que nunca lhe permitia ir tão longe.

E então a tradição permanecia, semana após semana, ano após ano. Ele passava na casa de sua mãe às sextas-feiras depois do trabalho e pegava o que quer que fosse que Caroline tivesse enviado. Seis anos atrás, depois que Ellie se engraçou com o soldado e saiu de casa, a mãe de Alan começou a apresentar sinais de demência. Dezoito meses depois, foi diagnosticada com mal de Alzheimer, e Alan a internou em uma casa de repouso, em tempo integral. Então ele se mudou da base para a casa dela, e as cartas continuaram chegando.

Pelo menos uma vez por semana.

Ele enfiou a mão dentro da caixa, mexeu na montanha de envelopes e tirou dali uma delas, aleatoriamente. Em todos os anos em que vinha coletando as cartas, ele nunca abrira nenhuma delas, nunca fora contra seus princípios de que aquilo era errado. Mas, naquele dia especialmente, no aniversário de Ellie, ele estava completamente perdido.

A sensação do envelope em sua mão era de maciez. Talvez fosse sua imaginação, mas ele quase podia sentir as palavras escritas na frente do envelope, as curvas da caligrafia de Caroline. A esperança que ela deve ter sentido no coração quando colocou essa mesma carta na caixa de correio em algum lugar em Savannah.

O que havia de errado com ele? Como ele podia ter cortado Caroline de sua vida tão completamente? Que tipo de homem ele era, de nunca tentar ver se ela estava bem, se tinha tido o bebê ou se havia encontrado uma maneira de viver sozinha? Ele segurou o envelope perto do rosto e analisou a data de postagem. Março de 2011. Fazia dois anos. Ela sempre incluía um endereço para devolução, o mesmo pela última década. Então, pelo menos Caroline tinha onde morar.

Ele passou o polegar no nome dela. O nome de casada, aparentemente o mesmo que ela ainda usava. *Caroline... O que aconteceu com a gente? Você foi a única mulher que eu amei na vida.* Lampejos do passado o atingiram como muitos raios. O dia em que ele conhecera Caroline em um piquenique da igreja... Ela tinha só dezenove anos, era quase uma criança, e ele tinha vinte e sete e uma carreira militar já consolidada. Depois de dez minutos de conversa, Alan teve dois pensamentos.

Primeiro, que ele haveria de se casar com ela. E, segundo, que nunca amaria nenhuma outra pessoa.

Então, o que dera errado?

Mais lampejos de lembranças. Alan se encolheu e segurou a carta com mais força. Ele podia ouvir a própria voz esbravejando para ela, usando o mesmo tom que sempre usava no trabalho, como sargento instrutor. *Caroline, por que a roupa não está lavada? Onde você esteve a tarde toda? Você não consegue fazer o bebê parar de chorar? A Bíblia diz que a mulher deve obedecer ao marido, não se esqueça disso.*

Frases como essas dilaceravam sua consciência e o faziam se lembrar de uma verdade da qual ele não poderia escapar. Verdade que viera à tona havia alguns meses e que o assombrava desde então, perseguindo-o e mantendo-o acordado à noite.

A verdade de que ele era culpado pelo caso de Caroline.

Essa percepção o atingira depois de uma crise de nervos, a qual o fizera correr de verdade até Deus pela primeira vez na vida. Ele entendia isso agora. A fé de sua juventude não passava de um martelo. Uma arma que ele empunhava contra as pessoas para que elas andassem na linha. No trabalho, ele usava sua posição de poder para manter controle sobre os recrutas. Em casa, ele usava a Bíblia.

Ele zombara da cristandade, e agora tudo que restava de sua vida eram pedaços estilhaçados de um sonho que havia morrido muito tempo antes de Caroline dormir com Peyton Anders. Ele pensou nos prisioneiros na cadeia de Pendleton e na forma como Joey olhara com ódio para ele, provocando-o em relação a ser livre.

Joey não sabia de nada. Alan Tucker não era livre. Ele estava em uma cela mais forte que qualquer uma na penitenciária. Alan não fazia a mínima ideia do que era ser livre. Mais uma vez ele olhou para as palavras de Caroline no envelope, analisando sua caligrafia.

Enquanto fazia isso, lampejos de recordações o assolaram novamente.

Caroline jogando os belos cabelos loiros para trás na festa de casamento deles, rindo de algo que ele dissera. *Eu adoro estar com você, Alan Tucker. Vou adorar estar com você enquanto eu viver.* O relógio avançou algumas centenas de vezes adiante. *Alan! Venha ver.* Ela correu pela porta da frente da casa, as pernas bronzeadas voando. *Os primeiros vaga-lumes da estação! O jardim parece uma pintura! Você precisa ver isso!* E ele pegando na mão dela e celebrando o verão com ela no jardim da casinha deles. Mais um tempo se passou, e ela estava dançando com Ellie na sala de estar, cantando para ela. E viu quando Alan entrou. *Deus nos abençoou, Alan... Meu coração está tão pleno que mal consigo ficar em pé com o peso dele.* O sorriso dela iluminava a sala. *Quando formos velhos de cabelos brancos, me lembre deste momento.* E ele acreditara com todo o seu ser que seria aquele cara a lhe lembrar daquele momento, tal como ela havia lhe pedido.

Caroline era uma das pessoas mais felizes que ele já conhecera. Mas as palavras grosseiras que ele lhe dirigira durante anos e a solidão à qual a submetera mataram o amor pueril dela pela vida, sua alegria infinita, a inocência nos olhos arregalados que uma vez definiram Caroline Tucker.

Você era tudo pra mim. Ele olhou para a foto no criado-mudo, dele com Caroline na lua de mel. Que tipo de monstro sufocaria o amor de alguém como ela? Quando eles pararam de sorrir e caminhar e olhar para as estrelas? *Caroline, meu amor. Eu sinto tanto. Quero você de volta, como você era.*

Ele iria para o túmulo desejando isso, querendo estar diante do sorriso dela. Querendo tudo que nunca mais poderia ser como era. A foto dele e de Caroline preencheu seus sentidos, espalhando o desespero por seu corpo e sua alma. *Por favor, meu Deus, eu preciso de um milagre. De uma nova chance.* Os olhos de Alan se voltaram para uma fotografia diferente, ao lado daquela. Uma foto de Ellie, em Savannah, em seu aniversário de sete anos. Eles tinham ido pescar naquela tarde, mas Alan se lembrava das risadas naquele aniversário mais do que de qualquer peixe que tivessem pescado. Ele apertou os olhos para olhar para a foto. Sua única filha. A luz do espírito dela reluzia em seus olhos, seu sorriso era a prova de que uma vez, muito tempo atrás, eles tinham sido uma família feliz.

Se ao menos ele pudesse ligar para Ellie e lhe desejar um feliz aniversário... Só isso. A oportunidade de dizer à sua garotinha que ele estava pensando nela. Mas eles não se falavam havia sete anos. Alan fechou os olhos e afastou aquelas imagens da cabeça. Caso contrário, seu coração poderia parar de bater de tanta tristeza. A verdade era esta: agora que ele havia encontrado a verdadeira fé, agora que entendia sua responsabilidade no que havia acontecido, ele não se importaria se seu coração parasse de bater.

Mas ele tinha uma coisa a fazer primeiro.

Devagar, aos poucos, com tanta naturalidade quanto o ato de respirar, as respostas vieram. Deus já havia lhe perdoado, já o havia libertado. Se ele vivia em uma prisão de relacionamentos despedaçados e culpa silenciosa e sufocante, era por sua própria responsabilidade. A porta da cela estava destrancada. Alan abriu os olhos e fixou o olhar nas fotos mais uma vez. Ele encontraria um jeito. Rezaria para que Deus o aconselhasse em relação ao que fazer e como dar o primeiro passo em direção a sua família despedaçada.

O pensamento inundou seu coração, até que ele sentiu a umidade nos dedos. Umidade que se espalhava pelo envelope em suas mãos. O que era aquilo? Suas bochechas estavam molhadas também. Ele inspirou profundamente e soluçou. A sensação lhe deu uma esperança que ele não sentia desde que saíra de Savannah. Porque, pela primeira vez desde aquele dia, ele estava fazendo algo que lhe era raro.

Alan estava chorando.

12

Era o calendário, é claro.

O motivo pelo qual Nolan não conseguia parar de pensar em Ellie, a razão pela qual ela estava em sua mente todos os minutos. A resposta estava tão próxima e era tão real quanto a data. Todas as vezes em que ele olhava para o telefone, os números praticamente gritavam para ele. Enquanto ele se aquecia na quadra dos Hawks para o primeiro jogo na segunda rodada das finais, não precisou de um relógio com contagem regressiva para saber quantos dias faltavam até 1º de junho de 2013.

Vinte e cinco. Aquela passagem dos dias o atingia todas as manhãs e permanecia com ele o dia todo.

Dali a pouco mais de três semanas, faria onze anos desde a última vez em que ele vira Ellie Tucker. Ele odiava que tanto tempo tivesse se passado. Naquela época, onze anos teria soado como uma vida. Nenhum dos dois acreditava, por um minuto que fosse, que eles passariam tanto tempo sem se ver.

A caixa de pescaria, as cartas enterradas debaixo do grande e velho carvalho. Tudo isso era apenas "para o caso de acontecer alguma coisa". Para o caso de eles não conseguirem se encontrar... de perderem contato. Para o caso de um ano se passar, depois três, cinco, oito e então dez sem que eles conversassem novamente.

Só para o caso de, se tudo isso acontecesse, eles ainda terem uma chance.

— Cook, você está acompanhando? — o treinador gritou de seu banco. Ele não parecia preocupado, apenas determinado. Então bateu palmas algumas vezes e apontou para o relógio. Quatro minutos para o jogo. Ele ergueu o polegar em sinal de positivo para Nolan e perguntou: — Você está bem?

Nolan cerrou o maxilar. Ele tinha que se concentrar, tinha que ser firme. Não importava o calendário, aquela era a temporada *dele*, pela qual ele havia rezado desde que tinha quinze anos. Tudo estava alinhado, como se Deus tivesse lhe entregado o cenário perfeito. Algumas negociações fora da temporada e o passe dele tinha sido comprado pelos Hawks. Com o talento que já havia no time, todo mundo acreditava que eles estavam preparados. Aquele era o ano em que eles poderiam ser campeões.

Nolan adorava os Hawks. Alguns dos jogadores estudavam a Bíblia e faziam churrasco juntos e, nos dias de folga, enviavam mensagens de texto uns aos outros. Eram como um bando de irmãos, e Nolan era o líder. Com um metro e noventa e três de altura, ele não era o armador mais alto na liga. Quando os repórteres lhe pediam para explicar seu sucesso, Nolan sempre dizia a mesma coisa: uma combinação de talento concedido por Deus e obsessão extrema.

Aquela causada pelas perdas de seus dezesseis anos.

Ele pegou a bola, deu impulso para uma bandeja e correu para trás da linha. Dexter Davis estava na frente dele, o melhor amigo de Nolan desde o primeiro ano na Universidade da Carolina do Norte. Eles avançaram para frente em rotação, se aquecendo, e Dexter olhou para trás.

— Você está pensando nela. — Não era uma pergunta.

— Na verdade, não.

— Você está mentindo. — Dexter limpou o suor da testa. — Olha, cara. Ela não está aqui. — Ele olhou de relance para o ginásio. — Aquela garota, a tal de Kari, não vem ver o jogo hoje?

— Vem. E daí?

Dexter se virou, pegou a bola, fez um belo arremesso com salto e saiu correndo para o fundo do garrafão. Nolan fez o mesmo, acertando a cesta. No instante em que ele se posicionou atrás de Dexter novamente, o amigo olhou para ele.

— E daí... deixa disso. — Dexter não precisava explicar. Ele sabia de tudo sobre Ellie, sobre como Nolan havia tentado encontrá-la e a marca dos onze anos que estava chegando. — Tira essa garota da cabeça.

— A Kari? — Nolan abriu um largo sorriso.

— Não brinca comigo, Cook.

— Quem? — Nolan sentiu sua intensidade aumentar, e eles correram para a linha de frente. — Aquela ali é a minha garota — ele apontou para a bola.

Dexter o observou.

— É melhor mesmo. — E se virou para Nolan, dando-lhe um tapa nos ombros, bem sonoro, com ambas as mãos. — Vamos lá, Cook. Vamos ganhar esse campeonato.

Mais dois minutos de aquecimento, e o sinal soou. Após a apresentação dos times e o hino nacional, a cada segundo transcorrido, Nolan sentia sua mente mais clara, voltada para aquele lugar em que passara a maior parte dos últimos onze anos. Onde só havia Deus e a bola de couro.

A bola foi jogada para o alto e o jogo teve início. Nolan não tinha dúvida de que eles venceriam. Ele podia sentir os colegas de time à sua volta, a intensa presença deles na quadra, a antecipação de seus passes, rebotes e movimentos, todos sincronicamente executados. Mesmo no intervalo de meio-tempo, com quinze pontos de vantagem, Nolan não deu trégua. Dexter veio até ele.

— É isso aí! Eu adoro jogar com você, cara. Você está maluco nessa quadra!

Nolan não sorriu e não comemorou, nem por dentro. Ele apanhou uma toalha e secou o rosto e os braços. Então voltou um rápido olhar para Dexter.

— Nós não ganhamos ainda.

Apenas quando o jogo terminou, com uma vitória dramática por trinta e quatro pontos para os Hawks, ele se permitiu ver algo além da quadra, do jogo e da bola. Seus colegas de time o cercaram e celebraram, batendo as mãos espalmadas e o peito uns nos outros. Eles estavam no caminho certo. Aquele era o ano deles. Eles podiam sentir isso.

Dexter foi ao encontro de Nolan depois que o time comemorou com o público, que lotava as arquibancadas. Descendo os degraus do estádio, estava uma morena de tirar o fôlego: alta, discreta e muito bem-vestida.

Ela sorriu quando seus olhos encontraram os de Nolan, que acenou para ela.

— Humm... — Dexter se inclinou para perto do amigo, de olho na garota. — É a Kari?

— Acho que sim. — Nolan fez um movimento para que ela se aproximasse e continuou a conversa com Dexter discretamente. — Para falar a verdade, a gente nunca se encontrou antes.

— Bom... — Dexter virou as costas para ela, com as sobrancelhas erguidas. — Quer um conselho?

— Na verdade, não. — Nolan ainda estava de frente para a garota, mas olhava para Dexter. A provocação fazia parte da amizade dos dois. — Qual é o conselho?

— Hoje à noite? Curta o momento. — Dexter tinha dois metros e três de altura, era uma montanha em forma de homem, mas, naquele instante, parecia uma criança brincando no parque. Fazia três anos que ele se casara com uma garota que conhecera na faculdade. Os dois tinham esperado um pelo outro, e a fé e a vida deles eram como um cartaz professando o casamento. Dexter desejava que Nolan encontrasse o amor da forma como ele encontrara. Ele deu um soquinho no braço do amigo. — Está me ouvindo? Curta o momento.

— Pode deixar.

Dexter olhou de relance para Kari, depois voltou a olhar para Nolan.

— Dê uma chance a ela.

Nolan não podia prometer nada. Ele podia não pensar em Ellie durante o jogo, mas afastar os pensamentos dela a noite toda, resistindo a comparações tão óbvias, era um pouco diferente. Ele não tinha certeza de que seria capaz de fazer isso. Ele mal tinha namorado, por isso sua experiência era limitada. Alguns encontros arranjados, uma estagiária de publicidade fazia dois anos, algumas conversas no café, mas nada duradouro.

Sempre fora mais fácil se concentrar no basquete e acreditar que encontraria Ellie. Agora, porém, ele tinha que ser realista. Ela não queria ser encontrada. Talvez fosse a hora de seguir em frente com a vida. Se ao menos seu coração concordasse com o cérebro...

— Você está fazendo aquilo de novo. — Dexter soltou um suspiro exagerado. — Vamos lá, Cook. Tente, pelo menos.

— Vou tentar. — Nolan sorriu um pouco. — De verdade.

Aquela noite seria divertida — pelo menos ele esperava que sim. Porém não havia como ir contra seu desejo mais profundo: ele preferiria ir para casa e pesquisar no Facebook, no Twitter ou no Google.

Qualquer coisa que o fizesse encontrar Ellie.

※

Nolan não fazia a mínima ideia de como ele e Kari Garrett passariam as próximas horas.

Ele tomou banho e trocou de roupa no vestiário enquanto ela esperava. Uma conversa trivial fez companhia aos dois enquanto eles caminhavam até o carro dele. Antes que o primeiro silêncio constrangedor os atingisse, Kari se voltou para Nolan.

— Você é tão bom no boliche quanto no basquete?

— Boliche? — Ele tinha pensado que eles iriam tomar um café ou comer uma sobremesa. Ver se tinham química. Boliche era uma atividade mais longa.

Ela deu risada.

— Vamos falar a verdade. Eu não consigo ganhar de você jogando um contra um, mas sei me virar em uma pista de boliche. — Seus longos cabelos castanhos pendiam em camadas sobre os ombros e caíam pelas costas. — Só estou dizendo...

O tom de voz dela, ou talvez o olhar em seu rosto, fez com que ele desse risada. A ideia de jogar boliche com aquela garota parecia divertida. Era algo que ele não fazia desde a faculdade.

— Para falar a verdade, até que me viro bem no boliche.

— Tudo bem, então. — Os olhos dela cintilavam. — Eu conheço um lugar. Aguenta aí. — Ela puxou o celular da bolsa e, depois de vários segundos, sorriu para Nolan. — Vire à direita no próximo farol.

Mais uma vez, ele riu baixinho.

— Aonde você vai me levar?

— Confie em mim. É tudo o que você precisa fazer. — Ela se ajeitou no banco, segurando o celular de forma que pudesse ver o mapa na tela. — Confie em mim e dirija.

Ela não era Ellie, mas foi divertida durante todo o trajeto até o boliche. Quando pararam no estacionamento, ela olhou para ele e seu sorriso se esvaiu.

— Ei, Nolan, só pra você saber... eu não queria fazer isso.

— Você não queria jogar boliche? — Ele encontrou um lugar perto da entrada, desligou o motor e a encarou. Ela o divertia, com certeza. — Quer fazer alguma outra coisa?

— Não. — Ela deu risada, com um tom mais suave do que antes. — Eu não queria esse encontro arranjado. Minha mãe armou tudo. — Kari torceu o nariz e revirou os olhos da forma mais fofa possível. — Ela faz esse tipo de coisa.

— É mesmo? — Nolan estava curtindo a brincadeira, a perspicácia e o bom humor da garota. — Meu empresário me disse que foi ideia sua.

— De jeito nenhum! — Ela deu uma risada rápida, claramente envergonhada. — Minha mãe tem boas intenções. Depois que o encontro foi marcado, eu não tive como escapar.

Nolan pensou por um instante.

— Meu empresário e a sua mãe. Isso é hilário!

— Eu imaginei que podíamos jogar boliche e assim agradar os dois. Ele gostava do jeito ousado dela.

— Eu posso levar você de volta até o seu carro. — Nolan ergueu uma sobrancelha. — Quer dizer, eu não gostaria de forçar você a perder.

Ela o analisou com uma expressão brincalhona e confiante.

— Não precisa. Afinal eu estou em um encontro com Nolan Cook, certo? Tipo, que garota não gostaria de estar no meu lugar agora? — Ela deu de ombros. — E você está em um encontro com Kari Garrett. Então...

— É verdade. — Ele gostava da atitude de Kari. Ela poderia ser muito divertida se ele a conhecesse melhor. — Que cara não gostaria de estar no meu lugar agora?

— Exatamente. — O brilho nos olhos dela estava mais forte. — Então...

— Então vamos aproveitar e jogar boliche.

— Se você não se incomodar de perder...

— Espere pra ver. — A risada de Nolan veio com facilidade. Ele saiu do carro e abriu a porta para ela. — Eu não fazia ideia que você gostava de boliche.

Ela saiu e acompanhou com facilidade o ritmo dele. Eles continuaram se provocando enquanto pagavam por uma hora de jogo e alugavam sapatos. Nolan estava relaxado. Ele não estava procurando uma namorada, mas aquela seria uma noite divertida. Ele podia sentir isso. Eles pegaram a pista do canto, para que não fossem reconhecidos, e ele ainda estava se divertindo uma hora depois, quando ela já havia ganhado dois jogos consecutivos.

— Tudo bem, chega. — Ele ergueu as mãos, entregando-se de brincadeira. — Você acabou comigo.

Ela fez uma leve mesura.

— Foi um prazer.

Alguma coisa nos gestos dela, no jeito como ela se movia ou em seu tom de voz fez Nolan se lembrar de Ellie. Ele forçou o pensamento a sair de sua mente e abriu um largo sorriso.

— Vamos tomar um café?

— Nós não precisamos fazer isso. — A expressão dela ficou mais suave, e ela olhou para ele como se quisesse desvendar o que ele estava realmente pensando. Então abriu um sorriso e tirou os sapatos de boliche. — Sério mesmo.

A resposta dele foi sincera.

— Mas eu quero.

Enquanto eles saíam do boliche, duas crianças pediram autógrafo a Nolan. Ele aquiesceu e sorriu para uma foto com elas antes que ele e Kari cruzassem o estacionamento e fossem até o carro. Ela olhou para ele, impressionada e intrigada.

— Você lidou bem com aquilo. Foi muito gentil da sua parte.

— Obrigado. Crianças são o máximo. — Nolan diminuiu o passo, sem nenhuma pressa. — São os adultos, aqueles que vendem a nossa assinatura, que precisam de um pouco mais de paciência.

— Humm... — Kari ergueu o olhar para ele. — Eu nunca tinha pensado nisso.

— Mas não acontece com frequência. — Ele abriu um largo sorriso para ela. — Eu não saio muito.

Ela deu risada.

— Isso explica o seu boliche.

Ele estava de calça jeans e camiseta preta com gola em V, o tipo de visual que costumava se mesclar bem na maioria das cafeterias. Mas sua altura o entregava, fazia com que as pessoas olhassem duas vezes para ele, e, às vezes, era o que bastava. Eles mal tinham pedido o café quando algumas garotas se aproximaram, muito efusivas em relação à vitória dos Hawks e pedindo que ele autografasse os braços delas e as costas de suas camisetas.

Nolan fez rapidamente o que elas pediram e levou Kari para os fundos da cafeteria. Atlanta era o lar da maioria dos rappers do país e de um grande número de artistas pop. Algumas séries famosas de TV eram filmadas ali. Geralmente, a clientela daquele café não entrava em colapso ao ver uma celebridade.

— Desculpe. — Ele colocou o café na mesa e se sentou de costas para as pessoas. — São as finais.

— Eu adoro como você leva tudo isso numa boa. — Ela se sentou de frente para ele.

— É... Me fale de você. — Ele realmente queria saber. — Você está gravando um disco, certo? Foi o que o meu empresário disse.

— Estou sim. — Ela bebeu um gole do café. Agora que a conversa estava mais séria, suas defesas pareciam mais frágeis.

— A sua mãe pode ajudar.

— Sim e não. Ela é incrível. Todo mundo conhece as músicas dela. — Kari sorriu. — As comparações sempre vão existir.

Eles falaram sobre a determinação dela de encontrar o próprio rumo na música e de como ela apreciava a ajuda da mãe. A conversa fluía enquanto eles tomavam café e quando Nolan pediu o número do telefone dela.

— Você sabe... — Ele deu uma piscadela. — Para o caso de eu precisar de dicas de boliche.

Ela deu risada, e Nolan mais uma vez achou que o momento parecia real e confortável. Ele desejou ficar ali com aquela garota até quando ela quisesse, e, pela próxima meia hora, ninguém os incomodou. Demorou todo esse tempo antes que ela perguntasse:

— Então, Nolan Cook... Existe alguma garota no seu coração?

Se ela tivesse formulado a pergunta de outra forma, ele poderia ter dito que não. Não havia nenhuma garota em sua vida, nenhuma garota esperando por ele em casa. Nenhuma garota com quem ele trocava mensagens ou telefonemas. Ele ficou com o olhar fixo no café apenas por tempo suficiente para se entregar.

Kari se reclinou na cadeira, ainda sorrindo.

— Me fale dela.

E, assim, a conversa se voltou para Ellie. Nolan suspirou.

— Eu a conheci no terceiro ano. — Ele deu risada, mas podia sentir seu coração voltando no tempo, trilhando a velha e familiar estrada, de um jeito que era incapaz de impedir. — E não a vejo faz onze anos.

A surpresa de Kari estava estampada em seus olhos.

— Ela é a garota no seu coração? E vocês não se veem desde que eram adolescentes?

— É uma longa história. — Ele não sabia ao certo se era prudente conversar com Kari Garrett sobre Ellie, mas não conseguiu evitar. Ele gostava de falar sobre Ellie com alguém que não fosse o Dexter. — Nós tínhamos quinze anos quando ela se mudou. — Ele deu risada, mas só para esconder a dor. — Eu ia me casar com ela. A gente... a gente não pretendia perder contato.

— Ah. — Kari parecia não saber o que dizer em seguida. — Que triste. — Ela tomou outro gole de café. — Você tentou encontrá-la?

— Pode-se dizer que sim. — Ele envolveu com as mãos a base da xícara e deixou que seu olhar se fixasse no dela. — Meu pai morreu de infarto pouco depois que a Ellie foi embora. Eu associo os dois na minha cabeça. Ainda estou tentando entender tudo isso.

— É... — O sorriso dela parecia forçado. — Posso ver que sim. — Ela inspirou profundamente e esticou a mão para pegar o celular. — Talvez seja melhor a gente ir embora. Está tarde.

Nesse momento, Nolan se deu conta de que as defesas que ela deixara cair minutos antes estavam erguidas agora. E bem firmes. Ele falara demais. Kari era divertida e bonita, e partilhava de seu amor por Deus. Ele teria se divertido se saísse com ela de novo, mas agora...

— Me desculpa.

— Não, tudo bem. — Ela deu risada, embora não houvesse nada de engraçado. Aquela era a mesma Kari que entrara no carro dele mais cedo. Aquela que era boa em evitar silêncios constrangedores. — Obrigada pela noite de hoje. — Ela se levantou e pegou a bolsa. — Eu me diverti. De verdade.

— Não, isso foi idiota. — Ele deu risada também, mas mais por frustração. — Já se passaram onze anos.

Enquanto eles saíam da cafeteria, Kari mudou de assunto e voltou a falar de boliche.

— Acho que eu devia investir em um par de sapatos. Que nem os profissionais, sabe?

Enquanto Kari tentava manter uma atmosfera leve, Nolan se repreendia em silêncio por ter falado sobre Ellie. Ele havia arruinado as coisas com Kari antes de elas terem começado. Tudo por causa de uma garota que ele não via desde que eles eram crianças. Pelo que ele sabia, Ellie poderia estar casada ou morando fora do país.

A caminho do carro, um fotógrafo solitário saiu de uma entrada escura e tirou uma dúzia de fotos deles, antes de Nolan colocar o braço em volta dos ombros de Kari e cruzar a rua apressadamente com ela. Eles poderiam ter dado a volta na quadra e pegado um caminho mais longo, mas agora era tarde demais. O cara já tinha o que queria e, dentro de uma hora, teria vendido as fotos para um monte de sites e revistas de celebridades.

Outros caras da NBA podiam evitar ser alvo da indústria de fofocas, mas não Nolan. Quando ele e Kari finalmente entraram no carro, ele segurou o volante, olhou de relance para ela e gemeu.

— Desculpa por isso.

Ela deu risada.

— Não tem problema. As pessoas adoram uma boa história.

Na viagem de volta até onde o carro dela estava estacionado, ela o entreteve com histórias da recente turnê de sua mãe. A conversa parecia fluir com naturalidade para ela, o que fez Nolan se dar conta, mais uma vez, de como a noite fora boa. Conforme eles se aproximavam do prédio dos Hawks, ela ficou calada e, quando ele estacionou, ela se voltou para ele e disse:

— Foi divertido.

— Também achei. — Ele ainda sentia a tensão entre eles, a realidade de que havia levado a conversa sobre Ellie longe demais. — Lá na cafeteria, aquele lance sobre a garota do meu...

— Nolan. — Ela colocou a mão de leve no ombro dele, mas apenas por alguns segundos. — Não se desculpe. Obviamente ela ainda significa muito para você.

— Mas faz tanto tempo. Eu só... preciso seguir em frente.

Mais uma vez ela se permitiu rir um pouco.

— Você não teve notícias dela em onze anos? É. Provavelmente você devia seguir em frente com a sua vida. — Ela abriu a porta do carro. — Quando isso acontecer, eu adoraria sair com você de novo.

A resignação foi se formando dentro dele, e ele afundou novamente no banco.

— Eu te ligo.

Ela sorriu, mas seus olhos diziam que ele não deveria fazer promessas que não poderia cumprir.

— Sobre aquelas dicas de boliche. Vou estar preparada.

Kari tinha um jeito brilhante de não soar como vítima e terminou o encontro como tinha começado: com bom humor e leveza. Ele esperou até que ela entrasse no carro e se afastasse. Então a seguiu até a saída, lutando consigo mesmo.

No que ele estava pensando ao falar da Ellie daquele jeito? Ele mal conhecia Kari! Ela não estava deslumbrada e nervosa perto dele, tratando-o como uma celebridade, como outras garotas com quem ele saíra fizeram. Ele soltou o ar e deixou que o som se assentasse em sua alma. Ele não a culpava por ter encerrado a noite. Enquanto Ellie preenchesse a conversa de Nolan com aquela facilidade, nenhuma outra garota desejaria investir tempo nele.

Se ao menos ele conseguisse passar pelo próximo mês, passar de 1º de junho... As finais estariam acabando, e, se os Hawks ainda estivessem no campeonato, ele estaria em casa, em um intervalo de três dias. Ele já havia conferido. A data ficara entalhada em sua alma durante onze anos. Não era de admirar que ele falasse sobre Ellie. O que acabara de acontecer se resumia a uma simples questão. Onde quer que ela estivesse e o que quer que estivesse fazendo, será que Ellie se lembraria?

Ou ele era o único que sabia o significado do amanhã?

Vinte e quatro dias até 1º de junho.

13

Kinzie adorava os domingos.

Tina a levava à igreja desde o início do primeiro ano, e agora ela esperava ansiosamente pelo domingo a semana toda. As crianças ficavam para a primeira parte da missa, e era onde ela estava agora. Sentada no banco de madeira entre Tina e Tiara, Kinzie ouvia todas as palavras que o pastor dizia.

— Às vezes leva um tempo para que as pessoas encontrem o final feliz em Jesus.

O homem tinha belos olhos e nunca gritava. Mamãe disse uma vez a Tina que não queria pastor nenhum gritando com ela por causa do que ela havia feito de errado. Então, a princípio, Kinzie ficou prestando atenção nisso, mas até aquele momento o pastor só falara palavras ternas. De qualquer forma, a gritaria não era o motivo pelo qual sua mãe não ia à igreja. O motivo era que domingo era dia de faxina.

— Vá você à igreja, Kinz — ela sempre dizia. — Este é meu tempo para fazer faxina.

Agora mesmo o pastor estava falando sobre ser compreensivo com as pessoas que tinham feridas no coração. Sentimentos de mágoa, era o que ele queria dizer. Kinzie tinha certeza disso. Ela olhou para seu tênis rosa e branco. Acontecera uma coisa naquela manhã que ela não contou nem a Tina nem a Tiara. Sua mãe estava ao computador, com as mãos no rosto. Kinzie ficou olhando do corredor e a viu secar os olhos. Viu também que seus ombros tremiam. Então Kinzie teve certeza de que sua mãe estava chorando.

Ellie nunca chorava na frente da filha, mas às vezes, quando achava que não havia ninguém olhando, ela se permitia chorar. Naquela manhã, Kinzie foi andando silenciosamente até ela e colocou a mão nas costas da mãe.

— Eu não queria que você estivesse triste.

Sua mãe fungou e secou rapidamente as lágrimas do rosto.

— Está tudo bem. — Ela se virou e abraçou Kinzie. — Eu só estava... sonhando com a possibilidade de lhe dar mais coisas. Uma vida diferente.

— Por quê? — Kinzie se inclinou e colocou as mãos nas bochechas da mãe. — Eu gosto da nossa vida. Não quero nada diferente.

Os olhos de sua mãe ainda estavam úmidos, mas ela sorriu, beijou o rosto de Kinzie e a abraçou.

— Essa é a minha menina. Como eu fui tão abençoada de ter você?

Kinzie lhe sorriu de volta.

— Porque Jesus te ama. Foi isso que aprendemos na igreja.

Sua mãe desviou o olhar, como se não quisesse realmente acreditar naquilo. Então abraçou Kinzie mais uma vez.

— Contanto que *você* me ame, para mim já basta.

Muitas vezes Kinzie pedia que sua mãe fosse à igreja.

— Você ia se sentir melhor, mamãe.

— Eu sei. — Os olhos dela pareciam muito tristes. — Mas domingo é dia de limpar o apartamento. Você sabe disso.

O pastor ainda falava de pessoas magoadas.

— Temos que amar e mostrar a essas pessoas o amor de Jesus todos os dias. É nosso dever rezar por elas.

Nesse exato momento, Kinzie pensou em rezar por sua mãe. *Querido Jesus, por favor, esteja com a minha mãe e faça com que ela seja fe-*

liz. *Eu não quero que demore muito para que ela seja feliz. Obrigada por me ouvir. Com amor, Kinzie.*

Quando as meninas foram para o catecismo, Kinzie fez um desenho para sua mãe, porque isso faria com que ela se sentisse melhor. O desenho mostrava Jesus sentado em um banco ao lado de sua mãe, e eles estavam tomando sorvete e conversando sobre o verão.

Quando elas chegaram em casa, Tina preparou o almoço com a ajuda de Tiara. Kinzie foi correndo até o quarto onde sua mãe estava passando aspirador de pó. Ela estendeu o desenho, e sua mãe desligou o aspirador.

— O que é isso? — Ela pegou o papel e o ergueu. — Uau, Kinzie. Você é uma artista muito talentosa! — Sua mãe se sentou na cama, e Kinzie se sentou ao lado dela. — É lindo. Fale mais sobre o desenho.

Kinzie se sentiu orgulhosa, especialmente porque sua mãe lhe dissera que ela era uma boa artista. Ela apontou para as pessoas.

— Essa é você sentada com Jesus. Vocês estão tomando sorvete e conversando sobre o verão.

— Humm... — Ellie assentiu. — Parece que estamos nos divertindo.

— Vocês estão. — Kinzie ergueu o olhar para os olhos azuis de sua mãe. — O pastor disse que algumas pessoas levam um bom tempo para encontrar o final feliz em Jesus.

De repente, havia lágrimas nos olhos de Ellie novamente.

— Acho que isso é verdade.

— Mas não precisa levar um bom tempo, né?

— Bom, querida, é complicado. — Ela acariciou os cabelos de Kinzie e se levantou. — Eu preciso terminar aqui. Depois vou fazer panquecas. — Ela abraçou Kinzie e colocou o desenho na cama. — Obrigada de novo pelo desenho. Eu adorei.

Quando Kinzie saiu do quarto, estava triste, porque talvez demorasse um bom tempo para que sua mãe fosse à igreja. Mas, até lá, ela faria o que o pastor lhe pedira para fazer. Kinzie rezaria por sua mãe.

Para que um dia, em breve, ela encontrasse seu final feliz.

Ellie teve a sensação de que a hora de dormir daquele dia levaria mais tempo que de costume. Ela se sentou na beirada da cama de Kinzie e ficou esperando que a filha escovasse os dentes. O dia tinha sido longo e marcado por emoções. Kinzie queria muito que ela fosse à igreja, e, como sempre, Ellie se safava dizendo que tinha que limpar o apartamento e lavar roupa. Domingo era dia de faxina. Sua filha, contudo, estava aprendendo cada vez mais no catecismo, aprendendo sobre as pessoas que fugiam de Jesus. E já tinha idade suficiente para entender que a mãe poderia fazer a faxina em outro dia.

Kinzie voltou do banheiro com a camisola cor-de-rosa de flanela farfalhando nos tornozelos. Ela sorriu para Ellie, mas, enquanto puxava as cobertas e se deitava na cama, seus olhos pareciam perturbados. Ellie passou a mão pelos cabelos loiros da filha.

— Então, Kinz, você quer conversar sobre alguma coisa?

Uma expressão séria tomou conta do olhar da menina.

— Qualquer coisa?

— É claro. — Ellie inclinou a cabeça, desejando desesperadamente se conectar com a filha. — Sobre o que você quiser.

— Tá bom. — Kinzie piscou algumas vezes, como fazia quando estava nervosa. — Você algum dia acreditou em Jesus? Quando era uma garotinha como eu?

Ellie manteve o sorriso.

— Sim, acreditei. — Seu tom era bondoso e gentil. — Acreditar fazia parte da minha vida naquela época.

— Então... ela fez uma pausa — ... agora você não acredita? — Ela parecia ter o coração partido com a possibilidade.

— Bem... — Ellie sentiu lágrimas nos olhos. — Não como eu costumava acreditar.

Kinzie tentou entender.

— Você está com raiva de Jesus?

— Humm... — Ela não havia realmente pensado nisso antes. — Não sei ao certo. — De quem ela tinha raiva? De seus pais, é claro. E, sim, talvez até mesmo de Jesus. Ele poderia ter impedido tudo isso, certo? Kinzie estava esperando por uma resposta. — Acho que a vida simplesmente ficou difícil. Com a minha mãe e o meu pai.

— Quando eles se separaram e seu pai se mudou para cá com você?

— É. — Ellie havia explicado fazia tempo por que não havia um avô e uma avó na vida de Kinzie. — É difícil de acreditar às vezes. — Responder às perguntas da filha era como caminhar em um campo minado. Ellie respirou profundamente e se lembrou de sorrir. — Mais alguma coisa, docinho?

Por um bom tempo, Kinzie ficou olhando para ela. A doçura em seus olhos estava de volta.

— Eu sinto muito, mamãe. Que seja difícil de acreditar. — Ela se sentou e beijou a bochecha de Ellie. — Eu rezo por você todos os dias.

— Obrigada. — Ellie buscou os olhos da filha e viu que a inocência e a fé estavam lá. — Continue rezando. Eu sei que isso ajuda.

— Vou continuar. — Kinzie assentiu e bocejou ao mesmo tempo. — Eu sempre vou te amar.

— Eu vou te amar eternamente. — O alívio inundou a alma de Ellie. Aquelas palavras carinhosas foram algo que elas leram em um livro certa vez e, desde então, eram a maneira especial de dizerem boa-noite uma à outra. Ellie esfregou as costas de Kinzie até ela cair no sono. Chega de conversa sobre fé e crenças.

Ellie saiu do quarto na ponta dos pés e fechou a porta. Com toda a força de seu ser, ela desejava uma coisa: entrar no carro com a filha e dirigir para o leste. Por mais tempo e o mais longe que conseguissem ir sem parar, apenas dirigir, ouvir rádio, pensar e chorar. Era algo em que ela pensava já fazia um tempo. Seu aniversário a fizera pensar no pai novamente. Em como ele devia se sentir, vivendo sozinho, e em como era triste que eles não se falassem. Além de Kinzie, Tina e Tiara, Ellie não tinha ninguém. Sua colega de apartamento ainda estava acordada, e Ellie a encontrou na cozinha.

Tina analisou Ellie enquanto caminhava até ela.

— Está tudo bem?

— Só uma longa noite. — Agora não era hora de entrar no assunto. Ela não queria falar sobre igreja, sobre Deus ou sobre os motivos pelos quais tinha dificuldade de acreditar. — Eu preciso dar uma volta. Para pensar na vida.

— Você não vai fazer aquilo de novo, vai? — Tina olhou para ela exigindo a verdade.

— O quê? — Ellie cruzou os braços.

— Você sabe o quê. Pensar em Nolan Cook. — Tina balançou a cabeça em negativa. — Você precisa esquecer isso. Vocês eram crianças, Ellie.

— Eu sei que éramos crianças. Faz um século. — Seu tom soou mais defensivo do que ela pretendia. Ela se forçou a sussurrar para não acordar as meninas. — É claro que eu ainda penso nele. O nome e a foto dele estão por toda parte.

— Eu só estou dizendo... — A expressão de Tina estava cheia de compaixão. — Você não vai conseguir seguir em frente enquanto estiver se agarrando a uma fantasia.

Nem Tina tinha conhecimento da caixa de pescaria, das cartas e do significado do dia 1º de junho. Ellie pegou as chaves no gancho da parede.

— Obrigada, Tina.

— Não fique brava. — Tina a acompanhou até a porta. — Eu só quero ajudar.

Ellie parou e encarou a amiga.

— Eu sei. É por isso que preciso dar uma volta. Para descobrir por que eu não segui em frente com a minha vida.

— Eu vou rezar por você. Para que você descubra uma maneira de esquecer.

Ellie não queria ouvir aquilo. Quem Tina achava que era, se oferecendo para rezar? Como se a amiga fosse melhor do que ela. A raiva que Ellie sentia aumentava a cada segundo. Ela precisava sair antes que dissesse algo que machucaria a ambas. Somente quando estava no carro, descendo a rua, Ellie pensou novamente no que Tina havia lhe dito. Que Nolan era uma fantasia... que ela rezaria para que Ellie o esquecesse. Ela apertou o volante, e os nós dos dedos ficaram brancos sob o luar. Isso era tudo que Nolan significava na cabeça de Tina? Uma fantasia?

Ellie inspirou fundo e exalou o ar com calma deliberada. Tina conhecia apenas Nolan Cook, o famoso jogador da NBA. Se ela tivesse visto Ellie e Nolan sentados debaixo do antigo carvalho todos aqueles anos atrás, teria entendido. Definitivamente, Nolan Cook não era uma fantasia.

O pensamento alfinetava sua consciência. Será que ele era uma fantasia? Quem ela estava querendo enganar? Nolan vivia em um mundo diferente daquele que eles partilhavam quando tinham quinze anos. Ele era um dos mais assediados milionários do país. Se ele pensava nela, provavelmente era apenas de vez em quando, e, se pudesse vê-la agora — uma mãe solteira que não se dispunha a ir à igreja com a filha —, Ellie sabia exatamente o que ele haveria de pensar. Ele ficaria triste porque a vida havia transformado Ellie Tucker e então lhe desejaria o melhor. Provavelmente se ofereceria para rezar por ela, como o resto das pessoas em sua vida, e só.

Não era de admirar que o comentário de Tina a tivesse machucado tanto. A despeito do que Ellie quisesse acreditar ou no que ela às vezes se permitia crer, a verdade era óbvia: Nolan Cook nunca se interessaria por ela agora.

Ela estava a pouco mais de três quilômetros de seu apartamento quando se deu conta de que estava seguindo na direção da casa de seu pai. Aquela que pertencia à avó de Ellie antes de ela ser levada para uma casa de repouso. Logo que Ellie e seu pai se mudaram para San Diego, eles geralmente jantavam na casa de sua avó. A velha mulher nunca gostou da mãe de Ellie; todo mundo na família sabia disso. Rapidamente, ficou claro para Ellie que sua avó também não gostava muito dela. Fora por esse motivo que Ellie não dera a Nolan o endereço de sua avó para que eles mantivessem contato. Se a correspondência viesse de Savannah, provavelmente sua avó a teria jogado fora.

Sua avó falava de sua mãe, que ela era horrível por ter abandonado a família e que era bonita demais. Então dizia que Alan devia ter cuidado, porque Ellie se parecia muito com a mãe. Suas críticas descontroladas não paravam. Naquela época, todas as coisas horríveis que ela dizia forçavam Ellie a se lembrar de um tempo diferente e feliz com sua mãe, de uma recordação especial. Só para que ela não esquecesse como sua mãe realmente era. Ou como havia sido antes de seu caso amoroso.

Mas, por fim, nem mesmo as recordações de Ellie puderam apresentar uma defesa para o comportamento de sua mãe. Depois de um ano, quando a mãe não tentou entrar em contato com ela, Ellie não teve escolha senão reconhecer a verdade: sua mãe havia mudado. Ela não a amava mais como antes. Primeiro sua avó, depois sua mãe, e por fim seu pai, todos viraram as costas para ela. Na época em que Ellie saiu da vida do pai, ela não tinha ninguém para chamar de família.

Ninguém além de Kinzie.

Ellie continuou dirigindo, seguindo em direção à pequena casa de madeira. Aquela que ela havia evitado nos últimos sete anos. Ela não sabia ao certo o que a havia compelido a ir até ali aquela noite. Talvez a conversa com Kinzie, ou as perguntas sobre o motivo pelo qual ela não acreditava em Deus como costumava acreditar, ou a marca dos onze anos que estava se aproximando.

Fosse o que fosse, aumentava a cada quilômetro sua determinação de ver a casa e talvez até parar o carro lá na frente por um tempinho. Olhar o homem que morava lá e que um dia havia desistido de se reconciliar com ela. Ellie não pensava na ausência de seus pais todos os dias, mas as evidências estavam sempre com ela. Eles tinham seguido com a vida deles, como se nunca tivessem tido uma filha. É claro que a vida deles estava bagunçada. Sua mãe se sentia sozinha e foi levada a ter um caso amoroso. Seu pai, de coração partido, se tornou ainda mais controlador e dominador, sempre presumindo o pior de Ellie.

Mas isso não era desculpa para o que eles fizeram.

De repente, Ellie foi consumida pela curiosidade. Como seu pai passava as noites, sozinho naquela casinha? Será que ele voltava para casa, depois de um dia dando ordens às pessoas, e caía no sono em frente à TV? Ou será que lia a Bíblia e lembrava quão certo estivera, quanto era vítima da infidelidade da mulher e da rebeldia da filha?

Ela virou na rua de sua avó e, quando se aproximou da casa, apagou os faróis. Quanto mais se aproximava da casa, mais devagar dirigia, até que estacionou no escuro, bem na frente da casa. As luzes lá dentro estavam acesas e, depois de cinco ou seis minutos, seu pai passou pela janela. Ele carregava uma grande caixa, e ela ficou olhando enquanto ele a colocava no sofá da sala. Durante algum tempo ele ficou lá em pé, com o olhar fixo na caixa. Então se sentou e pegou algo de dentro dela.

O coração de Ellie ficou acelerado, e a palma de suas mãos, ao volante, ficou úmida. Ele ainda parecia bonito e em forma, uma década mais jovem que a maior parte dos homens da mesma idade. Uma nova sensação de mágoa e raiva veio à tona com tudo. Por que ele não fizera nada para consertar a própria família? Afinal, ele era seu pai. Como ele levava a vida todos os dias sem tentar consertar as coisas com ela, sua única filha? Uma sensação de náusea se apoderou dela. Ela também não havia feito nada para criar uma ponte em meio ao vazio. Como é que *ela* conseguia viver assim?

Seu pai parecia consumido pela caixa e pelo que fosse que estivesse segurando. Ellie não fazia a mínima ideia do que ele estava fazendo, e ponderava sobre a sincronia que a levara até ali, naquele momento, e lhe permitira ver o desenrolar daquela cena. Talvez ele estivesse revendo fotos antigas, alguma coisa do seu passado. Do passado deles. A caixa era grande demais para conter contas ou correspondência, mas poderia estar cheia de anuários ou álbuns de fotos. Ellie tinha a sensação de que continha algo importante, ou ele não a teria levado até o sofá para olhar o conteúdo.

Antes de eles se mudarem para San Diego, Ellie havia passado anos rezando por seus pais. Rezava para que eles parassem de brigar e voltassem a se dar bem, como antes. Para que eles dessem risada e se amassem de novo. Noite após noite, incessantemente... Ela estreitou os olhos. Que bem isso tinha feito? Sua mãe continuara com o caso, e seu pai ainda vivia amargurado. Eles a tinham deixado partir e não foram atrás dela. Agora ela se perguntava se a caixa continha alguma janela para o passado de seu pai. Fantasmas de dias felizes. Talvez a solidão sem a mulher e a filha o incomodasse mais do que seu silêncio deixava transparecer.

Ela o imaginou como ele era antes de eles saírem de Savannah. Seu abraço ao fim do dia, como ele a ensinou a andar de bicicleta. Mesmo quando eles se mudaram, por mais que Ellie quisesse ficar em Savannah, ela acreditou que ela e o pai ficariam bem. E, a princípio, ele ficou bem. As palavras dele eram bondosas, úteis e encorajadoras. Ele ouvia Ellie desabafar sobre a decepção que tivera com a mãe e sobre a falta que sentia de Nolan.

Mas as coisas mudaram quando ela começou a frequentar a escola. Em vez de um abraço, seu pai a cumprimentava no fim do dia com perguntas. Um ano depois, as perguntas deram lugar a acusações. *Com quem você estava? O que ele quer de você? Por que você ficou na rua até tão tarde? Você bebeu, não é? Me deixe cheirar seu hálito. Se estiver fazendo alguma coisa com aqueles rapazes, você precisa me contar. Você sabe o que vai acontecer, Ellie... Você vai acabar ficando grávida que nem a sua mãe.*

Chega.

Ela ordenou que as recordações massacrantes parassem. Se ao menos ele a tivesse conhecido de verdade... Como ela nunca passava dos limites, nunca falava palavrão, não bebia nem fazia nada com rapazes, não até se formar no ensino médio. Naquela época, ela sentia culpa toda vez que estava perto do pai, constantemente compelida a provar que ele estava errado.

Em um show de James Taylor no parque, naquele verão, com suas amigas, Ellie conheceu C.J. Andrews, um belo soldado que seria enviado ao Iraque dentro de seis meses. Ele ficava com ela na rua até tarde da noite e lhe dizia coisas que ela estava desesperada para ouvir. Que estava apaixonado, que tinha esperado a vida toda para conhecer uma garota como ela, que faria qualquer coisa por ela. Ellie era jovem, ingênua e inexperiente. No quarto encontro dos dois, ele a levou ao apartamento dele e lhe prometeu que eles não iriam tão longe. As promessas não pararam até que ela lhe deu tudo o que tinha para dar.

Tão logo se levantou da cama, Ellie foi correndo até o banheiro e vomitou. Repulsa, medo e obscenidades se mesclavam dentro dela, e ela exigiu que ele a levasse para casa. Mas tudo o que ele fez foi cair numa cadeira perto da cama.

— Não vou levar você a lugar nenhum.

Ellie analisara aquela noite terrível mil vezes e sempre chegava à mesma conclusão. C.J. realmente achava que ela ficaria por lá, que ele era uma espécie de presente do qual ela não poderia se afastar. Mas foi exatamente isso que ela fez. Saiu da casa dele naquela noite e caminhou quase sete quilômetros de volta até sua casa. Ela não conseguia pensar no que havia acabado de acontecer nem em como ele havia mentido para ela.

Só conseguia pensar em Nolan.

Na falta que ele lhe fazia e em sua vontade de encontrá-lo. Ela lhe contaria o que havia acontecido e pediria que ele rezasse com ela, para ajudá-la a resgatar a inocência daquele verão em Savannah. No entanto, ela não conseguia ligar para ele.

Quando Ellie chegou em casa naquela noite, seu pai estava esperando, e, pela primeira vez, as acusações dele estavam certas. *Só uma vagabunda fica na rua até tão tarde, Ellie. Onde você estava e com quem?* Ellie o encarou, piscando. Em seguida, foi correndo para o quarto e mal saiu de lá nos dois meses que se seguiram.

Naquela época, ela sabia que havia algo de errado. Sua menstruação estava atrasada, e ela sentia náuseas pela manhã. Ela comprou um teste de gravidez e, tão logo obteve o resultado, deu a notícia a seu pai. Não fazia sentido esconder isso dele. Ela achou que ele a mataria, mas, em vez disso, ele sacou sua Bíblia e a forçou a ouvi-lo ler vinte escrituras sobre o pecado sexual e a tentação da carne. Alan dissera a Ellie que ela não teria permissão de sair de casa até que pudesse viver uma vida cristã.

As acusações e críticas de Alan sufocavam Ellie. Naquela noite, ela juntou suas coisas, fez as malas e, como sua mãe, foi viver a vida sem Alan Tucker. Naquela época, ela já havia começado as aulas no mesmo instituto de beleza em que Tina estudava. Ela caminhou até o apartamento da amiga e bateu à porta.

Sua amiga a olhou, a abraçou e a acolheu, sem fazer uma pergunta. Duas vezes, depois de terminar as aulas do dia no instituto de beleza, seu pai estava lhe esperando do lado de fora. E, nessas duas vezes, ele a repreendeu e disse que ela precisava se arrepender e voltar para a igreja se quisesse ter uma chance de salvar sua alma.

As palavras dele eram rápidas, como se fossem uma rajada de balas, e Ellie se lembrou daquela sensação. De como seu pai não precisou de uma arma para matá-la. Ele tinha a Bíblia. Depois daquela última tentativa de salvá-la do inferno, ele parou de tentar.

Com Tina ao seu lado, Ellie teve o bebê e, alguns meses depois, recebeu a notícia de que C.J. tinha sido morto no Iraque. Ela não foi ao funeral. Até onde lhe dizia respeito, a única parte dele que importava era sua bebezinha. E assim teve início o restante de sua vida. Em meio à falta constante de Nolan, Ellie tinha um motivo para viver.

Kinzie Noah. A garotinha que nem o pai nem a mãe de Ellie conheciam.

Seus olhos se encheram de lágrimas, e a imagem do pai dela no sofá ao lado da caixa de papelão ficou borrada. Ela saiu com o carro e voltou para a estrada. Havia ficado tempo demais no passado.

Ellie estava sendo sufocada pelos fantasmas.

14

RYAN KELLY A ENCONTRARA.

Em seu primeiro dia de folga da turnê de Peyton Anders, ele localizara o consultório médico em que Caroline Tucker trabalhava. Não foi difícil. Ele procurou por Savannah no Google e encontrou uma lista com todos os consultórios médicos. Dezesseis ligações depois, discou um número de telefone e disse a mesma coisa que dizia todas as vezes em que alguém atendia.

— Eu poderia falar com Caroline Tucker?

— Ela está almoçando. — A voz do outro lado da linha não hesitou. — Posso ajudar?

— Humm... — A resposta o pegara de surpresa. — Não. Eu... eu ligo de novo mais tarde.

Quando desligou, Ryan pegou o bloco de anotações e rabiscou o nome do médico e as informações de contato. Então verificou o cronograma da turnê. Eles ainda tinham um mês na estrada, mas, no dia seguinte, tocariam no Centro Cívico de Savannah. Ryan sentiu calafrios no pescoço e nos braços quando saiu para procurar Peyton.

Ele bateu à porta do camarim do cantor, que soou distraído.

— Entre!

Ryan abriu a porta e entrou. Peyton estava com uma lata de cerveja na mão e olhava para uma planilha. Em seguida, abriu um largo sorriso para Ryan.

— Estamos fazendo uma fortuna nessa turnê. — E ergueu o documento. — Aqui está a prova. — Ele cruzou a sala e se sentou em um dos sofás. — Você quer conversar? — perguntou, tomando um longo gole de cerveja e encarando a planilha novamente.

Ryan ficou à espera, concedendo ao momento a seriedade que ele merecia.

— Eu a encontrei.

Peyton manteve o olhar voltado para os números.

— Quem?

— Caroline. — Ryan ficou observando Peyton para ver qual seria sua reação. — Caroline Tucker.

Lentamente, Peyton abaixou o papel e o colocou na mesinha de centro.

— Em nenhum momento eu pedi para você encontrá-la.

— Eu quis fazer isso. — Ryan não estava preocupado com a reação de Peyton. Se as coisas ficassem ruins entre eles, ele não precisava do emprego. O trabalho no estúdio estava esperando que ele voltasse para casa. — Eu não conversei com ela, mas vou vê-la quando formos para Savannah.

Peyton massageou a têmpora e a ponte do nariz.

— Eu não devia ter te contado nada.

— Pode ter uma criança envolvida nisso. — Ryan fez uma pausa, contendo a frustração. — Se ela teve o bebê, se ficou com ele, você não gostaria de saber?

— De verdade? — Peyton ergueu o olhar para Ryan. — Não. Eu nunca vou ver essa criança. Por que eu ia querer saber?

Ryan ocupou o sofá ao lado daquele em que Peyton estava sentado. Ele se sentou na beirada e baixou o tom de voz.

— Você tem uma obrigação.

— É, bom... — Peyton murmurou as palavras. — Ela devia ter se protegido. — Ele tomou mais um gole de cerveja. — A culpa não é minha.

Ryan sentiu náuseas.

— Eu queria que você viesse comigo. Eu sei onde ela trabalha.

Peyton hesitou. Então se inclinou em direção a uma gaveta, a abriu e sacou dali o que parecia ser um talão de cheques. Sem se explicar, pegou uma caneta da mesma gaveta e rabiscou alguma coisa rápida e furiosamente na primeira folha de cheque. Depois a arrancou do talão e a entregou a Ryan, que, de relance, viu que se tratava de vinte mil dólares.

Ryan dobrou a folha de cheque.

— Pode ser que ela não queira isso.

— Você pode oferecer a ela. — Pela primeira vez desde que Ryan entrou na sala, a expressão de Peyton ficou mais branda. — Eu me sentiria melhor se ela aceitasse. — Ele se levantou, pegou outra cerveja da pequena geladeira e olhou para Ryan por cima do ombro. — Quer uma?

— Eu não bebo.

— Certo. — Peyton abriu a bebida e voltou a ocupar sua cadeira. Durante um bom tempo ele não disse nada. — Você está animado com o show? Os ingressos estão esgotados.

— Eu ainda estou pensando em Caroline Tucker. — Ryan se levantou e enfiou as mãos nos bolsos da calça jeans. — Talvez você devesse pensar nela também. — E foi andando em direção à porta.

— Espere.

Ryan enfiou o cheque no bolso da camisa e olhou para trás.

— O quê?

— Diga a ela... Diga a Caroline que eu sinto muito.

As palavras de Peyton o pegaram desprevenido.

— Tudo bem.

Quando saiu do ônibus de Peyton, Ryan estava encorajado. Deus o havia colocado naquela turnê por um motivo.

E ele acreditava que o saberia antes do último show.

Cinco minutos antes do intervalo para o almoço de Caroline, Ryan entrou no consultório médico onde ela trabalhava e se aproximou da recepção. Só tinha uma mulher trabalhando atrás do balcão, e Ryan achava que era ela. Mesmo na casa dos quarenta anos, a mulher era linda.

— Oi. — Ele a cumprimentou, com uma atitude profissional. — Você é Caroline Tucker?

— Sim. — Caroline se posicionou na frente do computador. — Vindo para a consulta?

— Não. — Ryan queria se explicar rapidamente. Ele olhou ao redor para se certificar de que não havia ninguém olhando. — Eu toco violão na banda do Peyton Anders.

Lentamente, as mãos de Caroline caíram do teclado.

— Por que... você está aqui?

— O Peyton me contou o que aconteceu. Minha mulher e eu... queríamos saber o que aconteceu com você. Se você estava bem.

A vergonha fez com que Caroline ficasse vermelha, e ela entrelaçou as mãos com firmeza. Olhou por cima do ombro e depois voltou a olhar para Ryan.

— Você pode me esperar lá fora? Tenho um intervalo daqui a dois minutos.

— Claro.

Ryan foi até o lado de fora do consultório e se apoiou na parede de tijolos vermelhos. A mulher devia estar chocada. Peyton havia dito a Ryan que se passara mais de uma década desde a última conversa dele com Caroline. Alguns minutos depois, Caroline saiu do consultório. Ela estava tremendo, apesar do sol da tarde. Ryan foi o primeiro a falar.

— Posso levar você para tomar um café?

Caroline parecia em dúvida, até mesmo com medo.

— Eu dirijo.

— Tudo bem.

Ryan entendia como a situação devia parecer para ela. Um estranho entra no consultório em que ela trabalha e lhe faz perguntas sobre seu caso com Peyton Anders? Era óbvio que Caroline levantaria a guarda. Ryan a acompanhou até o carro dela. *Senhor, me use para ajudá-la.*

Ela dirigiu em silêncio até uma cafeteria, a uns dois quilômetros dali. Ele pagou a bebida e o sanduíche dos dois, e eles se sentaram a uma mesa em um canto nos fundos do salão. Caroline manteve as mãos trêmulas no colo e ficou com o olhar fixo nele.

— Como você me encontrou?

— O Peyton me disse que você trabalhava em um consultório médico em Savannah.

Ela desembrulhou seu sanduíche e começou a comer. Então cruzou os braços, abraçando o corpo magro com os cotovelos.

— O que ele quer?

— Nada. — Ryan precisava chegar logo ao ponto. — Você ficou com o bebê, com o filho que você teve com o Peyton?

Uma centelha de raiva cintilou nos olhos dela, mas desapareceu tão rapidamente quanto surgiu. Em seu lugar, agora havia medo.

— Eu tenho um filho. Ele tem dez anos.

Ryan sentiu um forte peso no coração.

— O Peyton me disse que o seu casamento... que você estava com problemas no casamento, na época.

— É claro que sim. O meu marido... ele era o amor da minha vida, mas a gente se distanciou. Nós permitimos que as coisas desandassem. — Um som que estava mais para o choro que para o riso emanou dela. — O Peyton foi uma distração. Aquilo... durou dois anos. — Ela parecia mais nervosa que antes. — Por que ele está falando disso agora?

— Eu acho que ele não contou a mais ninguém. — Ryan não tinha nenhuma prova do que estava dizendo, mas acreditava nisso, de qualquer forma. — Eu e a minha mulher... nós dois estamos rezando por você, para a sua situação. O Peyton vai se apresentar aqui hoje à noite.

— Eu sei. — Caroline olhou para baixo, e sua vergonha era tangível. — Fico feliz que ele não tenha vindo me ver.

Ryan não sabia ao certo o que dizer. Quando terminou de comer, sacou o cheque de dentro da carteira.

— Tome. — E entregou o cheque a Caroline. — O Peyton quer que você fique com isso.

Caroline parecia confusa. Vários segundos se passaram depois que ela abriu o cheque. Mas então a fúria se formou em suas feições. Ela rasgou o papel ao meio, e depois de novo, e jogou os pedaços na mesa. Seus olhos ficaram marejados e suas mãos tremeram mais ainda.

— Só porque o cara é milionário, ele acha que pode me *comprar*? Por vinte mil dólares? — Ela passou as mãos na calça social preta. — Diga que ele pode ficar com o dinheiro dele.

— Eu sinto muito. — Ryan estava com raiva de si mesmo. Talvez tivesse sido melhor ele não ter vindo. — O Peyton queria que eu lhe dissesse que ele sente muito.

Ela ergueu o queixo, em uma clara tentativa de preservar qualquer dignidade que lhe restasse.

— Eu e o meu filho estamos bem. Diga isso a ele. Nós não precisamos da pena nem do dinheiro dele. — Ela exalou o ar e ficou esperando. Quinze segundos... trinta. Aos poucos, Ryan viu a calma tomar conta de Caroline. — Nós temos a nossa fé em Deus. E temos um ao outro.

Ryan sentiu seu coração responder ao que ela disse.

— Eu e a minha mulher também acreditamos em Deus. Tem alguma coisa que podemos fazer? Algo pelo que podemos rezar?

Por um único instante, pareceu que Caroline ia dispensar a possibilidade, que ia negar precisar de qualquer coisa, até mesmo de preces. Mas ela ficou com o olhar fixo do lado de fora da janela, com lágrimas escorrendo pelo rosto. Ela fungou e encarou Ryan novamente.

— Por favor, reze pela minha filha. Eu perdi contato com ela depois que...

Os soluços se mesclaram ao choro, e Caroline cobriu o rosto com as mãos. O tormento da mulher era tão real quanto o ar entre eles. *O Senhor me levou a procurar por ela, meu Deus, para ver se ela estava bem. Me mostre como eu posso ajudá-la... Mostre a minha parte nisso.*

Ryan esperou e, por fim, Caroline pegou o guardanapo da mesa e o pressionou nos olhos.

— Me desculpe.

— Tudo bem. Eu tenho tempo.

Ela fungou novamente e tomou alguns goles de café.

— Obrigada. — Mais uma vez, ela olhou pela janela. — O meu caso com o Peyton... — Os olhos dela encontraram os dele. — Eu perdi a minha família por isso. Quando contei ao meu marido o que aconteceu... e que eu estava grávida, ele explodiu e me expulsou de casa. — Ela secou mais um pouco as lágrimas. — Dois dias depois, ele pegou a nossa filha e se mudou para o outro lado do país, para San Diego. Ela tinha quinze anos. — Caroline manteve o guardanapo encostado no rosto novamente. Alguns segundos se passaram antes que ela pudesse encontrar o restante das palavras. — A Ellie e eu... a gente não se fala desde então.

Ryan bebia seu café expresso. O peso da confissão dela encheu o ambiente como se fossem muitos sacos de areia.

— Meu caso me custou tudo o que eu tinha.

Ele tinha perguntas a fazer, mas esperou, para dar ao momento o espaço que ele merecia.

— Tenho certeza que ela sente a sua falta.

— Eu acho que não. — Caroline pareceu se recompor, como se estivesse tentando encontrar o caminho de volta até a mulher controlada que ela era no trabalho, mas as lágrimas continuavam caindo. — Eu tenho escrito para ela. Uma carta por semana, desde que ela partiu.

— Você sabe o endereço dela?

— A mãe do Alan mora em San Diego. Eu envio as cartas para a casa dela. Como elas nunca voltaram, presumo que a Ellie esteja recebendo. — Caroline fez pressão com o guardanapo no rosto novamente. — Ela nunca respondeu às minhas cartas. — Os sons da cafeteria preencheram o momento, e parecia que o pesar de Caroline ia matá-la. — A Ellie também perdeu muita coisa. Ela não teve escolha em relação à mudança de cidade. O melhor amigo dela... — Ela interrompeu a frase, como se não quisesse dizer muita coisa. — Ele jogava basquete na escola onde eles estudavam. Eles eram muito próximos. Até onde eu sei, eles perderam contato também.

Ryan procurava por algo em sua mente. Ele não queria trazer à tona o assunto do dinheiro de novo, mas precisava perguntar.

— O dinheiro do Peyton... pelo menos ajudaria você a encontrar a Ellie.

— Eu não quero o dinheiro dele. — Ela falou essas palavras como se fossem veneno, como se não pudesse esperar para fazê-las sair de sua boca. Mais alguns goles de café, e ela parecia melhor. — Eu venho economizando, mas isso não vem ao caso. Fiz uns telefonemas, procurei por ela na internet. — Lágrimas novas encheram seus olhos, e seus dedos tremiam novamente. — Ela não quer ser encontrada. — A voz de Caroline foi sumindo. — Não se trata de dinheiro.

Ele a entendia. O café acabou, assim como a conversa. Ryan se ofereceu para fazer a única coisa que estava a seu alcance naquele momento.

— Eu posso rezar com você?

Ela entrelaçou as mãos no colo e baixou a cabeça.

— Por favor.

Ryan se inclinou para perto dela, com a voz baixa.

— Pai, nós pedimos por um milagre, que o Senhor traga a filha de Caroline de volta à vida dela. Que o Senhor apague os anos de mágoa, de solidão e de dor entre as duas. — Ele fez uma pausa. — O Senhor sabe onde Ellie está. Por favor, use as cartas de Caroline para fazer com que Ellie mude de ideia e a traga de volta. Nós pedimos pelo milagre da reconciliação. No poderoso nome de Jesus, amém.

Caroline não disse nada e, quando Ryan abriu os olhos, ele entendeu o motivo. Ela estava chorando de novo, usando o guardanapo para ocultar a face. Era como se um oceano de lágrimas nunca pudesse expressar adequadamente sua tristeza pela perda da filha. Quando Caroline conseguiu falar, ela se levantou e agradeceu a Ryan. Depois, apontou para o banheiro.

— Eu preciso de um minutinho. Tenho que voltar para o trabalho.

— Eu vou continuar rezando. Eu e a minha mulher. Se servir de consolo, nós dois achamos que Deus está operando na vida do Peyton.

— Reze para que ele opere no coração do meu marido. — As lágrimas reluziam nos olhos de Caroline. — Eu não quero Peyton Anders. Eu quero a minha família de volta.

Ryan entendeu.

— Vou rezar por isso. — Ele deu a Caroline o número de seu telefone. — Se eu e a minha mulher pudermos fazer alguma coisa por você, por favor nos telefone.

Ele saiu ponderando sobre aquele encontro e se perguntando por que Deus havia feito o caminho deles se cruzar. Será que Ryan deveria ajudar Caroline a encontrar a filha? Ele ligou para Molly no trajeto de volta ao local do show. Sua mulher tinha boas notícias. Eles tinham conseguido estabelecer uma comunicação entre os Atlanta Hawks e o garotinho doente cuja família estava trabalhando com sua fundação. Visto que a turnê de Peyton Anders teria um intervalo de quatro dias depois do show daquela noite, o sonho do garoto estava prestes a se realizar, dentro de quarenta e oito horas. Contanto que houvesse um sexto jogo na série.

Ryan se encontraria com Molly, o garoto e a família dele, e eles falariam com Nolan Cook antes que o jogo começasse. Então eles poderiam assistir ao jogo de perto. Ryan mal podia esperar.

Especialmente depois daquela conversa de partir o coração que ele acabara de ter com Caroline Tucker.

15

A IDA AO ZOOLÓGICO FOI ideia de Kinzie, mas Ellie ficou grata por isso. Ela precisava de um motivo para parar de pensar em seu pai sentado, sozinho, na sala de estar. Um motivo para tirar seus pensamentos do dia 1º de junho e de como, dentro de poucas semanas, a data teria passado, encerrando por completo aquele assunto. Então a última chance dos dois faria parte do passado, e toda aquela ideia seria somente uma brincadeira tola de crianças.

As duas seguiam em direção aos leões, e Kinzie se pôs ao lado da mãe. A menina estava com um vestido leve com estampa de flores cor-de-rosa, combinando com os tênis da mesma cor.

— Hoje é o melhor dia do mundo, mamãe. Sabe por quê?

— Por quê?

Ellie se perguntava se deveria ter vestido um short em vez da calça capri que escolhera. O sol da manhã já estava quente nas costas das duas.

— Em primeiro lugar, está tão ensolarado. — Kinzie fez sombra nos olhos com a mão. — Os melhores dias têm que ter sol. — Ela deu risadinhas e colocou a mão na de Ellie. — Em segundo lugar, estamos no meio de uma aventura. Porque leões, tigres e ursos são que nem *O mágico de Oz*, e essa é a aventura número um de todos os tempos.

Mãe e filha tinham visto *O mágico de Oz* no último sábado, durante uma tempestade. A chuva continuou mantendo o céu carregado a maior parte da semana.

— Eu acho que você está certa. — Ellie sorriu para o céu azul. — Hoje é um dia perfeito. Sol e aventura, e sabe qual é a melhor parte?

— Qual?

Kinzie tinha perdido o dente direito da frente fazia pouco tempo, e seu largo sorriso era adorável.

— Estar com você. — Ellie balançou a mão da filha enquanto elas seguiam até os leões. — É disso que eu mais gosto.

Os leões do Zoológico de San Diego haviam sido alvo das notícias recentemente. Uma das leoas tinha parido três filhotes, e a família estava sendo exibida para o público. Havia pessoas reunidas em volta do muro de pedra que cercava a jaula rochosa. Ellie e Kinzie entraram de fininho em um local vago. Como era de esperar, os bebês leões estavam brincando perto da mãe.

— Ooooh! — Kinzie colocou as mãos nas barras acima do muro e ficou espiando o mais longe que conseguia. — Eles são tão fofos, mamãe! — exclamou, bloqueando o sol na frente dos olhos e olhando de um lado para o outro da jaula dos leões. — Onde ele está?

— Ele quem, bebezinha? — Ellie colocou o braço em volta dos ombros pequenos de Kinzie e seguiu a direção do olhar da filha. — Quem você está procurando?

— O pai. — Ela apontou para os filhotes de leão e para a mãe deles. — Eles são só meia família, está vendo? Está faltando o pai.

As palavras dela cortaram o coração de Ellie, que tentou não apresentar nenhuma reação.

— O pai está por aí. Provavelmente dormindo nas sombras.

— Ah. — Kinzie ficou com o olhar fixo nos filhotes por um bom tempo. — Eles parecem felizes. — Ela ergueu um sorriso para Ellie. — Mesmo sem o pai.

— Eu acho que sim. — Ellie poderia ter caído no chão e chorado. Raramente Kinzie trazia à tona a situação das duas, mas sua vida não era como a de muitos de seus colegas de escola, que moravam em casas e tinham mãe, pai e irmãos. A garota era feliz e se sentia completa. Ela amava Tina e Tiara e não questionava o que não tinha.

Mas, ali, a comparação era óbvia.

Depois de vários minutos, Kinzie deu um passo para trás.

— Vamos ver os tigres.

— Tudo bem. — Elas começaram a caminhar, de mãos dadas como antes. — Kinz... Aquilo te deixou triste? O fato de os leõezinhos não terem o pai por perto?

A caminhada até os tigres era de metade do zoológico. Elas tinham tempo.

— Um pouco. — Kinzie caminhava devagar, não mais saltitando. — A maioria das crianças tem pai.

Ali estava. Ellie avistou um banco mais à frente, saindo da trilha em que caminhavam, sombreado por uma folhagem bem crescida.

— Vamos sentar ali um pouco.

O sorriso no rosto de Kinzie não sumiu.

— Tá bom. Meus pés estão quentes.

— Os meus também. — Assim que elas se sentaram, Ellie se virou um pouco para poder ver a filha. — Alguma vez você pensa no *seu* pai?

Durante alguns segundos, Kinzie ficou calada.

— Às vezes. — Ela apertou os olhos e os voltou para Ellie. — Tem algum problema?

— É claro que não. — Ela buscou a mão da filha novamente. — Você tem perguntas sobre ele?

— Tenho. — Ela deu de ombros, visivelmente desanimada. — Mas eu não quero perguntar, porque não quero que você fique triste.

Ellie se sentiu horrível. Em sua própria frustração, ela havia criado um silêncio em Kinzie, uma incapacidade de buscar as perguntas que tinha no coração sobre algo tão sério quanto o próprio pai. Uma ideia se enraizou no coração de Ellie.

— Que tal isso... — Ela sorriu, apesar das lágrimas que se acumulavam dentro dela. — Hoje vai ser um dia de perguntas. Vamos andar até os tigres e os ursos e, no caminho até lá, você pode me fazer a pergunta que quiser.

Uma centelha dançava nos olhos de Kinzie.

— Sério?

— Sério. — Ellie se levantou e sorriu. Sua dor por ter falhado com Kinzie poderia esperar até mais tarde. Por ora, ela queria que a filha se sentisse o mais livre possível. — Pode perguntar qualquer coisa.

Elas ficaram de mãos dadas e começaram a caminhar outra vez. Kinzie abriu um sorriso, mas a tristeza em seus olhos voltou.

— Qualquer coisa mesmo?

— Sim.

— Tá bom. — O tom dela era sério. Estava claro que a menina tinha perguntas a fazer. — O meu pai era soldado, certo?

— Isso mesmo.

— Ele morreu na guerra?

— Sim, ele morreu na guerra. — Ellie manteve o ritmo de caminhada lento. O zoológico estava ficando cheio, e a maioria dos visitantes passava apressada por elas. Mas Ellie e Kinzie estavam em seu próprio mundo. — Ele morreu como um herói. — Essa fora a explicação que ela dera a Kinzie antes. Que o pai dela era um soldado, que morrera lutando para defender o país e, por causa disso, era um herói. Até aquele momento, aquilo bastara.

— Tudo bem, mamãe. Minha pergunta é... — Ela diminuiu um pouco mais o ritmo. — Por que você e o papai nunca se casaram?

Ellie não tinha certeza se estava preparada para responder, mas devia isso a Kinzie. Não importava como ela se sentisse. *Pegue leve, Ellie. Não dê mais do que ela está pedindo.*

— Eu não conhecia o seu pai há tanto tempo assim. Ele teve que ir para o Iraque poucos meses depois que a gente se conheceu.

— Mas... você teve um bebê com o papai...

Ellie faria qualquer coisa para levar a conversa para outro assunto que não o pai de Kinzie. Se ela acreditasse em orações, aquele teria sido um bom momento para conversar com Deus. Em vez disso, inspirou fundo e tentou encontrar as palavras certas.

— Às vezes, Kinz, duas pessoas podem pensar que se amam, quando na verdade é cedo demais para saber se existe amor entre elas ou não.

— Então... você não amava de verdade o meu pai?

— Eu achava que sim.

Kinzie ficou calada por um instante.

— Você já amou um garoto alguma vez na vida, mamãe?

Elas estavam se aproximando dos tigres, mas ainda tinham muito o que conversar. Mais uma vez, as duas se sentaram em um banco à sombra. Ellie olhou direto nos olhos da filha.

— Amei.

— Mas não o papai?

— Não, docinho. O seu pai não estava pronto para o amor. Ele era... jovem demais.

— Ah. — Kinzie pareceu satisfeita com a resposta. — Você amou um outro garoto?

— É. — Ellie não sabia ao certo quanto deveria revelar, mas, se Kinzie tinha perguntado, então tinha o direito de saber. Pelo menos por cima. — Eu o amava muito.

Conversas e vozes de outros visitantes tornavam difícil para Ellie escutar a voz da filha, mas o momento parecia protegido de alguma forma, como se, em todo aquele zoológico tão cheio, houvesse apenas as duas.

— Qual era o nome dele?

— Nolan. — Ellie ficou olhando para o rosto da filha, esperando para ver a reação dela. — Nolan Cook.

Kinzie parou de imediato e ergueu o olhar para a mãe, boquiaberta.

— Ele não é famoso?

— É sim. — Ellie parou de falar e passou a mão pelos cabelos loiro--claros de Kinzie. — Ele é jogador de basquete profissional.

— Foi o que eu pensei. — A mente dela, obviamente, estava a mil. Ela refletiu durante alguns segundos. — Ele ama você também?

— Bom... pode ser que ele tenha me amado. — Ellie podia se ver sentada debaixo do antigo carvalho, podia sentir Nolan Cook sentado ao seu lado novamente naquela noite quente de verão. — Talvez há muito tempo. Nós só tínhamos quinze anos.

— Mesmo assim... Ele ama alguma outra pessoa? Tipo... ele tem uma mulher?

— Não, ele não é casado. — Ellie pegou na mão da filha, e elas começaram a caminhar novamente. Ela nunca, nem por um instante, imaginou que elas conversariam sobre Nolan naquele dia. Talvez ela não devesse ter dito nada. — Eu não sei se ele ama alguma outra pessoa ou não, mas a gente não se fala há mais de dez anos. Ele leva uma vida diferente agora.

— Ele sabe onde a gente mora?

— Não. — As perguntas vinham com tanta rapidez que Ellie lutava para acompanhar o ritmo da filha. — Com certeza ele não sabe onde a gente mora.

— Mamãe! — Kinzie parou mais uma vez, com as sobrancelhas erguidas. — Você devia ligar para ele e contar!

— Kinz, não é assim. — Elas chegaram ao local onde estavam os tigres. — Ele não lembra de mim, querida. A gente não pode ficar falando sobre o Nolan, tudo bem? Ninguém sabe sobre a gente.

Kinzie era incapaz de absorver aquela ideia, e a expressão em seu rosto era de confusão.

— As outras pessoas falam sobre ele.

— Mas a gente não pode contar a ninguém que eu o amava. — Ellie usou um olhar mais severo dessa vez. — Entendeu?

O entusiasmo de Kinzie diminuiu um pouco.

— Sim, mamãe.

— Tudo bem, então. — Ellie inspirou fundo e apontou. — Veja! Os tigres!

Pelos próximos dez minutos, Kinzie se esqueceu de fazer perguntas, muito encantada com os tigres, suas listras e como dois deles pareciam querer brigar.

— São os maiores gatos que já vi! — Os olhos dela estavam praticamente redondos. — Eu não achei que eles fossem tão grandes assim pessoalmente.

— Eles são imensos.

Kinzie inclinou a cabeça.

— Eu queria poder fazer carinho em um deles.

— Eu também. — Ellie fez uma careta. — Mas provavelmente não seria uma boa ideia.

Kinzie riu alto.

— Eles fariam picadinho da gente, mamãe. Isso definitivamente não seria uma boa ideia.

Por fim, elas foram ver os ursos, e Kinzie recomeçou a sessão de perguntas.

— E a sua mãe? Por que você nunca fala dela?

Lá vamos nós. Ellie afastou o oceano de mágoas ligado ao assunto. Kinzie não tinha avós. Nenhum que fosse. Ellie não chegara a conhecer os pais de C.J. Ela não sabia nada deles. E, visto que C.J. não quis nada com a filha, Kinzie só tinha o sobrenome de Ellie.

A menina ergueu o olhar para a mãe, esperando por uma resposta. Ellie escavou a fundo, procurando uma força que ela não tinha. Kinzie merecia uma resposta.

— Minha mãe formou outra família.

O rosto de Kinzie foi tomado por uma expressão de completo espanto. Ela nunca tinha perguntado a Ellie sobre a mãe dela antes e, agora, não havia dúvidas de que a resposta era perturbadora.

— Você está querendo dizer que ela te deixou e virou mãe de outra pessoa?

Ellie pensou no que a filha acabara de falar.

— É. — Sua mãe estava grávida de outro homem que não era o seu pai, então, sim, aquilo era verdade. — Algo assim, querida. Nós não tivemos muito tempo para conversar sobre isso. Minha mãe formou outra família e, dois dias depois, meu pai se mudou para San Diego e me trouxe com ele.

— Aqui? — Kinzie parecia surpresa. — Então o seu pai mora aqui?
— Mora.

As perguntas no rosto de Kinzie eram óbvias, antes mesmo de ela expressá-las em palavras.

— Por que a gente nunca vê ele, mamãe? Ele é meu avô, não é?
— Sim, é. Mas ele está bravo comigo. — Ela sorriu, tentando minimizar a importância da situação.
— Por quê? — Kinzie abaixou a cabeça, claramente chateada. — Por que ele estaria bravo com você? Você é a melhor mãe do mundo!

O elogio aliviou a dor desesperadora dentro de Ellie.

— Obrigada, querida. — Ela passou a mão nas costas de Kinzie. — Ele está bravo comigo porque eu tive um bebê antes de casar.
— Ah. — Mais uma vez, a expressão dela era de desolação. — Então ele está bravo comigo também?
— Não, docinho, de jeito nenhum. — Ellie parou e se curvou a fim de ficar cara a cara com a filha. — Nunca pense uma coisa dessas. Isso não tem nada a ver com você.

Kinzie ficou calada, buscando os olhos da mãe.

Ellie tentou mais uma vez.

— Ele estava furioso comigo, então eu fui embora da casa dele. Assim que você nasceu, as coisas ficaram agitadas. — A boca de Ellie estava seca. O momento era importante demais para colocar as coisas de um jeito que soasse errado. — Eu acho que... ele teria vindo atrás de mim se não estivesse mais tão bravo.

Ainda havia perguntas enchendo os olhos de Kinzie, mas demorou um pouco para que ela conseguisse pôr em palavras aquela que devia ser a mais urgente.

— E se eu quiser ver o vovô?

Ellie optou pela única resposta que funcionava.

— Talvez você devesse conversar com Deus sobre isso. Para que algum dia isso possa acontecer, Kinz.

A expressão nos olhos da garotinha ficou mais suave e um sorriso repuxou seus lábios.

— Tá bom, mamãe. É isso que eu vou fazer.

Ellie se endireitou novamente, e elas foram andando até os ursos. Supostamente, deveria haver quatro ursos no local, mas elas só conseguiram ver um. Ele estava em uma lagoa funda, batendo em uma bola que flutuava na superfície. Elas ficaram olhando para o animal durante vários minutos, enquanto ele batia na bola, tentando pegá-la com suas patas imensas. A cada tentativa, a bola girava e ia para longe dele na água, escapando de seu alcance.

Kinzie ficou parada ao lado da mãe, descansando o queixo na barra de aço enquanto olhava o urso em ação.

— Os ursos são que nem as pessoas, mamãe.

— Por que você está dizendo isso?

Ela ergueu o rosto doce para Ellie.

— Porque, mesmo que eles tentem, nem sempre conseguem o que querem.

— É verdade.

O comentário de Kinzie ficou pairando no coração de Ellie pelas próximas horas, enquanto elas seguiam até as cobras e os macacos. Kinzie parecia ter terminado de fazer perguntas, além de mais umas vinte sobre os animais, se eles gostavam de viver em jaulas ou se era mais divertido viver na selva, o que Ellie achava que era o caso.

Por fim, Ellie levou a filha de carro até um restaurante não muito longe do zoológico. O lugar estava lotado, e, enquanto esperavam por uma mesa, elas se sentaram em banquetas perto da janela e tomaram uma Coca-Cola. Uma TV ali perto estava mostrando um jogo de basquete. Ellie demorou alguns segundos para se dar conta de que um dos times eram os Atlanta Hawks.

O time de Nolan.

— É ele. — Ellie se inclinou para perto de Kinzie e manteve a voz baixa. — Nolan Cook.

— É? — Kinzie apertou os olhos para ver a TV. — Ah, é! Ele joga nos Hawks! Foi isso que os meninos da minha classe disseram.

Foi anunciada uma falta, e Nolan foi para a linha de lance livre. A câmera captou um close do rosto dele, o suor, a concentração, a determinação. Ele bateu a bola no chão algumas vezes, e Ellie imediatamente se lembrou da época em que eles estudavam na Escola de Savannah e ela o via jogar, fascinada com seu dom para o basquete.

— É ele, não é? — Kinz olhou para Ellie e de volta para a TV.

— É.

A menina abriu um largo sorriso.

— Ele parece legal.

— E é. — Ellie sorriu para a filha. — Ele sempre foi um cara legal.

As duas viram Nolan acertar mais uma cesta, e Kinzie tomou um longo gole de Coca-Cola.

— Eu realmente acho que você devia ligar para ele. Você amava ele, mamãe.

— Lembra? Esse é o nosso segredo, tá bom?

A garotinha franziu a testa, mas havia dança em seus olhos.

— Tá bom.

A mesa delas estava pronta. Kinzie não trouxe à tona o assunto de Nolan pelo resto da tarde, e Ellie ficou grata por isso. O dia de conversa franca tinha sido bom para as duas. Exaustivo, mas bom. O problema era que Ellie tinha as mesmas perguntas de Kinzie. E não importava quais palavras ela achasse para apaziguar a filha, quando se tratava da vida de Ellie, a verdade permanecia.

Não havia respostas.

Nolan e Dexter eram os últimos no vestiário uma hora depois da derrota dos Hawks para Orlando. O time de Atlanta liderava a série, mas o jogo daquele dia fora o pior que eles tiveram na pós-temporada. Nolan se culpava por isso.

Não importava quanto ele tentasse, não conseguia se focar.

— Você alguma vez se vê questionando Deus? — Nolan jogou uma toalha em volta do pescoço e caiu no banco mais próximo. Suas pernas pareciam de borracha.

— É claro. — Dexter se apoiou no armário e esticou os pés à sua frente. — A amiga da minha mulher morreu de câncer quando tínhamos acabado de sair da faculdade... Uma criança morre todos os dias em algum acidente de carro... Soldados morrem... — Ele olhou para Nolan. — Eu tenho uma lista de perguntas.

Nolan segurava as pontas da toalha.

— Eu não devia questionar, não é? Quer dizer, eu sou Nolan Cook. — A risada suave de Nolan soou triste até mesmo para ele.

— Você é humano — disse Dexter, sentando-se ao lado dele e afundando os cotovelos nos joelhos. — Como foi o encontro com a filha da cantora aquele dia?

— Kari. — Nolan franziu os lábios e exalou fortemente o ar. — Não foi o máximo.

— Que pena. — Dexter esfregou um machucado na panturrilha esquerda. — Ela parecia legal.

— Ela era ótima. — Ele enxugou um dos braços e depois o outro. — Mas eu falei sobre a Ellie. Tipo... saiu sem querer.

— Ah, cara, não... Isso é errado. — Dexter se levantou e ficou andando de um lado para o outro no vestiário. Ele apanhou uma bolsa de gelo do freezer e a trouxe de volta. Quando a colocou sobre a panturrilha, balançou a cabeça em negativa. — A Ellie é um produto da sua imaginação. Pode me chamar de louco, mas eu não acho que ela quer que você a encontre. Senão ela já teria deixado mensagens na administração.

Nolan ficou encarando o chão entre os pés descalços. Dexter estava certo.

— Eu preciso ligar para ela. — Nolan olhou para o amigo. — Para a Kari, não para a Ellie. Talvez depois das finais.

Dexter assentiu.

— É. Depois que a gente for campeão.

— Isso.

— Por que você me perguntou sobre Deus? Sobre ter questionamentos?

— Só estava pensando no meu pai.

— Humm, é... — Dexter soltou um suspiro. — Ele devia estar aqui.

Diversas vezes, quando eles estavam na faculdade, a família de Dexter recebera Nolan de coração no Natal ou em algumas semanas de férias de verão. Seu colega de time era um de oito irmãos de Detroit e, quando sua família se reunia, era como num filme.

— Você é mais um filho — a mãe de Dexter dizia a Nolan. Ela costumava dar uns tapinhas de leve na bochecha branca de Nolan e, depois, na bochecha negra de Dexter, e então abria um largo sorriso. — Está vendo a semelhança?

A família de Dexter ajudou Nolan a suportar tantos momentos em que ele sentira a falta do pai, que ele até havia perdido a conta.

— Meu pai teria adorado isso. As finais. — Nolan notou um machucado no braço direito. Até vestindo camiseta e short limpos, ele ainda estava quente do jogo. Ele podia não estar completamente focado, mas tinha dado tudo de si. E estava feliz porque eles teriam um dia de folga amanhã. Nolan se levantou e apanhou a bola de basquete. — Dá uma passada lá em casa mais tarde. Leve a sua mulher. A piscina está pronta para o verão.

— Tudo bem. — Dexter abriu um largo sorriso. — Pode aliviar a tristeza da derrota de hoje.

— É. — Nolan driblou a bola no vestiário, desceu pelo corredor de cimento e passou pelo túnel até a quadra. Ele não queria dizer isso a Dexter, mas o término das finais não tinha nada a ver com o prazo que ele se deu para telefonar para a filha da cantora. Ele queria passar pelo dia 1º de junho. Talvez então fosse capaz de tirar Ellie Tucker de seu coração para sempre. Ele foi driblando a bola até a margem da quadra. As luzes estavam quase todas apagadas, mas isso não vinha ao caso. Ele correu pelo chão de madeira, encontrou seu lugar e arremessou, acertando na primeira tentativa.

Lado esquerdo, linha de três pontos.

Em homenagem ao pai.

16

ALAN ENTROU NO ESCRITÓRIO DO capelão Gray e fechou a porta.

Ele esperara e ao mesmo tempo temera por aquele encontro desde que o marcara, na semana anterior. Os dois homens haviam trabalhado juntos durante três anos, mas Alan nunca permitira que o capelão, ou qualquer outra pessoa, visse o que havia em seu coração, a feia e solitária realidade que compunha sua vida.

— Alan. — O capelão Gray se levantou e assentiu para ele. O homem era um militar da cabeça aos pés, e suas palavras eram curtas e diretas, apesar do olhar bondoso. — Que bom que você veio. Sente-se.

— Obrigado por arrumar um tempo para mim — disse Alan, sentando-se na cadeira de couro em frente ao homem.

O capelão voltou a se sentar e, por um bom tempo, ficou só observando Alan. Por fim, entrelaçou as mãos em cima da mesa.

— Conte-me a sua história.

Alan nunca tinha pensado em sua vida dessa forma, como uma história. Ele passou rapidamente pelos detalhes amargos e encontrou um ponto de partida. O único ponto em que sua história poderia começar, no piquenique da igreja em que conhecera Caroline, havia vinte e oito anos. Alan não era muito dado a explicações detalhadas e não pretendia desmoronar. As lágrimas vinham surgindo ultimamente, mas não ali. Ele falou com rapidez, para que suas emoções não pudessem atingi-lo. Se a vida dele era uma história, ele contaria ao homem a versão condensada.

Ele resumiu tudo em quinze minutos de conversa.

— Quantas rupturas... — lamentou o capelão, concentrado. — Eu sinto muito.

— É. — Alan visualizou Caroline e Ellie, onde quer que elas estivessem. — Definitivamente, aconteceram muitas rupturas.

— Fale-me novamente sobre as cartas.

— As cartas? — Alan imaginou a caixa, o cheiro e o peso dela em suas mãos. — Há centenas delas.

— E Ellie não tem conhecimento da existência delas?

— Não.

A vergonha fez as bochechas dele arderem. Qual era o propósito de ir até ali e compartilhar aquelas informações? As lágrimas lhe queimavam os olhos, e ele piscou. *Controle-se, Tucker.*

— Você chegou a pensar se isso era justo? Com a sua filha?

Alan não sabia ao certo se era o fato de que ele não conseguia mais deixar sua história para trás ou se foi o som da palavra "filha", que ele não falava nem ouvia para se referir a Ellie fazia anos. Qualquer que fosse o motivo, as lágrimas vieram, inundaram seus olhos e desceram em grande fluxo pelo seu rosto. Ele tentou se lembrar da pergunta do capelão, mas só conseguiu se ater ao som da palavra "filha". Sua filha, Ellie.

Como ele fora capaz de fazer isso com ela?

— Tome. — Os olhos do capelão adquiriram uma expressão mais suave, e ele deslizou uma caixa de lenços de papel pela mesa. — Você tem uma resposta? Isso é justo com Ellie, não lhe entregar as cartas?

— É claro que não. — Suas palavras soavam pequenas, presas no oceano de mágoa que enchia seu coração. — Eu sou o pior pai do mundo. O pior homem.

O capelão esperou alguns segundos.

— Não foi por isso que você veio, para me dizer que é o pior pai do mundo. — Ele apoiou os braços no tampo de madeira da mesa. — Você quer fazer alguma coisa em relação a isso. Caso contrário, não estaria aqui.

Alan assentiu. Pegou um lenço da caixa e limpou o rosto, rápida e grosseiramente. Ele não tinha direito de chorar, de ser solidário consigo mesmo ou de receber apoio do capelão ou de quem quer que fosse. Tudo o que acontecera, tudo aquilo era culpa dele. Ele assoou o nariz e tentou encontrar o chão novamente. Então piscou algumas vezes e apertou os olhos.

— Sim, eu quero fazer alguma coisa em relação a isso. Eu quero consertar essa situação.

O capelão pensou no que Alan tinha acabado de dizer. Então puxou uma Bíblia desgastada para perto de si.

— Você já leu João 10,10?

Alan procurou a resposta na memória.

— Ultimamente, não.

— Essa passagem me lembra a sua história. — Ele abriu a Bíblia e virou as páginas até o Evangelho de João. — Aqui diz: "O ladrão vem apenas para roubar, matar e destruir". — E ergueu o olhar para Alan. — Essa é a primeira parte.

Roubar... matar... destruir.

— O ladrão é o diabo, é claro.

— Sim. — O capelão Gray franziu o cenho. — Eu vejo evidências disso em toda a sua história.

Evidências? Alan cobriu o rosto com a mão direita e cerrou os olhos. As palavras horríveis estavam escritas em todas as páginas de sua vida. O amor que ele tinha por Caroline, os sonhos que eles partilharam... sua esperança de ser um marido e um pai amoroso e presente... seu relacionamento com Ellie... a família deles. Tudo isso fora roubado, morto e destruído. Quando o desfile de momentos partidos terminou de passar por sua mente, Alan olhou para o capelão.

O homem parecia esperar. Ele olhou para a Bíblia novamente e continuou:

— O restante do versículo diz: "Eu vim para que tenham vida, e a tenham plenamente".

Alan balançou a cabeça em negativa.

— É tarde demais. Está tudo arruinado.

— Você ainda tem as cartas. — O capelão Gray se reclinou na cadeira, como se tivesse dito tudo que havia para dizer.

— Eu lhe disse que a Ellie não sabe da existência delas.

— Talvez ela devesse saber. — Ele olhou da Bíblia para Alan. — Nunca é tarde para a verdade. Ela vive fora do tempo.

Alan deixou que as palavras do homem corressem por sua mente algumas vezes.

A verdade vive fora do tempo.

O capelão parecia ver o conflito interno de Alan.

— As promessas, Alan. Jesus veio para dar plenitude à sua vida agora. Não é tarde demais se seguirmos o caminho dele. — O homem parecia poder ver dentro de Alan. — O que Deus está dizendo para você fazer?

Mais uma vez, Alan fechou os olhos. Tudo o que ele conseguia ver era a caixa de cartas, a imensa quantidade delas. Ele não se via contando a Ellie sobre as cartas. Queria pensar em alguma outra coisa que Deus pudesse estar pedindo para ele fazer. Rezar mais, talvez, ou fazer algum serviço religioso. Ele poderia se juntar a uma viagem missionária naquele verão ou liderar o estudo da Bíblia na cadeia.

Mas, bem no fundo, ele sabia que não era nada disso que Deus queria dele, e então se encolheu.

— O senhor acha... que Deus quer que eu entregue as cartas a Ellie?

— As cartas pertencem a ela.

Alan assentiu, um pouco espantado.

— Ela vai me odiar para sempre.

— Ela já odeia você. — A sabedoria do capelão era quieta e gentil, mística. — Talvez Deus esteja pedindo que *você* agora escreva algumas cartas.

Alan sentiu uma sensação de náusea se apoderar de seu estômago.

— Para a Ellie?

— E para Caroline. — O capelão deu de ombros, de leve. — O que você acha disso?

Ele não conseguia imaginar a situação.

— O que eu diria nas cartas?

— A mesma coisa que me contou. Como você arruinou tudo e quanto lamenta por isso.

— Elas nunca me perdoariam. É tarde demais.

O capelão colocou a mão sobre a Bíblia aberta.

— "Eu vim para que tenham vida, e a tenham plenamente." — Ele olhou para Alan por um instante. — É isso que diz aqui. É a verdade.

Alan balançou a cabeça e, mais uma vez, fechou os olhos. Era impossível. Provavelmente Caroline estava levando uma vida completamente nova. Ela havia se rebelado contra a fé autoritária de Alan, a forma como ele exercitava o controle como se estivesse usando uma espada cega contra ela e Ellie. Caroline não parecia estar namorando Peyton Anders. Pelo menos não se a mídia fosse algum indicador disso. Não poderia estar, porque nem ela nem Alan haviam entrado com o pedido de divórcio. Alan nunca fora capaz de ir contra os planos de Deus e terminar oficialmente a união. A sensação de náusea piorou. Ele havia ido contra os planos de Deus para seu casamento o tempo todo, repetidas vezes. Certamente quando se mudou para o outro lado do país, se afastando de Caroline.

E em todas as vezes em que não a procurara desde então.

Que bem faria um pedido de desculpas agora? Ela acharia que Alan tinha enlouquecido. E se ela soubesse das cartas... de como ele as escondera de Ellie?

Caroline desejaria a morte de Alan.

De repente, ele teve certeza absoluta de que o capelão estava certo. Deus estava chamando Alan para que ele fizesse o que o homem havia lhe sugerido: que escrevesse uma carta à esposa e outra à filha, as únicas mulheres que ele amara na vida. Ele abriu os olhos e sentiu a resignação em sua própria expressão.

O pastor estava calado, parecendo compreensivo.

— Você está preparado?

— Não. — Alan temia o que viria pela frente. — Mas eu vou fazer isso.

— Está certo. — O capelão Gray entrelaçou as mãos. — Então vamos rezar.

A carta para Ellie seria curta e iria direto ao ponto. Cada palavra despedaçava um pouco mais o coração de Alan.

Ele se sentou à mesa de jantar, aquela com a qual havia sido criado. Ele comprara dois cartões para a ocasião. Um cenário montanhoso para Caroline e um campo de flores para Ellie. Ambos em branco por dentro. Ele segurou a caneta no meio do cartão florido.

Querida Ellie,

Eu devia ter escrito há anos, e tenho certeza de que você vai me odiar para sempre quando souber o que eu fiz. Mas Deus me transformou, e ele quer que eu faça isso. Eu preciso fazer isso.

Ele respirou rapidamente, depois de novo. O muro estava se fechando em volta dele, mas ele continuou escrevendo.

A caixa que agora você tem em mãos contém cartas da sua mãe. Centenas e centenas de cartas. Ela as envia pelo menos uma vez por semana desde que saímos de Savannah.

As palavras de Alan tomavam forma lentamente, e a força delas era mais do que ele podia aguentar.

> *Durante todo esse tempo, você achou que a sua mãe não tinha lhe procurado. Mas ela fez isso, Ellie. Não entregar estas cartas a você foi uma das piores decisões da minha vida. Eu não tenho desculpa para isso, de jeito nenhum. Eu achei que, depois do caso da sua mãe, ela poderia ser uma má influência para você. Foi isso que eu disse a mim mesmo. Mas nem isso é verdade.*

O coração dele doía, mas ele se forçou a seguir em frente.

> *A verdade é que eu me senti ferido pelo que ela fez e quis feri-la também. Mas tudo o que consegui foi destruir qualquer possibilidade de reconciliação entre nós. Eu nunca assumi nenhuma responsabilidade pelo que aconteceu, nunca pensei nos motivos pelos quais a sua mãe não era feliz. Eu falhei com ela e falhei com você. Deus me mostrou isso.*

As lágrimas tornavam difícil enxergar. Ele parou de escrever por um momento e secou os olhos.

> *Perdoe-me, Ellie. Vou lamentar por isso enquanto eu viver.*
>
> *Com eterno amor,*
Seu pai

Ele colocou a carta no envelope, selou e escreveu o nome de Ellie na frente. Em seguida, abriu o cartão que tinha o cenário montanhoso, aquele que escolhera para Caroline. Essa carta seria mais difícil. A aspereza de seu tom de voz, a falta de cuidado com o coração terno dela, os anos que ele passou deixando-a sozinha... Tudo isso o angustiava, e ele se sentiu desfalecer diante dos próximos minutos.

O silêncio na casa deu lugar ao barulho de seu coração. Que batia forte, ansioso. Ele segurou a caneta sobre o espaço em branco.

> Querida Caroline,
> Eu devia ter escrito esta carta há muito tempo. Mas ultimamente... Bem, ultimamente Deus vem me transformando. Ele me transformou para que eu pudesse enxergar que homem desprezível eu fui, a maneira terrível como tratei você e a afastei de mim.
> Honestamente, eu não sei como cheguei até aqui. Quando olho para trás, tudo que vejo é você, a alegria e a luz em seus olhos. Você era tão linda, por dentro e por fora. Eu fico me perguntando que espécie de monstro poderia repreender, controlar e manter alguém como você trancada em casa.

As palavras vieram todas de uma vez. Ele lhe disse, na carta, como as semanas e os meses tinham dado lugar a anos e como, com o passar do tempo, ele não se reconhecia mais, nem a pessoa em que ele havia transformado a esposa. Ele falou sobre Ellie e como a controlara também, e então chegou à parte sobre o caso de Caroline.

> Eu sabia o que estava acontecendo. Você ficava fora com tanta frequência, chegava em casa tarde da noite. Eu imaginei que tivesse amigos em algum lugar. Mas, naquela época, eu via você como propriedade minha, Caroline. Eu nunca imaginei que você realmente escolheria outra pessoa. Agora não consigo acreditar que você não me largou antes.

Ele escreveu sobre ter ficado com raiva e querer fazer com que ela pagasse pelo que fizera, e como a proposta de trabalho em Pendleton fora feita semanas antes que ela lhe contasse sobre o bebê. A cada linha, ele sentia ruir um pedaço do muro que lhe cercava o coração. Caroline era a flor mais frágil, tinha um coração terno e era excessivamente bondosa.

Eu me pergunto quem você é agora, Caroline, se as cicatrizes deixadas por meu comportamento estão curadas. Eu rezo para que a distância de mim tenha ajudado você a reencontrar a mulher que você era. Do fundo do meu coração, quero acreditar que você é aquela moça novamente, aquela que era antes que eu arruinasse tudo. Eu não espero que você se importe com esta carta ou que me procure, mas estou deixando minhas informações de contato, para o caso de você querer fazer isso.

A devastação de suas ações e sua mesquinharia eram como sacos de lixo rançosos empilhados ao seu redor. Alan não fazia a mínima ideia do motivo pelo qual estava se dando ao trabalho de escrever aquela carta agora. Era como cuspir em uma floresta em chamas. Ainda assim, porque ele sentia que era isso o que Deus estava convocando-o a fazer, anotou o número de seu telefone e seu endereço, aquele que Caroline usava para escrever a Ellie.

Ele sentiu todos os músculos de seu corpo se retesarem. A pior parte estava por vir. Uma vez que ele escrevesse as próximas palavras e ela as lesse em algum momento nos próximos dias, seria impossível imaginar que algum dia ele poderia ver Caroline novamente ou ouvir falar dela. Ela o odiaria. Ponto-final. Ele prendeu a respiração.

Eu tenho uma confissão terrível a fazer, Caroline. Algo que eu nunca deveria ter feito. Uma coisa que me mata dizer a você.

Ele soltou o ar e, depois de alguns segundos, inspirou levemente.

A Ellie não recebeu nenhuma das suas cartas. Da primeira carta que você enviou até a última, eu guardei todas em uma caixa no meu armário. Eu as escondi da Ellie durante todos esses anos.

Ele não conseguia respirar, mas não se importava com isso. Ele não merecia viver. Havia ido longe demais com sua confissão para parar agora.

Se você está pensando que eu sou um homem horrível por ter feito isso, só posso dizer que você está certa. Mas eu tinha que lhe contar. Eu não poderia lhe escrever sem confessar o que fiz. Eu não a culpo por me odiar por causa disso, mas posso lhe prometer uma coisa. Na hora em que esta carta estiver em suas mãos, Ellie estará de posse da caixa inteira, com todas as cartas. Elas pertencem a nossa filha. Presumo que vocês duas não fizeram contato, porque suas cartas continuam chegando. Eu só posso rezar, Caroline... Talvez isso abra as portas entre vocês. Se isso acontecer, então terá valido a pena o ódio que você tenha de mim.
Eu lhe peço perdão. Sou um homem transformado e nunca deixei de te amar. Não sei mais o que dizer...
Eternamente arrependido,
Alan

Ele releu a carta e ficou imaginando como ela se sentiria, o choque inevitável em seu rosto, a raiva quando ela se desse conta do que ele havia feito com as cartas de Ellie. Imaginar isso era quase insuportável. Os pensamentos de Alan mudaram de foco, e ele imaginou a reação da filha quando ele lhe entregasse a caixa.

E ele precisava lhe entregar.

Seu coração batia rápido, e ele sentiu que ia desmaiar e nunca mais acordar. Tinha pensado em entregar a caixa a Ellie no fim da semana, em seu dia de folga. Ele sabia onde a filha trabalhava, em um salão perto da base naval. Era a última etapa para completar o que Deus estava pedindo que ele fizesse. Agora que ele havia escrito para Ellie e Caroline, mal podia esperar para entregar a caixa à filha. Ele tinha que fazer isso.

Naquele sábado, quando ela saísse do trabalho, ele estaria esperando por ela.

17

Ellie ouviu ruídos vindos do outro quarto. Ela já tinha colocado Kinzie para dormir, e geralmente, a essa hora, a menina já estaria adormecida. Mas não naquela noite. Ellie ficou parada no corredor escuro e deu uma espiada pela porta levemente aberta do quarto.

Kinzie estava ajoelhada ao lado da cama.

Uma semana havia se passado desde que as duas tinham ido ao zoológico, e Kinzie não deixara de rezar uma noite sequer. Pelo menos, foi isso que ela disse a sua mãe. Mas aquela era a primeira vez que Ellie via a filha de joelhos. Ellie inclinou a cabeça, emocionada com a cena O chão de madeira devia ser duro sob a camisola dela. A janela estava aberta, mas não havia brisa no quarto. O começo do verão estava mais quente que de costume.

Kinzie arrumou a parte de baixo da camisola para que não ficasse amontoada. Ela não parecia estar com os olhos fechados, como costumava ficar quando rezava na hora do jantar. Em vez disso, estava com o olhar voltado para cima, em direção à janela e ao céu noturno.

— Oi, Jesus. — Ela soava tão confiante de que Deus estava ouvindo. — Sou eu, Kinzie, de novo. — Sua voz mal passava de um sussurro, mas Ellie conseguia ouvir cada palavra do que a filha dizia. — Lembra de mim? Eu gosto de rezar em voz alta quando estou sozinha. Porque somos só eu e você. — Ela arrumou a camisola de novo. — Eu sei que você está comigo, Jesus, porque você coloca as estrelas do céu bem acima da minha cama.

Ela deu uma risadinha e olhou pela janela novamente.

— Eu continuo pensando em Nolan Cook, o famoso jogador de basquete, e em como a minha mãe ficou quando falou dele. Se eles se amavam, talvez ainda se amem, certo?

Ellie sentiu um calafrio descendo pelos braços. Kinzie estava pensando em Nolan? A ponto de rezar sobre ele? Ela deu um passo mais para perto dela, para não perder nenhuma palavra do que a filha estava dizendo.

— Enfim, eu quero rezar pela minha mãe. — Os ombros de Kinzie afundaram um pouco. — Por favor, faça com que ela seja feliz. Eu sei que ela fica muito triste. Ela não tem a família por perto, porque deu tudo errado. E ela também não tem o Nolan. — Kinzie coçou o cotovelo. — Acima de tudo, a mamãe não tem você. E isso quer dizer que ela não tem o final feliz.

Ellie piscou para se livrar das lágrimas. Ela não fazia a mínima ideia de que sua falta de fé significava tanto assim para Kinzie.

— Isso é tudo por hoje, Jesus. Obrigada. Com amor, sua nova amiga, Kinzie.

Kinzie se levantou, esfregou algumas vezes os joelhos e subiu na cama, provavelmente satisfeita com sua prece. Mas Ellie nunca conheceria essa satisfação, nunca partilharia um momento como aquele com Kinzie. O fato de ela não poder se juntar à filha e rezar era mais um preço que pagaria por sua família destruída. Mesmo sem acreditar, de uma coisa ela soube com certeza, assim que terminou de lavar os pratos e foi para a cama, e até mesmo no dia seguinte no salão.

Ela se lembraria da prece de Kinzie enquanto vivesse.

Ellie estava no intervalo, organizando frascos de tinta na prateleira dos fundos, quando ouviu o comentarista esportivo na TV dizer alguma coisa sobre Nolan. Ela mantinha a TV na ESPN durante todas as finais, especialmente em dias como aquele, em que os Hawks tinham um jogo importante. O time de Atlanta havia garantido a vitória sobre o Magic na semana anterior. O Campeonato da Conferência Leste estava empatado, e aquele era o terceiro jogo.

A vitória contra os Celtics era crucial.

Ellie limpou as mãos no avental e encontrou uma cadeira vazia perto da TV. Três comentaristas esportivos estavam lado a lado a uma mesa, e o assunto da conversa se voltara para Nolan.

— Definitivamente, ele chamou a atenção do país.

A declaração veio do locutor mais velho, que era da ESPN havia uma década.

Os três conversavam sobre o tuíte recente de Nolan. Ellie não o seguia no Twitter nem no Facebook. Ela olhava os dois de vez em quando, mas, na maior parte do tempo, era suficiente para ela vê-lo jogando com o coração na TV, sem compartilhar dos pensamentos e das atualizações dele.

O tuíte de Nolan piscava na tela:

> Tudo posso naquele que me fortalece! Filipenses 4,13 — Vamos lá, Hawks!

Um dos locutores balançou a cabeça, claramente frustrado.

— O lance é que o Cook é uma figura pública. Ele tem mais apoio do que qualquer presidente nos últimos vinte anos.

— Algumas pessoas o odeiam, não se esqueça disso. — O lembrete veio do locutor mais velho.

— Aqueles que o odeiam à parte, ele tem grande apoio. Eu só acho que quadras de esportes não são lugares para religião. Tudo bem, é a conta particular de Twitter dele, mas ele tem quase cinco milhões de seguidores. Nesse nível, ele devia manter a fé só para ele.

Ninguém duvidava de Deus mais do que Ellie, mas até ela ficou com raiva do comentário. Nolan podia dizer o que quisesse em sua própria conta de Twitter. Os outros dois locutores concordavam com ela. Se o tuíte tivesse sido publicado pela conta oficial dos Hawks, aí sim seria um problema. Mas não vindo da conta particular de Nolan.

— As pessoas não têm que seguir Nolan Cook. É uma escolha delas. Elas seguem celebridades no mundo de hoje porque querem ter um vislumbre da vida dessas celebridades, dos sentimentos delas. Uma visão mais profunda do que as motiva e impulsiona. — O locutor mais velho se sentou confortável e firmemente e olhou direto para a câmera. — Nolan, vá em frente e tuíte sobre Deus. Estamos nos Estados Unidos da América. — Ele deu risada e olhou para os colegas. — Da última vez que verifiquei, a liberdade de expressão ainda era um direito nosso. E, se é um direito nosso, também é um direito de Nolan Cook.

Os outros também deram risada. Nenhum deles queria se aprofundar no assunto por muito tempo na ESPN. O trabalho deles era entreter os telespectadores com detalhes e estatísticas sobre os jogadores e os times, e não entrar nos aspectos morais, éticos ou jurídicos dos atletas, independentemente de com que frequência esses aspectos se tornassem dignos de nota.

— Ouvi dizer que o Nolan vai trazer a nova namorada ao jogo hoje. Um jogo em casa contra os Celtics é uma situação crucial para os Hawks. — O veterano bateu com o lápis na mesa algumas vezes e ergueu as sobrancelhas. — Haverá muitos corações partidos por todo o país esta noite. É isso que eu acho.

Ellie sentiu o estômago se contorcer. O que era aquilo? Nolan tinha namorada? Ela foi para a beirada da cadeira, com os olhos grudados na tela.

— O nome dela é Kari Garrett, filha da premiada cantora cristã Kathy Garrett.

O homem apontou para o monitor, onde apareceu na tela uma foto de Nolan e Kari caminhando juntos em uma rua da cidade à noite. Ele estava com o braço em volta dela.

Definitivamente, eles pareciam um casal.

Ellie ficou assistindo por mais alguns minutos, tempo suficiente para ouvir como o empresário de Nolan tinha armado as coisas com o agente de Kathy para arranjar o encontro dos dois.

— Eles parecem um casal perfeito, se quiserem saber a minha opinião. — O mais jovem dos três comentaristas deu risada. — Com Nolan Cook fora do mercado, quem sabe a gente tenha uma chance.

Os caras riram, concordando com o comentário.

Ellie não se mexeu nem pestanejou. Seus olhos estavam secos, porque a notícia era explosiva como uma bala perfurando seu peito. Nolan Cook tinha namorada. Ela mudou de canal para alguma outra coisa qualquer. The Food Network. Sim, isso funcionaria. Foi até a sala dos fundos, sentindo os pés pesados. Sua próxima cliente só chegaria em meia hora, o que era bom. Ellie não conseguiria encarar ninguém agora e precisava ficar alguns minutos sozinha.

Ela passou pela porta dos fundos, cruzou o estacionamento e encontrou um lugar no meio-fio. Plantou os cotovelos nos joelhos e cobriu o rosto com as mãos. Ele tinha namorada? Tudo bem, isso não deveria deixá-la surpresa. Ele era um dos solteiros mais cobiçados do país.

Eles haviam perdido contato fazia onze anos. É claro que ele tinha seguido em frente com a vida. Ele devia ter tido namoradas na escola e na faculdade. Só recentemente os passos dele começaram a ser noticiados pela imprensa. Essa garota podia ser só mais uma da lista. Ellie deixou que isso assentasse em sua alma por um bom tempo. Não, não era isso. Nolan não era o tipo de cara que namora uma garota atrás da outra.

Se ele estava saindo com Kari Garrett, não se tratava de passatempo. Era sério. Com Kari a tiracolo, não tinha como Nolan estar pensando em Ellie ou ponderando sobre o dia 1º de junho. As notícias confirmavam os maiores medos de Ellie. Para Nolan, ela não passava de uma antiga amiga de escola. Mesmo que algum dia ele tivesse tentado encontrá-la, ela havia se certificado de que ele não conseguisse. Ellie Anne. A garota desligada do pai e da mãe. A mãe solteira.

O que eu devo fazer agora? Ela deixou que a pergunta soprasse friamente em seu coração. Ela estava esperando ansiosamente pelo dia 1º de junho, mesmo não querendo admitir para si mesma. Era por esse motivo que vinha pensando em viajar. Como se talvez ela e Kinzie pudessem pegar o velho e detonado Chevy rumo à Geórgia, até a caixa enterrada debaixo do velho carvalho.

Não era de admirar que ela não conseguisse respirar, nem pensar direito, nem tolerar voltar para o salão. Ela não assistiria a nenhum outro jogo dos Atlanta Hawks enquanto vivesse.

De alguma forma, indo contra toda lógica, ela chegara a acreditar não ser a única que estava esperando ansiosamente pelo encontro. Que, se no dia 1º de junho ela fosse até o antigo carvalho, Nolan estaria esperando por ela. Então eles desenterrariam a caixa, compartilhariam as cartas que haviam escrito e descobririam que não eram tão diferentes assim, no fim das contas. E Deus sorriria diante daquilo, e ela e Nolan Cook nunca mais se distanciariam.

Talvez o reencontro deles fizesse o tempo parar, e todas as perguntas que Nolan fizera naquela longínqua noite de verão realmente fossem respondidas.

Em algum lugar seguro de sua mente, ela deve ter achado que isso poderia acontecer de verdade. E, contanto que o calendário não passasse por cima de 1º de junho, a ideia era pelo menos uma possibilidade.

Até agora.

❧ ☙

A última cliente de Ellie saiu logo depois das nove horas. Ela mal podia esperar para voltar para casa. Havia enviado algumas mensagens de texto a Tina para se certificar de que Kinzie estava acordada, e agora, caso se apressasse, poderia ler para a filha e ouvir as novidades do seu dia.

Ellie saiu pela porta da frente. Ainda tinha gente no salão, por isso não precisou trancar a porta. Ela agarrou uma nota de dez dólares que recebera de gorjeta em uma das mãos e seu novo spray de pimenta na outra. Uma das garotas fora assaltada por alguns adolescentes no estacionamento na semana anterior, e Ellie não daria chance ao azar.

Ela avistou Jimbo enrolado como uma bola na extremidade mais afastada da calçada. Pobre homem. Ele estava com uma aparência terrível, com os cabelos mais sujos e emaranhados que de costume. Certa vez, ela o convidou para entrar no salão, lavou e cortou os cabelos dele. Algo que ele amou. Ela teria de marcar para fazer isso novamente. Talvez no início da próxima semana.

Um homem estranho surgiu das sombras à sua esquerda, levemente atrás dela.

— Ellie.

Ela foi tomada pelo medo e se virou, com o dedo no gatilho do spray de pimenta. A voz dele soava vagamente familiar, e seu rosto... Ela ficou ofegante e levou a mão à boca. Então recuou alguns passos.

— Pai? — A palavra saiu como um sussurro.

O rosto dele parecia mais velho, mas não muito. Ele não tinha rugas de verdade, e sua constituição era a de um homem muito mais jovem. Mas havia algo diferente nele. Algo que Ellie não conseguia saber o que era. Ele segurava uma grande caixa, quase do tamanho da que ela vira ao lado dele naquela noite, poucas semanas atrás, em sua sala de estar.

— Ellie... Eu tinha que vir. — A vergonha deixou os olhos dele vermelhos, e ele estendeu a caixa para ela. — Isso... é para você. Está pesada. — Ele chegou um pouco mais perto da filha. — Talvez eu possa carregar até o seu carro?

Sete anos haviam se passado desde que ela o vira pela última vez, e ele queria lhe entregar uma caixa? Nada de desculpas, explicações ou perguntas sobre como ela estava? Sobre como sua filha estava? A raiva corria fria pelas veias de Ellie.

— O que você está fazendo? — O tom agudo entregou a mágoa repentina que ela sentiu. — Há quanto tempo você está aqui?

Alan se apoiou na parede. Durante alguns segundos, ficou com o olhar fixo no chão e, antes de voltar a olhar para Ellie, colocou a caixa próxima a seus pés. Ele parecia tremer, como se fosse desmaiar. Quando finalmente levou os olhos aos dela, ele parecia pálido.

— Eu vim para lhe dizer que... eu sinto muito.

Ellie ficou hesitante. Ela estava furiosa por ele ter aparecido sem avisar, por sair de repente das sombras. Mas nada poderia minimizar o impacto de seu pai arrasado, pedindo-lhe desculpas, como ela sempre esperara que algum dia ele pudesse fazer. Ela olhou de relance para baixo, para a caixa, e depois procurou os olhos dele.

— O que tem dentro dessa caixa? — perguntou, com a voz trêmula.

A pergunta ficou pairando entre eles por alguns segundos. O pai de Ellie levou a mão ao rosto e beliscou o nariz. Ele pareceu prender a respiração, antes de exalar e deixar a mão pender na cintura.

— São cartas. Da sua mãe.

Ellie sentiu seu coração se acelerar. Ela baixou o olhar para a caixa e, dessa vez, pôde ver uma parte do que havia ali dentro. Era do tamanho de uma cesta de roupas sujas e parecia estar cheia até o topo. Ela encontrou os olhos do pai outra vez.

— Da minha *mãe*? — Ellie engoliu em seco, temendo a próxima pergunta e instintivamente sabendo a resposta. — Para quem?

O pai dela balançou a cabeça e, mais uma vez, levou a mão ao rosto por um bom tempo. Por fim, como se estivesse travando uma batalha consigo mesmo, olhou mais uma vez para a filha.

— Para você, Ellie. Todas elas.

O mundo de Ellie desmoronou, seus ouvidos zumbiam, e ela não conseguiu ouvir o resto do que ele dizia. Seus joelhos começaram a ceder, e ela não sentia mais o chão sob os pés. O que ele lhe dissera? Cartas... Algo sobre cartas. Ela fechou os olhos com força e se curvou um pouco para frente, com as mãos nos joelhos, para não entrar em colapso. Se a caixa estava cheia de cartas... que sua mãe havia escrito para ela...

Ellie se pôs em pé lentamente e encarou o pai. Suas palavras saíram com grande esforço.

— Ela me escreveu? Todas essas cartas?

— Sim. — O rosto dele tinha chegado a um novo nível de palidez. Estava quase cinza. — Me desculpe, Ellie. Foi errado da minha parte...

— Desde quando? — Os pulmões dela começaram a funcionar novamente, e a raiva dessa vez era algo que ela nunca sentira antes. Ellie ergueu o tom de voz e perguntou quase sem abrir a boca: — Quando ela começou a me escrever?

— Desde... — Ele balançou a cabeça e olhou para a caixa. Seus ombros foram um pouco para cima, em um patético dar de ombros. — Ellie, ela vem escrevendo para você desde o começo. Desde que nos mudamos para cá.

Um tsunami de mágoa consumiu seu coração, levando tudo que ela sabia, presumia ou acreditava que fosse verdade em relação aos últimos onze anos. Sua mãe, aquela que Ellie achara que a havia abandonado, vinha escrevendo para ela? Se a caixa estava cheia, devia haver umas cem cartas lá dentro. Talvez duzentas ou trezentas. O que significava que... *Você nunca desistiu de mim, mãe. Nunca parou de tentar me encontrar.*

A raiva de Ellie foi lavada com a próxima onda de compreensão. Seus olhos ficaram cheios de lágrimas, e ela piscou para afastá-las. Não, isso não podia estar acontecendo. Ela balançou a cabeça, desesperada para entender, buscando os olhos do pai.

— Ela sabe? Que você nunca me entregou as cartas?

A alma dele parecia estar sendo estilhaçada diante dos olhos da filha.

— Não. Ela... deve achar que você as recebeu.

— Todos esses anos? — As palavras saíram altas, agudas e lentas, apesar das lágrimas frescas em suas bochechas. — Todos esses anos, pai?

— Ela ficou boquiaberta, a raiva mais uma vez assumindo a liderança nas emoções que despencavam sobre ela. — Por quê?

Nem uma ponta de justificativa transpareceu na expressão de Alan.

— Eu achei que ela seria má influência para você. — Os ombros dele ficaram um pouco caídos. — Foi um erro, Ellie. Agora eu sei disso. Deus me mostrou quanto eu machuquei você e...

— Pare! — Ela estava tremendo e não sabia mais dizer qual era a diferença entre a raiva e a mágoa que lhe retorciam as entranhas. Seu mundo estava girando, mas ela não podia ceder. Não agora. Ela apontou para o pai, proferindo cada palavra lenta e deliberadamente. — Não me venha falar de Deus. Não faça isso!

— Ellie, eu sou um homem diferente agora. Foi por isso que tive que...

— Chega! — Ela balançou a cabeça em negativa. — Eu não quero ouvir isso.

Ellie ficou encarando o pai, com o coração martelando no peito. Não havia mais nada a dizer. Ela deslizou o spray de pimenta para dentro de um dos bolsos e o dinheiro da gorjeta para dentro do outro. Então andou até a caixa e a ergueu nos braços.

— Me dê a caixa, eu ajudo você — Alan tentou.

Ela não respondeu, nem ergueu o olhar. Em vez disso, pegou a caixa, virou as costas para o pai e foi andando até o fim do centro comercial. Seu pai não a acompanhou. Ela colocou a caixa no chão e se curvou para perto de Jimbo.

— Ei, acorde. — O cheiro de álcool e suor encheu seus sentidos. — Jimbo, sou eu. Acorde.

Ele piscou algumas vezes e apertou os olhos para ela.

— Ellie?

Ela olhou por cima do ombro. Seu pai tinha voltado para perto do salão e estava apoiado na parede, com a cabeça baixa. Aquilo tinha de ser rápido, caso contrário ela desmoronaria ali na calçada antes de chegar até o carro.

— Tome. — Ela puxou a nota de dez dólares do bolso e a pressionou na mão de Jimbo. — Não compre uísque.

Ele pegou o dinheiro, com os olhos se enchendo de lágrimas, como sempre acontecia quando ela terminava o turno.

— Não vou comprar.

— Nem cerveja. Compre leite e um hambúrguer, tá bom?

— Leite e um hambúrguer. — Ele assentiu, sentando-se rapidamente e colocando o dinheiro na mochila surrada. — Sim, senhora.

— Muito bem. — Ellie se levantou. — A gente se vê depois.

— Tá. — Ele pressionou as costas junto à parede, mais acordado. — Sabe o que eu faço quando termino meu dia, Ellie?

Ela ficou hesitante, sentindo a urgência de chegar em casa, de chegar até a caixa de cartas.

— O quê?

— Eu converso com Deus sobre você. — Ele limpou as lágrimas nos olhos com umas batidinhas leves com a ponta dos dedos. — Eu peço ao bom Senhor que te abençoe, Ellie.

O coração de Ellie sentiu a bondade dele de uma forma que ela precisava. Especialmente com onze anos de cartas de sua mãe dentro de uma caixa a seus pés.

— Obrigada, Jimbo. — Ela colocou a mão no ombro dele. — Significa muito para mim. — Então ergueu a caixa novamente. — Se cuida.

Ela trocou um olhar com ele, depois cruzou o estacionamento escuro até o carro. O asfalto parecia areia grossa, e ela respirava mais rápido do que deveria. Mas não olhou para trás. Nem agora nem nunca. Ellie destravou o carro, colocou a caixa no banco do passageiro, entrou e bateu a porta com tudo.

Será que ela estava sonhando? Aquilo realmente tinha acabado de acontecer? Ellie deixou a cabeça pender no volante. Como ele pôde fazer isso com ela?

Ele havia *morado* com ela durante cinco anos. Ano após ano, com ela lhe dizendo "bom dia" no café da manhã, cruzando com ele no corredor e lhe desejando "boa noite" antes de ir para a cama. Tudo isso sem que ele lhe dissesse a verdade. Como era possível? Ele havia mantido as cartas de sua mãe escondidas todo esse tempo? O número de dias, meses e anos gritava em sua alma. Quase onze anos? Escondendo as cartas que sua mãe lhe escrevera? Como ele pôde fazer isso e não morrer de culpa? *Respire, Ellie... respire. Você vai sobreviver a isso.* Ela ergueu a cabeça e olhou para a caixa a seu lado. O grande recipiente de papelão cheio de cartas intactas que sua mãe lhe enviara desde que ela e seu pai se mudaram para San Diego.

Ellie deu partida no carro e saiu de ré da vaga no estacionamento. E, naquele momento, de repente, ela entendeu por que seu pai parecia diferente. Eram os olhos dele. Eles não pareciam mais duros e raivosos, como eram desde que eles se mudaram para San Diego. Ellie soube disso a cada batida alta e dolorosa de seu coração. Ela olhou de relance para o lugar onde estivera conversando com seu pai. Não tinha planejado olhar, apenas aconteceu. As luzes do estacionamento eram brilhantes o suficiente para que ela conseguisse vê-lo. Ele não havia se movido. Conforme ela passou por ele, viu a prova de que estava certa. A raiva que o definira durante tanto tempo se fora. Ela sabia disso porque ele estava apoiado na parede, olhando para ela e fazendo algo que nunca na vida ela tinha visto seu pai fazer.

Ele estava chorando.

18

Nolan não conseguia tirar da cabeça a foto, aquela que ele tinha visto no e-mail. O garoto de oito anos deveria ter a vida toda pela frente, mas, em vez disso, tinha câncer terminal. Seu nome era Gunner. Nolan não conseguia lembrar o sobrenome, apenas o primeiro nome. A criança e sua família estariam em breve no estádio. Nolan quicou a bola no chão de madeira e fez um círculo até o outro lado da tabela. Seus colegas de time estavam sérios e concentrados. Faltavam duas horas para o jogo, e eles estavam na vantagem. Se ganhassem dos Boston Celtics aquela noite, os Hawks estariam nas finais da NBA.

Se perdessem, estariam a um jogo da eliminação.

Nolan ficou na dele, focado na cesta. Dez arremessos rápidos com salto, então ele fez contato visual com Dexter por tempo suficiente para lhe transmitir o óbvio. Eles conseguiriam. Eles haveriam de vencer. Precisavam vencer. Um dos jogadores dos Celtics tinha alardeado no Twitter que eles detonariam os Hawks naquele jogo. Que o time de Atlanta não estava com aquela bola toda, e que Nolan Cook era supervalorizado.

Supervalorizado.

Nolan cerrou o maxilar. Ele não perderia naquela noite. Deus estava com ele. Ele jogaria além da força e acreditaria, acreditaria plenamente que, quando se tratava de basquete naquela temporada, o Senhor ainda não havia terminado com ele. Ele tinha mais formas de brilhar por Cristo. Por ele e através dele, na força dele. Glorificando a Deus. Isso era o que importava naquela noite.

Isso e Gunner.

O e-mail mostrava o garotinho careca, com grandes olhos castanhos. Ele tinha dois desejos: jogar basquete no ensino médio e conhecer Nolan.

O primeiro sonho nunca se realizaria. Gunner tinha um mês de vida, dois na melhor das hipóteses. O segundo desejo haveria de se realizar naquela noite. Nolan acertou uma dúzia de lances livres. O garoto e os pais dele estariam ali dentro de quinze minutos.

Tantas crianças doentes... Essa era a parte mais difícil de lidar, mas ele não trocaria aquilo por nada. Deus havia lhe dado uma plataforma, e Nolan faria uso dela como pudesse. Passar um tempo com um garotinho doente, trazendo alegria a uma criança que não viveria para ver o Natal? Rezar por ele, como faria naquela noite? Aquela era realmente a essência de jogar basquete. Importar-se era um privilégio para Nolan.

Mas não era fácil.

As crianças que ele recebia eram, na maioria, dos orfanatos de Atlanta. Ou era isso, ou eram crianças doentes que ainda tinham uma chance. Mas, até aquele momento, ele nunca passara um tempo com uma criança em estado terminal. Não até aquela noite, com Gunner. O garoto que amava basquete. Ele foi batendo a bola para fazer uma bandeja, com o coração pesado. O garoto cujo nome os comentaristas esportivos teriam adorado não viveria até as finais do ano seguinte.

Nolan acertou dois arremessos com salto. Naquela noite, Gunner lhe daria mais um motivo para vencer. Nolan era saudável, e seu corpo nunca estivera em melhor forma. Ele jogaria por Gunner hoje. Por Deus, por seu pai e por Gunner. Se isso não desse a vitória a eles, nada daria. Ele fez uma cesta da linha de três pontos e, em um borrão, ouviu a voz deles. Os adultos levando Gunner para a visita de seus sonhos.

A maioria dos colegas de time de Nolan tinha ido para o vestiário fazer alongamentos e se hidratar. Ele deixou a bola no banco, se secou com a toalha e se voltou em direção às vozes. O grupo era composto por cinco pessoas: dois casais e um garoto. Gunner se movia com lentidão, mas seus olhos não poderiam estar mais brilhantes.

— Ei! — Nolan foi correndo até eles, então se abaixou, a fim de ficar na altura da criança. — Você deve ser o Gunner.

— Sim, senhor. — Ele trocou um aperto de mãos com Nolan. — Você é mais alto pessoalmente. — E abriu um largo sorriso para o casal que estava ao lado dele. — Esse é o meu pai e essa é a minha mãe.

— Oi. — Nolan se pôs de pé. Os pais de Gunner se apresentaram, e todos se cumprimentaram.

Naquele ponto, o outro casal se apresentou. A loira era Molly Kelly, presidente da Fundação Dream, e o homem ao lado dela era Ryan, seu marido. Em alguns minutos, Nolan ficou sabendo que Ryan tocava violão na banda de Peyton Anders e que estava em um curto intervalo da atual turnê.

Nolan gostou do casal. Ele queria saber mais sobre a fundação de Molly e sobre como ajudar. Mas tudo isso ficava em segundo plano em relação ao motivo pelo qual eles se reuniram ali, noventa minutos antes do jogo.

Um garoto terminalmente doente chamado Gunner.

Nolan andava ao lado da criança enquanto mostrava aos visitantes as instalações e a sala de musculação. Alguns jogadores dos Hawks saíram do vestiário e Nolan os apresentou, observando o brilho aumentar nos olhos do menino. A cada momento que restasse de vida para ele, Gunner haveria de se lembrar daquele dia.

Nolan tentou avaliar se o garoto se cansava facilmente, e na hora em que eles voltaram à quadra, ele se sentia confiante de que Gunner poderia aguentar um pouco mais. Os pais do garoto, Molly e Ryan caminhavam atrás deles, e Nolan olhou por cima do ombro para o grupo.

— Alguém está a fim de brincar um pouco com a bola?

— Sério? — Gunner se virou em um giro e olhou para os pais. — Por favor! Eu não estou cansado, eu juro!

Havia lágrimas de felicidade nos olhos da mãe do menino. Ela colocou os dedos sobre a boca e fez que sim com a cabeça. Seu marido pegou na outra mão dela e tossiu algumas vezes. Ambos estavam visivelmente emocionados.

— Claro, ele pode jogar. Ele avisa quando precisar parar.

Nolan sorriu. Ele sentiu um nó se formando na garganta e não conseguiu falar. Deu uns tapinhas nas costas de Gunner enquanto encontrava sua voz.

— Preparado, camarada?

— Sim! — Gunner deu uns soquinhos fracos no ar com os punhos cerrados. Ele correu para pegar a bola perto do banco dos Hawks e voltou batendo-a. Nolan ergueu as sobrancelhas. O garoto era bom.

— Olhe pra você! — Nolan esticou a mão para um passe, e Gunner lançou a bola para ele. — Uau... Você é bom mesmo!

Os olhos do pai de Gunner reluziam, marejados.

— O treinador dele no primeiro ano disse que ele tinha as habilidades de um aluno do ensino médio.

Eles nunca saberiam quão bom o garoto poderia ser ou o que teria acontecido se ele não tivesse ficado doente. Mais uma vez, Nolan lutou para encontrar sua voz. Não importava o futuro. Gunner tinha aquele momento, bem ali, e aquilo teria de bastar.

Ele pigarreou.

— Ei, tive uma ideia. — Ele olhou para Ryan e para o pai de Gunner. — Que tal jogarmos dois contra dois? Vocês dois contra o Gunner e eu. — Ele bateu com a mão estirada na de Gunner. — E aí? Boa ideia?

— Eba! O Nolan está no meu time! — Gunner fez uma dancinha em comemoração e ergueu ambas as mãos no ar, mas, com a mesma rapidez, as deixou cair nas laterais do corpo e seus ombros afundaram. Ele inspirou algumas vezes, rapidamente. Estava ficando cansado, mas seus olhos continuavam cheios de vida. — Tudo bem! Estou preparado.

O jogo durou quinze minutos, e Nolan pegou Gunner nos braços e o ergueu bem alto para que ele acertasse duas cestas. Somando com as seis cestas de Nolan, os dois venceram fácil. Quando terminaram, Nolan se agachou até ficar na altura do garoto.

— Você e incrível, camarada!

— Valeu! — Um Gunner exausto jogou os braços em volta do pescoço de Nolan. — Isso foi melhor do que o campeonato do mundo todo! — Ele olhou para a quadra vazia, vendo coisas que nunca aconteceriam. — Eu poderia até jogar nos Hawks hoje, de tão bem que estou me sentindo!

A mãe de Gunner limpou lágrimas silenciosas, e Molly manteve um dos braços em volta dos ombros da mulher. Nolan só sabia de uma coisa: ele sempre se lembraria de Gunner.

Eles se sentaram no banco. Alguém do escritório dos Hawks lhes entregou uma bandeja cheia de lanches saudáveis: uvas, queijo coalho e sementes de girassol. Gunner se sentou ao lado de Nolan, revivendo em sua mente cada momento do breve jogo dos dois. Depois que eles comeram, o garoto saiu com os pais para tomar a próxima dose de medicamentos.

Quando eles se foram, Ryan falou para Nolan sobre seus dias de folga e como ele estava feliz por estar ali.

— Eu vim dirigindo de Savannah. Tinha coisas importantes a resolver lá e depois isso aqui. A sincronia foi perfeita.

— Savannah. — Nolan podia sentir o ar do verão e a áspera casca do velho carvalho encostada em suas costas. — Eu cresci lá.

— Sério? — Ryan inclinou a cabeça. — Eu não sabia.

Nolan sentiu a tristeza em seu sorriso.

— Eu não falo muito sobre isso. A garota com quem eu ia me casar se mudou de lá quando tínhamos quinze anos.

Ryan se encolheu, mas sua expressão dizia que ele não sabia ao certo se Nolan estava falando sério.

— Isso é algo que magoa a gente.

— É. — Ele fez uma pausa e olhou para baixo por alguns segundos. — Naquele mesmo ano eu perdi o meu pai. Ele teve um infarto. — Nolan manteve o tom leve, porque mal conhecia aquelas pessoas, mas sentia que não precisava esconder a verdade. Especialmente delas. A dor era parte da vida, algo que as pessoas que trabalhavam na fundação de Molly entendiam plenamente.

— Acho que eu li alguma coisa sobre isso. — Ryan abaixou a garrafa de água. — O seu pai era treinador, não era?

— Era. — Nolan levou o olhar até a quadra. Lado esquerdo, linha de três pontos. — Ele me treinou até a noite em que morreu. Eu sinto falta dele todos os dias.

— Eu sinto muito. — Ryan esticou a mão para pegar na de Molly. Ambos estavam comovidos com a história do jogador. — E a sua mãe? O que aconteceu com ela?

— Ela está ótima. — Nolan jogou algumas uvas dentro da boca. — Mora em Portland, perto das minhas irmãs. Elas conseguem vir ver alguns jogos por temporada.

— E a garota? — Molly sorriu, sua voz soava terna. Ela olhou para o marido. — Às vezes a pessoa se muda, mas os sentimentos não vão embora totalmente.

— Exatamente. — Nolan deu uma risadinha, mas apenas porque aquela era a resposta esperada. Afinal, ele tinha quinze anos na época. — Parece que você sabe disso.

— A nossa história é meio louca. — Ryan abraçou Molly.

— Eu gostaria de ouvir. Talvez depois do jogo. A administração vai arrumar sorvete para todos vocês.

— Obrigada. — Os olhos de Molly brilhavam com sinceridade. — Isso significa muito para o Gunner.

— Dá para ver que sim. — Nolan assentiu e se levantou, e eles trocaram apertos de mão novamente. — Eu preciso ir. Depois do jogo, me encontrem no banco.

Ele tinha começado a caminhar em direção ao túnel quando Molly o chamou.

— Você não disse o que aconteceu com a garota.

— Ah, isso? — Nolan ficou hesitante, visualizando Ellie, sentindo-a em seus braços novamente. Então encontrou um jeito de sorrir. — Ela se mudou para San Diego com o pai. Eu nunca mais tive notícias dela. — E acenou para eles. — A gente se vê daqui a pouco.

E, com isso, ele refreou todas as emoções, todos os sentimentos e pensamentos que lutavam para ter lugar em sua mente, e os forçou a ceder espaço para apenas um.

Derrotar os Celtics.

19

O ASSUNTO DE KARI GARRETT foi levantado no intervalo de meio-tempo.

Com os Hawks perdendo por quatro pontos, três repórteres perguntaram a Nolan sobre ela. Três comentaristas esportivos. Como se eles não pudessem encontrar algum aspecto do jogo sobre o qual falar. Nolan não deixou que sua frustração transparecesse. Sim, ela havia planejado estar presente no jogo... Não, eles não estavam namorando... E não, ela não estava ali. Um compromisso havia surgido.

As respostas dele foram gentis, mas curtas. Enquanto ele ia correndo em direção ao vestiário para se juntar ao time, uma das frases favoritas de seu pai, do Evangelho de Lucas, sussurrava em sua alma. *A quem muito é dado, muito será exigido.* Um lembrete ao qual seu pai se referia com frequência. Não havia lugar para resmungos ou reclamações. Deus havia lhe dado o trabalho de seus sonhos, um lugar público para que Nolan brilhasse pelo Senhor. Ele podia ser gentil com os repórteres.

Dentro do vestiário, Nolan encontrou seus companheiros, exaustos, reunidos em volta do treinador. O homem parecia frustrado enquanto apontava para Nolan.

— Talvez você tenha alguma coisa, Cook. Algo para fazer esses caras jogarem como se dessem a mínima. — Ele olhou para o rosto suado dos jogadores ali reunidos. — Vocês têm que querer isso de todo o coração, rapazes. De todo o coração!

Dexter se voltou para Nolan.

— Conte a eles sobre o menino.

Nolan apanhou uma toalha da pilha e secou o pescoço.

— O nome dele é Gunner. Ele tem leucemia terminal e poucos meses de vida, talvez até menos. — Nolan foi para a frente do grupo, ao lado do treinador. — O sonho do garoto era jogar basquete pela escola no ensino médio. O segundo sonho dele era estar aqui hoje.

A reação séria nos olhos de seus colegas era inegável. Ninguém precisou apontar o fato de que o primeiro sonho do garoto não se realizaria.

— Eu disse ao Gunner que venceríamos esse jogo. — Nolan fez uma pausa. — Por ele. — As Escrituras lhe vieram à mente mais uma vez, gritando em sua cabeça. — Meu pai morreu quando eu era um menino. A maior parte de vocês sabe disso. — Ele olhou para o rosto de seus companheiros, e sua voz ficou mais alta e cheia de paixão. — Mas, quando comecei a jogar, ele costumava me dizer o seguinte: "A quem muito é dado, muito será exigido". — Ele ficou com o olhar fixo nos colegas. — Isso está escrito na Bíblia. — Esperou novamente. — Olhem em volta deste vestiário. Não importa em que vocês acreditem, a verdade é a seguinte, pessoal: muito nos foi dado. — Ele não se mexeu, nem pestanejou. — Eu penso no Gunner e acredito que estamos jogando esse jogo por ele. — Sua voz se ergueu mais uma vez. — Então, vamos retribuir. Vamos ganhar esta noite! Vamos lá!

O fogo estava de volta nos olhos de seus parceiros. Um coro de gritos se ergueu do grupo, que se uniu e se abraçou. O treinador deu um passo para trás e ficou observando, assentindo, satisfeito. Nolan estendeu o braço no centro da roda, e os outros fizeram o mesmo. A energia tinha sido completamente transformada, era dez vezes maior que a observada minutos atrás.

— Derrotar os Celtics!

Um coro de vozes ecoou o grito dele.

Nolan se sentia em chamas, mais do que em qualquer outro momento de toda a temporada.

— Gunner, no três! Um... dois... três!

— Gunner!

E, com isso, eles foram para a quadra como um time diferente. No terceiro tempo, os Hawks roubaram a bola quatro vezes nos poucos minutos de abertura e assumiram a liderança por dois pontos. Eles jogaram na defesa com agressividade frenética, deixando os adversários desorientados. Poucos minutos depois, os Celtics começaram a descarrilar. Até o artilheiro do time de Boston desmoronou. O cara não conseguiu acertar uma cesta sequer no restante do terceiro tempo. Em determinado momento, ele correu para uma enterrada e errou. O ginásio todo ficou em pé, celebrando o momento. Mais tarde, os locutores fixariam aquele como o momento decisivo. O jogo estava praticamente acabado depois disso. Os Hawks conseguiram a vitória com dezoito pontos e um lugar nas finais da NBA.

Quando o sinal soou ao fim do jogo, Nolan foi correndo com a bola até onde estava Gunner, sentado na lateral da quadra com seus pais e com Molly e Ryan. Nolan estava suado e sem fôlego, mas entregou a bola para Gunner e se inclinou perto do garoto para que este pudesse ouvir o que ele estava prestes a dizer.

— Nós ganhamos o jogo por você, Gunner!

Os torcedores estavam em pé, gritando pelos Hawks. Uma horda de repórteres encheu a quadra, cercando os jogadores, enquanto policiais mantinham os fãs afastados. O pequeno Gunner não notou nada disso. Ele pegou a bola e abraçou Nolan, sem se importar com o suor ou com a atmosfera de circo.

Nolan assentiu para Ryan.

— Encontro vocês aqui dentro de meia hora.

Nolan se juntou aos colegas de time, e eles se abraçaram efusivamente, batendo as mãos umas nas outras. Dexter foi até Nolan e deu um tapa no braço dele.

— A gente conseguiu, cara! Foi aquele seu discurso no intervalo.

— Sabe o que foi, Dex? — Nolan enganchou o braço no pescoço suado do amigo. Então apontou para cima e, durante alguns segundos, ficou com o olhar fixo nas vigas. — Foi Deus todo-poderoso... Ele estava com a gente aqui. Porque nós finalmente entendemos. — Ele deu uma piscadela para Dexter. — Você sabe, como um time.

— Definitivamente ele estava com a gente! — Dexter riu e ergueu os punhos cerrados no ar. — Acho que nunca experimentei essa sensação. É incrível!

— Nolan... Aqui, Nolan!

Um grupo de comentaristas esportivos se aproximou dos dois. Dexter era um ala fenomenal, mas eles não o queriam. O amigo de Nolan deu um tapinha em seu ombro.

— Vá até eles.

Os dois trocaram um rápido sorriso, e Nolan voltou sua atenção para os repórteres. Dez minutos depois, quando ele estava indo para o vestiário, olhou para trás mais uma vez, para o lugar onde Gunner estava sentado com sua família. A loucura que os cercava estava finalmente diminuindo de intensidade.

Gunner estava sentado entre os pais enquanto os adultos conversavam à sua volta. Mesmo do outro lado da quadra, Nolan podia ver que o garoto estava em seu próprio mundo. Com a bola de basquete no colo, ele a encarava, alisando-a. Nolan sabia o que o garoto estava pensando, o que estava sentindo. Apesar de perder a batalha contra o câncer, naquele momento, por uma fração de segundo, o garoto tinha vencido. Ele era um Hawk, e era campeão.

Nolan segurou as lágrimas e se juntou a seus colegas de time.

O sonho de Gunner havia se tornado realidade, e isso tornava a vitória daquela noite a mais importante de todas.

〜

Ele só precisava ligar os pontos.

Isso era tudo em que Ryan Kelly conseguia pensar enquanto eles estavam lá, sentados e tomando sorvete, no camarote do Estádio Philips. Mesmo com seu assento privilegiado na lateral da quadra, ele não conseguia parar de pensar no que Nolan lhe dissera antes do jogo: que fora criado em Savannah, assim como Caroline Tucker. E que a garota com quem ele iria se casar se mudara para San Diego quando tinha quinze anos. Uma garota que teria mais ou menos a mesma idade de Nolan. A filha de Caroline, Ellie — se ele se lembrava direito —, havia se mudado com o pai para San Diego quando tinha quinze anos também. Ele podia visualizar a triste mulher loira entrelaçando as mãos, tremendo, sendo sua única prece que ela reencontrasse a filha.

Ela não havia dito algo sobre um jogador de basquete? Ryan ficou com o olhar fixo no sorvete. Nolan chegara do vestiário havia poucos minutos. Conversava com Gunner e com os pais dele, e então Molly pôs a mão em seu ombro.

— Eles fizeram mais. — Ela apontou para o balcão de sorvetes. — Calda quente de chocolate.

— O quê? — Ryan captou o olhar de relance dos pais de Gunner e de Nolan. — Desculpem... Eu estava distraído. — E se levantou, assentindo em direção ao balcão. — Já volto.

Eles riram de leve, e até Gunner abriu um sorriso. Ainda perdido nos detalhes, Ryan encontrou a calda de chocolate e voltou à mesa. Deu umas colheradas no sorvete e colocou a colher de lado.

— Nolan, posso lhe fazer uma pergunta?

Nolan apoiou os antebraços na mesa.

— Claro.

Aquilo poderia soar como uma loucura, mas Ryan precisava perguntar. Seu coração lhe espancava as costelas enquanto ele olhava diretamente para o jogador.

— O nome Caroline Tucker significa alguma coisa para você?

Nolan Cook era conhecido por ser equilibrado e sereno em todos os momentos de sua vida. Mas ali, diante da pergunta de Ryan, ele simplesmente ficou paralisado. Seu rosto perdeu a cor, e ele parecia incapaz de responder à pergunta que lhe fora feita. Ryan não sabia ao certo quanto tempo havia se passado, mas isso não vinha ao caso.

Ele tinha sua resposta.

Os pais de Gunner pareciam sentir que algo tinha mudado em volta da mesa e aproveitaram o momento para levar o garoto ao banheiro. Molly parecia confusa, mas deslizou mais para perto de Ryan.

Nolan se acalmou e soltou uma única risada.

— Como você conhece a Caroline?

— Ela é uma velha amiga do Peyton. — Ryan podia sentir que Molly estava entendendo a história toda. — Eu me encontrei com ela quando estive em Savannah.

— Caroline Tucker e Peyton Anders? Eles eram amigos?

— Há muito tempo. — Ryan não podia falar demais.

Nolan flexionou o maxilar, mais uma vez parecendo lutar para encontrar as palavras.

— Por que você me fez essa pergunta?

Visto que Gunner e seus pais ainda não tinham voltado, Ryan partilhou com Nolan o que podia.

— Você mencionou a garota, aquela com quem ia se casar. Ela se mudou para San Diego com o pai quando tinha quinze anos.

— A Caroline te contou isso?

Os olhos de Nolan estavam tristes. O choque parecia ter ido de sua mente e encontrado o rumo até seu coração.

De repente, Ryan se lembrou do detalhe do basquete.

— Ela me disse que a filha dela teve que ir embora de uma hora para outra... e que deixou para trás o melhor amigo dela, um jogador de basquete da escola.

— Ela não mencionou o meu nome?

— Não. — Ryan visualizou Caroline sentada à sua frente na cafeteria, e como ela havia ficado hesitante nessa parte da história. — A garota com quem você ia se casar... o nome dela é Ellie?

Lenta e gradualmente, lágrimas surgiram nos olhos de Nolan. Ele massageou as têmporas com o indicador e o polegar. Em seguida, endireitou-se, e sua determinação era evidente a cada movimento. Ele deixou as mãos caírem sobre a mesa e assentiu.

— Sim. Ellie Tucker.

Ryan sentiu pelo rapaz. Nolan não tinha seguido em frente com a vida. Ele podia ter apenas quinze anos naquela época, mas era óbvio que ainda gostava dela.

— Eu sinto muito. Eu precisava te contar.

— Obrigado. — Nolan olhou de relance em direção ao banheiro. Gunner e seus pais ainda não haviam aparecido. — A Caroline tem notícias dela?

— Não. Ela enviou cartas à filha... uma por semana, eu acho. Mas não teve resposta.

Nolan absorveu o impacto.

— Ela não quer ser encontrada. Eu tentei de tudo. — Ele fechou os olhos por um breve instante. — Então... o que isso quer dizer? — Ele olhou para Ryan. — Você conversou com a mãe dela na semana passada? Por que Deus nos reuniu?

— Quando eu entrei nessa turnê, senti que o Senhor estava preparando alguma coisa. — Ryan olhou para Molly. Ela sabia melhor do que ninguém como aquela sensação tinha sido forte. Ryan se voltou novamente para Nolan. — Talvez seja isso.

— Eu preciso pensar. — Nolan tamborilou os dedos na mesa, estreitou os olhos e os mexeu, como se estivesse tentando ver através de uma espessa neblina. — A Caroline quer ver a filha, certo?

— Desesperadamente. Nós rezamos por isso, para que as duas se encontrassem... para que Deus lhes trouxesse a cura.

A notícia criou a centelha de algo em Nolan.

— Ela falou sobre a fé dela?

Ryan sentiu a ternura no sorriso dele.

— Muito. Ela está criando o filho sozinha e rezando pela filha. Ela não teve notícias da Ellie nem do marido desde que eles se mudaram.

— Então a Caroline não está casada.

Mais uma vez, Ryan foi cuidadoso. Nolan estava chegando perto de descobrir informações que ele não tinha o direito de partilhar.

— Ela é mãe solteira.

— Humm... — Nolan parecia distante, novamente perdido em pensamentos. — Eu preciso encontrar a Ellie. Por mim e pela mãe dela.

Ryan não disse nada. Molly procurou a mão do marido, e os dois ficaram calados. Gunner e os pais dele estavam demorando muito para voltar. O garoto devia estar passando mal.

— Bem... vamos rezar. Pela Caroline e pela Ellie. — Ele ergueu o olhar na direção do banheiro. — E pelo Gunner.

— Vamos. — Nolan Cook passou os dedos nos cabelos. Ele parecia um universitário tentando entender a vida. Então baixou a cabeça. — Ryan... por favor.

Ryan respirou fundo e apertou a mão de Molly. Então, pela segunda vez naquela semana, rezou por uma jovem que nunca chegou a conhecer, e para que as duas pessoas que sentiam tanta falta dela a encontrassem em breve. E também rezou por Gunner, para que as lembranças daquele dia ficassem com ele, não importasse o que ele teria pela frente.

— Nós rezamos em crença... Nós rezamos em confiança... Obrigado, meu Deus. No poderoso nome de Jesus, amém.

Quando ele abriu os olhos, Gunner e sua família estavam ali perto, em pé. O pai estava com o braço em volta dos ombros do garoto.

— Nós precisamos ir embora.

— Adivinhem só? — Gunner estava pálido, com as bochechas fundas, apesar do brilho nos olhos. — Foi exatamente isso que aconteceu. Isso que vocês rezaram. Eu estava passando mal no banheiro e, de repente, lembrei de ter jogado com o Nolan. — Ele parou de falar e abriu um largo sorriso para o seu herói do basquete. — E melhorei!

Ryan sorriu.

— A prece é poderosa. — Ele olhou para Nolan. — Talvez seja isso que Deus queira que nos lembremos depois de hoje.

— Com certeza. — Nolan o encarou por alguns segundos. Então se levantou, foi até Gunner e o abraçou uma última vez. Enquanto o garoto estava em seus braços, Nolan deu uma espiada nele e depois em Ryan. — Nosso Deus todo-poderoso ainda nos ouve... e ainda atende às nossas preces.

Ryan e Molly esperaram que Gunner partisse, antes de se voltarem para Nolan.

— É melhor a gente ir também.

— Esperem. — Nolan olhou de Ryan para Molly e de volta para ele. — Vocês não me contaram a história de vocês.

— Ah, isso... — Ryan riu de leve e olhou para a esposa. — A Molly e eu éramos muito próximos na adolescência. A gente frequentava uma livraria chamada The Bridge, mas depois a Molly se mudou e perdemos contato. Quando uma coisa louca e quase trágica aconteceu com o dono da livraria, acabamos nos reencontrando.

— Eu soube no minuto em que vi o Ryan. Como se o tempo nunca tivesse passado. — Molly inclinou a cabeça, pensativa. — Se algum dia tiver um motivo para você e a Ellie estarem no mesmo lugar ao mesmo tempo... esteja lá. Não perca a oportunidade. — Ela deslizou o braço em volta da cintura de Ryan e beijou a bochecha dele. — Esse é o meu conselho.

— É. — Ryan se voltou para Nolan. — Não perca a chance.

Um bom tempo depois de eles terem se despedido, quando já estavam no carro, Ryan ainda pensava naquilo, revendo na mente a impossibilidade daquela ligação.

— Deus está fazendo algo grandioso. Tenho plena certeza disso.

— Humm... — Molly observava o marido do banco do passageiro. — Não seria demais? Cura e restauração, realizados por Deus porque você aceitou embarcar nessa turnê? Porque você conversou com o Peyton? — Ela sorriu. — Estou orgulhosa de você por ter entrado em contato com Caroline Tucker e por ter armado as coisas para hoje. Você está mostrando a todo mundo o significado de Romanos 8,28.

Ryan sorriu.

— "Deus age em todas as coisas para o bem daqueles que o amam."

— Exatamente.

Um silêncio reverente caiu sobre eles durante o resto da curta viagem de volta ao hotel. Estariam eles assistindo de camarote ao que poderia ser um milagre? À cura de tantas rupturas? O que quer que Deus estivesse planejando, Ryan tinha a sensação, enquanto seguiam pela Jefferson Street, de que eles não estavam mais no velho carro utilitário, de que não participavam mais de um momento comum.

Eles estavam em solo sagrado.

20

NOLAN FOI O ÚLTIMO A sair do Estádio Philips. Ele encontrou o local — lado esquerdo, linha de três pontos — e acertou a cesta na primeira tentativa. *Para você, pai. Faça com que ele saiba, tudo bem, Deus?* Nolan apanhou sua mochila e seguiu em direção ao carro. O dia tinha sido emocionante, com a visita de Gunner e a vitória de virada dos Hawks. A forma como o time havia se unido pelo garotinho doente.

No entanto, o restante da noite foi simplesmente um milagre. E se Molly não tivesse ido junto na visita? E se o marido dela estivesse na turnê naquela noite? Como era possível que o homem tivesse conversado com Caroline Tucker apenas alguns dias antes?

Nolan seguiu dirigindo devagar, mal prestando atenção nas ruas e semáforos. Quando chegou em casa, foi até a estante em seu quarto e ficou com o olhar fixo na fotografia. Aquela que Ellie lhe dera na noite antes de se mudar. Nolan e Ellie, congelados no tempo. A mãe dela vinha escrevendo uma carta por semana à filha e nunca recebera uma linha que fosse em resposta. O medo o dilacerava e enchia suas veias de adrenalina. Será que isso não a deixava aterrorizada? Será que Caroline se perguntava se Ellie estava viva? Ele abriu a porta de vidro e tirou a foto de seu lugar na prateleira. Então passou o polegar de leve sobre a moldura, sobre o lugar de onde ela olhava para ele.

— Você teria me encontrado, Ellie... Eu conheço você.

O coração de Nolan se revirou dentro do peito. Era como se Ellie tivesse desaparecido por completo. E se ela não estivesse viva? E se tivesse morrido em um acidente de carro ou de alguma doença? *Por favor, meu Deus... A Ellie não. Por favor, que ela esteja viva em algum lugar. Me ajude a encontrá-la.* Nolan levou a foto até a beirada da cama e se sentou. O que ele não havia tentado fazer? Ele tinha ligado para a base anos atrás, perguntando por Alan Tucker. Mas talvez... talvez o pai de Ellie tivesse um novo cargo ou tivesse sido transferido. Talvez, se Nolan desse uns telefonemas no dia seguinte, pudesse descobrir onde o homem trabalhava e ligar para ele. Se alguém sabia se Ellie estava viva, esse alguém seria o pai dela.

O homem que a tinha levado embora.

Ligar para Alan era algo que Nolan poderia fazer, além de ficar pensando nela, sentindo a falta dela e contando os dias até 1º de junho. Só restavam cinco dias agora. Cinco dias até a data que, onze anos atrás, tinha parecido uma vida inteira. As palavras de Molly lhe voltaram à mente. Se houvesse um motivo para eles estarem no mesmo lugar ao mesmo tempo... *não perca a chance.* Era como se ela pudesse ler os pensamentos mais profundos de Nolan. Ele inspirava lentamente, com os olhos nos de Ellie. *O que aconteceu com você, Ellie?... Por que você não quer ser encontrada?*

Ele não sabia ao certo se era sua imaginação, mas algo dentro dele lhe dizia que ela estava viva. Viva e magoada. Uma centelha de preocupação se transformou num sentimento de receio real e premente. Ele pensava em Ellie com frequência e rezava por ela sempre, mas, naquele momento, a urgência era diferente. *Meu Deus, a Ellie está com problemas?*

Reze, meu filho... Reze sem parar.

A mensagem parecia vir de uma voz no fundo de sua alma. Era real demais, profunda demais para ser ignorada. Onde quer que Ellie estivesse, o que quer que estivesse acontecendo em sua vida, ela precisava de orações.

Nolan não podia esperar nem mais um minuto. Com a fotografia dela junto ao peito, ele se prostrou de joelhos e curvou a cabeça para baixo.

Durante meia hora, como se a próxima batida de seu coração dependesse daquilo, Nolan fez a única coisa que podia fazer.

Ele rezou por Ellie Tucker.

_⁓⁓_

Vinte e nove cartas da caixa lidas, e Ellie não sabia ao certo quantas mais poderia aguentar. Ela não havia conseguido abrir a caixa na noite passada, mas também não dormira. De manhã ela ligou para o trabalho e disse que estava doente, e, depois de levar as meninas para a escola, foi para casa e começou a ler as cartas. Agora, os olhos de Ellie estavam vermelhos e inchados, e seu coração nunca mais seria o mesmo. Além disso, o céu estivera nebuloso o dia inteiro — a penumbra de junho típica da costa Oeste chegara mais cedo este ano. Ellie estava em casa sozinha; Tina estava no trabalho e as garotas na escola. Uma brisa fresca passou pela janela aberta da sala de estar.

Ellie sentiu um calafrio e se perguntou se estaria ficando doente. Talvez fosse morrer de coração partido. Era dor demais, tudo de uma só vez. Seus dedos estavam frios e enrijecidos, mas ela conseguiu abrir a próxima carta. A motivação de ler mais uma das mensagens de sua mãe era grande demais.

Ela sacou da caixa uma folha de papel e leu a data. Sua mãe sempre anotava a data. Como se, lá no fundo, ela soubesse que Ellie não estava recebendo as cartas e que, se um dia as recebesse, esse detalhe seria importante. Como era naquele momento.

17 de outubro de 2006.

A data saltou aos olhos de Ellie, que ficou sem fôlego. Um dia antes do nascimento de Kinzie. Ellie tinha ficado sozinha em trabalho de parto, até que Tina voltou correndo do instituto de beleza para ficar com ela. Ao mesmo tempo, no mesmo exato momento, em algum lugar de Savannah, sua mãe estava lhe escrevendo uma carta. Lágrimas novas inundaram o coração de Ellie e se acumularam em seus olhos. Ela piscou algumas vezes para conseguir ver as palavras.

> Querida Ellie,
> Você está tão presente no meu coração hoje... Eu mal consegui me concentrar no trabalho, mal prestei atenção enquanto lia a historinha para o John dormir. Acho que, onde quer que você esteja, alguma coisa está errada. Você está magoada ou solitária... como se hoje fosse um dia muito difícil para você. Geralmente eu não me sinto dessa maneira. Chame isso de intuição materna, mas eu daria qualquer coisa para saber o que está acontecendo em sua vida neste exato momento. Para ouvir sua voz.

Ellie levou o papel para perto do rosto e deixou que as lágrimas viessem, que os soluços chacoalhassem seu corpo e tirassem ar de seus pulmões. *Mãe... Eu queria tanto que você estivesse lá. Você deveria estar lá.* Ellie fechou os olhos e se viu novamente no leito do hospital, em trabalho de parto. Seu corpo era assolado pela dor, Tina segurava sua mão. E tudo em que Ellie conseguia pensar, tudo que ela podia fazer enquanto Kinzie vinha ao mundo, era fingir que a mão que estava segurando não era de Tina.

Mas da sua mãe.

Se você soubesse como eu queria que você estivesse lá...

O papel ficou úmido com as lágrimas de Ellie, e ela o colocou no chão. Algum dia haveria de mostrar as cartas para Kinzie. Elas eram tudo que Ellie tinha da mãe, dos anos que as duas haviam perdido. Ellie não poderia se dar ao luxo de perdê-las. Nenhuma delas. Especialmente esta.

Seu corpo precisava de ar. Ela inspirava e lutava para raciocinar com clareza, para se concentrar no que deveria fazer em seguida. Como seu pai pôde lhe ocultar essas cartas? Uma atrás da outra. Palavras e mais palavras de amor, encorajamento e desespero que qualquer mãe diria a uma filha ao longo da vida.

E nenhuma palavra, nem ao menos uma página, havia chegado até ela.

Essa era a coisa mais horrível que seu pai poderia ter feito. Ele devia odiar as duas para manter as palavras de sua mãe longe dela. Para negar a Ellie o direito de saber quanto sua mãe a amava. Quanto sempre a amara. Ellie prendeu a respiração e tentou reencontrar o equilíbrio.

Mas ela sentia náuseas. Mais do que havia sentido o dia todo. Ela se levantou, e uma onda de tontura a atingiu. Foi correndo para o banheiro e vomitou o café da manhã. Quando seu corpo parou de sofrer convulsões, ela ficou de joelhos com as mãos na cabeça. O tom dolorido de sua mãe nas cartas, suas consistentes declarações de amor, sua eterna determinação em cada página, na certeza de que elas ficariam juntas novamente. Não era de admirar que Ellie estivesse com náuseas. A verdade era dura demais para suportar.

Quando ela terminou, quando seu estômago doía pelo coração partido e sua boca estava azeda pela horrível realidade, Ellie foi até o computador e procurou o nome da mãe no Google. Caroline Tucker, Savannah, Geórgia. Não surgiu nenhuma informação de contato. Sua mãe provavelmente não tinha meios para ter mais do que um celular.

As cartas na sala lhe chamavam novamente. Não importava quão enjoada ela se sentisse, tinha que voltar às cartas. Ela leu uma atrás da outra. Aos poucos, os pedaços da vida solitária de sua mãe foram se juntando. As cartas eram cheias de detalhes, desculpas e menções a Deus e a preces. Não importava que Ellie nunca houvesse lhe respondido. Nenhuma vez, em nenhuma das cartas, Caroline deixara algum indício de que sentia raiva de Ellie ou amargura. Ela simplesmente esperava uma semana, pegava outra folha de papel e tentava novamente.

Todas as semanas... todos os meses... por onze anos.

Em uma das cartas, sua mãe mencionou que havia comemorado dez anos de trabalho no novo consultório médico. O que queria dizer que, mesmo com todo aquele intervalo de tempo, Ellie poderia dar alguns telefonemas e provavelmente localizar a mãe ainda hoje. Ela trabalhava em um consultório médico em Savannah. Essa era a única informação de que ela precisava.

Algo triste ocorreu a Ellie. Ela poderia ter ligado para os consultórios médicos em Savannah no primeiro ano dela e do pai em San Diego. Só que ela só tinha quinze anos na época. E, até aquela manhã, havia acreditado que sua mãe não se importava nem um pouco com ela. Por que procurar alguém que não a queria? Até poucas horas atrás, a mãe de Ellie estivera morta para ela.

Tina voltou para casa para almoçar, e Ellie levou a caixa para a cozinha.

— Olhe para isso! — Ela abriu a caixa e a história saiu. — Ela escreveu todas essas cartas.

— Toda semana? E ele escondeu as cartas da sua mãe pra você por todos esses anos? — Tina ficou com raiva. Ela não tinha um bom relacionamento com o próprio pai, um cara que não estivera presente em sua vida desde que ela era bebê. — Isso é crime, eu tenho certeza que é! Esconder correspondências? Acho que ele podia ser preso por isso.

Ellie não tinha considerado essa possibilidade. Na maior parte do tempo, nem tinha pensado em seu pai. Era melhor não fazê-lo. A imagem dele chorando apoiado na parede do lado de fora do Merrilou's a deixou dividida entre o ódio e a pena. O que poderia ter levado seu pai a esconder aquelas cartas esse tempo todo? E o que havia mudado para que ele levasse a caixa até o trabalho dela ontem?

Ellie afastou esses pensamentos da mente.

Ação. Era disso que ela precisava. De um plano. Tina precisava voltar ao trabalho. Quando ela foi embora, Ellie levou a caixa de volta para a sala. A carta no chão a chamava, aquela molhada com as lágrimas.

Aquela que sua mãe tinha escrito um dia antes do nascimento de Kinzie. Ela leu a carta mais uma vez e a enfiou no bolso de trás da calça jeans. Com toda a dor da falta de sua mãe, com tudo que ela havia perdido com o passar dos anos, Ellie não pôde evitar e se sentiu um pouco melhor. Sua mãe estivera rezando por ela no dia em que ela entrara em trabalho de parto.

Nada nem ninguém poderia mudar a ligação entre elas.

Ellie juntou as outras cartas que havia lido e as colocou em cima da massa de envelopes dentro da caixa, que iria para o armário do corredor agora. Kinzie era muito observadora e, se visse uma coleção de centenas de cartas, teria outro dia cheio de perguntas.

Perguntas que Ellie não estava preparada para responder.

A caixa coube nos fundos do armário, onde não poderia ser vista.

Certo, e qual seria o próximo passo? Ela poderia dar alguns telefonemas e encontrar o consultório onde sua mãe trabalhava. Mas a ideia lhe parecia errada. Anticlimática. Sua mãe a havia amado tanto e por tanto tempo que merecia receber notícias de Ellie pessoalmente. Sim, era isso. Ela iria até Savannah. Um plano tomou forma rapidamente e lhe permitiu passar algum tempo sem chorar. Ellie for correndo até o computador. Seus olhos ardiam, e seu coração espancava o peito, mas ela não se importava.

Ela ligaria no dia seguinte para o Merrilou's e diria ao proprietário do salão que precisava de duas semanas de folga. Ela não havia tirado mais do que alguns dias de férias desde que fora contratada. Se eles fossem pagá-la ou não, ela precisava desse tempo. Tratava-se de uma emergência familiar. Ela analisou o mapa mais uma vez, planejando até onde chegaria no primeiro dia.

Ellie pegaria a I-8 a leste até o Arizona, depois a Interstate 10 por todo o caminho até Las Cruces, no Novo México, antes de chegar a um hotel. Uma viagem de dez horas. Isso seria fácil, sabendo o que ela sabia agora. No dia seguinte chegaria até a I-20 e a tomaria até Dallas e, no terceiro dia, faria uma parada em Birmingham. Com isso, faltariam sete horas até chegar a Savannah.

Até chegar em casa.

Ellie encontraria sua mãe com facilidade, porque tinha o endereço dela. Nada de simplesmente ficar esperando do lado de fora do trabalho dela, tal como seu pai havia feito com Ellie. Ela imprimiu o roteiro da viagem e fechou o Google. Suas decisões estavam tomadas.

Ela conversaria com Kinzie aquela noite, enquanto elas arrumavam as malas. Elas sairiam bem cedo no dia seguinte e estariam a meio caminho de Phoenix antes de Ellie ligar para o salão para dizer que não iria trabalhar. Seria uma aventura. Kinzie acharia que uma viagem pela estrada era a melhor coisa do mundo depois de ir à igreja. Elas levariam pouca coisa — umas duas malas de lona com roupas, alguns cosméticos básicos e a carta.

Aquela que sua mãe havia escrito para Ellie um dia antes do nascimento de Kinzie.

Uma hora depois, quando Tina saiu do trabalho e foi pegar as meninas, Ellie arrumou minicenouras e torradas para o lanche da tarde de Kinzie e pensou na incrível sincronia daquilo tudo. Seu pai não sabia de nada sobre o dia 1º de junho e a promessa de Ellie e Nolan, não sabia de nada sobre a caixa enterrada debaixo do velho carvalho. Ainda assim, depois de todos aqueles anos, ele havia lhe dado mais do que uma caixa de cartas. Havia lhe dado um motivo para voltar a Savannah.

Poucos dias antes da data em que ela e Nolan prometeram se encontrar.

Ele estava namorando Kari Garrett agora, mas isso não alterava os fatos. Se tudo corresse conforme o planejado, ela chegaria a Savannah no último dia de maio.

Vinte e quatro horas antes do dia em que eles prometeram se encontrar.

Ellie descartou o pensamento. Sincronia louca. Coincidência.

Como poderia ser algo mais do que isso?

21

O SONO NÃO VINHA.

Todas as vezes em que Ellie cochilava, o rosto de seu pai vinha à sua mente. Ela tinha todos os motivos do mundo para odiá-lo. Tina estava certa: Ellie havia pesquisado na internet e roubo de correspondência era crime federal, passível de ser punido com prisão. Não que ela fosse dar queixa do pai, mas certamente tinha o direito de estar com raiva.

Então, por que ela não conseguia parar de pensar nele parado lá, chorando? Pedindo desculpa para ela? Algo devia ter acontecido. Talvez ele tivesse perdido o emprego ou alguém em sua vida tinha morrido. Ou talvez ele tivesse testemunhado um trágico acidente de carro. Algo assim. Ele havia mencionado Deus, então poderia ser isso. Talvez ele tivesse se olhado no espelho um dia e reconhecido a escuridão horrível de seu coração. Ou como ele estava afastado de sua suposta fé, como sua cristandade tinha sido feia. A fé com a qual ele tentara controlar Ellie e Caroline.

Ellie se virou de lado, mas o sono não vinha, e ela sabia por quê. Seu coração estava lutando para odiá-lo. Ali estava o problema. Ela pôde ver a dor na expressão dele, pôde sentir a mágoa nos olhos do pai quando ele lhe implorou que ela o perdoasse.

Ellie abriu os olhos e rolou de costas. A luz do poste brilhava dentro do quarto, de modo que ela podia enxergar o teto. O que ela havia ensinado a Kinzie sobre o perdão? Quantas vezes a filha havia chegado em casa triste porque outras menininhas no parquinho deram risada de seus sapatos ou a excluíram das brincadeiras? Inevitavelmente, no dia seguinte, essas mesmas meninas se desculpavam e queriam que ela fizesse parte do grupo.

Ellie podia se ouvir dizendo: *Kinzie, se as meninas pediram desculpa, você precisa perdoar. O perdão faz a gente se sentir melhor. Quando a gente perdoa, a gente se liberta. Pessoas magoadas machucam outras pessoas.* Quantas vezes ela havia dito isso para sua filha? Ellie cerrou os olhos, mas podia senti-los tremendo para abrir novamente.

Como no zoológico, aquele teria sido o momento perfeito para rezar, mas ela não precisava conversar com Deus. Ellie tinha que conversar consigo mesma. Seu pai havia feito a coisa mais mesquinha possível. Ele a havia impedido de ter um relacionamento com a mãe por uma quantidade insana de tempo. Só de tentar pensar em tudo que ela havia perdido, ela fica enjoada. Ela deveria odiar o pai e nunca mais falar com ele. Nunca mais.

Prender-se à raiva e à negação do perdão seria algo completamente justificado. Mas ela sentiria náuseas o tempo todo, e certamente não seria livre. Com o relógio diminuindo os minutos até a viagem delas pela estrada, uma ideia começou a se formar. Talvez antes de colocar os pés na estrada, elas pudessem dar uma parada na casa dele. Ela poderia bater à porta, dizer que o perdoava e então passar os próximos três dias atrás do volante, tentando se convencer de que aquilo era verdade.

Pronto. Se era isso que Ellie deveria fazer, então o sono viria finalmente. Mas, em vez disso, a lista começou a se repetir em sua mente. Todos os motivos pelos quais ela não deveria perdoá-lo, os fatos que fariam com que ela se sentisse uma louca por parar na casa dele por qualquer motivo que fosse. Seu pai tinha sido frio e rancoroso, mantendo tanto Ellie quanto a sua mãe em um padrão impossível de alcançar. A mesquinhez dele havia afastado Ellie, da mesma forma como havia afastado sua mãe todos aqueles anos atrás.

Ela não pararia na casa do pai, assim como não dirigiria até Savannah com os quatro pneus furados. De jeito nenhum. A determinação de sua decisão gradualmente cedeu lugar ao sono. Ellie não sabia ao certo quanto tempo havia se passado, mas de repente alguém a estava chacoalhando. Ellie colocou a mão sobre a mão menor em seu ombro.

— Kinzie?

— Mamãe, acorde!

Ela soava preocupada.

Ellie abriu um olho e olhou para o despertador.

— O que foi?

Ela se levantou com tudo. Ou o alarme não tinha tocado ou ela havia se esquecido de colocá-lo para despertar. Elas deveriam pegar a estrada por volta das sete da manhã, mas já eram oito e dez.

— Você precisa ver isso. — Kinzie apontou para a própria cama e deu uns pulinhos. — Anda logo, mamãe.

— Só um minuto. — Ellie esfregou os olhos inchados e olhou para Kinzie. Ela afastou as cobertas e colocou os pés no chão. — Nós precisamos nos apressar. Hoje é o nosso...

— Espera... Primeiro, venha até aqui!

Kinzie nunca agia dessa maneira. Ellie se pôs de pé e cruzou o quarto até a cama da filha. Ela levou um ou dois segundos para se dar conta do que estava vendo, mas, rapidamente, todas as coisas horríveis do dia anterior voltaram. Espalhadas na cama de Kinzie, havia dezenas de cartas.

As cartas de Caroline.

— Onde você achou isso?

Ellie não queria soar irritada. Nada disso era culpa de Kinzie.

— Eu abri uma. — Kinzie mordeu o lábio e abaixou um pouco a cabeça. — Desculpa, mamãe. Eu achei que fossem presentes.

— Kinz... você devia ter me perguntado. — Ellie se sentou na beirada da cama da filha e buscou os olhos da criança. — Como você encontrou essas cartas?

— Lembra daquela boneca velha que eu não queria mais e a gente ia dar para aquela menina que não tem nenhuma boneca? Lembra?

— Sim. — Ellie desferiu um olhar a Kinzie que dizia que era melhor a menina falar a verdade. — Nós doamos aquela caixa de brinquedos velhos faz dois meses. — Ela colocou a mão no ombro da filha. Na verdade, a boneca estava em uma das gavetas no quarto de Ellie. Kinzie havia jurado que não queria mais a boneca, que já era grande demais para brincar de boneca. Mesmo que isso fosse verdade, Ellie a guardaria para sempre. Um lembrete dos dias de garotinha de Kinzie.

— É, mas eu pensei que talvez a boneca tivesse caído na parte de baixo do armário. E, se tivesse caído, talvez estivesse lá, triste e sozinha, e podia voltar para cá comigo. Porque na verdade ela nunca quis deixar o nosso apartamento, mamãe. Era nisso que eu estava pensando. — Kinzie parou de falar para respirar rapidamente. Ela engoliu em seco, nervosa. — Então eu fui na ponta dos pés, bem em silêncio, até o armário para procurar e, em vez dela, eu encontrei isso! — Ela esticou a mão em direção às cartas espalhadas em cima da colcha. — Eu arrumei a cama primeiro. — Ela alisou o edredom. — Viu?

— Kinzie... — Ellie não queria ficar com raiva. Ela sentiu náuseas novamente. A realidade do que seu pai havia feito era impossível de ser compreendida por ela, como adulta, que dirá por Kinzie... Ela não entenderia aquilo de jeito nenhum. — Venha aqui. — A menina chegou mais perto de Ellie, que a puxou em um abraço gentil. — Você sabe que não deve abrir as cartas da mamãe.

— Eu sei. — A garota olhou para cima com seus imensos olhos azuis. — Eu fiquei curiosa que nem um gato, mamãe. Eu não consegui parar. — Ela piscou algumas vezes. — Sabia que todas as cartas naquela caixa são de Caroline Tucker, de Savannah?

— Sim, meu bebê, eu sei disso.

— Ela é sua mãe, não é?

— É sim. — Ellie suspirou. Essa era a última coisa que ela esperava estar fazendo naquela manhã. — O meu pai foi até o salão e me levou as cartas.

Kinzie pensou nisso por alguns segundos.

— A sua mãe escreveu todas essas cartas na semana passada?

— Não, docinho. Ela as escreveu desde que eu e meu pai nos mudamos para San Diego.

As engrenagens na mente de Kinzie estavam claramente girando.

— Mas por que você não abriu antes?

— Bem, é simplesmente que... — Ela sorriu, na esperança de que Kinzie não pudesse ver a mágoa e a dor em seus olhos. — O meu pai estava bravo com a minha mãe. Então ele não me entregou as cartas antes, só fez isso agora.

Os olhos de Kinzie ficaram tão arregalados que quase se podia ver toda a parte branca.

— E se a sua mãe tivesse algo de importante para te dizer?

— Minha mãe tinha coisas importantes para me dizer. — Ellie se recusou a chorar. — Todas as cartas eram importantes, e eu nunca soube da existência delas, então nunca respondi.

Kinzie inspirou lenta e ofegantemente.

— Isso não foi muito legal da parte do seu pai, né?

— É, não foi não. — Ellie precisava mudar de assunto. Ela não queria falar sobre seu pai. Não quando elas estavam prestes a sair na maior aventura de suas vidas. — Adivinha só.

— O quê? — Kinzie pressionou o corpo mais para perto de Ellie, provavelmente feliz por não ter ficado encrencada pelo que fizera.

— Hoje é o dia da nossa viagem! Uma aventura, só você e eu. — Ellie olhou para os envelopes espalhados na cama. — É por isso que vamos pegar a estrada. Depois que eu li algumas das cartas da minha mãe, decidi que devíamos ir até Savannah. Para que eu possa dizer a ela pessoalmente que, finalmente, eu li as cartas que ela me mandou.

— É mesmo? — A animação de Kinzie estava temperada de preocupação. — E se ela estiver brava com você?

— Meu bebê, por que ela estaria brava comigo?

Kinzie passou a mão pelas cartas.

— Você não leu o que ela escreveu... e não respondeu pra ela.

O coração de Ellie afundou até os joelhos.

— Eu não sabia o endereço dela. E eu não sabia que ela queria falar comigo.

Kinzie olhou para o chão, e a realidade a atacou repentinamente.

— Isso é tão triste, mamãe. Na carta que eu li, ela disse que te amava muito. Ela queria demais ver você.

— Eu sei. — Sua filha sempre fora avançada na leitura. Vai saber o que ela havia lido na última hora... Ellie manteve o sorriso, mesmo enquanto seus olhos ficavam marejados. — Viu? É por isso que vamos até lá.

Kinzie assentiu devagar, mas estava distante, como se as informações fossem mais do que ela conseguia processar de uma só vez. Por fim, ela chegou mais perto e colocou as mãos nos joelhos de Ellie.

— Você está brava com o seu pai?

— Estou. — Não havia propósito em mentir. — Ele escondeu as cartas de mim. Foi errado da parte dele fazer isso.

— É. — Kinzie pensou um pouco mais, com os olhos nas cartas. Quando olhou para Ellie, seus olhos estavam desesperadamente tristes. — Seu pai pediu desculpa? Foi por isso que ele entregou as cartas agora?

— Sim, ele pediu.

Ellie mal podia acreditar que estava tendo esse tipo de conversa com a filha.

— Então você perdoou ele, mamãe? Porque lembra que você sempre diz que, se a gente perdoar as pessoas, a gente fica livre? — Kinzie hesitou. — E lembra que você diz que pessoas magoadas machucam as outras pessoas?

— Eu lembro disso sim. — Ellie passou a mão nos cabelos da filha. — Às vezes, com coisas como essa, leva um bom tempo para perdoar.

Kinzie parecia preocupada.

— Não precisa ser assim. — Ela ergueu a mão e deu uns tapinhas de leve na bochecha da mãe. — Eu não quero que você fique magoada, mamãe.

O plano louco da noite anterior voltou com tudo. Era algo que Ellie tinha de fazer naquela situação. Não por seu pai, mas por Kinzie.

— Talvez a gente possa dar uma passada na casa dele quando estivermos saindo da cidade. — Ellie mal podia acreditar nas palavras que tinham saído de sua boca. Ela não seria capaz de perdoá-lo, mas podia fingir por sua filha. Caso contrário, ela pareceria uma hipócrita, e Kinzie passaria a viagem toda preocupada com a mãe.

— Sério?

— Sim. Vamos dar uma passada lá primeiro.

A paz inundou o rosto de Kinzie.

— Isso é fantástico. — Ela ficou na ponta dos pés e beijou a bochecha de Ellie. — Você vai se sentir melhor, mamãe.

O comentário foi quase exatamente a mesma coisa que Ellie havia dito a Kinzie tantas vezes. *Perdoe que você vai se sentir melhor.* O sorriso da menina veio com facilidade agora.

— Quando vamos partir?

O estômago de Ellie estava dando nós. Ela realmente faria isso? A ideia a deixava enjoada. Ela se lembrou da pergunta de Kinzie e lhe respondeu:

— Daqui a pouco. Assim que tivermos comido alguma coisa. — Ela se levantou e foi até a penteadeira. — Você ainda quer sua bonequinha? Aquela do armário?

— Sim. — A expressão de Kinzie ficou triste de novo. — Mas eu acho que ela ficou na caixa, mamãe. Ela não estava no armário... Agora ela tem outra garotinha para amar.

— Ela ainda tem você, Kinz.

— Tem? — A menina piscou algumas vezes, surpresa.

— Sim, porque ela está aqui. — Ellie abriu a segunda gaveta e pegou a boneca. — Eu não consegui dar a sua bonequinha. Mesmo que você estivesse cansada dela.

Kinzie inspirou alto e devagar. Ela foi correndo até Ellie e, com cuidado, pegou a boneca nos braços.

— Obrigada, mamãe... obrigada. Eu não estava cansada dela. Eu achei que eu era grande demais para brincar de boneca, mas eu não sou tão grande assim, né?

Ellie pensou na insistência de Kinzie para que ela perdoasse o pai.

— Às vezes você é sim. — Ela se curvou e beijou o alto da cabeça da criança. — Mas nunca é grande demais para a sua boneca.

Durante alguns segundos, Kinzie dançou em círculos ao redor do quarto.

— Sabe o que eu acho, mamãe? — Ela manteve a boneca à sua frente, dançando com ela. — Eu acho que essa vai ser a melhor aventura do mundo!

A sensação de náusea se transformou em uma ansiedade que vazou para o fluxo sanguíneo de Ellie e trilhou caminho por seu corpo. A viagem seria incrível, e ver sua mãe depois de todos esses anos seria um marco em sua vida. Ellie não tinha dúvidas quanto a isso.

Pelo menos se conseguisse sobreviver à próxima hora.

22

ALAN TUCKER ESTAVA MORTO. NÃO importava que seu coração ainda estivesse batendo. Ele havia morrido no momento em que Ellie pegara a caixa e virara as costas para ele. Ele se sentara na beirada da cama naquela manhã de domingo e pensara na semana que havia se passado. Suas previsões sobre entregar as cartas a Ellie tinham sido acertadíssimas. Ela o odiava. E o odiaria enquanto vivesse pelo que ele havia feito. Ele havia afastado de si as pessoas que mais amava na vida, e isso só podia significar uma coisa.

Ele estava morto.

Não importava quanto tempo seu corpo demorasse para reconhecer isso.

Ainda assim, mesmo se sentindo morto, ele também estava convencido de outra coisa. Ele havia feito a coisa certa. As cartas pertenciam à sua filha, e ela tinha o direito de recebê-las e de ler cada uma delas. Se Ellie pudesse encontrar sua mãe depois de todos aqueles anos, ela precisava fazer isso. Talvez ele nunca encontrasse a cura, mas ainda havia tempo para que Ellie conseguisse isso. Havia tempo para Caroline.

Ao pensar em Caroline, ele sentiu um peso no peito. Ela devia ter recebido ontem a carta que ele lhe mandara, se seus cálculos estivessem corretos. O que queria dizer que, agora, ela já poderia ter tido tempo de se perdoar. Ele conhecia Caroline. Independentemente de há quanto tempo eles estavam separados, ele a conhecia. Ela odiava o fato de ter tido um caso. Ele ainda podia ver o desespero no rosto dela quando ela implorou que ele a perdoasse, na noite em que ela lhe contara a verdade. Ela nunca teria recorrido a outro homem se Alan não a tivesse destruído primeiro. Ele havia tentado esclarecer isso naquela carta, para que ela pudesse se livrar da culpa, se perdoar e seguir em frente. Ela o odiaria por causa das cartas.

Assim como Ellie.

Mas esse era um preço pequeno a pagar por finalmente fazer a coisa certa.

Alan vestiu short e camiseta. Ele precisava se exercitar, precisava forçar o corpo para além da sensação de conforto. Ele podia estar morto, mas ainda precisava se mexer. Culpa do treinamento de fuzileiro naval. O esforço físico costumava desviar sua mente de seu coração despedaçado.

A casa estava dolorosamente silenciosa. Música. Isso ajudaria. O último CD de Matthew West estava no aparelho de som. Ele pulou para sua canção favorita, "Forgiveness". Era sobre se dar conta de que, no fundo, tudo de que alguém precisava era o Senhor. Alan se identificava com a canção.

Com a música ligada em volume alto, ele se pôs no chão e fez cinquenta flexões, lenta e metodicamente. Ele adorava como os exercícios faziam seus músculos arderem, como isso o punia da forma que ele merecia. Ele virou de costas e fez cinquenta abdominais e cinquenta agachamentos. Então repetiu a sequência de exercícios.

Se fosse para Alan ser honesto consigo mesmo, Ellie não havia começado a odiá-lo no dia anterior. Ela tinha raiva dele desde os dezenove anos, quando chegou grávida em casa e ele a xingou e a acusou de coisas terríveis. Ou talvez desde a mudança para San Diego. Sim, era bem provável que ela o odiasse fazia um bom tempo.

Depois da terceira série de exercícios, ele desligou a música. *O Senhor está comigo, meu Deus... Eu sei disso. Eu não estou realmente morto.* Alan havia se encontrado com o capelão novamente na sexta-feira, um dia antes de levar as cartas a Ellie. O homem dissera algo que havia permanecido em sua mente. Enquanto ele estivesse respirando, a maior tarefa de Deus para ele ainda não teria terminado. Seu mais alto propósito na vida ainda não havia sido realizado. Era por esse motivo que ele iria à igreja naquele domingo. A missa das seis horas, como sempre.

Porque Deus tinha planos para ele.

Alan pegou seus tênis de corrida. Ele corria oito quilômetros aos fins de semana, mais que os costumeiros cinco que registrava todas as noites depois do trabalho. Naquele dia, poderia chegar a dez quilômetros, talvez quinze. Ele correria a distância que precisasse até estar cansado demais para sentir sua alma doendo.

Ele terminou de amarrar os cadarços e se dirigiu à cozinha para beber água quando ouviu a campainha tocar. *Que estranho*, pensou. Geralmente não havia pesquisas de opinião na vizinhança aos domingos. A casa de sua mãe era um rancho simples em uma tradicional e antiga vizinhança, a oito quilômetros da prisão. Sem parar para olhar pela janela, Alan foi até a porta da frente e a abriu.

O que ele viu quase fez seu coração parar de vez.

— Ellie? — A voz dele não passava de um sussurro, e ele não conseguiu dizer mais nada. Ela estava parada na varanda com uma garotinha, uma miniatura mais loira dela. A criança tinha o braço em volta da cintura de Ellie e os olhos pregados em Alan.

Sua boca ficou seca na hora, mas ele abriu mais a porta.

— Entrem, por favor.

— Nós não podemos ficar. — A voz de Ellie não soava amigável, mas a raiva de antes havia sumido. Durante poucos segundos, ela não disse nada. Então olhou para a filha. — Essa é a Kinzie. — Ela inspirou fundo. Algo no tom de Ellie dizia a seu pai que aquela era uma das coisas mais difíceis que ela já tinha feito na vida. — Kinzie, esse é o seu avô, Alan Tucker.

— Oi. — Kinzie fez um leve aceno.

Ela era linda, com grandes olhos azuis e a mesma inocência que uma vez definira Ellie. E Caroline antes dela.

Lágrimas borravam a visão de Alan. Ele não chegou mais perto delas, não sabia ao certo se deveria fazer isso. Porém se agachou para ficar na altura da garotinha.

— Oi, Kinzie. Prazer em te conhecer.

— Prazer em te conhecer também. — Ela continuou com o braço bem apertado em volta da cintura da mãe.

Alan se levantou e olhou para a filha, chocado demais para falar. De todas as coisas que ele achou que Ellie pudesse fazer naquele dia, esta não estava na lista.

— Você se desculpou... pelo que fez. Pelas cartas. — A voz de Ellie se partiu, e ela deixou a cabeça pender. Agora Kinzie envolvia a cintura da mãe com os dois braços e havia enterrado a cabeça na lateral do corpo dela.

— Ellie... — No desajeitado e doloroso silêncio, Alan precisava esclarecer uma coisa. — Eu precisaria de um dia inteiro para dizer a você tudo que eu lamento. A lista é longa demais. Eu... eu amava tanto a sua mãe. Ainda amo. — Ele ia colocar a mão no ombro da filha, mas se impediu de fazer isso. As palavras de Alan soavam tão despedaçadas quanto seu coração. — Eu estraguei tudo. Vou lamentar todos os dias, pelo resto da minha vida.

Alan podia imaginar a batalha que estava sendo travada dentro de sua filha. Ellie tinha todos os motivos do mundo para odiá-lo. Ainda assim, estava parada à sua frente, o que tinha de significar alguma coisa. Ela olhava para ele, dentro dele.

— Eu estou aqui porque perdoo você. — Ela ergueu o queixo, segurando-se com firmeza no muro que cercava suas emoções.

O choque que passou pelo corpo de Alan foi duplicado. Perdão? Essa era a última coisa que ele merecia ou esperava.

Ellie hesitou.

— Eu venho ensinando a Kinzie a perdoar. Então... — ela conteve o choro, mal mantendo a compostura — ... se você se desculpou, eu te perdoo.

Por alguns segundos, ela não se mexeu nem falou nada. Lentamente, lágrimas começaram a escorrer por sua face, e Kinzie percebeu. Ela se esticou e limpou as bochechas de Ellie.

— Está tudo bem, mamãe. Você conseguiu. Agora pode se sentir melhor.

As palavras da criança dilaceraram as entranhas de Alan. Ellie olhou para ele, e seu olhar era profundo e determinado, como se ela estivesse tentando ver dentro dos lugares mesquinhos e endurecidos onde ele tinha sido capaz de destruir as pessoas que amava.

— Eu sinto muito, Ellie. — Ele deu alguns passos para trás e se apoiou na parede da entrada da casa. A dor nos olhos de sua filha era mais do que ele podia suportar. — Se eu pudesse fazer tudo de novo...

Algo se partiu dentro de Ellie. Alan observou isso acontecer, como se os muros não pudessem mais conter as lágrimas dela. Elas não caíram todas de uma vez, mas devagar. E, enquanto os muros pareciam ruir, quase em câmera lenta, Ellie foi até Alan. Colocou os braços em volta da cintura dele, pressionou a cabeça junto ao seu peito e deixou que os soluços saíssem.

Alan não conseguia respirar, não podia acreditar que aquilo estava acontecendo. Sua filha estava ali, em seus braços. Ele levou a mão até as costas dela e a abraçou. Hesitante a princípio, em seguida com mais certeza. Lá no fundo, Ellie ainda era uma garotinha como Kinzie, que precisava saber que era amada.

Especialmente porque ela duvidara desse fato durante a maior parte de sua vida.

O abraço não durou muito tempo. Ellie pareceu se dar conta do que estava fazendo e de onde estava. Ela recompôs suas emoções e recuou um passo.

— Nós estamos indo viajar, eu e a Kinzie. — Ellie estreitou os olhos, vendo dentro dele novamente. — Eu vou levá-la para Savannah.

Alan sentiu temor. Ela havia acabado de encontrar o caminho de volta para ele. Ele sentia que o perdão de Ellie era um começo. Um recomeço.

— Por quanto tempo?

— Duas semanas. — Ela deu de ombros. — Não sei ao certo.

— Nós vamos visitar a minha avó. — Kinzie encontrou seu lugar ao lado da mãe novamente.

Alan assentiu.

— Que bom, fico feliz. — Ele realmente se sentia feliz por isso. Só desejava poder ir com elas. — Você pode... dizer que eu sinto falta dela?

— Talvez você devesse fazer isso. — A resposta de Ellie foi rápida e continha a raiva que permanecia com ela, apesar do perdão. Raiva contra a qual provavelmente Ellie sempre haveria de lutar.

— Eu escrevi uma carta. Ela já deve ter recebido a essa altura.

O choque da informação fez com que as feições de Ellie ficassem relaxadas. Aquela obviamente era a última coisa que ela esperava que ele dissesse ou fizesse.

— E escrevi uma carta para você também. Está dentro da caixa. — Ele colocou as mãos no bolso. — Eu coloquei em cima de tudo.

Ellie parecia perplexa.

— Eu não vi.

— Pode ser que tenha escorregado até o fundo da caixa. — Alan rezava para que Ellie percebesse como ele estava diferente, como seu coração havia mudado. — Tenho certeza que está lá.

— Tudo bem, vou procurar. — Ela deu um passo para trás. — Nós... precisamos ir.

Alan olhou de Ellie para Kinzie e voltou a olhar para a filha.

— Obrigado por ter vindo até aqui e por ter trazido a Kinzie junto.

Ele guardaria para sempre na memória aquela bela imagem das duas ali, na porta da frente de sua casa. Não importava o que acontecesse depois.

Kinzie sorriu para ele.

— Talvez a gente dê uma passada aqui depois que voltar da viagem. A gente podia jantar com você. — Ela ergueu o olhar para Ellie. — Não é, mamãe?

Ellie foi mais para perto da porta.

— Talvez. — E abriu um sorriso para a filha.

Kinzie deu um passo na direção de Alan, ainda com os olhos fixos em Ellie. Ela formou uma concha com as mãos em volta da boca e sussurrou em voz alta:

— Posso abraçar ele, mamãe? Já que ele é o meu avô?

— Sim, meu bebê, é claro que pode.

Ellie ficou de braços cruzados, esperando perto da porta, enquanto Kinzie corria até ele. Seu abraço foi rápido e cheio de certeza, livre do peso que havia entre Alan e Ellie.

— Gostei de te conhecer, vovô.

Mais uma vez, as lágrimas de Alan dificultavam-lhe a visão. Ele pressionou os dedos nos olhos e sacudiu levemente a cabeça.

— Obrigado, Kinzie. Você e a sua mãe podem vir jantar aqui quando quiserem.

— Tá bom. — Kinzie voltou para Ellie.

Alan não sabia ao certo o que dizer. Elas estavam de partida, e não havia nada que ele pudesse fazer para impedi-las. Se Ellie encontrasse a mãe, poderia não haver um motivo para que ela voltasse para San Diego. Aquela poderia ser a última vez que ele veria Ellie e Kinzie. Pelo menos por um bom tempo.

— Tchau. — Ellie foi a primeira a falar, mantendo o braço em volta de Kinzie. Então as duas se viraram e desceram os degraus. Ele as acompanhou até a porta e ficou olhando enquanto elas iam embora.

— Ellie.

Ela parou e olhou por cima do ombro. Kinzie fez o mesmo.

— Obrigado. Por ter vindo.

Ellie não sorriu. A tristeza que emanava dela era grande demais. Em vez de sorrir, ela assentiu, e eles ficaram se olhando. Kinzie acenou em despedida mais uma vez, e, com isso, elas foram caminhando até o carro, entraram, e Ellie deu a partida.

Enquanto elas desapareciam pela estrada, Alan se deu conta de que algo havia mudado. Ele não se sentia mais como um homem morto. A visita das duas lhe trouxera um sopro de vida, como nada mais poderia fazer. Ele abaixou a cabeça. *Meu Deus, o Senhor é incrível. Tão fiel. Eu não merecia o perdão dela, e ainda assim...*

Ellie era mesmo filha de Caroline. Nada mais poderia explicar sua capacidade de passar na casa dele, quando estava saindo da cidade, e lhe dizer que o perdoava. Ele teve a impressão de que Ellie não estava necessariamente caminhando ao lado do Senhor ou nem sequer acreditava nele. Algo no tom dela no dia anterior, quando ele tentou falar de Deus, o levou a essa conclusão. Mesmo assim, ela era filha de sua mãe, bondosa e misericordiosa, gentil de espírito.

E Kinzie era igual.

Uma sensação surgiu em seu peito e se espalhou por sua alma. Tal sensação o fez se lembrar de um vídeo que ele havia visto no Canal do Tempo. A imagem mostrava um tornado — não trazendo uma casa abaixo, mas tendo início ali. Um pedaço nebuloso e contorcido de nuvem parecia crescer do solo e se conectar a uma faixa de céu. O local de nascimento do tornado.

Ele se sentia assim agora, ao pensar em quanto havia perdido em relação a Kinzie. O coração e a mente de Alan estavam girando, como um furacão de intensidade cinco. Seu teimoso sentimento de superioridade moral havia lhe custado quase sete anos longe de sua única neta. Ele não estivera por perto no nascimento dela, quando ela deu os primeiros passos, quando falou as primeiras palavras, nem em seu primeiro aniversário. Ele tinha perdido momentos marcantes com ela: vê-la aprendendo a andar de bicicleta, aprendendo a ler... Ele havia perdido seis manhãs de Natal com ela.

A menina não tinha o pai em sua vida — o soldado tinha sido morto em combate. A única figura paterna que ela poderia ter tido era ele.

Alan Tucker. Mas ele estivera ocupado demais sendo moralista para notar isso. Rígido demais para apanhar a caixa de cartas e entregá-la a Ellie, anos atrás.

Onze anos atrás. Quando não havia uma caixa, mas apenas uma carta.

Se tornados vinham de repente e partiam da mesma forma, aquele era diferente. O dano das ações de Alan o dilaceraria com cada lembrete do que ele havia deixado passar, de tudo o que ele havia perdido. O preço disso era mais do que ele seria capaz de compreender, e talvez este fosse o preço mais alto de todos.

Ver Ellie e Kinzie pegando o carro e indo embora.

 ❧

Caroline precisava olhar as correspondências do dia anterior, mas era cedo ainda. Contas e propagandas podiam esperar. Por ora, ela e John estavam almoçando e conversando sobre o sermão daquela manhã.

— Eu gostei do que o pastor disse. — As palavras de John eram ponderadas. — Nós devemos ser diferentes do mundo.

— Devemos mesmo. — Um tremeluzir de culpa rasgou o coração de Caroline. Uma cristã de verdade nunca teria tido um caso. Ela afastou o pensamento e sorriu para o filho. — Essa deve ser a nossa meta.

John comeu rápido e, depois de mais alguns minutos de conversa, apanhou a bola de basquete e saiu correndo em direção ao parque. Só então Caroline pegou a correspondência na ponta do balcão.

Ela passou pelas contas de luz e de água e por dois folhetos de propaganda e, de repente, congelou. A próxima correspondência era um envelope branco com seu nome escrito na frente. Ela ficou sem fôlego porque, a princípio, achou que poderia ser uma carta de Ellie. Caroline enviara centenas de cartas à filha sem nunca receber resposta. Se essa fosse a primeira vez, ela teria que sair lá fora para tomar fôlego.

Com a mesma rapidez, ela virou o envelope e viu o nome escrito no verso. Alan Tucker. San Diego. Seu coração se revirou no peito e, lentamente, ela encontrou um lugar à mesa da cozinha. Por que Alan escreveria para ela agora? Depois de todo aquele tempo? Um calafrio tomou conta dela. Será que era a papelada do divórcio, pela qual ela havia esperado logo que ele se mudou?

Caroline nunca havia considerado se casar novamente, nunca tinha namorado. Ela se recusara a contratar um advogado, sem querer admitir que as coisas entre ela e Alan estavam realmente terminadas. Se algum dia eles fossem se divorciar, Alan teria que tomar a iniciativa. Caroline temia o dia em que os papéis da separação surgissem em sua correspondência. Certamente ela perderia Ellie para sempre, em uma batalha pela guarda da filha. Mas os papéis nunca chegaram.

Seus dedos tremiam enquanto ela segurava o envelope, com o olhar fixo no nome do marido, escrito à mão. Os papéis só haviam chegado agora. Provavelmente Alan tinha se apaixonado por outra e estava pronto para se casar novamente.

Caroline deslizou o dedo por baixo da aba do envelope e o abriu. Dentro havia um cartão com uma bela fotografia de montanhas e um riacho. O que era aquilo? Ela se inclinou, desesperada para acalmar o coração disparado. Por dentro, o cartão estava coberto pela caligrafia de Alan, e a escrita parecia continuar em um pedaço dobrado de papel. Fosse o que fosse que Alan quisesse lhe dizer, a mensagem não era breve.

O cartão não continha nenhum papel de divórcio.

Seus olhos encontraram o início da carta.

Querida Caroline,
Eu devia ter escrito esta carta há muito tempo. Mas ultimamente... Bem, ultimamente Deus vem me transformando. Ele me transformou para que eu pudesse enxergar que homem desprezível eu fui; a maneira terrível como tratei você e a afastei de mim.

Ela sentiu a cozinha começar a girar. O que estava acontecendo? Estaria ela sonhando ou aquilo era uma brincadeira? Uma pegadinha? O Alan Tucker que ela conhecia nunca teria escrito uma carta como aquela. Ela apoiou um dos braços na mesa. Não importava como ele a tivesse tratado, Caroline nunca havia parado de rezar por seu marido, pelo menos de vez em quando, para que Deus tomasse conta de seu coração e fizesse com que ele se lembrasse do homem que costumava ser.

O homem pelo qual ela havia se apaixonado.

Mas ela nunca esperaria por aquilo. Ela não conseguia acreditar que Alan tivesse escrito aquela carta. Então se recompôs e prosseguiu com a leitura. Ele falou que devia ser um monstro para destruir a alegria nos olhos e no coração dela. Admitiu que estava errado por repreendê-la e controlá-la.

Então falou sobre o caso amoroso dela.

Caroline sentiu uma dor no estômago, esperando pela condenação e pelas acusações, mas elas não vieram, em momento algum. Em vez disso, ele assumiu a culpa pelo que havia acontecido. Aos poucos, uma sensação de libertação a invadiu, e Caroline parou de temer cada sentença.

Eu sabia o que estava acontecendo. Você ficava fora com tanta frequência, chegava em casa tarde da noite... Agora não consigo acreditar que você não me largou antes.

Ele falou sobre ter ficado com raiva quando soube que ela estava grávida e sobre querer fazer tudo que podia para se vingar dela. A vergonha deixou o rosto de Caroline pegando fogo. Os sentimentos de Alan não eram nenhuma surpresa para ela. Não havia outra explicação para a decisão dele de se mudar sem ter nem um fim de semana de preparo. É claro que ele queria se vingar dela.

Ele se perguntava quem ela poderia ser agora e se o tempo passado longe dele a havia ajudado. Explicava que estava deixando suas informações de contato, só como garantia, e pedia a Caroline que o perdoasse.

Eu gostaria de ainda morar em Savannah. Para poder me encontrar com você, olhar em seus olhos e lhe dizer quanto eu lamento. Eu a tomaria nos braços e tentaria te amar até você voltar a ser a garota que era.

Os anos de perdas se acumularam e deram vida às suas lágrimas, que ela havia parado de derramar por Alan Tucker fazia muito tempo. Ela não conseguia se imaginar nos braços de Alan novamente; o pensamento era aterrorizante demais para que ela o considerasse. Ninguém nunca tinha falado com ela com tanto veneno quanto o homem com quem ela se casara.

Ela inspirou fundo e terminou de ler a carta. Seu coração parou de bater por um instante quando ela chegou à parte em que Alan lhe advertia sobre uma terrível confissão, algo que ele mal conseguia dizer. Mesmo assim, ela nunca teria esperado o que veio em seguida. Ela precisou ler as palavras dele três vezes para acreditar no que havia acontecido.

Alan havia escondido as cartas de Ellie? Durante aquele tempo todo? Ela se imaginou sentada àquela mesa de manhã, tarde da noite e em tardes como aquela, em que John ficava lá fora jogando basquete. Ano após ano, sem cessar. Tantas cartas, tantas palavras de amor, de esperança e de explicações.

Nenhuma de suas cartas havia chegado até Ellie.

Caroline afastou de si o cartão e cobriu o rosto com as mãos. A devastação causada por aquilo, o peso daquilo lhe esmagava o peito e fazia com que ela se sentisse debaixo d'água. Sua pobre filha, todo aquele tempo acreditando que a própria mãe não se importava o bastante para entrar em contato com ela.

Meu Deus do céu, por quê? Caroline não conseguia chorar nem se mexer. A ideia de que Ellie não tinha recebido notícias suas desde que se mudara para San Diego era mais do que ela conseguia suportar. *Meu Senhor, me ajude... Eu não acho que consigo suportar isso. Eu não sou forte o bastante. Por favor, meu Pai, me ajude.*

Eu estou com você, minha filha. Você não haverá de travar esta batalha sozinha.

As palavras reverberaram tão alto que ela espiou entre as frestas dos dedos e olhou ao redor. Como se, talvez, um arbusto em chamas tivesse surgido na sala de estar. *Se o Senhor está comigo, meu Deus, então me ajude. Minha filha deve pensar que eu a odeio. Todo esse tempo... meu Pai, todo esse tempo! O que eu faço agora?*

A sensação de sufocamento continuou com ela, mas um pensamento lhe ocorreu. E lhe trouxe esperança. Ellie não havia lhe respondido porque nunca recebera as cartas. Mas Alan dissera que, na hora em que Caroline estivesse lendo a carta dele, sua filha já estaria com as dela. De uma vez por todas, as cartas estariam nas mãos dela.

Duas coisas sopraram uma centelha de vida na alma de Caroline.

Em primeiro lugar, Ellie não vinha ignorando suas cartas, como ela havia pensado. Ela não lia as cartas da mãe e as jogava no lixo. E, em segundo lugar, ela estava descobrindo que era amada e querida, apesar do que havia chegado a acreditar com o passar dos anos.

Caroline foi até a janela e observou enquanto John seguia em direção à cesta e fazia uma bandeja, depois celebrava com os amigos. Quanta coisa ela havia perdido em relação a Ellie. Tantos anos. Mas talvez tudo estivesse prestes a mudar. O fato de que Alan lamentava por tudo já era mais do que Caroline algum dia imaginara.

A maior das questões agora era Ellie. Caroline esticou os dedos na janela cálida. Se Alan havia entregado as cartas à filha deles, quer dizer que ele sabia onde encontrá-la. *Onde quer que ela esteja, meu Deus, permita que ela saiba quanto eu a amo. Ajude-me a chegar até ela. Até lá... eu confio no Senhor, meu Pai.*

Quando Caroline terminou sua prece, ela não ouviu uma resposta, como antes, mas teve uma sensação que não lhe ocorria havia muitos anos. Embora ela sentisse falta de Ellie, a amasse e ansiasse pelo reencontro com a filha, uma coisa era verdade, especialmente à luz daquela notícia.

Deus a amava ainda mais.

Pouco mais de uma semana atrás, o violonista de Peyton Anders havia aparecido do nada e rezado por Ellie. E agora, depois de tanto tempo de dor no coração e de solidão, algo milagroso havia acontecido.

Ellie havia recebido suas cartas.

23

A SINCRONIA DAQUILO TUDO ERA insana demais para ser apenas coincidência. Era tudo em que Nolan conseguia pensar enquanto jogava algumas peças de roupa dentro de uma sacola em sua casa em Atlanta. Eles tinham dois dias livres antes de precisar se apresentar nas instalações dos Hawks para as finais. Dois dias — o último de maio e o primeiro de junho. Se a administração tivesse lhe entregado um calendário deste ano e pedido que ele escolhesse dois dias de folga, ele teria escolhido exatamente aqueles.

Nolan havia conversado com Ryan Kelly novamente, e o homem havia lhe dado o número do telefone e o endereço do trabalho de Caroline. O consultório em que ela trabalhava era o primeiro lugar aonde Nolan planejava ir no dia seguinte, assim que chegasse a Savannah. Talvez ela não soubesse de nada, mas seria bom revê-la. Seria bom contar a Caroline quanto ele queria encontrar Ellie.

Ele ainda não tinha como saber onde Ellie estava nem o que ela estava fazendo. Se estava fora do país ou casada, ou mesmo se estava viva. Porém, com esses dois dias livres, uma coisa era certa: Nolan passaria no Parque Gordonston e se sentaria debaixo do velho carvalho.

Só para o caso de ela se lembrar.

Elas estavam a uma hora de distância de Savannah, e Ellie estava exausta. Kinzie dormia no banco de trás desde que elas saíram de Birmingham, às seis da manhã. Os ombros de Ellie doíam e seus olhos ardiam. A viagem tinha sido mais dura do que ela esperava. Tantas horas, tantos quilômetros... Mas ela não trocaria aquilo por nada. Aquele tempo com Kinzie tinha sido incrível. Elas ouviram os CDs de histórias cristãs que Kinzie ganhara na igreja. As histórias eram boas, e Ellie perdeu a conta do número de vezes que ouvira a filha gargalhar.

Ao volante, Ellie se apercebeu de uma verdade inegável. Kinzie era uma criança realmente feliz. O mundo ao seu redor não a influenciara negativamente. Pelo menos não até aquele momento. E, por ora, Ellie estava grata. No espelho retrovisor, ela observou Kinzie se espreguiçar e se virar de um lado para o outro. A menina bocejou, se endireitou e abriu os olhos.

— Já chegamos?

— Ainda não. — Ellie riu baixinho e olhou de relance para a filha novamente. Aquela era a pergunta que ela mais fizera durante a viagem. — Falta mais uma hora.

— Só isso? — Kinzie pestanejou, ainda sonolenta. — Uma hora não é nada, mamãe. Uma hora é o tempo que dura a missa na igreja, e sempre passa voando.

— Bem, então vamos chegar lá voando.

Kinzie deu risadinhas e olhou pela janela.

— É diferente aqui. É mais verde.

Aquilo fora verdade durante a maior parte do dia anterior e daquele dia. A sensação que a vista do sul proporcionava a Ellie fez com que ela se desse conta de quanto sentira falta dali. Como ela conseguira esperar tanto tempo para seguir o seu coração? Para pegar o carro e simplesmente apagar a distância de volta para casa?

— Dormiu bem?

— Bem. — Kinzie bocejou novamente. — Sabe com que eu sonhei?

— Me conte. — Ellie se concentrou na estrada.

Kinzie se endireitou e inspirou fundo.

— Foi um sonho comprido. A gente estava em Savannah, eu, você e a vovó Tucker. Nós estávamos indo para a igreja juntas. — Ela sorriu para Ellie. — Não é o melhor sonho do mundo?

Não era a primeira vez que Kinzie falava sobre a igreja desde que elas começaram a viagem. A menina falava sobre Jesus e finais felizes, e contou pelo menos oito histórias da Bíblia que estava aprendendo. Ela levou quase uma hora para contar algumas delas. Ellie se lembrava das histórias de quando era pequena — as histórias de Noé, Moisés, José, Jonas e Daniel.

Ouvir Kinzie recontar essas histórias era algo que tocava o coração de Ellie. Que a deixava com menos raiva de Deus e mais curiosa. Agora ela mantinha as duas mãos no volante, pensando no sonho de Kinzie. Sua filha parecia sentir o que Ellie estava pensando.

— Você ama Deus, né, mamãe?

— Bem... Eu não tenho pensado muito nisso. — Ellie não podia dizer a Kinzie que não acreditava mais em Deus. A notícia deixaria a garotinha arrasada.

— Pense agora. — O tom de voz feliz de Kinzie era animador. — Você ama Deus?

— Deus me deu você, Kinz. — Ellie sorriu no espelho retrovisor. — Então é claro que eu o amo.

Ela podia sentir o escrutínio da garota, podia sentir que ela estava tentando se aprofundar na resposta.

— Então você iria na igreja comigo um dia desses, mamãe? Já que você ama Deus?

Mais uma vez, Ellie não sabia ao certo o que dizer. Ela havia esperado que aquelas perguntas fossem feitas mais cedo na viagem, mas agora — uma hora antes de chegarem a Savannah — ela não se sentia preparada para isso.

— Se eu fosse, você ficaria feliz, meu bebê?

— Ficaria — Kinzie assentiu, enfática.

— Então eu vou. — Ellie olhou de relance para a filha. Sua resposta pareceu satisfazê-la. A menina fechou os olhos e, em questão de minutos, adormeceu novamente.

Bem antes do nascimento de Kinzie, Ellie havia parado de acreditar em Deus. Se ele realmente existia, como pôde permitir que seu pai a tirasse de Savannah? Como o pai de Nolan pôde ter morrido tão jovem? E como tudo tinha ficado tão despedaçado? Ainda assim, não havia como negar o fato de que Kinzie estava indo à igreja e rezando por ela. E então, sem mais nem menos, o pai de Ellie havia lhe entregado as cartas de sua mãe, justamente quando faltavam poucos dias antes de 1º de junho. Ellie havia perdoado o pai — pelo menos agiu como se o tivesse perdoado — e estava quase chegando à casa da mãe.

Será que Deus estava por trás de tudo aquilo?

Ellie apoiou a cabeça no encosto do banco. O motivo pelo qual ela havia parado de acreditar em Deus tinha tudo a ver com a vida que tivera depois da mudança para San Diego. O pai a enchia de acusações, duvidava dela e lhe dizia que Deus não queria que ela andasse por aí com as amigas. Ele gritava versículos da Bíblia e a acusava de não seguir a palavra de Deus. Ellie pensou nos anos depois da chegada deles a San Diego, nos anos em que ela morou com o pai.

Ele costumava usar Deus para justificar seu terrível comportamento naquela época. *O Senhor não quer que você fique fora de casa até tarde, Ellie... Deus pode ver através das suas mentiras... Jesus mostra para as pessoas o mau caminho.* Ele falava e falava e falava, sem parar, como se estivesse passando ordens de seu sargento no céu.

Nunca fora realmente Deus que duvidara dela e a acusara, certo? Esse pensamento não lhe ocorrera até aquele momento. Não era de admirar que ela tivesse parado de acreditar. E agora seu pai assumia a culpa por suas ações, então o que isso queria dizer sobre Deus? Se Deus realmente existisse, talvez estivesse operando um milagre na vida dela. Um milagre que estava a meia hora de se tornar realidade.

Ellie se concentrou na estrada novamente. Um milagre de verdade seria encontrar Nolan.

Ela deixou o pensamento ficar em sua mente por algum tempo, mas ele não soava verdadeiro. Era culpa dela não ter tido contato com Nolan. Ele não estava desaparecido. Ela poderia tê-lo procurado a qualquer momento. A verdade era que ela não queria que ele visse a pessoa na qual ela havia se transformado. Que ela não cursara uma faculdade, nem escrevera aquele grande romance, nem esperara pelo cara certo, do jeito que ela lhe dissera que faria da última vez em que eles estiveram juntos.

Ellie suspirou lentamente. Foram tantos erros no decorrer dos anos. O fato de que Deus a havia abençoado com Kinzie era a prova de que, no fim das contas, talvez ele realmente existisse. A criança era o único raio de luz em meio a um monte de anos sombrios.

Alguns lugares estavam começando a parecer familiares. Uma imagem começou a se formar na mente de Ellie: a casa que ela dividia com os pais na Louisiana Avenue. Se ao menos seu pai tivesse amado sua mãe naquela época... Se ao menos ele não a tivesse forçado a ir embora...

Houve uma época em que sua mãe era a mulher mais feliz do mundo. Ellie se lembrava das duas brincando no parque e de sua mãe a empurrando no balanço. Ela podia ouvi-la de novo, a alegria na voz dela quando falava do fim de semana. *O papai vai chegar na sexta-feira, e então teremos um jantar especial. Nós vamos vir ao parque e brincar juntos. Nós três.* Engraçado — Ellie se lembrava de sua mãe falando sobre aquilo, mas não conseguia recordar uma vez sequer em que os três tivessem ido ao parque juntos.

Uma recordação atrás da outra foi passando na tela de seu coração como um slideshow de uma vida diferente. Vida que ela nunca teve a chance de terminar de viver. Se o pai dela estivesse presente, se ele não tivesse optado por levar uma vida em que passava a semana inteira na base, eles poderiam ter sido uma família de verdade. Poderiam ter brincado juntos, feito compras na mercearia juntos e realizado tarefas juntos aos sábados. Os domingos teriam sido os dias de ir à igreja, e sua mãe nunca se sentiria sozinha. E Ellie nunca teria perdido Nolan Cook.

Ela olhou novamente no espelho retrovisor para Kinzie, que estava dormindo.

No fim as coisas tinham se acertado. Ellie nunca se arrependeria do caminho que trilhara na vida, não quando ele havia resultado em sua preciosa filha. Ainda assim, ela não podia evitar imaginar o preço que a vida exigira, tudo porque seu pai fora inflexível, controlador e opressor. Ele fora mesquinho em nome de Jesus, algo que jamais poderia vir de Deus.

Se Deus realmente existisse.

Mais uma curva e de repente ela estava de volta a sua antiga vizinhança. Ela diminuiu a velocidade e olhou nos espelhos. Não havia nenhum carro atrás. Ela dirigiu lentamente até chegar à esquina da Kinzie com a Louisiana, onde ela e Nolan costumavam se encontrar. Parou o carro e colocou em ponto morto. O lugar parecia diferente, mais velho e um pouco decaído. Mas era familiar o bastante para que ela olhasse em volta e estivesse lá novamente, com seus quinze anos.

Como se simplesmente estar ali pudesse transportá-la para um dia antes da mudança para San Diego.

Ellie não queria acordar Kinzie, ainda não. Com o carro parado na rua deserta, viu as pessoas chegando em casa, voltando da igreja, para preparar o jantar de domingo. Famílias reunidas dando risada e pondo em dia os acontecimentos da semana. Ali no sul, as ruas eram vazias aos domingos. Ninguém tinha compromissos a cumprir ou trabalho a fazer. Os restaurantes estavam fechados. Ellie olhou para as pessoas sentadas na varanda com jarras de chá gelado e para as crianças brincando na frente das casas. Savannah e San Diego poderiam ser dois países diferentes.

Ela desceu um pouco a rua, virou à esquerda na Kansas Street e dirigiu bem devagar. Aquela era a rua que ela costumava descer de bicicleta para ver Nolan. Ela parou novamente na esquina. Dava para ver a casa dele, onde ele morava na época. O novo proprietário havia pintado as paredes de amarelo. No entanto, uma camada de tinta não podia desfazer as lembranças.

Ellie e Nolan sentados na varanda ou caminhando pela Edgewood até o Parque Gordonston. As conversas sobre a aula de ciências dele ou a prova de biologia dela. As risadas por algo que ele havia dito no almoço.

A última noite dos dois juntos.

Aquela recordação era maior que qualquer outra. O modo como ele havia apertado Ellie nos braços e o desespero dele antes de ter a ideia de escrever as cartas. A caixa de pescaria e o velho carvalho.

Ela podia ver tudo aquilo de novo, atrás do volante do carro.

Lágrimas borravam a visão de Ellie, que piscou para se livrar delas. *Chega*. Ela iria ao parque no dia seguinte. Aquilo era outra coisa que ela havia decidido enquanto estava dirigindo. Ela queria sua carta. Talvez se ela chegasse ali no dia 1º de junho e desencavasse a caixa, se pegasse a sua carta e lesse a de Nolan, quem sabe encerraria aquele assunto de uma vez por todas.

Nolan provavelmente estava se preparando para o primeiro jogo das finais da NBA. Ele e seus colegas de time. Se ele tivesse um dia de folga, provavelmente passaria com a namorada. A vida dele estava tão cheia de compromissos que ele certamente não se lembraria de nada em relação à caixa e à árvore. Ela não o culpava. Crianças não mantinham promessas que haviam feito muitos anos atrás.

Ellie começou a dirigir novamente e, dessa vez, usou o GPS do celular e o endereço que havia memorizado fazia três dias. O apartamento onde sua mãe havia se acomodado desde que o bebê nascera. A pouco mais de seis quilômetros. Mais alguns quarteirões e um punhado de semáforos, e ela estaria na casa de sua mãe. Ellie visualizava Caroline criando o filho sozinha, juntando cupons de desconto e passando calor no verão para fazer com que o dinheiro durasse até o fim do mês. Uma semana após a outra após a outra.

Tantas vidas mudadas...

Mais um pouco e Ellie estava na Whitaker Street, do outro lado do Parque Forsyth, o maior de Savannah. Ela verificou o endereço do apartamento, conferindo com aquele que tinha em seu telefone, até deparar com o prédio de sua mãe. Ela fez um retorno e estacionou ao longo do meio-fio, próximo ao conjunto habitacional. O apartamento de sua mãe ficava no primeiro andar. Havia três degraus e uma varanda que não era grande o bastante nem para uma cadeira de balanço. A pintura estava descascando das paredes, mas a vizinhança parecia segura. O parque se parecia exatamente com a lembrança que Ellie tinha dele. Ela ficou com o olhar fixo no campo aberto e viu uma mãe e um pai brincando com a filhinha.

A recordação que ela nunca teve.

Ellie inspirou fundo e abriu as janelas do carro. Havia acabado de passar do meio-dia e estava mais fresco que de costume, uns quinze graus, segundo o painel do carro. Ela acordaria Kinzie em um minuto, mas primeiro queria ver se sua mãe estava em casa. Seus joelhos tremiam enquanto ela saía do carro e dava a volta na calçada. Ela parou e ficou encarando a porta. Então inspirou profundamente.

Tantos anos sem sua mãe. Todos os fins de semana na escola, quando ela precisava de alguém para conversar, quando os amigos começaram a beber, a experimentar drogas e a fazer sexo. Mesmo que não admitisse naquela época, tudo o que Ellie sempre quis foi ter a mãe por perto. Para abrir o coração para ela, como as outras garotas faziam. Em todos os bailes, em todos os verões solitários, em tantos Natais e aniversários e em sua formatura no ensino médio.

Ellie costumava chorar até dormir, sentindo falta da mãe e a odiando ao mesmo tempo. Odiando-a por não se importar que, em algum lugar de San Diego, a filha estivesse crescendo, se formando e saindo com um soldado que não era bom para ela. Ano após ano, Ellie sofria ao saber que sua mãe não havia nem tentado entrar em contato com ela.

E o tempo todo, em todos os momentos em que Ellie sentira falta da mãe, ela nunca havia pensado que Caroline se importava com ela. Ellie visualizou mentalmente a caixa de cartas. A realidade era tão diferente. Da mesma forma que ela sentia falta da mãe, a mãe também sentia falta dela. As duas desejavam uma forma de voltar ao passado.

Angustiada, Ellie puxou o ar pelo nariz, subiu as escadas e bateu à porta. O som não era nada comparado ao seu coração, que pulsava forte. A luz do sol cozinhava seus ombros, mas seus nervos a deixavam tremendo. Será que sua mãe a reconheceria? Ellie era uma mulher agora. Segundos pareciam horas enquanto ela esperava. Talvez ela tivesse anotado o endereço errado, ou sua mãe tivesse saído.

Quando ela estava prestes a dar meia-volta e ir embora, a porta se abriu. E ali estava ela, tão bela quanto Ellie se lembrava.

— Mãe?

Sua mãe levou a mão à boca, e lágrimas inundaram seus olhos.

— Ellie? — Caroline não precisava perguntar como nem por quê; seus olhos deixaram tudo muito claro. O que importava era que Ellie estava ali. Ela havia ido até lá. — Ellie! — Caroline correu até a filha e a abraçou, como os soldados abraçam seus entes queridos quando retornam da guerra. Como se ela tivesse voltado dos mortos. — Você está aqui. Você está mesmo aqui!

— Mãe, eu recebi as cartas. — Ellie saboreava a sensação de estar nos braços de sua mãe mais uma vez. Ela desejou tanto aquilo que deixou que o momento substituísse todas as vezes em que sua mãe estivera ausente. — Eu senti tanto a sua falta.

— Eu também senti muito a sua falta. Todos os dias. — Caroline embalou Ellie. — Obrigada, Senhor. Ela está em casa. Obrigada!

E ali, nos braços de sua mãe, pela primeira vez desde que Ellie tinha quinze anos, ocorreu-lhe o pensamento de que Deus poderia existir, afinal. Porque ela podia sentir o amor divino na pessoa de Caroline Tucker. A mãe que havia rezado por ela, que havia sentido sua falta e que a havia amado desde o dia em que ela partira.

Ellie recuou um pouco e analisou o rosto de sua mãe, a curva familiar de sua face e a profundidade de seus olhos. Olhos como os de Kinzie.

— Mãe. — Ellie secou as lágrimas, mas elas caíam cada vez mais. Ela olhou para trás, para o carro, e depois voltou a olhar para a mãe. — Tem alguém que eu quero que você conheça.

24

Era um milagre. Caroline Tucker não tinha outra explicação para descrever a sensação de ter sua filha nos braços novamente. Ela não via Ellie desde que a garota era adolescente, mas a reconheceria em qualquer lugar que fosse. Seus olhos, seu belo rosto, seu jeito gracioso. Ellie havia crescido. O rosto de adolescente se fora para sempre.

Mas ainda era Ellie.

As lágrimas de Caroline caíam, apesar da alegria. Sua filha estava em casa! Passados onze anos, ela estava ali, e Caroline nunca a perderia novamente. Ela fez sombra na frente dos olhos e deu uma olhada em John, que estava no parque, jogando basquete com os amigos. Ela os apresentaria mais tarde. Por ora, observou enquanto Ellie voltava até o carro e abria a porta traseira. Ela se curvou, parecendo falar com alguém.

Alguns segundos depois, uma garotinha loira saiu do carro. Caroline arquejou silenciosamente. Ellie tinha uma filha? Ela não conhecia a própria neta? No que Alan estava pensando, ao esconder as cartas de Ellie? Mais lágrimas se apressaram a cair das profundezas de sua alma torturada. A garota não era um bebê. Já tinha passado do jardim da infância. As perdas se acumulavam.

Ellie pegou na mão da menina e foi andando com ela até sua mãe.

— Esta é a Kinzie.

Kinzie? Os olhos de Caroline cruzaram com os da filha. A rua em que Ellie e Nolan se encontravam com tanta frequência. Sua filha podia ter ficado longe por mais de uma década, mas a capacidade das duas de se comunicar era a mesma. Caroline colocou as mãos nos joelhos e olhou para a garotinha.

— Você tem olhos muito bondosos, Kinzie. E muito bonitos.

A filha de Ellie ainda estava meio dormindo, mas, ao som do elogio, despertou um pouco mais.

— Obrigada. — Ela parecia intrigada e pestanejou algumas vezes. — Você é a minha vovó Tucker, né?

— Isso mesmo. — Caroline secou as bochechas, sabendo que suas lágrimas só deixariam a criança confusa. — Parece que temos muita coisa para conversar.

Kinzie assentiu e se apoiou em Ellie.

— A minha mamãe disse que você costumava ir ao parque para brincar com ela no balanço.

As palavras da garotinha envolveram Caroline e lhe disseram algo que ela estava desesperada para saber: Ellie lembrava. Ela se lembrava da mãe e havia sentido falta dela e dos seus dias de adolescente em Savannah, tanto quanto Caroline sentira falta daquilo tudo. Caroline ergueu os olhos na altura dos de Ellie e, mais uma vez, o olhar que partilharam continha anos de perda, mas uma esperança ainda maior. Ela encontrou sua voz e colocou a mão no ombro de Kinzie.

— Isso já faz um tempinho... Mas eu gosto muito de brincar no balanço.

— Posso beber um pouco de água, por favor? — Kinzie espiou o apartamento por detrás de Caroline.

— É claro, docinho.

Caroline abriu a porta e guiou Ellie e Kinzie para dentro. Ela serviu um copo de água à menina e lhe deu um prato de biscoitos. Então ela e Ellie se sentaram na sala.

— Meu pai me entregou as cartas. Faz alguns dias. — Ellie esticou a mão para pegar a de Caroline. — Eu achei que você não queria me encontrar. Achei que... — Ela olhou pela janela por um bom tempo, como se estivesse tentando ver o passado. — Que você tinha esquecido de mim.

— Nunca, Ellie. — Caroline olhou no fundo dos olhos tão familiares da filha. — Eu estive aqui esse tempo todo. Rezando, acreditando. Sabendo que, de alguma forma, você encontraria o caminho de volta.

— Você me escreveu uma vez por semana. — Ellie cobriu a mão de sua mãe com a sua. — Quando eu me dei conta disso, parti na manhã seguinte.

Ellie contou sobre a carta que havia aberto na véspera da viagem. Aquela que Caroline escrevera um dia antes do nascimento de Kinzie. Caroline se lembrava muito bem daquela carta.

— Eu sentia como se você estivesse magoada ou com problemas. Como se houvesse algo de errado com você. Eu não conseguia me livrar daquela sensação.

— Vovó? — Kinzie tinha descido da cadeira e havia se juntado a elas na sala de estar. — Eu posso sentar do seu lado?

— Pode, docinho. — Caroline soltou as mãos de sua filha e deu uns tapinhas de leve no sofá ao seu lado. — Nós três podemos ficar sentadas aqui, conversando e pondo o assunto em dia. Que tal?

Kinzie sorriu.

— Gostei da ideia.

Ela hesitou, deu um tapinha de leve no ombro de Ellie quando passou por ela e se sentou ao lado de Caroline.

Não havia como descrever a plenitude no coração de Caroline. Ladeada pela filha e pela neta, os muros que existiam entre elas caíram para sempre. Elas tinham tanta coisa sobre o que conversar, tantos momentos sobre os quais falar.

Ellie contou a Caroline sobre as brigas com o pai e sobre nunca sentir que era boa o bastante para ele. Também lhe contou sobre C.J.

Kinzie prestava atenção em cada palavra, e a expressão de Ellie informou a Caroline que havia detalhes que ela teria de partilhar posteriormente com a mãe.

— Ele era muito gentil e muito bonito. — Ellie sorriu para a filha. — A risada da Kinzie parece um pouco com a dele.

Kinzie se apoiou no braço de Caroline, entristecida pela história do pai, embora fosse claro que ela já a escutara antes. O coração de Caroline se encheu de orgulho pela forma como Ellie havia criado a garota. Ela era bem-comportada e visivelmente apegada a Ellie.

Com cuidado, mais uma vez parecendo se preocupar com a presença de Kinzie ali, Ellie explicou que o pai não tinha sido a favor de seu relacionamento com C.J., por isso, quando ela ficou grávida, foi morar com uma amiga. Os olhos de Ellie ficaram fixos nos de Caroline por um bom tempo.

— A gente não se falou mais até aquele dia. Quando ele me levou a caixa de cartas.

Caroline sempre havia imaginado que Ellie tivesse um relacionamento maravilhoso com o pai, que os dois tinham uma ligação tão forte que ele satisfazia a necessidade de Ellie por ambos os pais. Em vez disso, Ellie criara Kinzie sozinha desde os dezenove anos. Raiva, mágoa e uma frustração impotente competiam na alma de Caroline.

— Eu tenho uma pergunta, filha. — Caroline não queria realmente perguntar, especialmente porque pressentia que já sabia a resposta. — Você falou com Nolan Cook? Desde que saiu de Savannah?

— Não, vovó. — Kinzie levantou a cabecinha loira mais para perto, para que Caroline não pudesse deixar de vê-la.

Caroline colocou o braço em volta dos ombros da garota e se virou na direção dela.

— Você conhece o Nolan?

— A mamãe e eu vimos ele na TV quando estávamos almoçando, no dia do zoológico. — Ela sorriu para Ellie. — Ele é muito legal. Foi isso o que a mamãe disse.

— Ele é sim, meu bebê. — Ellie dividiu o momento com Kinzie antes de erguer os olhos para a mãe. — A gente não se falou. — Ela parecia incerta se deveria contar a próxima parte. — Eu mudei o meu nome. Depois que saí da casa do meu pai.

Caroline se perguntou quando o desfile de surpresas teria fim.

— Que nome você usa agora?

— Ellie Anne. — Ela não parecia lamentar esse fato. — Abri mão do sobrenome Tucker.

Caroline de repente entendeu tudo.

— Para que ele não pudesse te encontrar, mesmo que tentasse.

— Isso mesmo. — Ellie olhou de relance para Kinzie. — Está tudo diferente agora. Ele encontrou o sonho da vida dele. — Ela fez uma pausa e, dessa vez, travou o olhar no da filha durante vários segundos. O sorriso de Ellie era tão genuíno quanto o verão. — Ele encontrou o sonho dele, e eu encontrei o meu.

Caroline podia sentir Kinzie radiante a seu lado.

— Esse é o meu nome também, vovó. Kinzie Anne.

Quem poderia culpar Ellie por não desejar mais ter o sobrenome Tucker? Depois da forma como Alan a havia tratado? Caroline se contorceu por dentro, imaginando como teria sido para Ellie chegar em casa e contar ao pai que estava grávida, depois do que havia acontecido com Caroline e Peyton. Ele certamente a chamara de nomes impensáveis, a acusara das piores coisas possíveis.

Mais uma vez, elas poderiam conversar sobre aquilo depois. Por ora, Caroline colocou a mão no joelho de Ellie e lhe lançou um olhar que dizia quanto lamentava por tudo aquilo. Seu outro braço ainda estava em volta de Kinzie, e ela se inclinou para perto da garotinha e lhe beijou o alto da cabeça.

— Eu acho o seu nome lindo, bebezinha.

— Bebezinha! — Kinzie sorriu. — É assim que a minha mãe me chama às vezes.

Caroline olhou para Ellie, absorvendo a realidade da presença da filha, tentando acreditar em tudo aquilo. Sua filha estava ali, em casa.

— Eu costumava chamar a Ellie de bebezinha quando ela tinha a sua idade.

Kinzie arregalou os olhos e arquejou.

— Então isso explica por que a minha mãe me chama assim.

— É, explica sim. — Caroline prestou atenção para ver se ouvia o som da bola de basquete do outro lado da rua. Ela podia ouvir o som da bola, mas precisava dar uma olhada no menino. A cada meia hora, mais ou menos, ela o via da janela ou ia até o parque para vê-lo jogar.

— Eu tenho uma ideia. — Ela tentou parecer animada, a despeito da gravidade da história de Ellie. — Vamos até o parque. Assim vocês podem conhecer o John.

Caroline sentiu que o corpo de Ellie ficou um pouco rígido, com um calafrio que não estivera ali até aquele momento. Kinzie piscou duas vezes.

— O seu filho?

— É. — Caroline passou os dedos nos cabelos de Kinzie. — O John é o meu garotinho. Ele tem dez anos e está no quarto ano na escola.

Kinzie olhou ao redor, levemente inquieta.

— Ele está se escondendo?

— Não. — Caroline já se sentia ligada à neta. — Ele está jogando basquete no parque, do outro lado da rua. Vamos vê-lo jogar?

— Vamos.

— Mas primeiro... Será que podemos fazer uma coisa juntas? — Caroline olhou de Ellie para Kinzie.

— Sim! O que você quer fazer, vovó?

Caroline ainda estava assimilando a ideia de que era avó e de que sua neta passara seis anos sem ela. Ellie parecia um pouco cética. Embora elas pudessem ler uma à outra, o tempo havia colocado uma distância complicada entre as duas. Distância com a qual elas teriam de trabalhar, independentemente de quanto tempo levasse.

Caroline inspirou fundo e foi em frente.

— Eu estava pensando que talvez a gente pudesse dar as mãos e rezar. — Ela sorriu para Kinzie e depois ergueu os olhos para Ellie. — Você se importa?

Ellie ficou hesitante.

— Tudo bem. — O sorriso dela parecia um pouco forçado. — Vamos lá.

Um surto de emoções tomou conta de Caroline enquanto ela pegava com gentileza nas mãos de Ellie e de Kinzie. Ela fechou os olhos e baixou um pouco a cabeça, com o coração pleno demais para falar. Deus já havia respondido a tantas de suas preces. Caroline passou o polegar ao longo das mãos de sua filha e de sua neta e, por fim, encontrou sua voz.

— Pai, o Senhor ouviu o nosso lamento e nos reuniu. É quase impossível de acreditar. Mas eu sinto que o Senhor ainda não terminou. Por favor, faça as coisas do seu jeito, conforme se passarem as horas e os dias. Qualquer que seja o milagre que o Senhor esteja operando em nossa vida, nos ajude a não ficar no caminho. Em nome de Jesus, amém.

— Amém! — A resposta de Kinzie foi animada e certeira enquanto ela abria um largo sorriso para Caroline. — É assim que o pastor reza na igreja. — Ela ergueu as sobrancelhas, como se tivesse acabado de ser atingida por uma possibilidade. — Você e o John vão na igreja, vovó?

— Vamos. — Caroline hesitou, sem saber ao certo se devia ter aquela conversa com Kinzie antes de tê-la sozinha com Ellie. Sua filha havia concordado com a prece, no entanto, mais uma vez, Caroline havia sentido sua hesitação.

Ellie soltou a mão de Caroline e ficou em pé.

— Vou pegar nossas malas. — Ela não parecia estar com raiva nem chateada, apenas desconfortável. Ellie sorriu para a mãe e para a filha e deu uns tapinhas de leve no braço de Kinzie. — Você fica para conversar com a vovó, bebezinha.

— Tá bom. — Quando Ellie saiu da sala, Kinzie ergueu os olhos na altura dos de Caroline. — Eu vou na igreja com a Tina e a Tiara. A mamãe fica em casa limpando o apartamento.

— Tina e Tiara?

— A Tina é amiga do trabalho da mamãe, e a Tiara é filha dela. Elas são meio que a nossa família.

— Entendi. — A imagem ficava cada vez mais clara. A vida solitária com Alan, o jeito controlador dele, o caso de Caroline... Tudo que havia acontecido desde que eles se mudaram para San Diego. Não era de admirar que Ellie não frequentasse a igreja. Caroline lamentou em silêncio por sua parte nos danos causados à filha, e pelas perdas que se haviam acumulado desde então.

— Você está triste por causa disso, vovó? — Kinzie pegou na mão dela novamente. — Porque a mamãe não vai na igreja?

— Estou.

Caroline sorriu para o bem de Kinzie. Ellie estaria de volta a qualquer momento, e a conversa das duas não poderia se aprofundar muito. Pelo menos não naquele instante.

— Eu rezo por ela. Todas as noites. — Kinzie apontou para o chão. — De joelhos, ao lado da cama.

— Muito bem, Kinzie. — Mais uma vez Caroline sentiu uma extraordinária ligação com a preciosa criança. — Continue rezando. Deus ouve você, bebezinha.

— Eu sei. E o pastor disse que algumas pessoas levam mais tempo para encontrar o final feliz em Jesus.

— É verdade. — Uma nova onda de lágrimas se formou nos olhos de Caroline. — Algumas pessoas demoram um pouco mais.

Kinzie se inclinou para perto de Caroline e descansou a cabeça no braço dela.

— Que bom que encontramos você, vovó. A mamãe está feliz de verdade com isso.

— Bom... — Caroline lutava para encontrar sua voz, pois suas emoções eram muitas e intensas. — Eu também estou muito feliz.

Ellie voltou com a bagagem das duas, e as três cruzaram a rua em direção ao parque. Caroline chamou John, ele apanhou a bola de basquete e se juntou a elas. Todos pareceram se dar bem, mas Caroline teve de se forçar a ouvir a conversa. Ela estava ocupada demais observando, maravilhada, cada detalhe da cena. Ellie estava em casa! Ver Ellie, Kinzie e John conversando era como um sonho. A maior resposta a suas preces que ela seria capaz de imaginar.

Agora ela precisaria mudar sua oração. Ela pediria que as coisas partidas fossem consertadas, e que um dia, em breve, Ellie encontrasse, entre as cinzas de seu passado, o que Caroline já havia encontrado.

Seu final feliz em Jesus.

Caroline havia acabado de se sentar à sua mesa de trabalho naquela manhã de segunda-feira quando Nolan Cook entrou. Mais uma vez, ela se perguntou se estaria sonhando. O jogador de basquete estava na mente de Caroline desde que Ellie chegara a Savannah no dia anterior. Ela e a filha conversaram até tarde da noite sobre Nolan, e só então Caroline compreendeu a gravidade da ausência dele na vida de Ellie.

— Eu nunca mais vou ver o Nolan. Eu já sei disso. — Ellie estava sentada, descalça, com os joelhos puxados para junto do peito. Apesar dos anos que elas haviam perdido, Ellie parecia uma adolescente de novo. — Ele é famoso agora. É o cara que todo mundo quer. — Ela deu risada, mas apenas para ocultar a tristeza. — Não tem volta. Mesmo aqui em Savannah.

Então Ellie contou a sua mãe sobre a caixa de pescaria enterrada debaixo do carvalho no Parque Gordonston e sobre as cartas que havia dentro dela. A data em que eles haviam combinado de se encontrar seria no dia seguinte, mas Ellie estava convencida de que Nolan não se lembrava do encontro marcado e da última chance que ele representava para os dois de se encontrarem novamente.

Foi por esse motivo que, quando Nolan entrou no consultório onde Caroline trabalhava, ela teve que se segurar para não cair da cadeira. Ele vestia calça jeans azul-escura e camiseta branca com gola em V. Ela era a única pessoa na recepção cedo daquele jeito, e, na sala de espera, havia apenas um casal de idosos. Caroline estava tentando imaginar o que dizer quando ele entrou e enfiou as mãos nos bolsos da calça.

— Sra. Tucker. — Ele assentiu, com humildade e educação. Da mesma forma como fazia quando era apenas uma criança. — Há quanto tempo.

— Nolan. — Caroline se levantou e olhou por cima do ombro em direção ao escritório. — Espere um pouco. — Ela encontrou uma colega de trabalho para ficar em seu lugar, para que pudesse sair da recepção. Então se juntou a Nolan na sala de espera. — Podemos conversar lá fora?

— Sim, por favor.

O casal de idosos não pareceu reconhecer Nolan, de forma que eles poderiam ter alguns minutos para conversar sozinhos. Nolan apontou para um banco de metal que havia ali perto, do lado de fora do consultório, e os dois se sentaram, um de frente para o outro.

— Eu não vou tomar muito do seu tempo. — A manhã estava cálida e nublada, e os dois se entreolharam. — Estou aqui por causa da Ellie.

Caroline não sabia ao certo o que dizer primeiro.

— Como você me encontrou?

— Você quer a resposta curta? — Seus olhos continham uma bondade inconfundível. — O Senhor atendeu às minhas preces. — Ele abriu um leve sorriso. — Sabe o Ryan Kelly? O violonista do Peyton Anders?

Ao ouvir esse nome, a expressão de Caroline mudou. Ela podia sentir a mudança. Não havia como parar de sentir vergonha sempre que o nome do cantor surgia em uma conversa. Ela assentiu, lutando para conseguir voltar ao momento.

— O Ryan passou aqui não faz muito tempo.

— Ele e a mulher foram a um dos meus jogos. Eu estava contando sobre a minha infância, sobre como perdi a minha melhor amiga quando ela se mudou para San Diego no verão dos nossos quinze anos.

Caroline sentiu o coração parar de bater por uma fração de segundo.

— Isso é loucura.

— Exatamente. — Ele passou a mão nos cabelos. — Ele me perguntou se eu conhecia uma Caroline Tucker, e então descobrimos o resto muito rápido. — A expressão nos olhos dele ficou mais intensa. — Eu vim até aqui assim que tive um dia de folga. — Ele entrelaçou as mãos e, por um bom tempo, encarou fixamente o chão. Quando ergueu o olhar, seus olhos estavam marejados. — Caroline, eu venho procurando a Ellie desde o dia em que ela foi embora.

A mente de Caroline começou a girar. Nolan vinha procurando por Ellie esse tempo todo? Isso realmente estava acontecendo? Ela queria interrompê-lo, dizer a ele que havia encontrado Ellie, mas Nolan estava falando e o choque era grande demais.

Frustração e intensidade deixaram a expressão dele mais sóbria.

— É como se ela tivesse desaparecido da face da terra. — Ele apoiou os antebraços nos joelhos, como se acreditasse não ter mais saída. — O Ryan me disse que você não tem visto a Ellie. Mas, se tiver alguma pista dela, qualquer coisa que possa me colocar na direção certa, por favor... eu preciso saber.

Parecia que os pulmões de Caroline tinham se esvaziado. O jovem sentado a seu lado não apenas se lembrava de Ellie, mas estava arrasado por causa dela.

Uma prece silenciosa veio com a próxima respiração. *Meu Deus amado... Obrigada.*

— Nolan... — Ela sorriu, tentando imaginar por onde começar. — Você não vai acreditar.

— O quê?

Caroline não sabia o que dizer primeiro. Por alguns segundos, ela só conseguiu se regozijar na realidade de que Deus estava ali. O espírito dele pairava por todo aquele lugar. Não havia dúvidas de que Deus estava operando um milagre.

Qualquer outra explicação era impossível.

25

ELA SABIA DE ALGUMA COISA. Nolan podia sentir isso. Muito antes de Caroline começar a falar, ele sentiu o rosto empalidecer e o coração chutar o peito em um ritmo mais rápido que qualquer coisa com a qual ele estava acostumado na quadra de basquete.

— Sra. Tucker?

— Me desculpe. — Ela deu risada, mas lágrimas lhe enchiam os olhos ao mesmo tempo. — A Ellie... Ela veio para casa na noite passada.

A notícia fez o mundo de Nolan parar. Tudo em sua vida, daquele momento em diante, seria definido em termos de *antes* ou *depois* daquela conversa com a mãe de Ellie. Não importava o que viria em seguida, ele tinha a informação principal, aquilo que o perturbara todos os dias de sua vida.

Ellie estava viva.

Nolan fechou os olhos e soltou o ar. À medida que a revelação se tornava realidade em sua mente, ele tinha mais e mais perguntas a fazer.

— Ela telefonou? Quer dizer, o que... — Os pensamentos dele eram conflitantes. Ellie estava viva! Ele se forçou a se concentrar. — O que a fez vir para cá?

Caroline suspirou.

— É uma longa história. — Ela colocou a mão no ombro de Nolan por alguns segundos. — Deus está operando um milagre. Para todos nós.

Nolan ficou sabendo dos detalhes em questão de minutos. As cartas de Caroline para Ellie, a mudança no coração de Alan. Como as cartas haviam servido de gatilho para que Ellie pegasse a estrada. A mãe dela não havia mencionado o encontro do dia seguinte no Parque Gordonston, então Nolan também não o mencionou. Mas, se Ellie se lembrava ou não do encontro, não vinha ao caso. Se ela estava ali, em Savannah, ele iria encontrá-la.

Nolan sentiu o coração mais leve, como jamais sentira desde que seu pai morrera.

— Posso ir vê-la? — Nolan sacou o celular. — Por favor, me passe o seu endereço e vou lá agora mesmo.

Alguma coisa mudou nos olhos de Caroline. Ela se sentou com o corpo um pouco mais rígido e sacudiu a cabeça.

— Que tal hoje à tarde? Por volta das cinco horas?

Nolan a analisou. Ela estava escondendo alguma coisa — pelo menos era o que parecia. Detalhes sobre Ellie, talvez. Algo que Caroline não queria falar.

— Eu tenho o dia todo.

O sorriso de Caroline, cheio de dor, implorava que Nolan entendesse.

— Pode ser que ela esteja dormindo. Ela dirigiu por quatro dias seguidos.

O desapontamento tentou dominá-lo, mas Nolan não permitiu que isso acontecesse. Ele havia esperado anos para vê-la. Podia esperar mais oito horas.

— Tudo bem. — Ele cerrou o maxilar. Ela estava ali. Nolan ainda não conseguia acreditar naquilo. — Vou encontrar algo para fazer. Vou até o rio, talvez. — Ele se levantou, e Caroline fez o mesmo. Eles se abraçaram como mãe e filho. — Às cinco?

— Sim. — Ela fez uma pausa. — Enquanto estiver no rio hoje... reze, Nolan. Apenas reze.

Mais uma vez, ele sentiu algo enigmático no tom de Caroline. Fosse o que fosse, ele descobriria naquela tarde. Quando visse Ellie pela primeira vez desde que eles tinham quinze anos. Algo que ele nunca sonhou que fosse acontecer com aquela conversa.

— Vou rezar. Pode acreditar que sim.

— Até mais, Nolan.

— Cinco horas.

Ambos acenaram em despedida. Caroline voltou ao consultório enquanto ele foi até seu SUV. Será que Ellie estava doente? Ou tinha passado a desprezá-lo de alguma maneira? Era por isso que ela nunca havia entrado em contato com ele? Por que ela não queria ser encontrada? O medo tentou dominá-lo, mas ele manteve controle sobre os próprios pensamentos.

Esse truque foi algo que ele aprendeu fazia um bom tempo na batalha da vida cristã. O início do pecado e da destruição, do desânimo e das trevas sempre acontecia com um único pensamento. Ele não podia impedir isso. Pensamentos errados eram como outdoors na estrada da vida — acabavam aparecendo. A vitória ou a derrota dependiam de como ele lidasse com esses pensamentos. "Levamos cativo todo pensamento, para torná-lo obediente a Cristo." O verso de 2 Coríntios 10,5 veio até ele nesse momento, como lhe havia ocorrido incontáveis vezes.

Ele apanhou o pensamento rebelde e o expulsou do coração e da mente. Ele não teria medo. Não importava o que tivesse acontecido com Ellie, não importava o motivo pelo qual Caroline queria que Nolan rezasse, Deus estava no controle. Ele não tinha nada a temer. O Senhor havia operado um milagre até ali, e ainda não tinha terminado.

Nolan estava convencido disso.

❧ ☙

Ellie tinha pressa de sair.

Seu coração corria no ritmo de seus pensamentos enquanto ela andava de um lado para o outro na cozinha de sua mãe. Kinzie e John estavam na sala, vendo um filme sobre Jonas, mas tudo em que Ellie conseguia pensar era o óbvio: ela precisava correr.

— Querida, eu não entendo. — Sua mãe falava com um tom um pouco mais alto que um sussurro. Ela soava praticamente desesperada. — Você me falou como sentia falta dele, como gostaria que vocês nunca tivessem perdido contato.

— Sim. — Ellie se esforçou para manter a voz baixa. — Porque eu seria uma pessoa diferente se o Nolan e eu tivéssemos ficado próximos. Mas agora... — Ela estendeu as mãos. Por que sua mãe não conseguia entender? — Olhe para mim. Eu não sou a mesma garota. Ele vai ficar... ele vai ficar desapontado, mãe. Nolan Cook não ia me querer. — Ela não quis dizer em voz alta que era uma mãe solteira com poucas conquistas, mas os fatos permaneciam ali. — Eu não quero ver o Nolan.

Ellie não tinha se dado conta de quão verdadeiro era aquilo até que sua mãe voltou do trabalho mais cedo e contou a ela o que havia acontecido. Que Nolan tivesse aparecido lá procurando por Ellie já tinha sido choque suficiente. Mas, ao saber que ele estava a poucos quilômetros dela e iria ao apartamento de sua mãe, Ellie entrou em pânico.

Uma coisa era ficar curiosa, querer desenterrar a caixa de pescaria e ler o que Nolan havia escrito para ela todos aqueles anos atrás. Mas encará-lo na sala de estar do apartamento de sua mãe? Apresentá-lo a Kinzie e tentar explicar a ele como foram seus últimos dez anos? Apenas pensar naquilo era mais do que ela poderia suportar. Era preferível se lembrar de Nolan como ela o conhecera aos quinze anos a vê-lo com pena dela.

— Docinho. — Caroline tentou novamente. — Eu disse a ele que você estaria aqui. — Ela se apoiou na ilha da cozinha que as separava. Seu tom era um misto de frustração e medo. — Ele vem te procurando desde que você se mudou daqui.

— Eu sinto muito. — Ellie deu a volta no balcão e colocou as mãos gentilmente nos ombros da mãe. — Eu preciso ir. Mais tarde eu explico.

Ela pegou as chaves no balcão e foi apressada para a sala de estar. Kinzie não podia perceber sua determinação frenética. A criança era perceptiva demais e saberia que havia algo de errado. Faltavam apenas quinze minutos para as cinco horas. Não havia tempo para explicações. Ela surgiu atrás da filha e pôs a mão em seus cabelos.

— Kinz, precisamos fazer algumas compras. A mamãe tem que pegar uma coisa na loja, tudo bem?

Kinzie olhou para a mãe e voltou a olhar para a TV.

— Mas o filme está quase acabando...

— A gente pode ver o filme depois.

— Não tem problema. — John se levantou e se alongou. Ele era alto, tinha cabelos escuros e olhos tão azuis quanto os de Caroline. Tão azuis quanto os de Ellie e Kinzie. John deu uns tapinhas amigáveis na cabeça de Kinzie. — A gente pode terminar de ver o filme quando vocês voltarem. Eu preciso treinar umas jogadas de basquete.

— Tá bom. — Kinzie deixou cair um pouco os ombros. — Eu acho...

John abriu um largo sorriso e desceu o corredor em direção ao quarto.

— Você está pronta? — Ellie tentou manter a calma. Os minutos estavam correndo.

Sua filha alisou o vestido para tirar as marcas.

— Agorinha? — Kinzie pegou a boneca no chão.

— Sim, bebezinha. — Ellie ficou mexendo nas chaves do carro. — Você está pronta?

— Eu preciso ir ao banheiro. — Kinzie se movia devagar, provavelmente cansada de ter ficado sentada. — Toma, você pode segurar para mim? — Ela entregou a boneca a sua mãe.

— Posso. — Ellie se lembrou de ser paciente. Nada daquilo era culpa da filha. — Vai depressa, tá bom?

— Tá, mamãe.

O relógio gritava para Ellie, provocando-a. Ela olhou no celular. Sete minutos. Esse era o tempo que Ellie tinha até que Nolan Cook estacionasse o carro na frente do apartamento de sua mãe. Caroline foi vê-la.

— Você vai mesmo sair?

— Vou. Diga a ele... que eu tinha coisas para fazer. — Ela se virou e as duas se abraçaram. — Eu não posso ver o Nolan. Simplesmente... não posso.

— Ele não vai acreditar. — Caroline suspirou lentamente. — Faz tanto tempo, Ellie.

— Exatamente. — Ela abriu um sorriso, desejando que a mãe a entendesse. — Kinzie? — Ellie manteve o tom amigável. — Bebezinha, nós precisamos ir.

— Só um minuto. — A vozinha veio do corredor.

— Eu posso dizer mais uma coisa? — Caroline ainda estava com a face voltada para a filha. — Você não acha que a sincronia é um pouco estranha para que tudo não passe de coincidência? — Ela parecia menos determinada agora, aceitando mais a realidade: Ellie não queria ver Nolan. Ponto-final.

— Não é tão estranha assim. Esse tal de Ryan Kelly conversa com você e então... — Ellie parou de falar de repente. Tudo em que ela havia se concentrado mais cedo era o fato de Nolan ter passado no consultório onde Caroline trabalhava e de estar indo até ali. Mas agora os outros detalhes da explicação de sua mãe gritavam em sua mente. — Esse Ryan é violonista do Peyton Anders? E ele veio porque sabia que você e o Peyton eram amigos?

— Sim. — Algo profundo tomou conta de sua mãe, tanto nos olhos quanto no tom dela. — O Peyton e eu éramos amigos.

— Quando? — O coração de Ellie começou a bater mais forte e mais rápido, e ela sentiu o estômago revirar.

— Eu o conheci há treze anos. Nós fomos amigos durante dois anos.

— Então... ele é... — A voz de Ellie foi sumindo. Ela não conseguia formar as palavras, não podia imaginá-las. Em vez disso, procurou os olhos da mãe enquanto empalidecia. Se sua mãe tinha algo a lhe contar, poderia dizer as próximas palavras.

— O que você está pensando... É isso mesmo. Ele é o pai do John. — Caroline baixou o tom de voz para um sussurro. — O John não sabe de todos os detalhes. Só que o pai dele era um cantor que não estava preparado para ser pai.

Sua mãe era uma tiete? A imagem era tão horrível que Ellie não conseguia acreditar.

— Eu sempre... imaginei que você estivesse com alguém... normal. Alguém que te amasse.

— Eu achava que ele me amava. — O tom de Caroline dizia que ela não ia se defender, mas, ao mesmo tempo, seus olhos diziam que havia mais coisas naquela história.

É claro. Ellie ficou sem fôlego. Tinha que haver mais coisas naquela história.

Kinzie veio descendo o corredor aos pulinhos, com um largo sorriso no rosto.

— Vamos. Acho que ir até a loja vai ser divertido.

Elas tinham uns três minutos. Nolan poderia estacionar ali a qualquer momento.

— Sim. — Ellie olhou para a mãe e sentiu a expressão dela se suavizar. — A gente conversa depois.

As duas haviam tomado decisões das quais não se orgulhavam. O que quer que tivesse acontecido, sua mãe devia ter tido um motivo para isso, uma explicação.

Se ela o conhecia havia dois anos, certamente fora mais para Peyton Anders do que apenas uma tiete.

Elas se despediram, e Ellie colocou o braço em volta dos ombros de Kinzie.

— Vamos correr até o carro!

As risadinhas da garotinha fizeram com que o mundo parecesse certo de alguma forma.

Um minuto depois, elas estavam longe do bairro, e Ellie notou uma coisa.

Ela conseguia respirar novamente.

Nolan mal podia esperar pelas cinco horas. Depois de um dia inteiro no rio, ele não sabia se alguma vez na vida havia rezado tanto por Ellie Tucker como agora. Qualquer que fosse a situação, a forma como ela se sentisse em relação a ele e a maneira como os últimos onze anos haviam se desenrolado na vida de Ellie, ele mal podia esperar para vê-la. Só de saber que ela estava ali, na mesma cidade que ele, fazia com que aquele fosse um dos melhores dias de todos.

Um dia que ele não sabia ao certo se teria.

Nolan estacionou o carro em frente ao apartamento de Caroline e verificou o endereço duas vezes. Ele se sentia mais nervoso do que quando estava no ensino médio e ia à casa de Ellie, ou quando eles se encontravam no parque. Ele entendia o porquê. Ele não tinha mais certeza dos sentimentos de Ellie nem de quem ela havia se tornado.

Caroline atendeu a porta dois segundos depois de ele ter batido e, a partir do momento em que eles se entreolharam, ele sabia que teria problemas.

— Nolan, entre.

A sala estava silenciosa, exceto por um garoto sentado à mesa de jantar. Ele estava com uma bola de basquete no colo e se levantou lentamente quando Nolan passou pela porta. Nolan sorriu para a criança e deu uma olhada em volta, pretendendo obter respostas. Ele manteve um tom educado, mas seu estado de pânico devia estar evidente.

— Onde está a Ellie?

— Ela saiu. — Caroline parecia ter envelhecido um ano desde aquela manhã. Sua voz continha um pedido de desculpas. — Ela teve que fazer umas coisas na rua.

Nolan não falou nem se mexeu. Na faculdade, ele havia tido uma aula de biologia em que aprendera sobre o cortisol. O hormônio da morte, como era chamado. Uma substância que o corpo libera no fluxo sanguíneo ao sofrer estresse ou ouvir notícias ruins. Ele tinha plena certeza de que estava experimentando uma overdose dessa substância naquele momento.

— Eu sinto muito. — Caroline cruzou os braços, claramente constrangida. — Eu não entendo, Nolan. Eu contei a ela que você estava vindo, que você havia procurado por ela desde que ela se mudou.

— Ela disse se... se vai voltar logo?

— Não. — Caroline suspirou e balançou a cabeça em negativa. — Ela não quer te ver. Eu não sei por quê. Eu sinto muito.

O garoto chegou mais perto, com a bola debaixo do braço. Ele parou ao lado da mãe, e Nolan entendeu a situação: aquela era a criança de quem Caroline estava grávida, o resultado do caso amoroso que fizera com que o pai de Ellie se mudasse com ela para San Diego. Nolan sentiu compaixão pelo menino. O sofrimento e a perda relacionados ao nascimento dele não eram culpa do garoto.

— Oi. — Nolan estendeu a mão, e a criança o cumprimentou. — Eu sou o Nolan Cook.

— Eu sou o John. — O garoto sabia exatamente quem era Nolan. — Meus amigos não vão acreditar nisso.

— Eu e o Nolan precisamos conversar por alguns minutos. — Caroline parecia nervosa.

— Tudo bem, mãe.

John voltou para a outra sala e se sentou à mesa, observando-os a distância.

Assim que ele estava longe a ponto de não ouvir a conversa, Caroline baixou o tom de voz.

— Eu não sei quando ela vai estar em casa. Eu não sei ao certo o que lhe dizer.

— Eu não vou a lugar nenhum. — Nolan parecia em paz em relação a isso. — Ela vai ter que voltar em algum momento.

— Eu só... Eu não acho que ela vai gostar disso. Eu sinto muito.

— Eu vou deixar que ela me diga isso. — Nolan sorriu, apesar de sentir como se seu coração tivesse caído a seus pés. Ellie Tucker o estava evitando? A realidade confirmava todas as possibilidades dolorosas que ele havia considerado com o passar dos anos. Ela estava viva, sim. Mas não queria vê-lo. Agora ele tinha que descobrir o motivo daquilo. E ele não sairia dali até que tivesse a resposta.

Nolan teve uma ideia e deu alguns passos em direção à cozinha.

— Ei, John, eu dei uma passada na Escola de Savannah hoje. O treinador abriu o ginásio para mim. É meio que um lance particular.

— É mesmo? — John ficou de pé na mesma hora. O garoto parecia legal e, a julgar pela camiseta dos Hawks e pela bola de basquete que tinha nas mãos, era louco pelo esporte.

— A gente podia jogar um pouco por lá... O que você acha? — Nolan olhou para Caroline. — Você se incomodaria? Por mais ou menos uma hora?

— Por favor, mãe! — John foi correndo para junto de Caroline.

Nolan ficou olhando enquanto a mulher considerava sua oferta. Ela o conhecia desde criança e confiava nele. Mas deixar que John fosse com ele significava que ele teria de trazer o garoto de volta para casa mais tarde. Mais uma chance de ver Ellie. Ele tentou acalmá-la.

— Caroline — Nolan manteve o tom educado —, eu posso lhe dizer uma coisa. De uma forma ou de outra, eu não vou embora sem ver a Ellie.

— Bem... — hesitou Caroline, perdendo a luta. — O John adoraria. — Ela sorriu para o filho. — Quanto ao resto... eu vou rezar.

Aquilo era tudo que Nolan precisava ouvir. Ele assentiu para que o garoto o acompanhasse. John abraçou e beijou a mãe e, com isso, partiu com Nolan para o ginásio. O lugar onde Nolan e Ellie haviam passado quase metade da adolescência. A quadra onde ele podia sentir seu pai novamente, vê-lo dando instruções das laterais. Deus o havia levado até lá. Ele jogaria basquete com o garoto, o levaria para casa e faria o que havia sonhado fazer desde a última hora que passara com Ellie. Ele daria uma volta com ela e descobriria a resposta para a pergunta que paralisava seu coração.

Por que Ellie o estava evitando?

26

Ellie calculou que deveria esperar uma hora antes de ligar para a mãe. Ela e Kinzie haviam ido até o mercado mais próximo e comprado os ingredientes para fazer cookies com gotas de chocolate. Sua filha estava com um humor excelente, sem saber o que Ellie estava sentindo. Kinzie gostou de Savannah, achou John divertido e queria saber quando elas voltariam ali.

— Ou talvez a gente pudesse mudar para cá, mamãe. Assim eu posso ficar perto da minha vovó. Garotinhas devem ficar perto da avó, não é?

Ellie não sabia ao certo por quê, mas imaginou seu pai sozinho na casa dele, sem família. Se ela e Kinzie se mudassem para Savannah, algo em que ela vinha pensando desde a primeira vez em que abraçara a mãe, a vida dele provavelmente terminaria assim, sozinho e sem as pessoas que ele realmente amava. A imagem não lhe trouxe satisfação.

— Bem, Kinz. — Seu coração doía, mas ela sorriu para a filha. — Famílias devem ficar juntas. Mães, pais, avôs e avós. — Elas caminhavam lado a lado, sem pressa. — Então, sim, garotinhas devem ficar perto da avó.

Kinzie parecia contente com aquela explicação e começou a descrever o filme sobre Jonas. Ellie tentou prestar atenção, mas não conseguia parar de pensar em Nolan. Por que ele estava na cidade? Só podia ser coincidência. Ele estava prestes a começar as finais da NBA. Além do mais, estava namorando. Se ele tinha ido procurar por ela, era apenas porque estava por acaso na cidade e ficou curioso.

Certo?

Ela não conseguia se convencer disso. A sincronia era incrível.

Em todo o caminho até lá, a cada longo quilômetro entre San Diego e Savannah, Ellie havia dito a si mesma que Nolan não iria ao encontro no velho carvalho. Ao mesmo tempo, tinha se permitido sonhar. Se ele aparecesse, ela se apegaria ao momento como o mais belo dos tesouros. Seria um último adeus. Um encerramento. Se ele a encontrasse no parque, os minutos que ela passaria com Nolan Cook seriam apenas dos dois. Fora do tempo.

Mas nunca, durante todo o trajeto até Savannah, ela havia acreditado que isso realmente aconteceria.

Kinzie mudou de assunto e começou a se lembrar em voz alta de todas as coisas especiais que elas tinham visto na viagem até a Geórgia. Ellie assentiu e disse o que precisava dizer para continuar fazendo parte da conversa. O momento imaginado com Nolan tinha sido apenas uma fantasia.

Tudo aquilo havia mudado no momento em que sua mãe mencionara o nome de Nolan. O medo tomou conta dela de uma maneira muito forte. Ela não queria ver Nolan Cook, não queria estar diante dele, perto o bastante a ponto de tocá-lo. Ellie não conseguiria suportar a ideia de vê-lo desapontado com ela. Nem agora nem nunca. É claro que ela não pôde esperar para sair correndo da casa de sua mãe.

Se ela deixasse Nolan vê-la, ele nunca mais se lembraria dela como a garota de quinze anos que ela fora um dia. Ele veria quem ela era atualmente. Quem ela havia se tornado. Veria as consequências de suas ações e veria Kinzie. E, num piscar de olhos, sua curiosidade se transformaria em pena.

E, simples assim, Nolan Cook lamentaria por Ellie.

Isso era algo que ela nunca permitiria que acontecesse. Em parte porque estava feliz com sua vida, especialmente agora que havia reencontrado a mãe e que seu coração estava começando a se livrar da raiva do pai. Ellie tinha um emprego do qual gostava e até planejava escrever seu romance um dia. E também tinha Kinzie.

Acima de tudo, Kinzie.

Se Nolan lamentasse por ela, isso significaria que ele não a entendia e tampouco a conhecia. Não, a única forma de as lembranças deles permanecerem intocadas seria deixar o passado para trás na Edgewood e nas ruas em que eles costumavam se encontrar. E também no Parque Gordonston.

— Mamãe? — Kinzie deu um tapinha de leve na mão de Ellie e parou de andar. — A gente pode levar chá para a vovó? Porque eu vi um desses na pia dela, e acho que ela gosta desse chá.

— Há?

— Esse aqui. — Kinzie pegou uma caixa vermelha de chá. — Eu vi esse no balcão do apartamento dela.

— Tudo bem, bebezinha. Podemos levar.

— Você está com uma cara engraçada. Você ouviu o que eu disse antes? — A menina tinha um olhar provocador. — Você está pensando em fazer cookies?

— Sim, bebezinha, isso mesmo. — Ellie colocou o braço em volta dos ombros de Kinzie e a abraçou. — Eu mal posso esperar para fazer cookies com você.

— Eu também, mamãe. Você, eu e a vovó vamos fazer cookies juntas pela primeira vez.

Ellie sorriu para a filha.

— Kinz, eu preciso ligar para a vovó bem rapidinho, tá bom?

— Tá. — Ela deu uns passos à frente. — Fale para ela sobre os cookies.

O número estava em seus contatos fazia um dia, mas Ellie já o havia salvado como favorito. Ela apertou o botão, e o telefone começou a chamar.

Sua mãe atendeu rapidamente.

— Ellie, você está bem? — Caroline soltou o ar. — Eu fiquei preocupada. Você saiu tão rápido...

— Eu estou bem. — Kinzie estava perto o bastante para ouvir a conversa, então Ellie não quis mencionar o nome de Nolan. — Eu e a Kinzie vamos fazer cookies com gotas de chocolate com você quando voltarmos.

Sua mãe hesitou.

— O Nolan passou aqui. Você sabe disso.

— Você disse a ele que eu precisei sair, certo?

— Depois de onze anos? — Caroline emitiu um som que era mais parecido com um choro do que com uma risada. — Ele não vai desistir agora, querida. Você precisa saber.

Ellie não tinha levado aquilo em consideração. Ela imaginou que, se sua mãe o desencorajasse, se ele achasse que ela não queria vê-lo, ele desistiria. Especialmente se estivesse só curioso. Outra onda de preocupação a envolveu.

— O que ele disse?

Kinzie pulava em círculos e cantava. Algo sobre pepinos. Ellie se esforçava para ouvir o que sua mãe estava lhe dizendo.

— Ele levou o John para o ginásio da escola. Para jogar basquete por algumas horas.

— Espera... O quê? — O pânico de Ellie aumentou. — O Nolan está com o John?

— Ele não vai embora, Ellie. Ele quer ver você.

Ela estava prestes a argumentar, prestes a implorar que sua mãe fizesse Nolan entender. Mas de repente ela mesma compreendeu o que precisava fazer, mesmo que não quisesse. Se ele ia ficar por ali, se ele não iria embora até que a visse, então Ellie só tinha uma opção. Ela precisava ir até ele.

Sim, isso mudaria as coisas entre os dois. Isso mudaria as lembranças do passado, mas pelo menos eles teriam suas respostas, e ele a deixaria em paz. Amanhã seria 1º de junho, e depois disso ela poderia seguir em frente com sua vida. De uma vez por todas.

— Tudo bem. — Sua voz soava resignada. Ellie não estava chateada com a mãe, apenas endurecendo o coração. — Vou levar a Kinzie para casa e vou falar com ele.

Sua mãe hesitou.

— Obrigada. — Caroline soava mais do que aliviada.

— Uma pergunta, mãe. — Ellie ainda não conseguia acreditar que havia encontrado sua mãe. — Você contou a ele sobre...? — Ela olhou de relance para a filha. Kinzie estava mais perto dela agora, dançando ao lado do carrinho de compras. — Você sabe.

— Sobre a Kinzie. Não, eu não contei nada a ele. Achei que você devia contar.

— Obrigada. — Ellie deixou que a informação assentasse em seu cérebro. Sua mãe era tão bondosa, tão compreensiva. Ellie pensou mais uma vez em tudo que havia perdido sem tê-la por perto. Elas tinham tanta coisa para conversar, uma vida inteira para pôr em dia. E poderiam começar naquela noite, enquanto preparavam cookies com gotas de chocolate com Kinzie. Aos poucos, uma conversa de cada vez, elas se atualizariam e encontrariam o caminho de volta à intimidade. Ellie vislumbrava ótimas coisas no futuro.

Se ao menos ela conseguisse deixar Nolan Cook para trás.

❦

Ellie deixou Kinzie na casa de sua mãe e foi até a Escola de Savannah. Parou do lado de fora da porta do ginásio e ali, no ar úmido de fim de maio, ficou escutando. Apenas escutando. O som da bola batendo no chão de madeira e a voz familiar de Nolan enchiam seus ouvidos.

— Aê, garoto... Agora você pegou o jeito!

Ellie deu um passo adiante e prendeu a respiração. Uma coisa era vê-lo na TV, detonando a defesa do oponente e sendo entrevistado pela ESPN. Outra era ver Nolan ali, no ginásio da Escola de Savannah. O coração de Ellie ficou instantaneamente pleno, e sua determinação de lhe dizer só umas poucas palavras e depois ir embora ficou severamente abalada. Se ao menos ela conseguisse ficar ali durante uma hora, sem que sua presença fosse notada, se conseguisse estar com ele ali, onde eles passaram tanto tempo juntos...

John driblou e arremessou a bola em direção à cesta. Ela precisava se apressar, não importava como estava se sentindo. Antes de Ellie sair do apartamento de sua mãe, Caroline e Kinzie estavam juntando os ingredientes para os cookies com gotas de chocolate. Ela queria estar de volta antes que as duas colocassem os cookies para assar.

Mas agora... Agora ela não conseguia fazer nada além de olhar para Nolan. A gentileza dele com John, seu jeito habilidoso de levar a bola até a cesta e marcar pontos. Ele fora predestinado à grandeza no basquete desde que estava no ensino médio.

— Você está indo muito bem, camarada. Vá tomar um pouco de água. — Nolan deu um tapinha amigável nas costas de John.

O garoto foi o primeiro a notar que Ellie estava ali. Ele se dirigiu até o bebedouro, bebeu água, então parou e olhou para ela.

— Oi, Ellie.

— Oi.

Ela pôde sentir os olhos de Nolan sobre ela antes de se virar na direção dele. Eles a atraíam como se fossem ímãs.

John foi beber mais água e, quase em câmera lenta, com onze anos embalados naquele momento, Ellie olhou para Nolan. Como num sonho, seus olhos encontraram os dele e tudo sumiu em volta dela. Tudo, menos Nolan Cook. Ela não respirava, não notava as batidas do coração nem John voltando do bebedouro.

Porque, no mundo todo, só havia ela e Nolan.

Ellie se recompôs bem a tempo, antes de dizer ou fazer alguma coisa que acabasse entregando como ela estava se sentindo. Naquele momento, pela primeira vez em todos aqueles anos, seu coração parecia finalmente estar em casa. *Levante uma muralha,* ordenou a si mesma.

Nós não temos mais quinze anos. Ela ficou um pouco mais ereta e foi caminhando na direção dele.

— Nolan.

— Ellie...

Ele parecia indeciso entre correr até ela ou parar e sorver a visão de Ellie bem ali.

Ela foi até ele. Nolan não estava transpirando, sinal de que havia deixado John fazer a maior parte das jogadas.

— Vocês se conhecem? — John chegou um pouco mais perto dos dois. O menino parecia estar na manhã de Natal.

— Sim, a gente se conhece. — Nolan manteve os olhos pregados em Ellie. — Há muito tempo.

Ela não desviou o olhar. As palavras de Ellie saíram devagar e comedidas.

— Nós tínhamos quinze anos da última vez que nos vimos.

— Uau! — John ficou boquiaberto. — Faz bastante tempo.

— Eu tenho uma ideia. — Nolan se virou para o menino e passou a bola para ele. — Que tal você ir até aquela cesta ali e fazer cem arremessos livres? — Ele deu uma piscadinha para John. — Você se importaria, camarada?

— Claro que não. — John abriu um largo sorriso e foi batendo a bola até a extremidade mais afastada da quadra. Então Ellie e Nolan ficaram sozinhos.

— Por quê? — A voz de Nolan saiu dolorida e magoada. Ele buscou os olhos dela mais profundamente. — Por que você não queria me ver?

— Me desculpe. — *Mantenha suas defesas bem protegidas, Ellie. Você consegue fazer isso.* — É complicado. — Dez minutos. Ela conversaria por dez minutos, depois pegaria John e iria embora.

— Ellie... sou eu. — Ele esticou a mão para pegar na dela. — O que tem de errado?

A sensação dos dedos dele em volta dos seus fez com que uma descarga elétrica percorresse o corpo de Ellie. A pele dele encostada na dela... Nolan Cook, parado na frente dela, segurando sua mão. *Respire... Você precisa respirar.* Como ela poderia manter distância se o breve encontro dos dois começara daquele jeito?

— Converse comigo. — Ele foi mais para perto dela, e seus olhos em momento algum se desgrudaram dos dela. — Por favor, Ellie. O que aconteceu?

— Eu estou bem. — Ela ficou mais ereta, usando toda a força que tinha para parecer sensata e controlada. — Nolan... não é nada pessoal.

Ele parecia muito ansioso.

— Eu disse... sou eu. — Quase sem se mover, ele chegou ainda mais perto dela. Ele manteve a voz baixa, embora John estivesse longe demais para ouvir o que eles diziam. — Por que você está fazendo isso?

— Eu preciso te dizer uma coisa. — Ela deu o mais leve aperto na mão de Nolan. — Eu sinto muito pelo seu pai. Só fiquei sabendo alguns anos atrás. Eu sinto muito, Nolan. — Ela sentiu que ele pegava sua outra mão. A sensação era como estar no céu. *Anda logo, Ellie, saia daqui! Não deixe seu coração se perder.*

— Obrigado. — Ele acariciou a mão dela. — Eu ainda sinto falta dele. Todos os dias. — Por alguns segundos, pareceu que ele ia acrescentar que sentia falta dela também. Em vez disso, ele estreitou os olhos. — Você está tão... tão linda, Ellie.

— Obrigada. — Ela sentiu as bochechas ficarem quentes e seu coração se aquecer ao saber que ele ainda sentia atração por ela. Como isso podia estar acontecendo? Se ela tinha certeza de que ele se esquecera dela?

— Mas... — os olhos dele ainda estavam focados nos dela, procurando algo no fundo de sua alma — ... você não é mais a mesma.

Ela abriu um sorriso e pôde sentir quão forçado deve ter parecido.

— Não, não sou mesmo.

Esse era o momento. Se ela não falasse agora, talvez nunca mais tivesse a chance de fazer isso. Ele entenderia melhor assim que ela colocasse as palavras para fora.

— Por quê, Ellie? Fale comigo.

De alguma forma, a calidez das mãos de Nolan fez com que Ellie hesitasse. Como se ela pudesse se prender àquele sentimento, memorizá-lo e fingir que eles tinham quinze anos novamente. Uma última vez.

— Existe... um outro alguém? — Ele passou o polegar pelo anular dela. — Foi a primeira coisa que eu notei. Você não está casada.

— Não, não estou. — *Fale, Ellie.* A determinação dela estava se desvanecendo. Ela não tinha escolha. *Fique firme. Acabe logo com isso.* Ela não negaria a existência de Kinzie. Nem mesmo ali, com Nolan Cook. — As coisas estão diferentes. — Uma estranha mistura de alegria e tristeza coloriu o tom de voz dela. — Eu sou mãe agora. A minha filha... Ela tem seis anos.

A expressão de Nolan ficou mais suave no momento em que Ellie disse essas palavras.

— Eu... sinto muito. Eu não sabia.

De repente, Ellie se sentiu estranha de mãos dadas com ele. O que eles tinham estava acabado. Tinha acabado fazia muito tempo. Ellie soltou os dedos e cruzou os braços. As condolências dele feriram sua alma. Ele já sentia pena dela.

— Não lamente. Ela é maravilhosa.

— Eu não quis dizer nesse sentido. Eu só... Eu não sabia. — A voz dele foi sumindo, mas seus olhos permaneceram gentis. Talvez mais do que antes.

Ellie sentiu o estômago se revirar.

— Não faça isso.

— Isso o quê?

— Esse olhar. — Ela recuou um passo, e sua raiva a transportou rapidamente para a realidade. — Não tenha pena de mim.

— Eu não tenho. — Ele estava frustrado, sem dúvida. — Se você está feliz, então eu fico feliz. Eu tenho certeza que ela é linda. Como poderia não ser? — Ele olhou para o outro lado da quadra, para John. — Eu estava pensando no pai dela. Se você está morando com ele. Ou se vocês se divorciaram.

— Eu nunca me casei. — Ellie pensou nas palavras dele e deu um passo para trás. — Você achou que eu ia simplesmente morar com alguém?

— Ellie. — O olhar fixo dele a cortou. — Isso não é justo.

Ele estava certo. Ellie tinha uma filha, afinal de contas. Ela não havia esperado até estar casada, como planejara quando tinha quinze anos.

— Tudo bem. — Ela encontrou uma pontinha de seu sorriso educado mais uma vez, aquele que não permitiria que Nolan chegasse a lugar algum perto de seu coração. — Mas você entende, não é, Nolan? Nossas vidas são diferentes agora. — Ela não vacilou nem desviou o olhar. Ele precisava realmente ouvi-la. — Eu estou feliz por você. Pelo seu sucesso, pelos seus sonhos. — Ela permitiu que sua sinceridade transparecesse. — Você conquistou tudo.

— Você fala como se estivesse tudo acabado. Como se tivéssemos terminado a nossa conversa. — Ele parecia atordoado, como se ela estivesse falando grego. — Ellie, me conte. Sobre a sua filha, sobre a sua vida.

— Não foi isso que eu planejei, mas é bom. Só é diferente. Isso é tudo. — Ela deu mais um passo para longe dele e olhou por cima do ombro para seu irmão. — John, nós precisamos ir. — Mais uma vez, Ellie sorriu para Nolan. — Eu não posso ficar. Prometi à minha filha que faríamos cookies hoje.

— Você não pode estar falando sério. — As palavras dele eram mais de choque que de raiva. — Eu passo uma década te procurando e isso é tudo que eu recebo? Algumas frases? Como se eu fosse alguém que você mal conhece? — Ele diminuiu a distância entre os dois. — Ellie, eu não mudei. Eu quero saber sobre a sua vida, sobre o seu passado.

Ela olhou para ele durante um bom tempo.

— Não, você não quer. — O tempo deles havia acabado. *Corra, Ellie. Não permita que ele chegue perto.* Ele não ia querê-la, não depois que tivesse tempo para compreender quanto ela havia mudado. Se Ellie não fosse embora naquele momento, poderia ter uma recaída. E, quando ele soubesse de sua história toda, quando seguisse educadamente em frente com a vida dele, o coração dela jamais seria curado. Ela não poderia ficar ali esperando que isso acontecesse. *Corra, agora... Vá!* O resto da resposta veio lentamente. — Sério, Nolan, deixa pra lá. — Ela colocou a mão no braço dele e hesitou. Cada célula dela queria abraçá-lo, sentir os braços dele ao seu redor.

Especialmente com ele assim, tão perto.

— Eu preciso ir. — Ela ergueu uma das mãos, acenando para ele enquanto se afastava. — Foi bom te ver, Nolan. Mesmo.

John estava sem fôlego quando encontrou Ellie perto da linha no meio da quadra. Ele olhou de Ellie para Nolan e voltou a olhar para ela.

— Nós precisamos mesmo ir?

— Precisamos.

Ellie mal o conhecia, mas se sentia ligada a ele. Era mais uma perda que ela não havia calculado. O fato de não ter conhecido o irmão até aquele momento.

John olhou para Nolan.

— Quer vir com a gente? Quer dizer... Se você quiser tomar um lanche ou alguma coisa assim lá em casa.

Ellie pôde sentir de novo os olhos de Nolan grudados nela. Ela não conseguiu evitar e olhou para ele mais uma vez.

— O Nolan está ocupado.

— É verdade. — Parecia que Nolan estava lutando contra as lágrimas, e mais uma vez seus olhos ficaram grudados nos dela. — Talvez uma outra hora. — Ele desviou o olhar dela por tempo suficiente para abrir um sorriso para o menino. — Da próxima vez que eu estiver na cidade, eu te ligo, tá bom?

— Tá. — John não poderia estar com uma expressão mais feliz. — A gente se vê então. — Ele foi batendo a bola em direção à porta.

— Você não pode fugir, Ellie. — Nolan olhou para ela mais uma vez. Seus olhos ainda podiam encontram o caminho em meio aos muros que ela havia erguido. — Eu vou te encontrar de novo.

— É tarde demais. — O sussurro dela provou que ela não aguentaria muito mais tempo. Ellie já podia sentir as lágrimas chegando. — Adeus, Nolan.

Ela não ficou por perto para discutir com ele. Não havia o que discutir a partir dali. Eles eram velhos amigos que não tinham mais nada em comum.

As lágrimas vieram antes que ela chegasse até a porta, por isso ela não olhou para trás. Esse era o lance com Nolan Cook. Agora que ela o havia visto, não podia olhar para trás. Nunca mais. E, enquanto caminhava ao lado de John até o carro, enquanto ouvia o que ele dizia sobre a emoção de receber conselhos de Nolan, garantiu a si mesma que havia feito a coisa certa.

Nolan podia até parecer interessado e não completamente chocado com o fato de Ellie ter uma filha, mas a verdade vinha do que ele *não* havia dito. Ele não havia mencionado a única coisa que provaria que ainda se importava com ela, a única coisa que teria feito com que ela acreditasse que ele ainda ansiava pelo passado.

O fato de que o dia seguinte era 1º de junho.

✾

Nolan queria correr atrás dela, mas aquela não era a hora.

Ellie estava louca se achava que ele desistiria com tanta facilidade. Desistir não era o que Nolan fazia. Nem na quadra de basquete, nem na vida. E principalmente quando se tratava de Ellie Tucker. Ele se sentou na beirada do banco mais próximo e abaixou a cabeça. A filha dela não era o problema. Nolan podia sentir isso. Alguma outra coisa estava errada, algo que ela não estava dizendo. Talvez ela ainda estivesse envolvida com o pai de sua filha. Talvez ainda estivesse apaixonada por ele.

A cabeça de Nolan doía com essa possibilidade. Tinha que ser isso.

Mesmo assim, ele não seguiria em frente com sua vida até que fizesse aquilo que tinha ido fazer ali. Se ela não aparecesse, tudo bem. Mas se ela fosse ao menos remotamente a mesma Ellie por quem ele tinha procurado, ansiado e amado todos aqueles anos, então eles tinham mais um encontro. Ele ficou olhando por um bom tempo para a quadra, as arquibancadas, o lugar onde uma Ellie com cara de sapeca costumava torcer por ele como se a vida dela dependesse disso. Ele nunca se sentira tão desesperado.

Ajude-me, meu Deus... Vê-la de novo só confirmou como eu me sinto. Eu preciso conversar com ela. Qual é o problema? O que aconteceu com o coração dela?

Fique calmo, meu filho. Fique calmo e saiba que eu sou Deus. Eu nunca vou embora nem vou abandoná-lo.

A resposta veio da leitura que ele fez da Bíblia naquela manhã. Mas, naquele momento, essas palavras não pareciam pensamentos em sua cabeça. Sozinho no ginásio onde ele havia sido criado, onde seu pai havia lhe ensinado a jogar, era como se Deus estivesse parado à sua frente. As palavras eram poderosas assim. Nolan deu uma olhada no celular para ver que horas eram — 8h37 da noite. Ele tinha pouco mais de três horas.

Afinal, 1º de junho começaria à meia-noite.

Não importava o que Ellie havia dito ou quão estranho fosse o jeito como ela estava agindo, quando batesse a meia-noite, só haveria um lugar onde ele poderia estar. Ele se levantou e driblou a bola até a linha de três pontos, do lado esquerdo. *Foco, Cook. Você precisa ter foco.* Ele mirou e arremessou a bola, que passou pela cesta de um jeito tão limpo que nem chegou a encostar no aro.

Para você, pai. Ele apontou para cima, foi até a porta, apagou as luzes e trancou tudo depois que saiu. Ele voltaria para o hotel e pediria um farto jantar no quarto. Então iria até o Walmart, que ficava aberto a noite toda, e compraria uma pá, um moletom, um repelente e um cobertor. E, pouco antes da meia-noite, montaria acampamento no parque pelas próximas vinte e quatro horas. Enquanto o calendário mostrasse que era 1º de junho, lá era o único lugar onde ele estaria.

No Parque Gordonston.

Caroline havia flertado com a ideia desde que Ellie saíra. Kinzie mantivera a avó ocupada enquanto elas preparavam a massa dos cookies, mas a primeira assadeira estava no forno, e Ellie e John ainda não haviam chegado. Agora ela se sentia compelida a fazer alguma coisa. Alan havia lhe escrito uma carta de coração, um coração arrependido.

Não fora a carta dele que despertara seu perdão. Ela havia perdoado o homem com quem ainda estava casada na semana mesmo em que ele se mudou. Era isso ou permitir que a mágoa a destruísse. Muito simplesmente, Deus a havia perdoado, uma mulher infiel. Uma incrível graça era algo que Caroline conhecia pessoalmente. A única resposta certa para o resto de sua vida era estender essa graça aos outros, perdoar como ela havia sido perdoada.

Kinzie estava lavando as mãos, então Caroline abriu a gaveta que ficava perto dos talheres e tirou dali a carta de Alan. Ela havia rezado pela reconciliação durante tanto tempo, mas sempre pela reconciliação dela com a filha. Nunca com o marido, o homem que ela presumia que a odiava.

A carta dele deixava uma porta entreaberta para todo tipo de possibilidades. Ou talvez fosse o otimismo de Caroline. De uma forma ou de outra, Ellie pertencia a ambos. Kinzie também. A situação com Ellie e Nolan era séria o bastante para justificar a ligação. Caroline pegou o celular e discou o número que Alan havia lhe passado na carta.

O marido dela, o homem com quem ela não falava havia mais de uma década, atendeu o telefone antes que caísse na caixa postal.

— Alô?

— Alô? — A voz dela tremia. — Alan?

— Sim — ele respondeu, hesitante. Passavam das seis horas lá, e ele soava exausto, como se tivesse acabado de chegar em casa. Ainda assim, seu tom dizia a Caroline que ele estava escutando. — Caroline?

— Sou eu. — Ela fechou os olhos. Ouvir a voz dele a levou de volta ao passado. De volta à época em que ela estava certa de que o amor deles viveria para sempre. — Desculpe telefonar para você assim. Eu recebi a sua carta. Nós... podemos falar disso depois. — Ela descansou a cabeça nas mãos. — Eu estou ligando por causa da Ellie.

— O que tem ela? — A preocupação na voz dele fez com que Caroline se lembrasse de seu velho Alan. — Ela está bem?

— O Nolan a encontrou. Ele ainda gosta dela, é muito claro. — Caroline se apressou a seguir em frente com a história, sem ter certeza de que o que estava falando fazia sentido. — Mas a Ellie não quer vê-lo. — Lágrimas encheram os olhos dela, e a tristeza transbordava em sua voz. — Os nossos problemas... custaram demais a ela, e eu acho que... Quer dizer, você disse que havia encontrado um caminhar mais próximo de Deus, então eu imaginei... que talvez se nós dois rezarmos por ela...

— Com certeza. — A hesitação de Alan não durou muito tempo. — Vá em frente, Caroline. Eu termino.

E, com isso, Caroline e Alan fizeram algo que nunca haviam feito juntos desde que Ellie era muito jovem.

Eles rezaram por ela.

27

No fim das contas, Ellie decidiu que não precisava esperar até que o dia 1º de junho tivesse passado. O sonho de ver Nolan no Parque Gordonston estava acabado. Estava claro que ele não havia se lembrado da data e da caixa de pescaria debaixo do carvalho. Caso contrário, ele teria dito alguma coisa.

Tudo bem. Ela não estava chateada com ele. Ela se lembraria para sempre da sensação da mão de Nolan na sua, mas estava pronta para seguir em frente com a vida. Ellie tinha um plano agora. Ela voltaria a San Diego, resolveria sua vida por lá e faria as malas. Então contrataria um caminhão de mudança e se mudaria para Savannah o mais rápido possível. Ellie ainda não gostava da ideia de deixar seu pai sozinho em San Diego, mas quem sabe um dia ele voltasse para Savannah também.

Sua mãe a amava, e San Diego nunca poderia ser seu lar agora que ela sabia da verdade. Ellie tinha a mãe, e Kinzie tinha uma avó. Nada mais importava. Sim, ela sentiria falta de Tina, mas sua amiga encontraria outra pessoa com quem dividir o apartamento. Talvez um dia Tina e Tiara viessem visitá-las, mas isso não era um problema para se preocupar. Savannah era o seu lar agora.

Sua mãe estava em pé perto de Ellie, bebendo uma xícara de chá e observando a filha.

— Você tem certeza que quer sair agora? São três da manhã, Ellie.

Ellie fechou o zíper da mala e a colocou perto da porta. Kinzie estava deitada, adormecida no sofá.

— Ela não vai acordar até chegarmos em Birmingham. Nós podemos tomar café da manhã e chegar em Dallas até amanhã à noite. — Ellie foi até sua mãe e abriu um sorriso. — Isso vai encurtar um dia de viagem.

— E fazer com que você dirija dezesseis horas antes de dormir pelo menos um pouco.

— Não se preocupe. — Ellie a abraçou com ternura. — Estou bem acordada. Eu consigo fazer isso.

— Quais são seus planos mesmo? — A preocupação de Caroline era nítida.

— Vou chegar a San Diego no dia 3, trabalhar mais duas semanas e pedir demissão. Vou receber meu pagamento e pegar minhas coisas. Isso vai dar a Tina um mês para encontrar outra pessoa com quem dividir o apartamento.

— Ela vai lidar bem com isso?

— Eu enviei uma mensagem para ela mais cedo. Ela está feliz por mim.

Ellie tinha esperanças de que seu sorriso aliviasse os temores de sua mãe.

— Tudo bem. — Caroline passou a mão no rosto da filha. — Mal posso esperar pela sua volta.

— Eu também. — Ellie abraçou a mãe e ficou a encarando com um olhar contemplativo, grata mais uma vez por aquele reencontro. — Não se preocupe. Vou ficar bem. — A alegria de Ellie era genuína. A data e seu desapontamento com Nolan não vinham ao caso. O que ela havia encontrado com a mãe era mais do que poderia imaginar.

— Posso lhe pedir um favor, Ellie? Com todo esse tempo dirigindo...

— Tudo bem. — Fazia muito tempo que alguém não se importava com ela e com sua segurança. Ellie pegou as mãos de sua mãe e olhou profundamente em seus olhos. — O que você gostaria que eu fizesse?

— Reze. — Os olhos e o sorriso de sua mãe eram exatamente como Ellie lembrava, como eram antes de Peyton Anders. — Peça a Deus que ele se faça presente para você. Ele não se incomoda quando lhe pedimos coisas assim. Por favor.

Ellie assentiu devagar.

— Está bem. — Ela pensou por um instante. A fé havia feito com que sua mãe sobrevivesse, dando-lhe uma força silenciosa, a mesma que Kinzie carregava consigo. Ellie podia não acreditar, mas respeitava o fato de que as duas acreditassem. — Vou pedir a ele. De verdade.

— Obrigada. — Sua mãe se inclinou e beijou suavemente seu rosto. — Vou ajudar você a pegar a Kinzie.

Silenciosamente, Ellie levou as malas para a traseira do carro enquanto sua mãe acordava Kinzie e a levava até o banheiro. Juntas, elas ajudaram a menina a ir até o carro e prenderam o cinto de segurança no banco traseiro. Ela parecia tão pequena, ali dormindo.

— Ela é um anjo. — Caroline se inclinou para dentro do carro e beijou o alto da cabeça de Kinzie. Em seguida, pegou as mãos de Ellie. Elas mantinham a voz em um tom de sussurro. — Eu não posso nem pensar nos anos que perdemos.

— Não. — Os olhos de Ellie ficaram marejados. Elas deram a volta até a porta do lado do motorista, e Ellie se apoiou nela, ficando de frente para a mãe. Ela odiava ir embora assim tão cedo. Mas, agora que havia encontrado o caminho de volta ao lar, ela mal podia esperar para retornar definitivamente. — Vamos pensar nos anos que temos pela frente.

Caroline analisou a filha, como se estivesse tentando vê-la com dezessete anos, como uma garota na escola, e com dezenove, como uma jovem mãe. Depois com vinte e dois, autossuficiente e criando a filha sozinha. E tudo o que ela passara naquele meio-tempo. De repente, seus olhos se iluminaram.

— Espere! — Caroline fez um movimento indicando o apartamento. — Já volto!

— Tudo bem. — Ellie permaneceu onde estava, apoiada na porta do motorista, enquanto observava a mãe sair correndo e entrar novamente no apartamento. Como ela pôde ter pensado que sua mãe não a amava? Ela se lembrava de um tempo em que as duas haviam caminhado até o parque, quando Ellie tinha uns sete anos. Uma tempestade caíra de repente, e elas tiveram de correr por todo o caminho até em casa, sem fôlego e dando risada. Quando chegaram em casa, sua mãe a envolveu em uma toalha e a abraçou apertado por um bom tempo. "Você é o meu maior presente, Ellie. Você sempre será a minha menininha."

A recordação se dissolveu. É claro que sua mãe a amava. Por todas as horas de todos os anos em que passaram separadas. Ellie era louca de ter pensado que não, apesar de todo o silêncio. Sua mãe apareceu na porta e se apressou até o carro, carregando uma pequena sacola marrom.

— Eu encontrei isso na lavanderia enquanto você estava na loja. — Ela entregou a sacola a Ellie. — Caso você precise...

Ellie abriu a sacola e, mais uma vez, sentiu uma ligação com a mãe que o tempo não havia maculado.

— Uma pá de jardim.

— Eu a usei para encher um vaso de terra uma vez. — Seus olhos se travaram nos de Ellie, e Caroline ficou hesitante. — Para o caso de você precisar antes de cair na estrada.

Ellie e sua mãe ficaram se entreolhando por um momento. Então ela abriu a porta do carro e colocou a sacola no chão, antes de se voltar novamente para a mãe.

— Como você pode me conhecer tão bem?

— Eu sou sua mãe. — Ela pousou a mão de leve no ombro da filha. — Ellie, eu não terminei a nossa conversa... sobre o Peyton.

— Isso ficou para trás. Você estava envolvida. Eu não preciso saber de mais nada.

— Mesmo assim... — Caroline analisou Ellie, olhando profundamente nos lugares mais escondidos de sua alma. — Eu sinto muito.

Eu não tenho justificativa. O que eu fiz... destruiu a nossa família. Mudou tudo. — As lágrimas faziam com que os olhos dela reluzissem sob a luz do poste. — Nada mais foi o mesmo para nenhum de nós. Nem para você, nem para o seu pai, nem para mim. — Caroline fez uma pausa. — Nem para você e o Nolan.

— Mãe, não precisa...

— Ellie... — Caroline encostou gentilmente um dedo nos lábios da filha. — Eu preciso falar. — Ela limpou uma lágrima que caía no rosto de Ellie. — Se eu soubesse que perderia você... — Ela silenciou, dominada pela emoção do momento.

Ellie não esperava por aquilo, ver sua mãe arrasada. Essa era mais uma imagem de quanto haviam lhes custado aqueles anos. Ellie só queria ficar ali com a mãe, recuperando o tempo perdido.

— Se eu soubesse que ele ia afastar você de mim... eu nunca teria saído de casa. — Os ombros de Caroline tremiam. — Eu seria capaz de viver sozinha e sem amor durante cem anos só para ficar com você.

— Eu sei. — Ellie limpou as próprias lágrimas. — Se eu tivesse recebido as suas cartas...

Sua mãe apertou os olhos e tentou se recompor.

— Tem mais uma coisa.

Ellie estava grata pelo fato de que, apesar dos anos, não havia embaraço entre elas. Ela esperou, observando sua mãe, amando-a por ser valente daquele jeito.

— Eu liguei para o seu pai. Eu o perdoei.

— Sério? — Essa era a última coisa que Ellie esperava que sua mãe lhe dissesse. — Ele escreveu uma carta para você, não foi?

Ellie havia esquecido. Elas ficaram tão ocupadas conversando sobre o passado que esse fato não tinha surgido nas conversas.

— Ele escreveu, sim, e me pediu desculpas. — Caroline respirou algumas vezes com rapidez, e seus olhos se encheram de compaixão. — Não perdoar é o pior tipo de doença. Eu te ensinei isso quando você estava crescendo. — Ela ficou hesitante, esperando pela reação de Ellie. — Você se lembra?

— Sim... E foi assim que eu criei a Kinzie. — Ela piscou para que pudesse ver através das lágrimas. — Ela me lembrou disso logo antes de sairmos de San Diego. — Ellie fez uma pausa. — A casa do meu pai foi a nossa primeira parada antes de sairmos da cidade.

Sua mãe soltou o ar, sentindo-se aliviada.

— Então não temos mais motivos para odiar nem raízes amargas para alimentar.

— Não. — Ellie apreciava sua bela mãe mais do que nunca. — Eu não sei o que vai acontecer daqui para frente, mas nós temos o perdão. Pelo menos isso.

— Deus sabe. — Caroline sorriu, e elas se abraçaram uma última vez. — Peça que Deus se revele para você, Ellie. Promete que vai fazer isso?

— Prometo. — O mês seguinte não poderia passar rápido o bastante. — Eu não quero me despedir...

— Eu também não.

Ellie respirou rapidamente.

— Eu te ligo.

Elas acenaram uma para a outra em despedida, e Ellie entrou no carro. Mesmo com a pá que sua mãe lhe dera pousada no assento, Ellie tinha certeza de que não passaria pelo parque. Se Nolan não lembrava, para que se dar ao trabalho? Qual o propósito de ir até lá, escavar cartas antigas agora? O que quer que ele tivesse escrito não se aplicava mais.

No entanto, conforme ela cruzava a cidade em direção à via expressa, sentiu algo atraí-la em direção ao parque. Ela havia esperado tanto tempo por aquele momento para *não* escavar a caixa e pegar a carta? Afinal, ela havia planejado fazer isso antes de ver Nolan. O encerramento valeria o tempo que isso lhe tomaria. Então, conforme havia planejado desde o começo, ela poderia expulsar Nolan Cook de sua vida para sempre. A cada quilômetro percorrido, a sensação ficava cada vez mais forte, até que ela teve certeza de que aquilo a consumiria se ela não parasse no parque.

Eram três e meia da manhã. Mas já era dia 1º de junho. Se ela não fosse até lá naquele exato momento, haveria de lamentar essa decisão para todo o sempre.

28

Ellie estacionou perto da entrada do parque e desligou o motor. A parada não demoraria muito, mas sua filha não podia ficar dentro do carro. Ela apanhou o saco de papel e o enfiou debaixo do braço. Em seguida, saiu do carro, fechou a porta e abriu a porta do lado de Kinzie. Então colocou a mão de leve no ombro da filha.

— Bebezinha, acorde. — Seu sussurro cortou o ar quieto da noite. — Você precisa vir comigo. A mamãe precisa fazer uma coisa.

Demorou alguns segundos, mas Kinzie abriu os olhos devagar.

— O que nós vamos fazer? — Ela esfregou o rosto com as mãos. Os cabelos loiro-claros estavam emaranhados sobre a bochecha.

— Estamos voltando para San Diego, como planejado. Eu só preciso fazer uma coisa bem rápida primeiro.

— Ah. — Kinzie apertou os olhos enquanto saía do carro e pegou na mão de Ellie. — Por quê?

— Bem, este é o parque. Que eu frequentava quando morava aqui.

— Um parque? — Kinzie parecia confusa e piscou novamente, tentando acordar. — É muito tarde para irmos ao parque, mamãe.

— Nós não vamos ficar muito tempo. — Ellie abriu um sorriso. Kinzie já estava acordada o suficiente, e as duas caminharam até a entrada. — Eu deixei uma coisa aqui e preciso pegar.

— No parque? — Uma ponta de um largo sorriso repuxou os lábios de Kinzie. — Isso é engraçado, mamãe. Se você deixou uma coisa aqui quando era uma garotinha, alguém já deve ter encontrado.

Sua filha tinha razão.

— Talvez.

Ellie sorriu novamente para a filha. Àquela hora, até os grilos e sapos da lagoa que havia ali perto estavam silenciosos, e não havia brisa para agitar o musgo-espanhol que pendia das árvores. Ellie usou a lanterna do celular para subir pelo meio-fio e passar pelo portão. Enquanto caminhava, ela se lembrou do que sua mãe queria que ela fizesse. Ela não acreditava em Deus e não via realmente nenhum propósito naquilo. No entanto, ela havia prometido. *Deus, se você existe, por favor se mostre para mim. Deus, isso é importante. Obrigada.* Elas caminharam na escuridão em direção ao grande carvalho.

— Não tem problema entrar aqui?

Kinzie ficou perto da mãe, segurando com força os dedos dela.

— Não tem não, docinho. Estamos bem aqui.

A sensação de fazer o que sua mãe havia lhe pedido era boa. Ellie tinha poucas expectativas de que algo resultasse de sua prece, mas havia dado sua palavra.

As trilhas debaixo das árvores estavam cheias de ervas daninhas e arbustos, e o parque parecia diferente, mas Ellie ainda sabia como chegar à maior das árvores. O aspecto modificado do local só aumentou a tristeza da tarefa que Ellie precisava executar. A conclusão que isso representava. Conclusão que a garota de quinze anos nunca tinha desejado nem esperado. Conforme elas chegavam mais perto do carvalho, o coração de Ellie batia mais forte.

— Você está com medo, mamãe? — sussurrou Kinzie. — Porque eu estou.

A garota estava nervosa e caminhava praticamente grudada em Ellie.

— Nem um pouco. Aqui é um lugar seguro, docinho.

Ellie se deu conta de que suas palavras não eram completamente verdadeiras. Seu coração estava sendo partido ao meio. Não havia nada de seguro naquilo.

Mais alguns metros e elas deram a volta em um conjunto de arbustos tosquiados, e ali, atrás de outro grupo de arbustos que cresciam altos e largos, estava a árvore. A mais alta do parque. O lugar onde ela e Nolan tinham praticamente crescido juntos.

— Estamos perto? — Kinzie estava preocupada.

— Sim, bebezinha. — Ellie começou a chorar baixinho quando avistou a árvore. Ela parou e engoliu o choro. — Estamos quase lá.

Kinzie permaneceu perto de Ellie quando ela começou a caminhar novamente, e a árvore inteira podia ser vista. A copa de ramos e o musgo que pendia deles, a largura do tronco e...

— Mamãe! — sussurrou Kinzie, um sussurro alto e frenético, enquanto jogava os braços em volta da cintura de Ellie. — Tem alguém ali!

Ellie desligou a lanterna e deslizou o celular para dentro do bolso da calça jeans. Ela acariciou as costas de Kinzie e deu uma espiada na escuridão diante delas. Kinzie estava certa. Havia uma pessoa sentada, encostada no tronco da árvore. Dali parecia um homem, mas era impossível ter certeza. Provavelmente era um sem-teto, como o pobre Jimbo. Pessoas desabrigadas não a deixavam assustada. Ellie se curvou e sussurrou para Kinzie:

— Fique aqui. Eu vou dar uma olhada.

— Não! — Kinzie segurou com força o braço da mãe. — Não vá. Por favor, mamãe!

Ellie estava sem saída. Ela precisava pegar a caixa. Afinal, não tinha ido até ali para dar meia-volta e ir embora sem sua carta.

— Bebezinha, é só alguém tentando dormir um pouco. Vamos chegar mais perto.

Kinzie hesitou, mas falou em um sussurro alto:

— Fique comigo!

— Eu vou ficar com você, bebezinha. Eu vou. — Elas caminhavam lentamente, escondidas pelas sombras. Chegaram mais e mais perto, até que estavam a uns três metros da árvore, e de repente... a imagem da pessoa se tornou clara.

Ellie ficou ofegante e levou a mão à boca. *Nolan Cook?* Ele estava sentado, apoiado no tronco da árvore, dormindo profundamente. Tinha um cobertor em volta dos ombros, e parecia que a caixa de pescaria estava no colo dele.

— Mamãe! — Kinzie se prendeu a Ellie. — O que tem de errado?

— Shhh, bebezinha. — Elas precisavam ir embora dali. Não dava para entender por que Nolan fora até o parque nem por que ainda estava ali. Especialmente àquela hora. Mas Ellie não podia ver Nolan novamente. A vida tinha levado os dois para longe daquele lugar, de tudo que ele significava para ambos. Nolan deve ter tido vontade de ler a carta dela, provavelmente por curiosidade.

Mas então ele tinha caído no sono, que estranho. Talvez tivesse acampado ali, para o caso de ela aparecer? Será que poderia ser isso? A ideia parecia impossível. Ellie estava convencida de que ele não se lembrava da importância da data.

— Vamos embora — Ellie sussurrou ao pé do ouvido de Kinzie. — O homem está dormindo. Não vamos acordá-lo.

— Tudo bem. — Kinzie parecia agradecida por sair rápido daquele parque cheio de sombras.

Com movimentos muito lentos, Ellie se virou e ligou novamente a lanterna. Em silêncio, as duas começaram a deixar Nolan para trás. No entanto, depois de alguns passos, Ellie ouviu algo atrás dela. Ela parou e, de novo, desligou a lanterna.

— Tarde demais, Ellie. — Ele estava se aproximando, seguindo-a pelo caminho de vegetação crescida. — Eu estou vendo você.

Ela ficou paralisada e, mais uma vez, Kinzie se agarrou à mãe.

— Mamãe!

— Está tudo bem, querida, eu o conheço. — Ellie abaixou para falar com a filha, olhando-a direto nos olhos. — É o meu amigo Nolan Cook. Lembra dele?

Kinzie relaxou um pouco.

— Nolan? — Ela recuou uns passos e se virou para encará-lo. — Você é o Nolan?

— Sou. — Ele estava pisando com cuidado ao longo do caminho estreito e escuro. Quando chegou até onde elas estavam, ele se agachou ao lado de Ellie e ficou olhando para a filha dela. Então estendeu a mão. — E você deve ser a filhinha da Ellie.

Kinzie abriu um largo sorriso, enfiando o queixo no peito, como fazia às vezes, quando se sentia tímida.

— Sim, sou eu. — Ela apertou a mão de Nolan. — O meu nome é Kinzie.

— Bem... — ele esperou o coração bater algumas vezes — ... oi, Kinzie. — Ele mudou a direção do olhar brevemente para Ellie, depois voltou a encarar a menina. — Gostei do seu nome. Prazer em te conhecer.

O mundo de Ellie começou a girar. Aquilo tinha realmente acabado de acontecer? Ele ainda a conhecia tão bem. No espaço de alguns segundos, ele soube exatamente de onde viera o nome de Kinzie. Ellie queria sair correndo, queria proteger seu coração ferido antes que não sobrasse nada dele. Mas ela não conseguia se mexer. Não com Nolan assim tão perto.

Kinzie olhou de Nolan para Ellie e voltou a olhar para ele.

— Vocês combinaram de se encontrar aqui?

— Mais ou menos. — Dessa vez Nolan manteve a atenção apenas em Kinzie. — A gente fez um plano faz muito tempo.

— Ah. — Kinzie ficou encarando a mãe. — Por que você não me contou, mamãe?

— Porque... — Ellie por fim se voltou para Nolan, se perguntando se ele conseguia ver a dor em seu coração e sua determinação de ser breve na conversa. — Eu não sabia se o Nolan lembrava.

Os raios de luar lhe permitiram ver a expressão de tristeza dele, refletida também na voz.

— É claro que eu lembrava.

Kinzie bocejou.

— Essa árvore é gigantesca. — Ela olhou para cima, absorvendo a grandeza da copa. — Posso sentar no cobertor?

Eles tinham chegado até aquele ponto. Ele já havia desenterrado a caixa, de forma que, se Ellie quisesse ver o conteúdo dela, precisaria de mais alguns minutos.

— Claro, meu bebê. Vá em frente.

Ellie ligou a lanterna mais uma vez e foi andando ao lado de Kinzie até o tronco da árvore.

Sua filha se aninhou no grosso cobertor e fechou os olhos.

— Eu não estou muito cansada. Só vou ficar um pouco aqui. Me avisa quando for hora de ir embora.

A aventura provavelmente deixara Kinzie exausta. Afinal, seu sono fora interrompido. Ellie arrumou o cobertor para que parte dele cobrisse os ombros da filha. O tronco daquela árvore era mais largo que três troncos dos outros carvalhos. Com Kinzie descansando, Nolan pegou a caixa de pescaria e fez um movimento para que Ellie o acompanhasse, dando a volta até o outro lado. Duas raízes imensas serviriam perfeitamente como bancos. Eles se sentaram ali, um de frente para o outro.

— Ela é perfeita. — Nolan olhou profundamente para Ellie, como se estivesse buscando uma conexão familiar. — Igualzinha a você.

— Obrigada.

Durante um bom tempo, Nolan ficou apenas olhando para Ellie, como se desejasse entendê-la, mas não soubesse ao certo por onde começar. Mais uma vez, ela sentiu a raiva aumentar. Se ele ia ficar ali, sentado e fazendo julgamentos, tentando imaginar os motivos pelos quais ela saíra correndo ou por que não realizara seus planos, então ela e Kinzie iriam embora.

— Por que você está me olhando desse jeito?

— Por que você está com raiva?

A pergunta de Nolan pegou Ellie de surpresa. Ela apoiou o ombro na áspera casca da árvore. Então se esforçou para manter a voz baixa, para que Kinzie não pudesse ouvi-la.

— Porque... você sente pena de mim.

— De você? — Ele descansou os antebraços nos joelhos e a analisou mais uma vez. — De jeito nenhum. Eu sinto pena de *mim*.

— O quê? — A confusão balançou com força o coração de Ellie. A lua brilhava apenas o suficiente para que ela pudesse ver a mágoa estampada no rosto dele. — Como assim?

— Eu levei onze anos para te encontrar. — Nolan deu de ombros, sem tirar os olhos dela em nenhum momento. — E agora você me trata desse jeito. — Ele baixou o tom de voz. — Eu teria te encontrado antes se eu pudesse, Ellie. Eu nunca parei de tentar.

Ela podia sentir que seus argumentos estavam falhando, que tudo em que ela havia acreditado sobre Nolan estava virando de cabeça para baixo. Os olhos dele eram tão profundos que, ali na escuridão do carvalho, ficava difícil não se sentir com quinze anos novamente. Os muros que Ellie havia erguido começaram a desmoronar. Será que ela estava errada em relação a ele? Em relação a quem Nolan havia se tornado e como ele a julgaria? Será que aquilo era possível? A bondade em seus olhos era a mesma que estava lá da última vez em que eles estiveram juntos.

Ele abriu a caixa e pegou a primeira folha dobrada de papel pautado amarelo.

— Talvez se você ler isso... — A voz dele soava profunda, e suas palavras eram ditas em voz baixa e com segurança. Nolan entregou a carta a Ellie. — Vá em frente.

Ela não queria ler a carta, não ali, na frente dele. Eles haviam escrito aquelas cartas quando eram crianças. Como seria possível que elas se aplicassem ao momento presente? Mas Nolan não mudaria de ideia. Ellie sentia que estava perdendo a luta.

Talvez se ela lesse a carta, eles poderiam relembrar o passado, reconhecê-lo e finalmente seguir em frente com a vida. Ela segurou a carta com uma das mãos, mantendo o celular na outra. A lanterna iluminou a página inteira. Ellie abriu o papel e deparou com o início da carta.

Minha melhor amiga, minha menina, meu tudo... minha doce Ellie.

Ela só havia lido até essa parte quando as lágrimas vieram. Nolan pensava em Ellie como sua menina naquela época? Ele nunca havia dito isso a ela, então as palavras a pegaram de surpresa. Ellie levou a mão com a carta ao rosto e usou o pulso para secar os olhos. Nolan a observava atentamente. Ellie podia sentir que ele se importava. *Não desmorone, Ellie... Apenas leia a carta.* Ela se recompôs e continuou a ler.

Eu não consigo acreditar que o seu pai vai se mudar para San Diego amanhã e levar você junto. Parece um pesadelo louco e terrível, e que a qualquer minuto a minha mãe vai me acordar e vai estar na hora de ir para a escola. Mas, assim como posso sentir a árvore embaixo de mim, sei que não é um sonho. É por isso que precisamos escrever essas cartas.

Eu só tenho quinze anos, Ellie. Eu não sei dirigir e não sei exatamente para onde você vai. Isso me deixa aterrorizado. Então, definitivamente nós tínhamos que fazer isso. Para o caso de não nos encontrarmos mais, para termos pelo menos essa última chance.

Mais lágrimas vieram, mas dessa vez Ellie não tentou impedir que caíssem nem se deu ao trabalho de limpá-las. As lágrimas escorriam em seu rosto, um lembrete constante da tristeza da situação. Nem por um minuto um dos dois pensou, naquela época, que se passariam onze anos antes que eles se vissem novamente. A carta de Nolan não era longa, tinha apenas uma página. Ellie continuou lendo.

Eis o que eu tenho para lhe dizer. Você acha que eu estou brincando quando digo que vou casar com você. Você sempre dá risada. Só que eu não estou brincando. Eu te amo, Ellie. Eu nunca vou amar nenhuma garota como amo você.

Soluços silenciosos e lágrimas a dominaram, e ela se perguntou se seu coração algum dia seria o mesmo. Ela nunca havia esperado por isso... por essa linda carta. Nem mesmo naquela época. E por que ele queria que ela lesse a carta agora? Quando eles haviam crescido e seus sentimentos haviam mudado fazia tanto tempo? Ela piscou algumas vezes para conseguir enxergar em meio às lágrimas.

Viu, Ellie? É assim que eu me sinto, mas não posso lhe dizer isso agora, mesmo com você indo embora amanhã. Porque eu não quero que você dê risada dessa vez. Foi por isso que eu tive que escrever isso na carta. Ah, e não se preocupe com os onze anos. Eu tenho certeza que até lá estaremos casados e morando em uma casa grande perto dos Atlanta Hawks. Sabe, porque eu estarei jogando nesse time. Mas, só para o caso de precisar, eu não poderia deixar você partir sem lhe dizer como eu me sinto. Eu vou amar você eternamente, Ellie.

Com amor, do seu cara,
Nolan Cook

Ellie fechou os olhos e pressionou a carta de Nolan junto ao peito. Durante um bom tempo ficou debruçada sobre aquele pedaço de papel, desesperada para voltar àquela época, para saber como ele havia se sentido em relação a ela. Ellie ouviu Nolan se mexendo, sentiu que ele se sentava a seu lado, mas não registrou isso plenamente até que ele colocou o braço em volta de seus ombros.

Em vez de dizer alguma coisa, Nolan deixou que Ellie chorasse. Deixou que as perdas do passado agissem livremente. Nos recônditos da mente de Ellie, sentir o braço dele ao seu redor só fazia com que ela ficasse mais chateada. Porque aquela seria a última vez, uma despedida final. E se ela nunca mais tivesse alguém em sua vida que a amasse como Nolan Cook a amara naquele verão?

Por fim, ela dobrou a carta e a colocou com cuidado no chão. Então cobriu o rosto com as mãos e secou os olhos. Ela devia estar com uma aparência horrível, com os olhos inchados e vermelhos, mas não se importava com nada disso. Ellie precisava dizer a Nolan quanto aquela carta significava para ela.

— Eu nunca soube de nada disso. — Ela se virou para ele. Os joelhos deles se tocaram na escuridão, e os olhos dela permaneceram focados nos dele. — Que lindo, Nolan. A carta mais doce que eu já li em toda minha vida.

— Obrigado. — Ele não parecia diferente. Se ela não soubesse da fama e do sucesso dele, poderia acreditar que ele não havia mudado nada. Ele se permitiu abrir apenas um leve sorriso, dada a gravidade do momento. — Eu já li a sua.

— Posso ver?

Ellie se lembrava do que havia escrito, mas queria ver as palavras mais uma vez.

Ele pegou a segunda carta de dentro da caixa e entregou para ela.

— Não é tão boa quanto a minha.

— Certo.

Ellie fungou e pegou o papel das mãos de Nolan. A provocação dele a desarmou e fez com que ela se perguntasse mais uma vez por que fora embora para San Diego. Ela tentou permanecer no momento presente, onde era o lugar dos dois.

Querido Nolan,

Em primeiro lugar, só estou fazendo isso porque você não vai ler esta carta por onze anos. Haha! Tudo bem, lá vou eu. Você quer saber como eu me sinto em relação a você?

Ele estava imóvel ao lado dela, observando-a, e mais uma vez as lágrimas vieram para Ellie. Essas eram as palavras dela, aquelas que ela havia escrito naquela noite horrível. E todas as sílabas faziam com que ela se lembrasse da verdade, de como ela gostava dele, de como sentira falta dele desde então. Ela lhe dizia na carta que amava o fato de ele ser seu melhor amigo e que adorou como ele a defendeu quando Billy Barren tirou sarro das marias-chiquinhas dela.

Um meio-sorriso dominou seus lábios quando ela leu a próxima frase.

Sinto muito por você ter se metido em encrenca por fazer com que ele tropeçasse... Na verdade, não sinto muito não. Eu amei aquilo também.

Ela continuava dizendo que amava quando ele defendia os mais fracos e quando o via jogar basquete. Ellie queria voltar no tempo e abraçar a garota que havia sido, porque, depois daquela noite, nada mais seria assim de novo. Ela leu o restante da carta devagar, cada palavra encontrando seu lugar de direito no coração.

Agora a parte que eu nunca poderia lhe dizer neste momento, porque é muito cedo ou talvez muito tarde, já que estou indo embora amanhã de manhã. Eu amei a forma como senti hoje à noite, quando você me abraçou. Eu nunca tinha me sentido assim antes. E, quando você me levou até a sua garagem e de lá viemos até o parque, eu amei sentir a minha mão na sua. Para dizer a verdade, Nolan, eu amo quando você diz que vai se casar comigo. O que eu realmente não entendia até esta noite era que essas não são as únicas coisas que eu amo.

Eu amo estar aqui, eu e você, e ficar ouvindo o som da sua respiração. Eu amo ficar sentada debaixo dessa árvore com você. Então, acho que é isso. Se nós não nos vermos durante onze anos, quero que você saiba como eu realmente me sinto.
Eu te amo.
Pronto, falei.
Não se esqueça de mim.

Com amor,
Ellie

Mais uma vez a tristeza era tão grande que ela não conseguia levantar a cabeça. Suas lágrimas não vinham com soluços, como antes, mas como se fossem um lento vazamento no coração. Como uma válvula de segurança certificando-se de que ela não se afogaria em um rio de tristeza escorrendo até o infinito. Ellie dobrou o papel e o colocou em cima do outro, perto de seus pés. Tudo aquilo era um desperdício, os sentimentos que eles tinham, a amizade dos dois, como eles haviam se amado naquela época. Como onze anos puderam se passar assim? Depois disso, Ellie teria que perdoar o pai novamente. Como ele pôde se mudar e levá-la com ele, afastando-a de Nolan e de sua mãe? Das duas pessoas que Ellie mais amava no mundo?

Ellie cobriu o rosto mais uma vez, lamentando as perdas, grandes demais para que fossem medidas. Em determinado momento, ela sentiu a mão de Nolan em seu joelho.

— Ellie... você está bem?

Ela pressionou as costas de encontro à casca da árvore enquanto se sentava direito e se permitiu olhar para ele.

— É só que... é tão triste. Você e eu... — Ela se sentia segura dizendo isso, afinal ele quis que ela lesse a carta dele. Ele certamente sabia como isso faria com que ela se sentisse. — Onze anos. Nós nunca vamos poder ter esses anos de volta. — Então Ellie se deu conta de uma coisa: os olhos de Nolan estavam secos. Ela inclinou a cabeça, tentando analisar a expressão dele. — Você não está triste?

— Não. — Ele inspirou fundo e soltou o ar devagar. Em momento algum tirou os olhos dela. — Posso te perguntar uma coisa?

— Claro.

Ela não conseguia se convencer de que ele não se importava. Ele era gentil e estava ali. Aquela era mais do que uma oportunidade para que ele sentisse pena dela. Ele desejava aquela viagem de volta ao passado tanto quanto ela.

Eles não estavam sentados longe um do outro, mas Nolan se aproximou um pouco mais de Ellie. Ele estendeu as mãos e, lenta e hesitantemente, segurou as dela. Com as mãos unidas, Nolan mostrou os primeiros sinais de preocupação, até mesmo de medo.

— Você está com alguém?

Ellie ficou confusa novamente.

— Você quer dizer... namorando?

— É. Namorando, noiva, envolvida. — Ele passou o polegar na lateral das mãos dela. — Existe alguém na sua vida, Ellie?

— Não. — Seu coração partido não poderia aguentar aquilo, não se as perguntas de Nolan fossem só uma conversa superficial. Mas não se tratava disso. Ela ainda o conhecia bem. A profundidade em seus olhos era completamente intencional. — O pai da Kinzie... ele me largou depois que ela nasceu. — A vergonha estava ali, a mesma que ela havia sentido aos dezenove anos. — Alguns meses depois, ele morreu em combate no Iraque. — Ela balançou a cabeça. — Desde então, não tenho ninguém na minha vida.

Mais uma vez, Nolan se aproximou um pouco de Ellie. Ele não disse que lamentava pelo passado dela nem fez nenhum comentário a respeito. Em vez disso, levou as mãos dela até os lábios e quase fez o coração de Ellie parar de bater. Ele beijou os dedos dela. O tempo todo com o olhar travado no dela.

— Nem eu. — Ele soltou uma das mãos dela, pegou as cartas e as ergueu. — Desde isso daqui.

Ellie sentiu a cabeça girar e o coração disparar, em um ritmo selvagem novamente. O que ele estava dizendo? Estaria ela sonhando?

— No noticiário... eles disseram que você e a Kari Garrett...

Nolan abriu um sorriso.

— O noticiário? Ora, Ellie. Na semana passada eles disseram que eu ia parar de jogar basquete para virar cantor.

Ellie riu alto, e a sensação era maravilhosa.

— Eu saí com ela uma vez. — O sorriso dele sumiu. — E a deixei entediada. Eu só falei de uma coisa.

Ellie não desviou o olhar nem fez nada para quebrar a magia do momento.

— Do que você falou?

— De como eu sentia falta de uma garota que eu conhecia quando tinha quinze anos. A garota com quem eu ia me casar.

Aquilo tinha que ser um sonho. Nem nas fantasias mais loucas de Ellie ela havia sonhado que Nolan se sentia assim. Ela segurou as mãos dele e fechou os olhos, e tinha oito ou nove anos novamente. Os dois tinham ido ao Parque Forsyth, e Nolan a empurrava no carrossel. Ele girava cada vez mais rápido até que ela teve que fechar os olhos para que seu corpo se acostumasse com a realidade.

Exatamente como ela se sentia agora.

Antes que ela soubesse o que estava acontecendo, ele a ajudou gentilmente a se levantar. Ela abriu os olhos e olhou para ele, para o rosto que ela amava desde que era uma garotinha. Pela primeira vez naquela noite, as lágrimas reluziam nos olhos dele.

— Vem aqui. — A voz de Nolan era um sussurro e, bem lentamente, pela primeira vez desde aquele remoto verão, ele a puxou para os seus braços. Depois de um tempo, emoldurou o rosto dela com as mãos.

— Eu disse que não vou deixar você escapar de novo.

— Mas... — As dúvidas se amontoavam em volta dela, tentando roubar todas as coisas boas que ela sentia. — Você não sabe nada de mim. Você não sabe onde eu moro nem onde eu trabalho... — A voz dela baixou um tom. — Ou no que eu acredito.

— Ellie. — Ele não hesitou, nem pestanejou. — Eu conheço você. Isso é tudo que importa. — A preocupação nos olhos dele deu lugar ao amor. Amor que ela nunca tinha sentido nem conhecido ou imaginado. — Nós podemos dar um jeito no resto. Deus nos trouxe até aqui.

Deus.

Ellie sentiu um calafrio percorrendo seus braços e pernas e revirando seu estômago. As palavras de sua mãe voltaram a ela imediatamente. *Peça que Deus se mostre a você... Ele quer que o povo dele lhe peça isso.* Ellie sentiu seus joelhos amolecerem. Ela colocou a cabeça no peito de Nolan e sentiu o coração dele batendo forte. Ele era real e estava ali. Ela continuou abraçada a ele, aquecida em seu abraço. Sim, aquilo realmente estava acontecendo! Depois de todo aquele tempo, os dois estavam ali, juntos, e Nolan ainda gostava dela. O que só poderia significar...

Ellie tentou recuperar o fôlego. Havia meia hora que ela pedira a Deus que se mostrasse a ela, e agora Nolan Cook a estava abraçando e dizendo que nunca havia amado nenhuma outra pessoa. Ellie deixou que esse pensamento a cercasse, que a lavasse. Se isso não era Deus mostrando que existia, ela não sabia o que era. Depois de todo aquele tempo, Nolan Cook ainda a amava, ainda a queria! E isso só podia significar uma coisa.

Deus realmente existia. Não apenas isso, mas, como Nolan, Deus ainda a amava.

Ele a amava mais do que ela seria capaz de entender.

29

Nolan tinha mais coisas a dizer, mas Kinzie precisava de um lugar para dormir.

Foi assim que ele teve a ideia de voltar para a casa de Caroline. Ellie poderia esperar e partir dentro de alguns dias. Ou de algumas semanas. Ele não deixaria por nada que ela partisse naquela noite. Caroline atendeu a porta de roupão e, embora tivesse mil perguntas a fazer, não fez nenhuma. Ela hesitou, mas apenas por alguns segundos, movida pela surpresa.

— Ellie, Nolan. Entrem, por favor.

Nolan abriu um sorriso; ele não parava de sorrir.

— Obrigado.

Ele carregava Kinzie nos braços e a deitou no sofá perto da janela da frente do apartamento. De canto de olho, observou enquanto Caroline e Ellie se abraçavam longamente. Quando ele voltou até elas, Caroline se virou para ele e o abraçou também. Quando ela estava se afastando, seu olhar encontrou o dele.

— Estou tão feliz por você estar aqui, Nolan.

— Eu também. — Ele esperava que sua próxima pergunta não soasse desajeitada. — Caroline, está tarde. Você se importa que eu fique no sofá? Para que eu e a Ellie possamos conversar?

— De jeito nenhum, por favor. — Os olhos de Caroline ficaram marejados. Ela sorriu para a filha por um instante. — Você fez o que eu pedi que fizesse. — E aquela não era uma pergunta.

— Fiz. — Ellie abraçou a mãe de novo. — E já tenho a minha resposta.

— Sim. — Ela olhou para Nolan e depois voltou a olhar para Ellie. — Acho que já tem.

Em seguida, Caroline se despediu e foi dormir. Quando Ellie e Nolan ficaram sozinhos, ele se voltou para ela e a tomou nos braços novamente.

— Onde nós estávamos?

— Sonhando. — A expressão de Ellie era um misto de choque e alegria. Alegria que o fazia lembrar da garota com quem ele havia crescido. Ela buscou os olhos dele. — Eu fico me perguntando... Isso está realmente acontecendo?

O alívio continuou a percorrer a alma de Nolan. Aquela era a sua Ellie, a garota de quem ele se lembrava, de quem ele havia sentido falta e por quem havia procurado.

— Sim, é real. Eu não vou a lugar nenhum. — Ele queria muito beijá-la, mas se conteve. Eles tinham mais coisas sobre o que conversar. Como dois adolescentes dançando ao som da última canção da noite, nenhum deles queria se soltar. Seus rostos estavam a poucos centímetros um do outro, e ambos estavam impelidos pela sensação de seus corações batendo, perdidos no momento. — Você realmente achou que eu não ia lembrar?

— Você não disse nada.

As palavras dela vinham com facilidade, e sua expressão estava aberta. Ela estava até mais bonita do que ele lembrava, e, agora que ela não estava mais fingindo não se importar, a risada dela, suas palavras, o jeito como ela falava, tudo isso atingia direto o coração de Nolan. Tudo isso lhe era familiar, como se eles nunca tivessem se afastado, um dia sequer.

Ele colocou a mão na lateral do rosto dela e o acariciou.

— Você agiu como se não me conhecesse.

Ellie deu uma leve risada.

— Desculpe. Eu não sabia de nada.

— Me conte tudo, Ellie. Tudo mesmo. — Ele inspirou o doce perfume de Ellie, com um toque de jasmim em seus cabelos. Todos aqueles anos procurando por ela, sentindo sua falta... Agora ele queria saber tudo o que se passara. — Por favor.

Ela buscou os olhos de Nolan.

— Por onde eu começo?

— Dois de junho de 2002. O dia em que você foi embora de Savannah.

Ela deu risada novamente, tomando cuidado para não acordar Kinzie.

— Tudo?

— Tudo bem. — Ele abriu um largo sorriso. — Que tal me contar os pontos principais? — O sorriso de Nolan a nutria, capturava a sensação dela em seus braços. — Nós podemos conversar sobre os detalhes amanhã. E no dia seguinte.

Eles continuaram a dançar, mas devagar, pouco a pouco, Ellie começou a lhe contar sua história. Ela contou sobre a mudança para San Diego e, juntos, eles se lembraram daquele telefonema frenético que ela lhe fez do mercado.

— Você ia me mandar o seu endereço.

— Eu mandei. Três vezes. — Um olhar de resignação preencheu os olhos dela. — Eu só descobri o que pode ter acontecido alguns anos atrás. O meu pai sempre enviava cartões-postais em vez de cartas. Nas três vezes em que enviei uma carta para você, eu usei os selos que ele guardava no criado-mudo. Eu nunca coloquei o endereço para devolução da carta porque... bom, eu não queria que ninguém me devolvesse a carta. Além disso, nós não tínhamos um endereço fixo naquela época. Mas, como eu estava enviando uma carta com um selo de cartão-postal, os selos não eram suficientes para a postagem. Como não recebi as cartas de volta, eu não sabia que você não tinha recebido. Eu nunca pensei que as cartas não chegariam até você.

Nolan lutou por um instante com a raiva que ele às vezes sentia do pai de Ellie. O controle que o homem tinha sobre ela naquela época era completo. Nolan se esforçou para manter o equilíbrio.

— Eu esperei todos os dias. E, quando a sua carta não chegou, o meu pai estava decidido a me ajudar a pensar em uma maneira de te encontrar. Mas então... — Ele inspirou longamente, com uma tristeza presa no coração.

Ele lutou em silêncio por um longo momento.

— Eu sinto falta dele. A dor de perdê-lo... parece que nunca vai passar.

— Eu sinto muito. — Os olhos dela buscaram os dele. — Ele era um homem maravilhoso. Um grande treinador.

— Ele era um ótimo pai. — Nolan sentiu sua expressão ficando mais intensa. — Eu largaria o basquete para ter mais um dia com ele, mais uma hora. — Nolan pôs a mão no rosto dela. — É por isso que fico contente por você ter perdoado o seu pai. — Ellie tinha lhe contado isso no parque. — Ele cometeu erros terríveis com o passar dos anos. Mas entregou as cartas da sua mãe para você. — Nolan se sentia intoxicado pela presença de Ellie, abraçando-a daquele jeito. — Se não fosse isso, eu não teria te encontrado.

Ela mantinha os braços em volta do pescoço dele.

— Eu não consigo odiar o meu pai. — Ellie soltou um suspiro triste. — Foi isso que eu quis dizer lá na árvore. — Ela emoldurou o rosto dele com a mão. — Tudo isso é tão triste. A minha mãe estava lutando sua própria batalha. O meu pai estava agindo como um louco. Nós éramos duas crianças, Nolan. Não é de admirar que tenhamos perdido contato.

— Mas em algum ponto... — As palavras dele saíram lentamente, marcadas por uma triste verdade que ele ainda tentava entender. — Você não quis que eu te encontrasse.

— É verdade. — A culpa escureceu seus olhos, e sua voz deixou transparecer todo o seu arrependimento. — Eu... eu mudei o meu sobrenome. Legalmente. — Ela ficou esperando, torcendo para que ele entendesse. — Eu me chamo Ellie Anne agora. O meu nome do meio.

— Ahh. Então é por isso. — Nolan sentiu a dor por ela, pelo que ela havia passado. Ele esperava que ela pudesse ver a compreensão em seus olhos. — Eu contratei um detetive particular. Assim que assinei meu primeiro contrato profissional. Não ajudou em nada, obviamente. — Ele pôs as mãos nos cabelos dela e passou os dedos ao longo de sua nuca. — O cara disse que você podia ter mudado de nome.

— Você fez isso?

O espanto de Ellie era genuíno.

— É claro. Eu te disse que sentia sua falta. — Ele roçou a bochecha na dela. — Eu nunca parei de tentar te encontrar. — Passou os nós dos dedos no ombro dela. — O que aconteceu depois?

— Depois que eu enviei as cartas... você não me respondeu. Eu pensei... eu achei que você tinha seguido em frente, sabe? Ocupado com os estudos e com o basquete. — Ellie parecia envergonhada do que havia presumido havia tempos. — Eu não sabia sobre o seu pai.

— Eu quis dizer depois da escola. O que aconteceu depois disso? — Ele a levou até um sofá menor, em frente àquele em que Kinzie estava dormindo. Eles ficaram sentados de frente um para o outro, e, mais uma vez, ele segurou as mãos dela. Era inacreditável como ele se sentia vivo só de estar com ela de novo. — Me conte, Ellie. — Não havia julgamento nem condenação em sua voz. — Qual era o nome dele?

Ela não hesitou em dizer.

— C.J. Andrews. — Não havia muito o que contar sobre aquela história. Ellie explicou que, em uma época em que seu pai suspeitava que ela estivesse fazendo várias coisas erradas, C.J. foi um raio de luz, um motivo para rir novamente. — Eu nunca o amei, mas sei lá... Ele fazia com que eu me sentisse bem. Depois de anos com o meu pai, acho que isso era o bastante.

A verdade doía mais do que Nolan havia imaginado. Se ele estivesse lá, se eles tivessem encontrado um jeito de chegar um ao outro...

— Eu sinto muito.

Dessa vez ela não ficou brava com o lamento dele. Ela sorriu e olhou por um breve instante para sua filha.

— Eu tenho a Kinzie e nunca vou lamentar por isso. — Ellie contou a Nolan que havia conseguido a licença de cosmetologista e começado a cortar cabelos profissionalmente. — A Kinzie... ela é tudo para mim. Eu a amo mais do que a minha própria vida.

Nolan olhou para a menina do outro lado da sala.

— Ela se parece muito com você. — Ele hesitou. — O nome dela...? É o nome da rua onde a gente sempre se encontrava?

— É. — Ela respondeu rápido. — A época mais feliz da minha vida.

Ele pôs as mãos nos cabelos dela de novo, ainda tentando acreditar que Ellie estava ali.

— Ter a Kinzie... é como diz a Bíblia. "Deus age em todas as coisas para o bem daqueles que o amam."

Ellie ficou calada ao ouvir isso. Nolan poderia ter imaginado, pois a expressão dela parecia um pouco mais fechada. Aquela era mais uma coisa de que eles não haviam falado: a fé dela. A dele era pública, é claro. As pessoas sabiam como ele creditava a Deus suas habilidades no basquete, depois de todos os jogos. Mas ela não havia mencionado Deus desde que os dois se encontraram no parque.

— Ellie... você ainda acredita em Deus? Na palavra dele? No plano dele?

— Eu venho lutando com isso. — Os olhos dela tinham estado secos desde que eles entraram no apartamento de sua mãe, mas agora estavam marejados novamente. — A minha mãe me falou para perguntar a Deus se ele realmente existia. — Ela fungou, e a dor em seu coração ficou evidente mais uma vez. — Eu acho que... te encontrar essa noite, saber como você se sente, como você sempre se sentiu... Esse foi o jeito de Deus de me dizer que ele existe mesmo. Que ele me ama, não importa o que eu tenha feito. E... — Ela fez uma pausa, com a voz marcada pela profundidade de suas emoções. — Até mesmo quando eu me sentia sozinha, Deus estava lá.

— Estava sim. — Nolan a puxou para perto de si novamente, passando a mão nas costas dela. — Ele existe e está aqui agora.

— A Kinzie... — Ellie se afastou para que pudesse ver os olhos de Nolan. — Ela reza por mim o tempo todo. Para que eu encontre o meu final feliz em Jesus.

Nolan abriu um sorriso. Ele já amava a filha de Ellie.

— Não é muito diferente da minha prece para você. — Ele ficou mais sério. — Esta e a minha prece constante para te encontrar. Eu nunca parei de pedir isso a Deus.

O céu estava ficando claro, o sol estava subindo no céu.

— Eu tenho o dia de hoje, mas depois volto para o time. — Ele hesitou. — Vamos pegar um voo para Los Angeles no dia 3.

— Os Lakers. — Ela já sabia. — Eles foram para a final ontem.

— Foram. — Ele abriu um largo sorriso, orgulhoso dela. — Você ainda adora basquete.

Ela sorriu, e eles ainda tinham os olhos travados um no outro.

— Eu ainda adoro ver *você* jogar basquete.

Ele a imaginou com o passar dos anos, torcendo por ele de longe enquanto se escondia. Algo que provavelmente ele nunca entenderia por completo.

— Enfim... — Eles se levantaram de novo, e ele deslizou as mãos em volta da cintura dela. — Eu não posso ir embora sem lhe dizer uma coisa.

Ela parecia insegura.

— O quê?

Ele visualizou a caixa de pescaria com as duas cartas na traseira de seu SUV. Antes de sair do parque, eles haviam enchido o buraco de terra novamente. Teriam feito isso de qualquer jeito, mas havia algo nesse ato que parecia um encerramento. A busca estava acabada para os dois. Nolan olhou fundo nos olhos de Ellie.

— É sobre a minha carta.

— A sua carta? — Ellie não perguntou nada além disso. Seus olhos mostravam uma pontinha do medo que ela havia trazido consigo para Savannah.

— É. — Ele fez uma pausa. Como ele amava a sensação de tê-la nos braços. — Ellie... Cada palavra daquela carta ainda é verdadeira. — Ele levou uma das mãos suavemente até o rosto dela, olhando dentro do seu coração. — Você me entende?

Ela buscou os olhos dele, claramente confusa.

— Na verdade, não.

Ele sentiu que seu sorriso começava pelo coração e seguia uma trilha até os olhos.

— Eu quero me casar com você. Eu ainda quero.

— Nolan... — Ela balançou bem de leve a cabeça. — Você acabou de me reencontrar.

— Não importa. — Ele continuou segurando suavemente o rosto dela. Ela era o presente mais raro, sua Ellie. — Eu quero me casar com você desde que me entendo por gente.

Parecia que ela ia discordar dele, mas, depois de alguns segundos, descansou a testa em seu peito.

— Nolan, eu não estou dando risada agora. — Ela pareceu reunir toda sua força para erguer a cabeça e olhar para ele de novo. — Por favor, não brinque com isso.

Ele não podia esperar mais nem um minuto que fosse. Se ela ainda duvidava dos sentimentos dele, mesmo depois de tudo o que ele dissera, só havia uma maneira de convencê-la. Ele a puxou para si e, lentamente, como se toda sua vida o tivesse conduzido até esse momento, grudou os lábios nos dela. O beijo começou como um fogo baixo, mas, depois de alguns segundos, foi tomado pela paixão entre eles, por quanto Nolan a desejava.

— Humm... — Ele recuou um passo, forçando-se a manter pelo menos uma pequena distância entre os dois. Ele se sentia zonzo, seu corpo gritava por ela. Ele podia sentir o fogo nos olhos enquanto olhava para ela. — Eu estou falando sério, Ellie. — Cada palavra era medida, rica com a plenitude de seu amor e de seu desejo por Ellie. — Eu quero me casar com você. Eu não tenho uma aliança aqui, mas vou arrumar uma. — Ele sorriu para Kinzie, apagada do outro lado da sala. A garotinha que não tinha um pai em sua vida. — Eu vou ser o pai dela, Ellie. Ninguém vai amar a sua filha mais do que eu. Eu quero vocês duas. Pelo resto da vida.

O sorriso dela se misturou a lágrimas de felicidade, e sua própria paixão foi dando lugar à alegria infantil que ele sempre amara nela, aquela da qual ele nunca se cansaria, por toda a sua vida. Ela envolveu o pescoço dele com os braços e se deixou embalar.

— Isso é mais do que eu consigo absorver. — Quando ela se afastou, seu rosto estava molhado, mas o sorriso permanecia. — Parece que vou precisar de uma vida inteira para acreditar que isso está acontecendo de verdade.

— Por mim tudo bem. — Ele a beijou mais uma vez, mas não foi um beijo tão longo dessa vez. Ele não os colocaria em uma situação da qual pudessem se arrepender. Ele havia esperado todos aqueles anos para encontrá-la, e eles honrariam ao Deus que os havia reunido, esperando até o casamento. — Eu te amo.

— Eu também te amo. Eu sempre te amei.

— Vamos rezar? — Ele olhou para ela, para o fundo de sua alma. — Você acredita o suficiente para rezar?

— Agora eu acredito. — Ela sorriu como se, simplesmente ao dizer essas palavras, isso lhe trouxesse uma paz maior do que ela podia conter. — Depois dessa semana, vou acreditar em Deus enquanto eu viver. Ele não precisava se provar para mim. — Ela parecia entender isso em um nível profundo. — Mas fez isso mesmo assim, porque ele me ama.

— Demais, Ellie. — Nolan curvou a cabeça para frente, para que a testa de ambos se tocasse. Agradeceu a Deus por permitir que ele a encontrasse, por ajudar Ellie a voltar a ter fé e por Kinzie. — As preces das crianças às vezes são as mais fortes de todas. Obrigado pela fé da Kinzie. Ajude-nos a sempre ter fé como uma criança, meu Pai. Em nome de Jesus, amém.

— Amém.

Nolan precisava dormir um pouco no hotel onde estava hospedado, mas prometeu voltar assim que acordasse. Eles poderiam passar o dia juntos e, à noite, ele voltaria para Atlanta. Ellie prometeu ficar no apartamento da mãe até que as finais acabassem. Até que eles pudessem formular um plano. Eles se abraçaram mais uma vez por um bom tempo e, por fim, Nolan se afastou de Ellie. Na viagem de volta ao hotel, ele fez a única coisa que não havia feito quando estava com ela.

Nolan deixou as lágrimas caírem.

Ele chorou por tudo, por todos aqueles anos perdidos e por eles quase terem deixado de se encontrar naquela data tão importante. Mas, acima de tudo, ele desmoronou por causa da fidelidade de Deus. O Senhor havia feito com que ele se prontificasse a ir até o carvalho em vez de ficar esperando pelo alvorecer ou pela noite. O mesmo Senhor que o havia ajudado a sobreviver à morte de seu pai e aos anos em que sentira tanta falta de Ellie havia fielmente trazido até seus braços a garota que ele amava.

Deus havia movido céus e terras para que o impossível pudesse acontecer naquela noite. Naquela que teria sido a última chance de eles se encontrarem. E, enquanto Nolan parava de chorar, ele era consumido pela gratidão pelo Senhor. Por aquele que o amava tanto que não apenas morrera por ele, mas lhe trouxera Ellie Tucker de volta. Não somente no passado e no presente.

Mas para sempre.

30

ERA O SEXTO JOGO DAS finais da NBA.

Os Hawks tinham ganhado três jogos, contra dois para os Lakers, assim o time de Atlanta poderia se classificar com uma vitória em casa naquela noite. Caroline havia rezado por Nolan desde o momento em que acordara naquela manhã. Ela, John, Ellie e Kinzie deveriam ir encontrar com ele no estádio dos Hawks, noventa minutos antes do jogo. Ele havia dado instruções específicas em relação a onde estacionar e onde encontrá-lo.

Caroline não sabia exatamente o que era, mas Nolan parecia estar aprontando alguma coisa. Ele já havia pedido a mão de Ellie em casamento, mas planejara fazer o pedido oficial no Parque Gordonston, depois das finais. Não ali, diante de milhares de pessoas.

Ainda assim, a julgar pela maneira como ele agira naquela manhã quando passou no apartamento para o café, Caroline teve quase certeza de que ele estava preparando algum tipo de surpresa para Ellie.

— Você está pronta, mãe? — Ellie estacionou na ala VIP da garagem, como havia feito nos últimos jogos em casa, e os quatro se dirigiram ao estádio. — Eles vão ganhar hoje. Eu posso sentir isso.

— Eu também. — Kinzie socou o ar com os punhos cerrados.

— Eu achei que eles iam se classificar na semana passada. — John estava explodindo de tanta animação. — O Nolan disse que estava distraído, pensando na Ellie. — Ele abriu um largo sorriso para a irmã.

— Eu vou levar isso como um elogio. — Ellie segurou na mão de Kinzie, e eles seguiram para o elevador e subiram até o andar de cima. — Ele está na sala de jantar da diretoria, por aqui.

Caroline analisou a filha. Ela também parecia um pouco inquieta aquela noite. Se Nolan estivesse preparando um noivado-surpresa, Ellie não teria como saber. Caroline estava tentando descobrir o que seria quando eles chegaram à sala de jantar.

— Aqui estamos. — Ellie abriu um largo sorriso para Kinzie. Em seguida, olhou para Caroline. — Preparada?

— É claro que sim. — Caroline deu risada, levemente confusa. O que quer que estivesse acontecendo, ela sentia que era a única que não sabia de nada.

John ficou de braços dados com a mãe enquanto eles entravam ali, e lá estava Nolan, parado ao lado de...

— Alan! — Caroline sussurrou o nome dele enquanto sua mão voava até a boca.

— Pai. — Ellie foi até ele e o abraçou. Kinzie fez o mesmo, e elas pararam ao lado de Nolan. Ellie sorriu para o pai. — Obrigada por vir.

Caroline não conseguia acreditar no que estava vendo e ficou imóvel. Alan estava ali? Depois de todo aquele tempo?

Nesse momento, ela notou o rosto dele e as lágrimas em suas bochechas. Alan olhava de Ellie e Kinzie para Caroline.

— Agradeça ao Nolan. — Alan olhou para o jovem a seu lado. — Foi ideia dele. Ele me trouxe de avião.

— Bem... — Os olhos de Nolan pareciam marejados, e ele pousou o braço nos ombros de Ellie. — Eu não posso ter o meu pai aqui. — A voz dele estava trêmula. — Então ter o senhor aqui... para nos ver ganhando o campeonato... é a melhor coisa que pode acontecer.

Caroline não sabia o que fazer primeiro. John estava de braço dado com ela. Antes que ela pudesse ir até Alan e lhe apresentar John, seu marido deu o primeiro passo. Ele foi até eles e estendeu a mão para o garoto.

— Oi. Eu sou o Alan.

— Senhor. — John deu um aperto de mão em Alan, sem saber do drama que se desenrolava a seu redor. — Muito prazer. O meu nome é John.

— O prazer é meu. — Alan limpou as lágrimas e sorriu. — Espero ter a oportunidade de te ver mais vezes.

— Sim, senhor. — John sorriu timidamente e foi até Nolan. Ellie e Kinzie já estavam conversando com ele, e John se juntou a elas.

E, assim, Alan foi até Caroline. Aquela era a primeira vez que Caroline via Alan Tucker desde que ele a havia enxotado de casa dois dias antes de se mudar para San Diego, levando Ellie consigo. No entanto, aquele homem era uma pessoa completamente diferente. O homem à sua frente irradiava uma humildade bondosa. Sua postura, seu comportamento, a luz em seus olhos. Aquele era o Alan por quem ela havia se apaixonado.

Não apenas isso, mas seu coração transparente reluzia em sua expressão, de forma que ela não tinha nenhuma dúvida. A carta dele era totalmente verdadeira. Ele parecia estilhaçado, arrependido e desesperado para consertar as coisas. Ele parou a poucos centímetros dela.

— Eu sinto muito, Caroline. Vou lamentar por isso enquanto eu viver.

— Eu perdoo você. — As palavras dela saíram lentamente, cheias de significado. — Eu também tive culpa. E também vou lamentar por isso eternamente. — Ela o analisou. Ele ainda parecia jovem e em forma, porém, mais do que isso, parecia gentil e misericordioso. Como se se importasse com o que ela sentia e com o que havia sido feito da vida dela. — Eu não consigo acreditar que você veio.

— Fazia anos que eu queria te ver. Mas achei que você me expulsaria. — Os olhos dele estavam secos agora, mais sérios. — Como eu mereço.

— Quer saber o que eu acho? — Ela esticou a mão buscando a dele, com o coração em plenitude.

Ele pareceu sentir o choque do toque dela em seu âmago, como se nunca tivesse esperado que ela se importasse novamente com ele. As palavras de Alan saíram em um sussurro.

— O que você acha, Caroline?

— Eu acho que esta noite nós vamos deixar o passado para trás. — Ela sorriu para ele. — Todos nós já perdemos muito olhando para trás.

Ele assentiu lentamente, quase deslumbrado, como se estivesse vendo algo nela de décadas atrás.

— Você recuperou.

— Recuperei o quê?

— Sua inocência. Sua alegria. — Os olhos de Alan ficaram marejados mais uma vez. — Eu achei que as tivesse matado.

— Não sou eu. — Ela colocou a mão no coração. — É ele. É Deus todo-poderoso. — E olhou a seu redor na sala, para Nolan, Ellie, Kinzie e John. Em seguida, balançou a cabeça enquanto encontrava novamente os olhos de Alan. — Nenhum de nós estaria aqui se não fosse por ele.

— É verdade.

— Sabe o que mais eu acho?

— O quê? — Alan olhou para Caroline com o coração mais leve agora, mas ainda com cautela.

— Eu acho que, depois de onze anos... eu gostaria de dar um abraço no meu marido.

E, pela primeira vez em muito mais que onze anos, a distância, a raiva e o vazio não ficaram entre os dois.

E talvez — se Deus permitisse que o milagre da graça continuasse — nada nunca mais ficaria entre eles.

Nolan nunca havia abandonado o coração dela.

Essa era a única forma de Ellie explicar o que havia acontecido desde o dia 1º de junho. Nolan havia ganhado o coração dela quando era um garoto, e nunca tinha deixado de amá-la. Ela entendia isso agora. Nesse meio-tempo, nos anos em que eles ficaram afastados, Deus estivera moldando-o e fazendo com que ele crescesse e se tornasse um homem que pudesse amá-la e guiá-la. Um homem pronto para compartilhar a vida inteira com Ellie e Kinzie.

Se ao menos ela soubesse disso mais cedo...

Ellie assumiu seu lugar na quarta fileira da arquibancada, entre Kinzie e Caroline. Do outro lado de sua mãe estava o seu pai e, ao lado dele, John. Levaria um tempo até que o garoto viesse a conhecê-lo, mas o que Ellie podia ver até aquele momento parecia amigável. Não havia como saber até onde Deus levaria seus pais.

Como se, de repente, qualquer coisa fosse possível para todos eles.

Se Ellie não tivesse acreditado em Deus depois de 1º de junho, ver sua mãe e seu pai se abraçarem na sala de jantar da diretoria uma hora atrás seria uma prova viva de que Deus existia. Graça e perdão como aqueles não seriam possíveis somente pela força humana.

O jogo teve início e, como nos velhos tempos, Ellie não conseguia tirar os olhos de Nolan. Da forma como ele jogava. Com todos os gritos das arquibancadas lotadas, Ellie precisava se lembrar de que não estava de volta à Escola de Savannah.

Eles tinham um plano agora, ela e Nolan. Ellie havia ligado para o salão e dado o aviso prévio de trinta dias, e descobrira um salão em Savannah que estava precisando de uma cabeleireira. Tina ficou animada por ela.

— Vou pedir à Kinzie para rezar pelo meu Príncipe Encantado. — Tina lhe dissera, dando risada, só para provocar a amiga. — Não, é sério, Ellie. Parece que eu estou assistindo ao final do melhor filme do mundo.

Ellie sorriu, no meio daquele jogo ensandecido, lembrando quão verdadeiras pareceram as palavras da amiga.

Na quadra, Nolan acertou uma cesta a uma distância de quatro metros e meio. Dois pontos para o time de Atlanta.

— Vai, Nolan! — Kinzie saltou e bateu palmas. Ela gritava mais alto que os rugidos da multidão ali reunida. — Ele é incrível, mamãe!

— É sim, bebezinha. — Ellie precisava gritar para ser ouvida. Ela fez sinal de positivo com o polegar para a filha. — Muito incrível!

Os Los Angeles Lakers pediram tempo, e Kinzie saiu correndo para falar com John. Os pais de Ellie estavam rindo de alguma coisa, hesitantes e cautelosos, porém mais juntos do que Ellie os vira desde que era muito nova. Ela deixou a mente viajar de novo. Tina havia se oferecido para encaixotar as coisas dela e enviá-las por FedEx para o apartamento de sua mãe. Não era muita coisa, na verdade. Roupas e alguns álbuns de fotografias. E a caixa de cartas de Caroline. Todos os móveis eram de Tina, exceto as camas de Ellie e de Kinzie, que custariam mais caro para transportar do que para comprar novas.

Em pouco tempo, Ellie tomou uma decisão. Ela e Kinzie não voltariam a San Diego. Elas estavam em casa agora. Motivo pelo qual, desde 1º de junho, Ellie havia passado todos os momentos livres com Nolan. Não era tanto tempo assim — afinal de contas, aquelas eram as finais da NBA.

E Nolan queria muito a vitória.

Os Hawks permaneceram empatados com os Lakers no terceiro tempo, enquanto Kinzie e John torciam a plenos pulmões. O relógio parecia voar, e de repente faltavam dois minutos, e os Lakers estavam na frente por quatro pontos. *Por favor, meu Deus... Permita que ele consiga vencer. Dê a ele a sua força. O Senhor sabe quanto ele deseja homenagear o pai com essa vitória.* Ellie sorriu. Agora que ela havia encontrado novamente sua fé em Deus, estava se lembrando de como rezar. De como ela podia conversar com Deus como um amigo, como fazia quando tinha a idade de Kinzie.

Quinze segundos voaram no relógio enquanto o time de L.A. tinha a posse de bola, e dessa vez foram os Hawks que pediram tempo.

Mais uma vez, Ellie rezou por Nolan, para que o sonho dele se realizasse. Mas, de uma forma muito maior, eles já haviam ganhado. Todos eles. Ela não se permitiria mais ser constantemente consumida por quanto eles haviam perdido. Em vez disso, Ellie se descobriu grata pelo que eles haviam encontrado. Pelo que todos eles haviam encontrado.

De vez em quando, ela ainda podia ouvir a voz de Nolan naquele verão, quando eles tinham quinze anos. Ele tinha a caixa de pescaria, eles estavam prestes a escrever suas cartas, e ela havia acabado de lhe dizer que onze anos parecia tempo demais. Os olhos dele reluziam sob a luz do luar. Por um único instante, ela fechou os olhos e pôde ouvi-lo agora, naquele estádio ensurdecedor. Eles precisavam escrever aquelas cartas, precisavam enterrá-las com a caixa.

Só para o caso de acontecer alguma coisa. Nós ainda teremos uma chance.

Era nisso que Ellie pensava naqueles dias. Não com raiva pelo que eles haviam perdido, mas grata porque, através do amor de Nolan Cook e de Deus, todos eles haviam recebido exatamente aquilo de que necessitavam: uma última chance. Um sorriso preencheu seu coração e se espalhou em seu rosto. Não importava o que havia acontecido nem como se desenrolaria o resto da vida deles, o coração de Ellie estava curado e inteiro. E ela sabia de mais uma coisa.

Ela nunca, jamais duvidaria de Deus novamente.

❧ ☙

Nolan podia sentir a vitória; ele podia sentir o sabor dela.

Não por causa de suas habilidades, mas porque podia sentir o espírito de Deus se movendo de forma tão palpável quanto a bola em suas mãos. Os sons do estádio, os gritos dos jogadores, a bola indo de encontro ao chão. Nada disso podia tocar a quietude em sua alma, a paz e a certeza que lá estavam.

Um dos jogadores dos Lakers havia xingado o juiz e recebido uma falta técnica restando pouco mais de um minuto de jogo. Nolan acertou os dois lances livres a que tinha direito. Mas os Hawks ainda perdiam por dois pontos. Nolan roubou a bola do adversário e avistou Dexter correndo do outro lado da quadra. Seu passe com drible pousou perfeitamente nas mãos do amigo. Dexter pegou a bola com a palma de uma das mãos e a enterrou na cesta, levando o estádio todo ao delírio.

Os Lakers pediram tempo, mas nada poderia fazer com que o impulso parasse. *Permita-nos brilhar pelo Senhor, meu Deus... Eu não desejo isso se não for para glorificá-lo.* Eles correram pela quadra, e Nolan podia ver a bola com uma clareza insana. Ele a roubou do armador mais famoso dos Lakers e a jogou quase ao outro lado da quadra para Dexter novamente.

O topo da cabeça de Dexter encostou na beirada da cesta. Mais uma enterrada ressonante. A multidão explodiu, e o ruído era ensurdecedor. Os Hawks estavam na frente pela primeira vez em cinco minutos. O minuto final passou como um borrão, mas, nesse tempo, Nolan acertou mais quatro lances livres. Ele ficou observando enquanto os últimos segundos se passavam no relógio, desejando apenas uma coisa.

Que seu pai pudesse vê-lo ganhar aquele jogo.

Talvez haja uma maneira, Senhor, um lugar de onde ele possa ver isso. Se esse lugar existir, por favor, o Senhor poderia dar a ele um assento na primeira fileira?

O sinal de fim de jogo tocou, e os fãs do time de Atlanta foram à loucura. Eles eram campeões da NBA. Nolan apontou para cima e ergueu a mão, espiando entre as frestas do teto do Estádio Philips, procurando por um vislumbre do céu. *Tudo pelo Senhor, meu Deus. Tudo pelo Senhor.* Apressados, os jogadores se juntaram no centro da quadra e comemoraram com empolgação. Fora isso que eles planejaram que fariam no início da temporada. Campeões da NBA pela força de Deus, e não deles mesmos.

Nolan ergueu o olhar para Ellie. Ela o observava sorrindo, com os punhos cerrados erguidos no ar, como costumava torcer no ensino médio. Nolan acenou para ela e, quinze minutos depois, quando recebeu o prêmio de melhor jogador da temporada, ele pegou o microfone e fez o que ansiava fazer desde que o jogo terminara.

— Em primeiro lugar, eu gostaria de agradecer a meu Salvador por permitir que eu jogue basquete. Também quero agradecer aos meus treinadores e colegas de time. Eu não sou nada sem eles. E, é claro, a minha família. — A mãe de Nolan e suas irmãs haviam pegado um avião para ver os jogos em L.A., mas não conseguiram ir até Atlanta aquela noite. Uma de suas irmãs se formaria na faculdade de enfermagem na manhã seguinte.

A voz de Nolan permaneceu forte.

— Obrigado também à minha segunda família. — E apontou para onde eles estavam sentados. Em seguida, fez uma pausa e ergueu o troféu firmemente. Sua voz se encheu de paixão. — Quero dedicar este jogo, esta temporada, a duas pessoas. Ao meu pai, o homem que foi meu mentor, meu amigo e meu primeiro treinador. Pai, espero que você esteja vendo isso do céu.

Ele fez uma pausa, com grande esforço, com o coração explodindo.

— E, em segundo lugar... a Ellie Anne Tucker. — Ele sorriu para ela e, por alguns segundos, eles eram as únicas pessoas no estádio. — Quando tínhamos quinze anos, eu disse à Ellie que ia me casar com ela. E é exatamente isso o que eu vou fazer. — Ele ergueu o troféu na direção dela. — Eu te amo, Ellie.

Ele viu Ellie falar baixinho essas mesmas palavras para ele, da arquibancada. Nolan pensou no casal da Fundação Dream, Molly e Ryan Kelly. Se eles estivessem vendo aquilo, Ryan teria sua resposta a respeito do motivo pelo qual deveria sair em turnê com Peyton Anders naquele ano.

Mais um milagre.

Nolan recuou um passo e cedeu seu lugar na plataforma a seu treinador. Quando a comemoração terminou, Ellie e sua família se juntaram a ele na quadra, e ele sussurrou para ela:

— Agora o mundo inteiro sabe.

— Eu te amo, Nolan Cook.

— Eu te amo, Ellie. Isso é tudo que eu quero fazer pelo resto da minha vida. Amar você.

Quando eles foram embora naquela noite, pela primeira vez desde que seu pai morrera, Nolan não fez a jogada da linha de três pontos do lado esquerdo da quadra. Ele não precisava. O campeonato que ele havia prometido ao pai era finalmente dele. Promessa cumprida. Em vez disso, ele saiu do estádio como esperava que fosse sair enquanto jogasse basquete.

Com o braço em volta da única garota que amara na vida.

Ellie Tucker.

Agradecimentos

Nenhum livro é realizado sem uma ótima e talentosa equipe que faz com que ele aconteça. Por esse motivo, dedico um agradecimento especial a meus amigos na Howard Books e na Simon & Schuster, que combinaram esforços para fazer com que *A última chance* fosse tudo que poderia ser. Seu comprometimento apaixonado com a Life-Changing Fiction me deixa mais do que agradecida pela chance de trabalhar com vocês. Um obrigada especial a minha dedicada editora, Becky Nesbitt, a Jonathan Merkh e a Barry Landis, e a minha talentosa equipe da Howard Books. Obrigada também às equipes de marketing e vendas da Simon & Schuster, que trabalharam sem descanso para colocar este livro nas mãos de vocês, caros leitores.

Um agradecimento especial a meu incrível agente, Rick Christian, presidente da Alive Communications. Rick, você sempre acreditou no melhor para mim. Sempre que conversamos sobre grandes objetivos, você os vê como passíveis de ser realizados. Você foi a pessoa que ficou menos surpresa e que demonstrou mais gratidão quando liderei a lista de best-sellers do *New York Times*, em 2012. Você é um empresário brilhante, um agente incrível e um amigo encorajador e divino. Eu agradeço ao Senhor por você. Com tudo que você faz pelo meu ministério da escrita, sou duplamente grata por sua motivação e por suas preces. Todas as vezes que termino um livro, você me envia uma carta digna de ser emoldurada, e, quando algo importante acontece, você é o primeiro a me telefonar. Obrigada por isso. O fato de que você e a Debbie rezem por mim e pela minha família me mantém confiante todas as manhãs de que Deus vai continuar a insuflar vida nas histórias que tenho no coração. Obrigada por ser muito mais do que um agente brilhante.

Obrigada a meu marido, que me aguenta com meus prazos e que não se importa de pegar comida pronta na lanchonete depois de um jogo de futebol quando eu fico escrevendo o dia inteiro. Essa jornada selvagem não seria possível sem você, Donald. O seu amor me mantém escrevendo; as suas preces me mantêm acreditando que Deus está usando a Life-Changing Fiction de um jeito poderoso. Obrigada também pelas horas que você passa me ajudando. É um trabalho de tempo integral, e sou grata por sua preocupação com os leitores. Agradeço igualmente a toda a minha família, que se reúne, trazendo chá verde gelado para mim e entendendo meu cronograma às vezes maluco. Eu amo que vocês saibam que ainda vêm em primeiro lugar, antes de qualquer prazo.

Obrigada também a minha mãe, Anne Kingsbury, e às minhas irmãs, Tricia, Sue e Lynne. Mãe, você é maravilhosa como minha assistente, trabalhando dia e noite para separar os e-mails dos meus leitores. Sou mais grata do que você jamais saberá. Viajar com você nesses últimos anos para os eventos da Extraordinary Women, Women of Joy e Women of Faith nos proporcionou um tempo juntas que sempre haveremos de valorizar. A jornada fica mais animadora o tempo todo!

Tricia, você é a melhor assistente-executiva que eu poderia esperar. Admiro sua lealdade, sua honestidade e o modo como você me inclui em todas as decisões e mudanças diárias. O ministério da Life-Changing Fiction se tornou algo maior do que eu jamais pude imaginar, e muito disso eu devo a você. Rezo para que Deus a abençoe sempre, por sua dedicação em me ajudar nessa temporada de escrita e por seu maravilhoso filho, Andrew. E não estamos nos divertindo também? Deus opera as coisas para o bem!

Sue, acho que você deveria ser terapeuta! De sua casa, tão longe da minha, você pega lotes e lotes de cartas de leitores todos os dias e responde a todas com uma diligência incrível, usando a sabedoria de Deus e a palavra dele. Quando os leitores recebem uma resposta da "Irmã da Karen, Susan", eu espero que eles saibam com quanto cuidado você rezou por eles e pelas respostas que você lhes dá. Obrigada por realmente colocar amor no que faz, Sue. Você tem um dom com as pessoas, e eu sou abençoada de tê-la nessa jornada. E Lynne, a sua ajuda nesse ano que se passou foi essencial para me adaptar à vida em Nashville. Obrigada!

Também quero agradecer a Kyle Kupecky, o mais novo acréscimo ao quadro de pessoal da Life-Changing Fiction e à nossa família. Repetidas vezes, você vai além das minhas expectativas com os negócios e as questões financeiras, supervisionando nossos muitos programas de doações. Obrigada por colocar todo o seu coração em seu trabalho na Life-Changing Fiction. Sou abençoada por ter um assento na primeira fileira para ver sua carreira como cantor cristão alçar voo. Um dia, o mundo todo conhecerá a beleza de seu coração e de sua voz. Nesse meio-tempo, saiba que eu sou muito grata por tê-lo como parte da equipe.

Kelsey, você também é uma parte importantíssima da minha equipe, e eu lhe agradeço por amar os amigos leitores que Deus trouxe para a nossa vida. Nesse ano que se passou, todos nós descobrimos outro talento seu, o design de capas. As horas que você passou transmitindo o que eu tinha no coração para a talentosa equipe na Howard deram origem à maravilhosa capa deste livro e do que o antecedeu. E espero que venham outros por aí. Que período especial esse, com você e Kyle casados e trabalhando juntos no escritório de casa. Deus é tão criativo, tão incrível! Continuem trabalhando com ardor e acreditando em seus sonhos. Espero que todo mundo conheça o seu dom na atuação em breve. Nessa trajetória, eu amo que você seja parte do que Deus está fazendo por meio dessa equipe tão querida.

Tyler, obrigada por administrar o armazém da garagem e por repor constantemente nossos estoques para que tenhamos livros para doar! Você trabalha duro, e Deus vai recompensá-lo por isso. Obrigada também a meus eternos amigos e a minha família, que sempre estiveram lá por mim. Seu amor é reconfortante e nos ajuda a superar os momentos difíceis. Somos abençoados por termos vocês em nossa vida.

E o meu maior agradecimento é a Deus. O Senhor coloca uma história em meu coração, para que ela seja espalhada a um milhão de outros corações, algo que eu nunca poderia fazer. Sinto-me grata por ser uma pequena parte de seu plano! O dom é seu. Rezo para que eu possa fazer uso dele nos anos vindouros, a fim de glorificar e honrar ao Senhor.

Impresso no Brasil pelo Sistema Cameron da Divisão Gráfica da
DISTRIBUIDORA RECORD DE SERVIÇOS DE IMPRENSA S.A.